Alljährlich lädt Benedict Grame Familie, Freunde und Bekannte zum Weihnachtsessen auf sein kleines britisches Landgut ein. Im Kreise seiner Lieben inszeniert er ein großes Festtagsspektakel. Dieses Jahr steht auch Mordecai Tremaine auf der Gästeliste. Der ehemalige Tabakhändler mit einer Schwäche für Liebesromane hat sich auch als Hobbydetektiv einen Namen gemacht – und ist vom Privatsekretär des Gastgebers beauftragt worden, die Geladenen im Auge zu behalten. Und tatsächlich: Jedes Mitglied dieser illustren Gesellschaft scheint etwas zu verbergen. Mordecai tastet sich durch ein Netz aus Lügen, Untreue, Erpressung und Verrat. Spätestens als um Mitternacht zwischen den Geschenken unter dem Baum eine Leiche liegt, ist ihm klar: Diese Weihnacht wird alles andere als besinnlich.
Erstmals 1949 veröffentlicht, ist dieser stimmungsvolle Krimi eine echte Weihnachtswiederentdeckung.

Francis Duncan wurde 1914 unter dem Namen William Underhill in Bristol geboren. Er arbeitete viele Jahre als Lehrer und veröffentlichte mehr als zwanzig Kriminalromane, darunter ›Ein Mord zu Weihnachten‹ (DuMont 2017). Er starb 1988.

Francis Duncan

EIN MORD ZU WEIHNACHTEN

Kriminalroman

Aus dem Englischen
von Barbara Först

DUMONT

Das bei der Produktion dieses Buches entstandene CO_2 wurde
durch die Finanzierung von Klimaschutzprojekten kompensiert:
climate-id.com/17531-2110-1001/de

4. Auflage 2024
Alle Rechte vorbehalten
© Francis Duncan, 1949
Die englische Originalausgabe erschien 1949 unter dem Titel
›Murder for Christmas‹ bei John Long, London.
© 2017 für die deutsche Ausgabe: DuMont Buchverlag, Köln
Übersetzung: Barbara Först
Umschlaggestaltung: Lübbeke Naumann Thoben, Köln
Umschlagabbildung: Illustration Cover © Telegramme
Satz: Angelika Kudella
Gesetzt aus der Adobe Garamond Pro
Druck und Verarbeitung: CPI books GmbH, Leck
Gedruckt auf säurefreiem und chlorfrei gebleichtem Papier
Printed in Germany
ISBN 978-3-8321-6466-9

www.dumont-buchverlag.de

PROLOG

Niemand hätte vorausahnen können, wie es enden würde. Nicht einmal der Mörder selbst.

Was nicht heißen soll, dass er sein Verbrechen ohne sorgfältige Planung oder Geschick begangen hätte. Die meisten Mörder trachten danach zu überleben, um die Früchte ihrer Untaten auch genießen zu können. Sie wissen sehr wohl, dass selbst der kleinste Patzer sie an den Galgen bringen kann. Im vorliegenden Fall nun war der Mörder sowohl von dem Verlangen besessen, seine Ernte einzubringen, als auch der Tatsache gewahr, wie schmal der Grat zwischen Sicherheit und Katastrophe ist.

Doch kein menschlicher Plan, wie teuflisch scharfsinnig auch immer, ist so verlässlich, dass seine Umsetzung genau seinen ausgetüftelten Vorgaben folgt. Irgendwo auf der Strecke wird unberechenbar und unvorhersehbar ein unbekannter Faktor lauern.

Der Mond war wie ein Scheinwerfer auf einer Theaterbühne. Oder wie eine Kamera, die durch ein Filmstudio fährt und dem Zuschauer abwechselnd Nahaufnahmen und Totalen präsentiert, scharf umrissene Bilder und dann wieder die düstere Gesamtansicht.

Es schneite nicht mehr, doch der Himmel war noch bedeckt. Trotzig trieben die Wolken dahin, als wollten sie die Beute noch nicht hergeben, die nur unter Widerstand ihrem Zugriff entrissen worden war. Von Zeit zu Zeit türmten sie sich bedrohlich auf und ballten sich über einer Erde, die düster war und von Angst erfüllt. Dann wieder schien es, als würden sie, ohne sich wehren zu können, auseinandergetrieben, sodass das weiße kalte Licht herabflutete und erbarmungslos alles enthüllte.

Unter diesem kalten Licht des Mondes stach jedes Detail in unbarmherziger Schärfe hervor. Die schwarz-weißen Dächer des Dorfes am Fuße des Hügels; die dürren, nackten Arme der Bäume am Straßenrand; die sanften Hügel, die scheinbar bis zum Himmel reichten; und das große Haus aus grauem Stein und weißem Maßwerk, an dessen Mauer mit Schnee bestäubte Kletterpflanzen rankten.

Glockengeläut tönte aus dem Dorf. Als die Dunkelheit noch dominiert hatte, war der Widerhall eigenartig und schwermütig gewesen, er ließ sich nicht verorten und enthielt einen bedrohlichen Beiklang. Einem mit Vorstellungskraft begabten Menschen hätte es wie Schicksalsläuten geklungen.

Doch als sich die Szenerie unter dem Licht des Mondes enthüllte, hatte der Klang nichts Angsteinflößendes oder Bedrohliches mehr. Nicht länger Unheil verkündend, schwebte der reine Glockenton wie Musik aus dem Viereckturm der alten Kirche heran.

Die Landschaft glich einer dreidimensionalen Weihnachtspostkarte. Ein Schlitten, von Rentieren über die Hügelkuppe gezogen, hätte gut ins Bild gepasst. Und es wirkte durchaus nicht merkwürdig, dass man die rot gekleidete Gestalt des Weihnachtsmannes über die Terrasse eilen sah. Immerhin war Heiligabend, wo solch ein Anblick – und besonders in so einer Umgebung – zu erwarten war.

Obwohl es spät war, hatten sich noch nicht alle Bewohner

des Hauses zur Ruhe begeben. Hoch oben im Fenster eines Seitenflügels brannte Licht. Immer wieder konnte man eine Gestalt hinter dem erleuchteten Rahmen des Fensters erblicken.

Es gab andere Anzeichen von nächtlicher Aktivität, die nicht so direkt ins Auge fielen. Wenn man allerdings genau hinschaute, konnte man hinter den Fenstern im Erdgeschoss einen schwachen Lichtschein ausmachen. Der Schein wechselte des Öfteren die Position, als schleiche jemand heimlich mit einer Taschenlampe durchs Haus.

Draußen im Schnee und in den Schatten standen vermummte Gestalten. Getarnt vor den Menschen im Haus und voreinander, beobachteten sie die Vorgänge aufmerksam – und warteten auf eine günstige Gelegenheit.

Die Atmosphäre war angespannt, Unheil verkündend. Fantasie und Geheimnis, Gewalt und Tod trieben ihr Unwesen. Es war, als kröche die Zeit nur widerwillig vorwärts, als spannte sie den Faden der Angst immer weiter, auf einen entsetzlichen Höhepunkt zu.

Und der Höhepunkt kam.

Er kam, als die Glocken verstummten. Er kam, als der Mond wieder durch die Wolken drang und sanft über den weißen Rasen gleitend eine Reihe unregelmäßiger Fußspuren enthüllte. Er kam, als das kalte Licht die halb offenen Terrassentüren erreichte, der Nässespur auf dem gebohnerten Parkett folgte und auf die rote Schreckensgestalt fiel – den Weihnachtsmann, der mit dem Gesicht nach unten vor dem geplünderten Christbaum lag.

Er kam mit dem Aufschrei einer Frau – verzweifelt, schrill und vor Angst wie von Sinnen.

1

»Ich glaube«, rief Denys aufgeregt, »wir bekommen es doch!«

Aus den Tiefen des großen Armlehnenstuhls vor dem prasselnden Kamin erhob sich fragend eine Stimme.

»Was bekommen wir?«

»Ein richtig schönes, altmodisches Weihnachtsfest!« Denys löste ihren Blick vom bleigrauen Himmel und jauchzte vor Freude, als sie die erste Schneeflocke sanft vor dem dunklen Hintergrund der Lorbeerbüsche an der Einfahrt niederschweben sah. »Schau nur, Roger! Was für ein herrlicher Zuckergussschnee!«

Im Armlehnenstuhl stöhnte es.

»Grässlich!«, erklärte die Stimme. »Nasses, abscheuliches, unangenehmes Zeug. Wir werden uns vor den frechen Jungs aus dem Dorf hüten müssen. Kalte Schneebälle im Nacken, kaum dass man es wagt, seinen Grund und Boden zu verlassen. Brrr!«

Denys Arden lachte fröhlich. Ihr Lachen hatte eine geradezu verheerende Wirkung auf Roger Wyntons Selbstbeherrschung.

Er war natürlich in sie verliebt. Er war verliebt, seit er seinen Wagen ein wenig zu forsch durch eine Kurve der engen Straßen gesteuert hatte, die sich durch die üppige Landschaft um den tief im Tal wurzelnden Weiler Sherbroome schlängelten. Denys' Pferd hatte sich erschrocken aufgebäumt, und Roger Wynton hatte ihren Zorn zu spüren bekommen.

Dies hatte sich Anfang des vergangenen Jahres ereignet, an einem Tag, als die Straßen vor Frost klirrten. Ein scharfer Wind hatte Denys Arden Farbe ins Gesicht getrieben und ihre kastanienbraunen Locken zerzaust. Ihre Empörung war an ihm abgeglitten, denn er hatte die schlanke Gestalt im Reitkostüm so voller Bewunderung angestarrt, dass ihr Wangenrot nicht mehr allein dem Wind zuzuschreiben war. Und als die junge Dame spürte, dass ihr die Situation zu entgleiten drohte, hatte sie ein letztes Mal zornig den Kopf zurückgeworfen und wortlos ihr Pferd gewendet.

Als er wieder zu Hause war, hatte Wynton sofort damit begonnen, Erkundigungen einzuholen. Er stammte aus einer alteingesessenen Familie, doch sein Beruf als Architekt sowie ein längerer Auslandsaufenthalt hatten dazu geführt, dass er den Kontakt zum gesellschaftlichen Leben im Ort verloren hatte. Ihm wäre keines der einfältigen Schulmädchen von früher eingefallen, aus dessen sommersprossigem Kokon ein so temperamentvolles junges Wesen hätte entschlüpfen können, wie es ihm gerade begegnet war.

Die Lösung des Rätsels lautete, dass Sherbroome House wieder bewohnt war. Das ehrwürdige graue Gemäuer, das abseits des Dorfes stand und dennoch die dicht gedrängten Fachwerk-Cottages mit ihren moosbewachsenen Dächern zu beherrschen schien, hatte ihn schon als kleinen Jungen verzaubert. Die vernachlässigten Obstgärten und verfallenen Nebengebäude von Sherbroome House waren sein Abenteuerspielplatz gewesen, den er mit den tapferen Gestalten seiner Fantasie bevölkert hatte.

Die Melvins waren nach Sherbroome gekommen, nachdem der erste Sir Hugo, der mit Wilhelm dem Eroberer den

Kanal überquert hatte, in Richtung Südwesten geritten war. Sherbroome House wurde zum Regierungssitz für das Umland. Nachdem Sir Reginald Melvin sein eigenes Schiff in Brand gesetzt und dazu beigetragen hatte, die spanische Armada an der Felsenküste des elisabethanischen Englands zu vernichten, hatte die Regentin ihm die Ehre eines fünftägigen Besuchs erwiesen, der zwar Sir Reginalds Vermögen getilgt, ihm dafür jedoch eine Freiherrenwürde eingetragen hatte.

Das waren große Zeiten gewesen für die Melvins, die Barone von Sherbroome. Am Ende jedoch sollte ihre Loyalität zur Krone sie teuer zu stehen kommen. Als Royalisten in einem Landesteil, der während des Bürgerkriegs vom Parlament gehalten wurde, waren sie nach dessen Ende unter Charles dem Zweiten zur Macht zurückgekehrt, hatten dann jedoch den fatalen Fehler begangen, weiterhin zu den Jakobiten zu halten, als Georg von Hannover König von England wurde. Und nachdem die blutige Schlacht bei Culloden verloren war und Charles Stuart akzeptiert hatte, dass das nun das Ende bedeutete, und zurück nach Frankreich ins Exil gegangen war, fiel der Kopf des sechsten Lord Sherbroome unter dem Henkersbeil auf dem Tower Hill, und die Freiherrenwürde wurde ihm genommen.

Irgendwie hatte die Familie es zwar geschafft, das Haus und den geschrumpften Grundbesitz zu halten, aber ihre finanziellen Mittel waren erschöpft, und die alte Herrlichkeit war dahin. Im späten neunzehnten Jahrhundert war die Lage derart kritisch, dass die kärglichen Überreste einem entfernten Cousin hinterlassen wurden, der es sich nicht einmal leisten konnte, auf seinem ererbten Besitz zu leben. So hatte sich Sherbroome House in ein verfallenes Haus verwandelt, das stets verrammelt war und in dem nur noch Gespenster und Erinnerungen umgingen.

So lange Roger Wynton denken konnte, war wild über das Anwesen spekuliert worden. Das Dorf wahrte Respekt für seinen großen grauen Herrensitz, und einige alte Männer wurden nicht müde zu schwören, dass die Melvins eines Tages zurückkehren und die vergangene Pracht wieder aufleben lassen würden.

Doch die Jahre vergingen, und die verarmten Nachfahren der stolzen Familie, die sich des Besuchs einer Königin hatte rühmen können, gaben nicht das kleinste Zeichen, dass mit ihrer Rückkehr zu rechnen war. Und jetzt sah es so aus, als würde niemals mehr ein Melvin dort wohnen, denn Sherbroome House war verkauft worden.

Der neue Besitzer, so erfuhr Roger, hieß Benedict Grame. Vermutlich hatte er das Haus lediglich zum Nennwert erworben – die Käufer hatten nicht unbedingt Schlange gestanden –, gleichwohl aber eine Menge in die Renovierung gesteckt. Er musste also ein recht vermögender Mann sein.

Aber das Mädchen, hatte Roger vorsichtig nachgehakt. Wer war denn nun das junge Mädchen? Grames Tochter?

Nein, nicht Grames Tochter. Im Grunde niemandes Tochter. Zumindest hatte sie keine Eltern mehr. Sie stand unter der Obhut Jeremy Rainers, eines engen Freundes von Grame. Rainer hatte sie großgezogen und allem Anschein nach seit dem Tode ihres Vaters, der sein Geschäftspartner gewesen war, für sie gesorgt.

Verbrachte sie denn viel Zeit in Sherbroome? Diese Frage wurde bejaht. Rainer und Grame waren gute Freunde, und

Grame schien Denys sehr gern zu haben. Denys – das war ihr Name, Denys Arden. Sie mache wohl häufig Ausritte.

Mehr Informationen hatte Roger Wynton nicht gebraucht. Sooft er sich von seinem Büro in London freimachen konnte, sah man jetzt auch ihn zu Pferde.

Beim vierten, sorgfältig geplanten Ausritt war ihm endlich das scheinbar zufällige Wiedersehen mit Denys gelungen, bei dem er sie an ihre erste Begegnung erinnert hatte. Ihr Sinn für Humor zeigte sich der Situation gewachsen – wie Roger sich bereits gedacht hatte – und von da an hatten die Dinge, wie man so schön sagt, ihren Lauf genommen.

Wynton war nun regelmäßiger Besucher in dem alten grauen Herrenhaus, in dem er als Junge so viel Zeit verbracht hatte. Wieder saß er in den schönen Räumen oder lauschte dem Klang seiner Schritte auf den breiten Steinterrassen nach. Das Haus war ihm jetzt noch mehr ans Herz gewachsen, da es zu ihm von Denys sprach. Ob im Hochsommer, wenn die Sonne die polierten Eichendielen wärmte, oder wie jetzt im tiefen Winter, wenn der harte graue Stein in den tanzenden Flammen des Kaminfeuers weichgezeichnet wurde, das Haus hatte durch Denys' Anwesenheit einen neuen Zauber gewonnen.

Er erhob sich von seinem Stuhl, langsam, um seine Vernarrtheit nicht zu verraten, dann drehte er sich halb und sah ihre Silhouette vor dem Fenster. Sie hatte den Kopf zurückgelegt, und der Feuerschein spielte auf ihrem Hals.

»Sieh mich nicht so an, Denys«, sagte er. »Ich ertrage das nicht. Ich bin verrückt nach dir.«

Sie lächelte ihn an.

»Ich mag es, wenn du so redest, Roger«, erwiderte sie sanft.

Er ging zu ihr und nahm ihre Hände.

»Denys – Liebling – bedeute ich dir auch etwas?«

Sie nickte ernst.

»Ja, Roger.«

»Dann sag, dass du mich schon sehr bald heiraten wirst!«

»Nein«, entgegnete sie fest. »Jeremy –«

»Jeremy!«, rief er zornig. »Jeremy! Warum muss er sich zwischen uns stellen? Ich weiß, was du ihm alles verdankst, aber es gibt Grenzen für das, was er von dir erwarten kann!«

Die braunen Augen des jungen Mädchens verrieten, wie aufgewühlt sie war, aber ihre Entschlossenheit wankte nicht.

»Das ist doch Schnee von gestern, Roger. Darüber brauchen wir nicht noch mal zu diskutieren.«

»Es wäre leichter, wenn wir mehr über seine Gründe wüssten. *Warum* bleibt er bei seiner Weigerung? Ich bin nicht so furchtbar hässlich, dass Kinder bei meinem Anblick schreiend weglaufen müssten!«

»Für ein hässliches Entlein bist du jedenfalls ganz nett«, sagte Denys.

Ihre Hände zerzausten sein Haar auf eine Weise, die ebenso besitzergreifend wie zärtlich war, und ihre Finger strichen über seine Wange. Es beruhigte sie, durch Roger Wyntons raues Gesicht zu fahren.

»Wenn ich auch nicht reich bin«, fuhr er fort, »so kann er sicher sein, dass du keine Geldsorgen haben wirst. Und er weiß, dass ich dich liebe. Das sieht doch ein Blinder!«

»So ist es«, sagte sie mit einem Anflug von Schalk in der Stimme, den sie nicht unterdrücken konnte. Roger grinste schief.

»Gibt es denn nichts, was wir tun können?«

»Ich habe schon alles versucht«, sagte Denys. »Es bringt nichts, die Augen davor zu verschließen: Er mag dich nicht.«

»Aber warum? Worum geht es denn eigentlich? Wenn er es doch nur aussprechen würde, dann hätten wir einen Ansatzpunkt. Aber so ist es nur ein stures, verblendetes Vorurteil! Die Wahrheit ist, dass er Angst hat, dich zu verlieren. Er ist nicht nur gegen mich, sondern würde Vorbehalte gegen jeden Mann hegen, der dich heiraten will.«

Er legte seine Hände auf ihre Schultern. Denys spürte den starken, nervösen Druck seiner Finger.

»Wie steht's mit Grame? Offensichtlich mag er dich, und er scheint auch Einfluss auf deinen Vormund zu haben. Kannst du ihn nicht auf unsere Seite bringen?«

Denys schüttelte den Kopf.

»Ich habe dir doch gesagt, dass ich alles versucht habe, Roger, und als einen der Ersten habe ich Onkel Benedict um Hilfe gebeten. Aber es hat nichts genützt. Er sagte, als er mit Jeremy darüber sprach, war es, als wedelte er mit einem roten Tuch direkt vor der Nase eines Stieres. Welchen Einfluss Onkel Benedict auch besitzen mag, so weit reicht er offenbar nicht.«

Wynton war einen Augenblick still. Dann sagte er:

»Ich muss es einmal aussprechen, Denys.« Seine Stimme hatte einen entschiedenen Ton angenommen. »Es ist etwas Eigenartiges an Rainer. Du weißt, dass es stimmt«, setzte er rasch hinzu, ihrem Protest zuvorkommend. »Und überhaupt, die ganze Atmosphäre im Haus ist sonderbar. Je schneller ich dich von hier fortbringe, desto besser.«

Er sprach so ernst, dass ihre Empörung verflog, bevor sie Wurzeln schlagen konnte.

»Was in aller Welt meinst du nur, Roger?«

»Ich meine, dass es mir nicht gefällt, dich inmitten deiner merkwürdigen Verwandten zu sehen. Ja, ich weiß, sie sind nicht wirklich deine Verwandten. Vielleicht kann ich deswegen so freimütig über sie sprechen. Sie sind nicht normal. Man kann nie vorhersagen, wann sie aufhören, sich wie vernünftige menschliche Wesen zu benehmen, um etwas vollkommen Absurdes zu tun.«

»Du meinst, so wie Onkel Gerald, der letztes Jahr in kurzen Hosen als Schuljunge verkleidet zur Blumenschau gefahren ist und die netten alten Damen vom Nähkränzchen schockiert hat?«

»Oder wie er sich im Kinderwagen mit einem Schnuller im Mund durch die Dorfstraße hat schieben lassen, während vorneweg die Blaskapelle spielte!«

»Du wirst doch daran nichts Schlimmes finden, Roger! Du weißt, wie sehr Gerald einen Schabernack liebt. Er ist nichts weiter als ein großer Junge!«

»Ich kann schon einen Schabernack vertragen, aber mir scheint, für so eine Peter-Pan-Darbietung sind seine Knie ein bisschen zu groß!«

»Jetzt übertreibst du aber!«

»Mag sein«, gab Wynton zu. »Aber du lebst auf jeden Fall in einem absonderlichen Haushalt. Gerald mit seinen periodischen Ausbrüchen von Schülerhumor, der sich abwechselnd mit Whisky volllaufen lässt und dann wieder Besserung schwört; Charlotte, die sich stundenlang in ihrem Zimmer einschließt und sich benimmt wie eine säuerliche alte Jungfer mit einem dunklen Geheimnis. Es erstaunt mich, dass Grame die beiden überhaupt ertragen kann. Nach spätestens einem Monat wäre ich vollkommen verrückt, er aber scheint alles stillvergnügt hinzunehmen.«

»Wenn du so davon erzählst«, sagte das junge Mädchen nachdenklich, »klingt das alles wirklich ziemlich seltsam. Aber sie waren alle immer so lieb zu mir. Ich kann mich doch nicht plötzlich gegen sie stellen!«

»Ich behaupte ja auch nicht, dass du Gefahr läufst, das Opfer irgendwelcher teuflischen Pläne ihrerseits zu werden«, beeilte sich Wynton zu versichern. »Aber die Atmosphäre im Haus ist einfach nicht gesund. Ich verstehe nicht, wieso Rainer dir erlaubt, so viel Zeit hier zu verbringen.«

»Er ermutigt mich sogar dazu«, sagte Denys. »Ich hatte bis jetzt auch nicht das Gefühl«, fügte sie hinzu, »dass *du* etwas dagegen hast.«

»Habe ich auch nicht. Aber was mich doch interessiert: Warum hat Rainer sich plötzlich dazu entschlossen, die Feiertage hier zu verbringen?«

»Wir sind Weihnachten eigentlich immer bei Onkel Benedict. Das ist so eine Art Tradition.«

»Ich weiß, dass Grame es liebt, zu Weihnachten seine Freunde und Familie um sich zu versammeln, und dass ihr immer dabei gewesen seid. Aber dieses Jahr wollte Rainer doch nach Amerika reisen, und er hätte vergangene Woche an Bord gehen sollen. Was hat ihn sich umentscheiden lassen?«

Das junge Mädchen hatte die Stirn in Falten gelegt. Wynton sah, dass seine Frage eine Angelegenheit berührte, über die sie sich auch schon den Kopf zerbrochen hatte.

»Ich weiß es nicht, Roger«, gestand sie schließlich. »Es *war* merkwürdig. Er hat alle seine Pläne aus heiterem Himmel aufgegeben. So etwas sieht ihm gar nicht ähnlich.«

»Und er hat dir keinen Grund dafür genannt?«

»Nein.«

»Und auch das ist ungewöhnlich, nicht wahr?«

»Er hält sonst nichts vor mir geheim. Ich habe mich schon gefragt, warum er nichts weiter dazu gesagt hat. Ich dachte –«

Sie brach ab, als die Zimmertür geöffnet wurde. Instinktiv wichen sie auseinander und wandten sich der Tür zu. Eine hoch gewachsene Gestalt erschien auf der Schwelle. Finster und starr stand sie im Dämmerlicht.

Denys Fantasie überschlug sich: Donnerschlag draußen. Auftritt des Verschwörers. Beinahe hätte sie bei diesem albernen Gedanken vor Nervosität gekichert.

Dann trat Nicholas Blaise ins Zimmer. Er ließ seinen Blick zu dem Paar am Erkerfenster wandern, hinter dem der Schnee in wilden Wirbeln zur Erde trudelte und sagte: »Hallo.«

Im Näherkommen fügte er hinzu: »Freut ihr euch über den Schnee? Sieht ganz so aus, als würden wir zum Fest auch die passende Kulisse bekommen.«

Sein Ton war ungezwungen, doch seine dunklen Augen blickten sie forschend an. Die beiden wussten nicht, ob er ihre Unterhaltung belauscht hatte, und er ließ sich auch nichts anmerken.

Es war ohnehin nicht so leicht zu ergründen, was Nicholas Blaise dachte, oder wie viel er ahnte. Er war seit vielen Jahren Benedict Grames Sekretär und enger Freund und wusste zweifellos eine Menge über jeden Gast, der nach Sherbroome House kam.

Sein Alter war ebenfalls schwierig zu schätzen. Auf den ersten Blick wirkte er jung, doch wenn man ihn genauer betrachtete – den leicht zurückweichenden Haaransatz, die dunkelbraunen, wissenden Augen, die lange, dünne Nase und den Ausdruck seines fein geschnittenen, intelligenten Gesichts –, kam man zu dem Schluss, dass er doch älter sein musste, als man ursprünglich angenommen hatte. Seine Finger waren lang, sie wirkten ausdrucksvoll wie die eines Künstlers. Er mochte sich als eine unauffällige Gestalt im Hintergrund geben, aber ihm entging fast nichts.

Im Augenblick trug er eine leicht belustigte Miene zur Schau. Es war der Ausdruck eines Mannes, der weiß, dass man etwas vor ihm verbergen will, jedoch die Ironie der Tatsache genießt, dass er über dieses Etwas bereits bestens unterrichtet ist.

Denys Arden fand das ein wenig beängstigend. Leicht angespannt wartete sie auf seine nächsten Worte, auch wenn es keinerlei Grund für diese Beunruhigung gab. Es war nichts Seltsames an Nick, er benahm sich vollkommen normal. Es war nur ihre Fantasie, die sie dazu brachte, sein Verhalten als rätselhaft zu empfinden. Das war Rogers Schuld. Seine albernen Geschichten über das Haus und seine Bewohner ließen Dinge Gestalt annehmen, die gar nicht existierten.

»Ich hoffe, das Wetter hält sich.« Blaise spähte aus dem Fenster. »Wenn wir ordentlich Schnee bekommen, ist Benedict in seinem Element.«

Es war eine für Nick so typische Bemerkung, dass Denys spürte, wie sich ihr mulmiges Gefühl verflüchtigte.

»Onkel Benedict liebt es ja wirklich, Weihnachten mit allem Drum und Dran zu feiern«, sagte sie erleichtert. »Ich nehme an, dass er wieder die übliche Rolle spielen wird?«

Blaise wandte sich schmunzelnd vom Fenster ab.

»Ich glaube, er freut sich das ganze Jahr auf Heiligabend.

Heute Morgen hat er sein Kostüm vorbereitet, und seit Tagen schon versteckt er mysteriöse Päckchen!«

Weihnachten im Hause Grame folgte einem strengen, unabänderlichen Ablauf. In einem Haus voller Gäste – wobei ein großer Christbaum nicht fehlen durfte – präsentierte sich Grame seinen Zuschauern voll kindlichen Vergnügens in vollem Ornat aus langem rotem Mantel und weißem Bart, um am späten Heiligabend – wenn er sich unbeobachtet wähnte – Geschenke für alle Gäste an den Baum zu hängen.

Er war Junggeselle, und da er keine Kinder hatte, mit denen er seine Begeisterung teilen konnte, schien es, als habe er dieses Verfahren gewählt, um in den Genuss unbeschwerter Weihnachten zu kommen. Da seine Marotte niemandem Schaden zufügte, sah man sie ihm nach, und Grame, dessen Großzügigkeit als reicher Mann im Kreise seiner Bekannten legendär war, durfte sich seinem alljährlichen Rollenspiel hingeben, ohne dass er Gefahr lief, verspottet zu werden. Die meisten Gäste waren bereits vor ihrer Ankunft von dieser Gewohnheit unterrichtet, und wenn nicht, so wurden sie von den Erfahreneren entsprechend instruiert.

Falls einer, den das Leben in der rauen, geldversessenen Welt abgebrüht hat, der Ansicht gewesen wäre, für einen Mann wie Grame sei dies ein seltsamer Tick, so wäre er besser beraten, seine Meinung für sich zu behalten. Das gebot zum einen die Höflichkeit und der festliche Anlass, aber man durfte auch nicht vergessen, dass Benedict Grame ein Mensch war, dem man lieber nicht in die Quere kam.

Die blauen Augen, wohl verborgen unter den buschigen grauen Augenbrauen, betrachteten die Welt zumeist mit Gelassenheit, doch zuweilen konnte ein zorniger Funke in ihnen aufblitzen. Dann richtete sich seine grobknochige Gestalt zu beeindruckender Größe auf, und es war nicht zu übersehen, dass in dem bedächtigen Mann, der das Leben mit amüsierter Distanz nahm und ein kindliches Vergnügen daran fand, sich als Weihnachtsmann zu verkleiden, ein Feuer loderte.

Denys Arden hatte dies schon früh erfahren müssen. Als der Mann, den sie als Onkel bezeichnete, Denys einmal im verbotenen Territorium seines Arbeitszimmers fand, wo sie in seliger Selbstvergessenheit kindliche Kunstwerke auf seine kostbaren Papiere malte, hatte er sie sich zur Brust genommen und ihr damit lang währenden Respekt eingeflößt.

Aus irgendeinem unerfindlichen Grund kam ihr diese uralte, aber immer noch lebendige Erinnerung in den Sinn, während sie Nicholas Blaise anschaute. Er wiederum fragte sich, woran sie wohl dachte, aber Denys verriet ihm nicht, was sie beschäftigte. Stattdessen fragte sie:

»Wer wird denn alles kommen, Nick?«

»Die üblichen Verdächtigen«, erwiderte er. »Rosalind Marsh, Austin Delamere – und natürlich wir alle. Die Napiers wohl auch. Mit Mrs Tristam im Gefolge.«

»Oh!«, entfuhr es Denys.

»Ja«, sagte Nicholas Blaise.

Lucia Tristam ließ sich immer öfter im Haus blicken. Sie war unbestimmbaren Alters. Zwar hatte sie die Dreißig schon überschritten, viel mehr ließ sich aber nicht sagen. Zweifellos war sie eine sehr gut aussehende Frau. Ihr üppiges dunkelrotes Haar, in dem eine Myriade feiner Glitzerpunkte funkelte, wenn sie ihren Kopf mit einstudierter Unbekümmertheit im Licht drehte, hätte in jeder Gesellschaft Aufsehen erregt. Da sie zudem eine schillernde Persönlichkeit und eine elegante, grazile Figur besaß, mangelte es ihr nicht an Bewunderern.

»Sie ist Witwe, nicht wahr?«, fragte Wynton.

»Das sagt *sie*«, betonte das junge Mädchen. »Wir wissen nicht, ob sie Witwe ist, und auch nicht, ob sie wirklich Lucia heißt.«

»Du meinst, sie behauptet diese Dinge nur um ihrer Wirkung willen? Ich darf wohl annehmen, dass du die Dame nicht magst?«

»So ist es«, erwiderte Denys unverblümt.

»Sie kennen Mrs Tristam ja noch gar nicht«, warf Blaise ein, der offenkundig Gefahr witterte und sich an Wynton wandte, bevor das junge Mädchen deutlicher werden konnte. »Sie waren noch nicht sooft hier, seit die Dame in unserer Gegend weilt, und bislang haben sich Ihre Besuche nicht überschnitten. Sie ist seit letztem September Hausgast der Napiers.«

»Sie wollte nur *einen* Monat bleiben«, betonte Denys.

»Ich glaube nicht, dass sie nur für eine bestimmte Zeit bleiben wollte«, bemerkte Blaise taktvoll, »obwohl es jetzt natürlich so aussieht, als würde sie ihren Besuch ausdehnen.«

Es war deutlich, dass es hierüber mehr zu sagen gab. Wynton bot eine Erklärung an:

»Vielleicht bekommt ihr die Luft in unserer Gegend besonders gut.«

Blaise warf ihm einen verschmitzten Blick zu. In seinen braunen Augen glomm Belustigung.

»Ich glaube nicht«, bemerkte er, »dass es nur an der guten Luft liegt.«

»Ich werd's dir sagen«, meinte Denys. »Nick ist ja viel zu

höflich. Diese Tristam ist auf Männerfang. Im Moment scheint sie sich noch für keinen entscheiden zu können. Die Chancen stehen fünfzig zu fünfzig für Jeremy oder Onkel Benedict.«

Roger Wynton zog die Brauen hoch.

»Das ist es also.«

»Das«, bestätigte sie, »ist es.«

»Was halten ihre Opfer davon?«

»Sie ist clever«, erklärte Denys. »Sie hat eine tolle Figur. Und du weißt ja, wie Männer sind.«

Nicholas Blaise wirkte wachsam wie ein Mann, der stürmische Wellen vor sich sieht und diese um jeden Preis vermeiden will.

»Ich werde nun meinen Rundgang fortsetzen«, verkündete er. »Bin eigentlich nur hereingekommen, weil ich Benedict suche. Ihr wisst wohl nicht zufällig, wo er sich aufhält?«

»Tut mir leid«, sagte Wynton. »Ich habe ihn den ganzen Nachmittag nicht gesehen.«

Blaise war schon im Begriff, das Zimmer zu verlassen, als Denys ihn aufhielt:

»Einen Augenblick, Nick, bevor du uns wieder entwischst. Gibt es noch etwas zum Fest zu sagen? Oder zu den Gästen? Kommt noch jemand, den wir nicht kennen?«

»Nun, ein gewisser Professor Lorring, der euch zumindest seinem Namen nach bekannt sein dürfte. Er ist Wissenschaftler. Ach ja, und Mordecai Tremaine.«

»Tremaine?«, wiederholte Wynton. Blaise nickte.

»Ja. Es ist sein erster Besuch hier.«

»Alt oder jung?«, fragte Denys.

»Eher betagt. In den Sechzigern, würde ich schätzen. Er ist

ein interessanter Mensch. Ein bisschen sentimental. Ich könnte mir vorstellen, dass er euch gefallen wird.«

Blaise sah vom einen zum anderen, während er dies sagte. Denys wusste nicht genau, ob er damit etwas andeuten wollte oder nicht, und während sie noch unschlüssig war, nutzte Blaise die Gelegenheit, um das Zimmer zu verlassen.

»Klingt nach der gleichen Mischung wie immer«, bemerkte Wynton, nachdem die Tür hinter Blaises dunkler Gestalt ins Schloss gefallen war. »Abgesehen von Lorring und Tremaine. Und ich nehme nicht an, dass die beiden so sehr ins Gewicht fallen werden.«

»Aber du musst zugeben, Roger«, sagte das junge Mädchen, »dass Onkel Benedicts Weihnachtsfeste Spaß machen. Er gibt sich alle Mühe, damit sie ein Erfolg werden.«

»Ja«, murmelte Wynton langsam. »Ja, das tut er.«

Er wirkte abgelenkt, hatte wie mechanisch geantwortet. Doch bevor Denys ihn darauf ansprechen konnte, wurde die Tür erneut geöffnet.

Wynton spürte die Abneigung in Jeremy Rainers grauen Augen, noch bevor der ältere Herr ganz eingetreten war. Er reagierte instinktiv, und die Feindseligkeit knisterte zwischen den beiden Männern.

»Hab gar nicht gewusst, dass Sie im Haus sind, Wynton.«

Seine Stimme klang ruhig, aber seine Worte waren mit dem Eis der Feindschaft überzogen. Denys warf sich in die Bresche:

»Roger ist hergekommen, um mit mir spazieren zu gehen, aber ich fand das Wetter wenig verheißungsvoll, deshalb haben wir uns gar nicht erst auf den Weg gemacht.«

»Und das war auch sehr klug von dir, Liebes. Es sieht nach einem heftigen Schneetreiben aus.«

»Wir haben gerade zu Nick gesagt, wie Onkel Benedict sich freuen wird. Zu seinem Weihnachtsglück hat ihm nur noch Schnee gefehlt!«

Das junge Mädchen war nervös und bemühte sich, eine Unterhaltung in Gang zu halten, damit die beiden Männer einander nicht an die Gurgel gingen. Rainer warf ihr einen raschen Blick zu, als hätten ihre Worte eine Saite in ihm angeschlagen, die er lieber unberührt gesehen hätte.

»Ja«, sagte er nach einer kleinen Pause. »Ja, der hat ihm wohl nur noch gefehlt.«

Er ging zum Fenster und gab Roger Wynton damit Gelegenheit, sein hartes Profil im winterlichen Licht zu studieren. Es bestand ganz entschieden eine gewisse Ähnlichkeit, sinnierte er. Eis – innen wie außen.

Jeremy Rainer hatte die meisten seiner Direktorenposten niedergelegt und bestritt seinen Ruhestand, wie allgemein angenommen wurde, aus seinem erworbenen Vermögen. Er stand im Ruf, ein skrupelloser Geschäftsmann gewesen zu sein, was sich in der adlerartigen Krümmung seiner Nase, die im Profil besonders deutlich sichtbar war, sowie in seinen fest zusammengepressten Lippen über dem unbeugsamen Kiefer widerzuspiegeln schien.

Ein harter Mann, der sich nie, so hieß es, von Gefühlen beeinflussen ließ. Und das traf weitestgehend zu, nur im Falle von Denys nicht, wie Roger Wynton ihm zugestehen musste. Was Jeremy Rainer an Menschlichkeit verblieben war, konzentrierte sich auf sein Mündel. An seiner Zuneigung zu ihr konnte es keinen Zweifel geben.

Das ist der Grund, dachte Wynton leise bei sich, für seine Weigerung. Er kann Denys nicht mit einem anderen teilen.

Sie ist wie ein Kleinod, das er in seinem Herzen einzuschließen wünschte, und die Aussicht auf Verlust kann er nicht ertragen.

Ein grauer Mann, das war Jeremy Rainer. Graue Haare; graue Augenbrauen, die sich buschig über harten Augen wölbten, die ebenfalls grau waren; ein grauer Schnurrbart, sorgfältig gestutzt und steif; und zu guter Letzt eine graue, abstoßende Seele.

Verflucht sollte er sein! Wie konnte er sich anmaßen, über das Leben eines anderen Menschen zu bestimmen? Wie konnte er sich erdreisten, Denys Vorschriften zu machen?

Für einen Moment wallte so starker Zorn in ihm auf, dass er überrascht war. Er wollte seine Hände auf die breiten, unduldsamen Schultern legen, er wollte die graue Gestalt herumreißen und ihr eine Kampfansage in das frostige Gesicht schleudern. Wollte brüllen, dass Denys ihm gehörte und dass er sie heiraten werde und dass Jeremy Rainer zur Hölle fahren solle.

Doch dann trat der Mann vom Fenster zurück, und sogleich wirkte er etwas weniger finster, und Rogers Wutanfall ebbte ab.

»Mir war, als hätte ich vor Kurzem ein Auto gehört«, bemerkte Rainer beiläufig. »Schon jemand eingetroffen, Denys?«

»Ich glaube nicht«, antwortete sie. »Wahrscheinlich hast du Rogers Wagen gehört. Werden heute überhaupt schon Gäste erwartet? Ich dachte, die Stunde Null wäre erst morgen.«

»Ich habe gehört, dass Professor Lorring vielleicht schon heute eintrifft«, sagte Rainer, »obwohl die meisten Gäste sicher nicht vor morgen zu erwarten sind. Delamere wird vermutlich erst wieder in letzter Sekunde eintreffen. Er pflegt den genauen Zeitpunkt seiner Ankunft bis Heiligabend offen zu lassen. Wahrscheinlich glaubt er damit den Eindruck zu erwecken, dass Politiker wie er vor Arbeit nicht mehr ein noch aus wissen.«

»Was ist mit dem anderen neuen Gast?«, fragte Denys. »Abgesehen von Professor Lorring, meine ich. Wie sagte Nick noch gleich, war sein Name, Roger?«

»Tremaine«, sagte Wynton. »Mordecai Tremaine.«

»Wer ist Mordecai Tremaine?«, fragte Rainer.

»Jetzt bin ich aber enttäuscht«, sagte Denys. »Ich hatte geglaubt, *du* könntest uns das sagen.«

»Kenne den Mann nicht«, gab Rainer zurück. »Irgendjemand, den Benedict eingeladen hat, um die Gästeschar zu vergrößern, würde ich mal vermuten.«

Wynton hatte die Stirn in Falten gelegt.

»Weißt du, Denys«, begann er zögernd, »ich glaube, ich *habe* den Namen schon einmal gehört. Seit Blaise ihn erwähnt hat, zerbreche ich mir den Kopf darüber.«

Seine Falten vertieften sich. Plötzlich rief er:

»Das ist es! Daher kam mir der Name bekannt vor! Aus der Zeitung! Er ist so eine Art Detektiv!«

Etwas klapperte vernehmlich. Jeremy Rainer war gerade dabei gewesen, eine Zigarette aus der silbernen Dose zu nehmen, die auf einem Tischchen stand.

»Was meinen Sie damit?«, fragte er barsch.

»Da war diese Affäre in Sussex, im letzten Sommer«, erklärte Wynton. »Dieser Bursche Tremaine hat damals mit der Polizei zusammengearbeitet. Die Zeitungen waren voll davon.«

»Das klingt ja spannend«, meinte Denys. »In welchem Feld ermittelt er denn?«

»Dem des großen Verbrechen«, erwiderte Wynton. »Mord.«

Und dann fiel ihm etwas Merkwürdiges auf. Jeremy Rainer zündete seine Zigarette an und brauchte ziemlich lange dazu. Weil ihm die Hände zitterten.

2

Am Ende siegte die Neugier. Mordecai Tremaine wusste, dass er sich das Weihnachtsfest verderben würde, wenn er die Einladung ausschlug. Denn dann würde er sich unablässig fragen, was er mit der Absage der Reise nach Sherbroome verpasst hätte und warum Benedict Grame ihn überhaupt eingeladen hatte.

Eigentlich kannte er Grame nicht sonderlich gut. Ihre Bekanntschaft war vielmehr so flüchtig, dass die liebenswürdige Einladung, in der er gebeten wurde, die Festtage, wenn er möge, in Sherbroome House zu verbringen, und die er während des Frühstücks gelesen hatte, zunächst einmal dafür gesorgt hatte, dass er seinen Toast kalt werden ließ.

Der Brief war von Nicholas Blaise verfasst worden, den Mordecai Tremaine als Grames Privatsekretär sowie engen Freund kennengelernt hatte. Es gab ein Postskriptum, das Blaise in seiner schönen, künstlerisch fließenden Handschrift verfasst hatte:

Bitte besuchen Sie uns, wenn es Ihnen irgend möglich ist. Benedict wird Ihnen außerordentlich dankbar sein. Mein Gefühl sagt mir, dass es hier etwas gibt, das Sie interessieren könnte. Benedict sagt nicht viel dazu — im Grunde weiß er gar nicht, dass ich mich hier äußere, deshalb wäre ich Ihnen sehr verbunden, wenn sie darüber Stillschweigen bewahren. Aber ich spüre, dass etwas nicht in Ordnung ist, und ehrlich gesagt, ängstige ich mich.

Mordecai Tremaine hatte bereits mehrere Einladungen aus seinem großen Verwandten- und Freundeskreis erhalten und eigentlich schon beschlossen, die Feiertage in Dorset zu verbringen, wo mehrere seiner Neffen und Nichten fleißig ihren Nachwuchs aufzogen. In Dorset würden ihn etliche kleine Jungen und Mädchen willkommen heißen, die nur zu gut wussten, dass Onkel Mordy eine Schwäche für sie hatte und ihnen jeden Wunsch von den Augen ablas. Aber das Postskriptum konnte nicht ignoriert werden. Es klang geheimnisvoll, und Mordecai Tremaine hatte der Verlockung eines Geheimnisses noch nie widerstehen können.

Also schickte er bedauernde Absagebriefe nach Dorset und schrieb nach Sherbroome, um sich für die Einladung zu bedanken. Er werde, wie das Schreiben nahelegte, am Nachmittag vor Heiligabend eintreffen.

Und nachdem er diese Entscheidung getroffen hatte, setzte er sich hin und überlegte, was er über Benedict Grame wusste.

Er hatte Grame im vergangenen September bei einer Party mit bunt gemischtem Publikum kennengelernt, die Anita Lane in ihrer Wohnung in Kensington gegeben hatte. Anita war eine bekannte Filmkritikerin, doch äußerlich einer harten Karrierefrau sehr unähnlich, was ihr sicherlich recht war. Mordecai Tremaine kannte sie seit mehreren Jahren und mochte sie sehr – rein platonisch natürlich, wie er sich stets einzureden pflegte. Auch wenn Anita in den Vierzigern sein mochte, so hatte er doch bereits die Sechzig hinter sich gelassen – und dieser Altersabstand war zu groß, um so einfach dauerhaft überbrückt zu werden.

Die Party war hauptsächlich von Künstlern besucht gewesen, von Schriftstellern und Theaterleuten. Alles in allem eine sonderbare Gesellschaft für einen Mann wie Benedict Grame, der ungeachtet seiner katholischen Erziehung geneigt war, derartige Leute mit einem Erstaunen zu betrachten, das an religiöse Ehrfurcht grenzte – was diejenigen, die ihren Lebensunterhalt auf der Bühne und mit dem gedruckten Wort verdienen, ohnehin oft bei Laien erleben.

Vielleicht, weil sie alle drei sich außerhalb des magischen Einflussbereichs von Autorenverträgen und Theatergarderoben befanden, waren Grame und sein Gefährte Nicholas Blaise mit Mordecai Tremaine zusammengekommen. Am Ende eines ausgedehnten Abends – um vier Uhr morgens teilten sie sich ein Taxi – hatten sie eine Menge übereinander in Erfahrung gebracht. Grame war aus dem aktiven Geschäftsleben ausgeschieden und erfreute sich nun eines Lebens als Gentleman auf dem Lande. Blaise bekleidete zwar offiziell die Stellung seines Sekretärs, war aber offenkundig sehr viel mehr als ein bezahlter Angestellter, denn die Innigkeit der Freundschaft zwischen beiden zeugte davon, dass er Grames vollstes Vertrauen besaß.

Mordecai Tremaines Gedächtnis konnte allerdings nicht mehr viel von ihrer Unterhaltung zutage fördern. Je angeheiterter er wurde, desto verschwommener war seine Wahrnehmung geworden – es war auf der Party sehr feuchtfröhlich zugegangen –, und nach dieser langen Zeit waren ihm große Teile des Abends ohnehin entfallen.

Er vermeinte sich schwach zu erinnern, erzählt zu haben,

dass er früher Besitzer eines florierenden Tabakladens gewesen sei und sich nun der Früchte seiner Arbeit erfreue. Auch hatte er sein Interesse an der Kriminologie erwähnt und seine Freundschaft mit etlichen Polizisten.

Er glaubte jedoch nicht, dass er sich zu detailliert über sein Hobby ausgelassen hatte. Er war ein reiner Amateur und hegte nicht den Wunsch, seine Freunde – zum Beispiel Inspector Boyce von Scotland Yard – zu blamieren, indem er öffentlich verkündete, dass er an Ermittlungen beteiligt gewesen war, die in den Zuständigkeitsbereich der Polizei fielen.

Die Aufmerksamkeit, die ihm die Presse zurzeit der Dalmering-Morde gewidmet hatte, war ihm immer noch peinlich. Er war nicht selbst in die Öffentlichkeit getreten, aber die Reporter, die in Scharen in das Dörfchen in Sussex eingefallen waren, hatten seine Verbindung mit dem Fall aufgedeckt und ihn ins grelle Rampenlicht gezerrt. Manchmal überliefen ihn auch jetzt noch Schauder des Unbehagens, wenn er an die weniger zurückhaltenden Schlagzeilen dachte.

Er hoffte indes, dass er von seiner geheimen Leidenschaft für rührselige Liebesromane nichts verraten hatte. Mordecai Tremaine war ein treuer Leser des unschuldigen, aber zweifellos etwas kitschigen Magazins *Romantische Geschichten*. Begierig folgte er sämtlichen Fortsetzungsromanen und litt und triumphierte mit deren tugendhaften Heldinnen. Obwohl er ein eifriger Leser des Blattes war, schämte er sich jedes Mal, wenn er bei der Lektüre ertappt wurde, und versuchte dann vergeblich, das Blatt außer Sicht zu schmuggeln. Er hielt Benedict Grame nicht für einen Mann, der eine derartige Schwäche verstehen würde. Geständnisse, die man um vier Uhr in der Frühe ablegt, wirken bei Tageslicht nun mal elend abgedroschen.

Das Problem mit den *Romantischen Geschichten* beschäftigte Tremaine auch noch einige Wochen später, als er in seine bescheidene, in Massenproduktion gefertigte Limousine stieg – eine seiner wenigen Extravaganzen – und sich an einem sonnigen, aber frostigen Morgen vorsichtig seinen Weg durch das Londoner Verkehrsgewühl bahnte. Allerdings sagte es viel über ihn aus, dass im Koffer auf dem Rücksitz die letzte Ausgabe des Magazins zwischen den Falten seines Abendanzugs steckte. Mordecai Tremaine mochte zwar echte Seelenqualen ausstehen, aber feige war er nicht.

Er war guten Mutes. Er summte eine fröhliche Melodie, die er beim Rasieren im Radio gehört hatte, und hörte selbst dann nicht auf, als er das Steuer verreißen musste, um nicht zwischen einem stehenden Lastwagen und einem forsch vordrängelnden Omnibus zerquetscht zu werden. Seine gute Laune war nicht allein darauf zurückzuführen, dass die Sonne schien und ihn durch das Autofenster eine frühlingshafte Wärme erreichte. Auch lag es nicht nur daran, dass Weihnachten war und seine Seele auf einer Welle jahreszeitlicher Gefühle dahinschwebte, ausgelöst durch Schneedekorationen und Lichterketten in den Schaufenstern.

Er steuerte auf ein Abenteuer zu. Irgendwo vor ihm lag ein Problem, das gelöst werden wollte, und er verspürte ein erwartungsvolles Kribbeln. Seit jenen Sommertagen, als der Schrecken in das liebliche Dalmering eingezogen war, hatte er den Nervenkitzel einer Ermittlung in einem Verbrechen im wahren Leben nicht mehr auskosten können. Seine Lust an kriminologischen Fällen hatte sich gezwungenermaßen auf Bücher beschränken müssen. So hatte er die schäbigen, allzu menschlichen Begleitumstände von Hass, Angst und Eifersucht vollkommen vergessen, genauso wie den Umstand, dass am Ende der Jagd auf den Mörder fade Ernüchterung und die Vernichtung eines menschlichen Wesens standen. Er erinnerte sich lediglich an das Jagdfieber und die Herausforderung, seinen Verstand mit dem eines gerissenen Mörders zu messen.

Mit einem Mal wurde er sich seiner Gedanken bewusst und rief sich zur Ordnung. Wieso dachte er sogleich an Mord? Zu welchen Verrücktheiten verleitete ihn seine Vorstellungskraft? Er war auf dem Weg zu neuen Freunden, mit denen er Weihnachten verbringen wollte. Es war ein fröhliches Fest, eines, an dem man sich von seiner besten Seite zeigte. Warum drifteten seine Gedanken auf derart unangemessene Weise ab?

Es gelang Tremaine, diese Ideen zu verscheuchen, doch nun war ein Teil seiner Begeisterung verflogen. Während er weiterfuhr, war sein Blick hinter dem Zwicker, der stets gefährlich rutschend auf seiner Nasenspitze balancierte, verhangen und ratlos.

Um die Mittagszeit hatten die Wolken einen bleifarbenen Baldachin über den Himmel gespannt, und die nackten Bäume auf dem kargen Land stemmten sich gegen den eisigen Wind. Er fuhr tiefer hinein in eine Welt aus grauem Licht und frostkalter Luft, in der entsetzliche Dinge geschehen konnten.

Natürlich wusste er, dass das Wetter eine Wirkung auf seine Fantasie hatte. Im West Country war bereits Schnee gefallen, und das schwindende Licht und das freudlose Seufzen des Windes bedeuteten lediglich, dass es nicht mehr weit dorthin war. Wenn er dieser winterlichen Landschaft Trauer und Schrecken andichtete, gab er seiner Einbildungskraft nach, die sich von der Einsamkeit kahler Dezemberäcker in die Irre führen ließ.

Zum Glück waren die Straßen zwar tief verschneit, aber sicher, und er konnte ein strammes Tempo beibehalten. Als er den langen Abhang in das Städtchen Calnford hinabfuhr, blieb ihm immer noch eine Stunde bis Sonnenuntergang, und Sherbroome, das wusste er, war nicht weiter als vier Meilen entfernt.

Da er folglich sein Ziel noch vor der Dämmerung erreichen würde, beschloss er, in dem Städtchen einen Tee einzunehmen. Der rechte Blinker seiner Limousine klemmte schon seit geraumer Zeit, und Mordecai Tremaine musste mit geöffnetem Beifahrerfenster fahren, um die Signale per Hand zu geben. Allmählich spürte er die lähmende Wirkung des eisigen Windes.

Gleich neben der Hauptstraße befand sich ein ruhiges Karree, das als Parkplatz diente. Er stellte seinen Wagen am Bordstein ab und schritt, froh über die Gelegenheit, sich die Beine vertreten zu können, in forschem Tempo auf die wimmelnde Einkaufsstraße zu.

Calnford war ein reizendes Städtchen. Seine steilen bewaldeten Hügel hatten verhindert, dass sich die üblichen Vorortsiedlungen wie ein Ausschlag rings um den Ortskern ausbreiteten. Hier bewahrte man die Anmut aus Calnfords Zeit als eleganter Kurort, als die Dandys des achtzehnten Jahrhunderts mit ihren Gainsborough-Damen in kerzenerleuchteten Ballsälen Menuett getanzt hatten. In den hohen Häusern mit ihren vornehmen Proportionen war der Geist Georg des Dritten noch lebendig.

Doch neben der stillen Erhabenheit seiner Plätze und den

friedlichen Gärten am Fluss, über den sich behäbige, steinerne Brücken wölbten, besaß Calnford ein pulsierendes Herz, das einen Strom des Wohlstands durch die Arterie der Geschäftsstraße pumpte, die gerade unterhalb der alten Mauern der Abtei lag. Mordecai Tremaine erfreute sich an dem prallen Leben, das auf den Gehsteigen an ihm vorüberzog. Am Straßenrand parkten chromblitzende Wagen, die mit Geschenkpäckchen beladen waren und auf die Rückkehr ihrer Besitzer aus den fröhlich geschmückten Geschäften warteten.

Selbst der hässliche, schmutzige Schneematsch, den ein steter Korso pflügender Reifen hinterlassen hatte, besaß für Mordecai Tremaine einen Zauber. Seine düstere Stimmung hatte sich verflüchtigt. Die merkwürdige Niedergeschlagenheit, die ihn vorhin überwältigt hatte, war überwunden.

Er war für einen Moment wieder ein kleiner Junge, glaubte an Weihnachtselfen und den Weihnachtsmann, der durch den Kamin herabstieg und in einer einzigen Nacht Millionen von Strümpfen füllte. Sein Zwicker rutschte gefährlich in Richtung Nasenspitze, doch er merkte es nicht. Seine Emotionen hatten das Regiment übernommen. Irgendwann würde dieser Moment eine wertvolle Erinnerung für Mordecai Tremaine sein, dann nämlich, wenn er das nächste Mal damit konfrontiert wäre, dass in Wahrheit nichts als Bitterkeit und tiefste Verzweiflung in den Herzen der Menschen hausten.

Aber er durfte nicht lange verweilen, wenn er seine Reise noch bei Tageslicht beenden wollte. Die meisten der größeren Restaurants waren überfüllt. Nach einem Blick auf die vollbesetzten Tische zweier Wirtshäuser bog er in eine Seitenstraße, schritt unter einem Torbogen nahe der Abtei vorbei und gelangte in ein verschlafenes Viertel, in das die Masse

der hungrigen und durstigen Menschen noch nicht hinein-
gewirbelt war.

Eine winzige Teestube befand sich dort, eingezwängt zwischen einer Buchhandlung und einem Korbflechter, und Mordecai Tremaine schritt durch die enge Tür, wobei er instinktiv den Kopf einzog, um sich nicht an dem Eichenbalken zu
stoßen, der den Türsturz bildete. Zuerst wähnte er die Stube
leer, doch dann sah er zwei Gäste an einem Tisch ganz hinten
sitzen, durch die dunkel getäfelten Wände geschützt und halb
verdeckt von einem Ständer für Mäntel und Hüte.

Beide schauten auf, als er die Teestube betrat – hastig und
wie ertappt. Als sie seinen neugierigen Blick bemerkten, schlu-
gen sie rasch die Augen nieder, als ob sie sich vor dem Beobachter genierten.

Tremaine wählte einen Tisch und nahm Platz. Er saß zwar
mit dem Rücken zu den beiden, doch vor ihm über der Theke
hing ein Spiegel, in dem er sie bei ihrer Unterhaltung beobachten konnte; sie hatten die Köpfe zusammengesteckt und
flüsterten auf eine Weise, die ihm verschwörerisch vorkam.

Sein starkes Interesse an Menschen und sein hoch entwi-
ckeltes Beobachtungsvermögen führten dazu, dass Mordecai
Tremaine selten eine Gelegenheit ausließ, um seine Mitmenschen aufs Genaueste zu studieren, ohne dass sie es wahrnah-
men. Und da er außer Teetrinken nichts zu tun hatte, war es
unumgänglich, dass seine Augen sich immer wieder in den
Spiegel verirrten. Es war ein fast automatischer Vorgang, eine
beiläufige Ausübung seiner erworbenen Talente. Er hatte nicht
die leiseste Ahnung, dass dieser Vorfall von schicksalhafter
Tragweite sein sollte.

Es handelte sich um einen Mann und eine Frau. Die Frau

wirkte farblos und unbestimmt, sie trug einen teuren, aber tristen Mantel und einen Hut, der nicht gerade der aktuellen Mode entsprach. Ihr Haar wirkte strähnig und glanzlos, wobei Tremaine zugeben musste, dass er sie nicht allzu deutlich sehen konnte, denn ihr hoher Mantelkragen war bis zur Hutkrempe hochgeschlagen. Ihre Züge waren zart, und ihr kleines, rundes Gesicht wirkte blass und verhärmt, als ob sie zu wenig Zeit an der frischen Luft zubrächte.

Die Kellnerin schaltete eine der elektrischen Lampen ein, und für einen Moment besserte sich die Sicht. Tremaine sah, dass die Frau, wiewohl nicht jung, doch nicht so alt war, wie er zunächst gedacht hatte. Ihr Kleidungsstil hatte ihn getäuscht.

Die jähe Helligkeit schien sie zu erschrecken. Sie drehte sich halb, sodass nur noch ihre Schulter im Spiegel zu sehen und ihr Gesicht gar nicht mehr zu erkennen war. Die Bewegung war ebenso auffällig wie verräterisch.

Ihr Begleiter war anscheinend nicht so empfindlich. Er hatte dem Spiegel sein Gesicht zugewandt und veränderte seine Haltung keineswegs, obwohl er unter dem gleißenden Licht blinzeln musste. Er schaute sich in der Teestube um, als ob er argwöhnte, dass die Kellnerin den Schalter nur betätigt habe, um ihn zu irritieren.

Ein Satz aus *Julius Cäsar* kam Mordecai Tremaine in den Sinn:

»Der Cassius dort hat einen hohlen Blick.«

Der Spiegel reflektierte das undeutliche Bild eines hageren Mannes in einem schäbigen Regenmantel, eines Mannes, der ihm in der Menge draußen wahrscheinlich nicht aufgefallen wäre. Doch das Spiel des elektrischen Lichts im Glas betonte den oberen Teil seines Gesichts, sodass Tremaine das unbehagliche Gefühl hatte, dem Mann direkt in die Augen zu schauen. Es waren dunkle, weit auseinanderliegende Augen unter einer hohen Stirn, in deren Tiefen eine düstere Kraft schwelte. Augen, die einen beunruhigten und in denen das Feuer eines Hetzers loderte.

Mordecai Tremaine ließ sich Zeit mit seinem Tee, während er versuchte, so zu tun, als wäre er sich der Existenz des Spiegels nicht bewusst. Er glaubte weder, dass er das Interesse des Paares erregt hatte, noch, dass sie seine Neugier bemerkt hatten. Nach dem anfänglichen kurzen Irritationsmoment hatten sie sich wieder ihrem Gespräch gewidmet.

Darin waren sie immer noch vertieft, als Tremaine seine Rechnung beglich. Die beiden sahen nicht auf, als er die Teestube verließ. Während er zu seinem Wagen ging, ertappte er sich bei dem Gedanken an dieses seltsame Paar. Ohnehin dachte er ständig über Menschen nach. Es gefiel ihm, Theorien zu entwickeln: Wer sie waren und wohin es sie treiben mochte, wie das Muster ihres Lebens aussah. Normalerweise fiel es ihm leicht, sich in Menschen hineinzuversetzen und ihnen Berufe und Eigenschaften zuzuordnen.

Doch bei diesen beiden versagte seine Einbildungskraft. Sie passten in keines der üblichen Muster.

Er rief sich das Gesicht der Frau vor Augen, den übergroßen Mund mit den bleichen Lippen. Sie hatten gezittert, wie die Lippen einer Frau, die sich ihrer selbst nicht sicher ist. Sie war ein zerbrechliches Geschöpf, ein Mensch, der es nicht leicht hatte im Leben. Puppenhaft, spröde, verunsichert: eine Natur, die unter dem jähen grausamen Hauch des Schicksals zerbrechen konnte.

Welcher Art war ihre Verbindung zu ihrem Begleiter? Waren sie verheiratet? Er hatte ihre Hände nicht sehen können, wusste also nicht, ob sie einen Ehering getragen hatte.

Doch obwohl die beiden Tremaine mit Stoff für eine kurze Denksportaufgabe versorgt hatten, schieden sie nun wieder aus seinem Leben. Er würde nie herausfinden, so sagte er sich, ob seine Vermutungen der Wahrheit nahe kamen oder ob er zwei ganz gewöhnliche Menschen mit einer geheimnisvollen Geschichte ausgestattet hatte, auf die ihr durchschnittliches Leben keinerlei Anspruch erhob.

Gewöhnlich? Irgendwie glaubte er nicht so recht, dass diese Bezeichnung auf sie zutraf. Die beiden waren viel zu wachsam gewesen und so darauf bedacht, in der spärlich beleuchteten Teestube unerkannt zu bleiben.

Binnen weniger Minuten war er jedoch zu sehr damit beschäftigt, aus den verkehrsreichen Calnforder Straßen herauszufinden, um mit seinen Mutmaßungen fortzufahren. Als er das Städtchen und die Abzweigung nach Sherbroome hinter sich gelassen hatte, gestaltete sich das Fahren schwieriger. Hier lag der Schnee höher, und es gab keinen stetigen Verkehr, der ihn zu harmlosem Matsch hätte zermalmen können; demzufolge sah er sich gezwungen, beinahe im Schneckentempo dahinzukriechen.

Das Licht schwand rasch, während er das Dorf Sherbroome passierte. In manchen Häusern waren bereits die Petroleumlampen angezündet worden, und die kleine Ortschaft mutete mit ihren vereinzelt erleuchteten Fenstern in den zusammengeduckten alten Häuschen und dem Schnee auf ihren welligen Dächern wie ein Märchenland an, wie eine Szenerie aus einem Kindertraum. Das Dorf der Weihnachtselfen: Schneezeit. Mordecai Tremaine amüsierte sich bei der Vorstellung, die gesamte Kulisse würde von einem freundlichen Riesen hochgehoben und zwischen die beiden Seitenbühnen eines Theaters gestellt werden, wo eine Reihe Rampenlichter sie ausleuchteten.

Sherbroome war ein Vorzeigedorf. Jahr für Jahr konnte man in Reisemagazinen in Artikeln über die Schönheit Englands Abbildungen seines jahrhundertealten Gasthofs und seiner normannischen Kirche bewundern.

Unberührt vom Massenverkehr, der an dem bescheidenen Hinweisschild auf der Hauptstraße vorbeiraste, und lediglich angebunden durch eine Buslinie mit umständlicher Route und stark eingeschränktem Fahrplan, besaß Sherbroome keine eigene Bahnstation; die nächste war in Calnford. Es war daher von Souvenirläden und Touristencafés verschont geblieben und unberührt in dem Sinne, dass es mehr oder weniger aussah wie zu der Zeit, als Heinrich der Achte die Abtei Calnford ihrer Schätze beraubt hatte. Die Einwohner, die mit einer unzureichenden Kanalisation zurechtkommen und an den langen Winterabenden auf Petroleumlampen zurückgreifen mussten, empfanden diese Umstände vielleicht als nicht so besonders beglückend, doch immerhin hatten sie die Genugtuung, dass ihr Dorf nicht dem Kommerz zum Opfer gefallen war.

Tremaine war nicht ganz sicher, wo Sherbroome House lag, aber es gab ohnehin nur eine Straße, die aus dem Ort herausführte. Allmählich wurde er nervös. Nicht mehr lange, und die Nacht würde sich herabsenken, und in dieser einsamen Landschaft konnte es leicht passieren, dass man sein Ziel verfehlte.

Nach nicht einmal zwei Kilometern auf der immer enger werdenden und zunehmend eisbedeckten Straße bemerkte er eine dunkle Gestalt, die hundert Meter vor ihm im Schutz der spärlich belaubten Wallhecke stand. Vorsichtig trat er auf die Bremse und kam neben ihr zum Halten.

»Verzeihung«, sagte er, »können Sie mir vielleicht sagen, wo ich Sherbroome House finde?«

Der andere warf ihm einen langen Blick zu. Er war ein großer Mann, ein Hüne fast, und trug einen schweren Mantel mit emporgeschlagenen Kragen, der einen Teil seines Gesichts verbarg. Tremaine war nervös, obwohl der andere sich bislang nicht offen feindselig verhielt. Er wirkte jedoch bedrohlich, weil er wie ein monströser Schatten reglos in der winterlichen Dunkelheit stand. Endlich erwiderte er brüsk:

»Da ist es doch. Gerade vor Ihnen.«

Tremaine war viel zu erleichtert, um auf den herausfordernden Ton des Mannes zu achten. In wenigen Metern Entfernung befanden sich, wie er jetzt erst sah, zwei steinerne Säulen; ein wenig zurückgesetzt von der Straße flankierten sie die Einfahrt zum Grundstück.

»Danke«, erwiderte er. »Ich hatte das Tor in dem schlechten Licht nicht gesehen.«

Er ließ die Kupplung kommen und drehte behutsam am Lenkrad, damit er auf dem tückischen Untergrund die Einfahrt nicht verpasste. Als er dicht an dem großen Mann vorbeifuhr, hob er noch einmal dankend die Hand.

Der andere rührte sich nicht. Nun sah Tremaine auch sein Gesicht und erschrak, denn für diesen Ausdruck gab es nur ein Wort: Niedertracht. Es war das Gesicht eines Mannes mit einer Seele voller Hass.

Und dann hatte er ihn schon hinter sich gelassen und kroch die Einfahrt entlang. Kurz hinter dem Tor gab es eine scharfe Kurve. Dann sah er das Haus zum ersten Mal.

Es mochte etwa fünfhundert Meter entfernt sein: ein großes schwarzes, hoch aufragendes Ungetüm, dessen Giebeldächer sich im Schneegestöber vor dem düsteren Himmel erhoben. Es wirkte alt und geheimnisvoll und finster. Die wenigen erleuchteten Fenster unterstrichen noch die düstere Atmosphäre, die es umgab.

Mordecai Tremaine versuchte, die leise Angst zu verscheuchen, die ihn beim Anblick des Hauses befallen hatte. Er versuchte, den Schauder zu unterdrücken, der ihm das Herz zusammenzog. Nur weil es beinahe Nacht war, weil er fror und seine Nerven nach der langen Fahrt gelitten hatten, durfte er seiner Fantasie nicht gestatten, ihm einen Albtraum vorzugaukeln.

Ganz konnte er sich selbst jedoch nicht davon überzeugen. Während er sich dem dunklen alten Haus mit den hohen Stabwerksfenstern näherte, war er sich der vagen, aber eindringlichen Empfindung bewusst, dass das Schicksal mit ihm im Wagen saß und dass dieses ehrwürdige Landhaus dunkle Geheimnisse und Schrecken barg.

3

Das herzliche Willkommen durch Nicholas Blaise und ein prasselndes Kaminfeuer vertrieben Bedrückung und düstere Vorahnungen. Während wohltuende Wärme in seine Knochen sickerte, spürte Tremaine, wie sich seine Lebensgeister erholten. So sah die Welt in Wirklichkeit aus: Er war in Gemeinschaft mit anderen Menschen und das weihnachtliche Licht schien milde.

Zum Glück besaß Mordecai Tremaine die elastische Seele eines Kindes. Schnell wurde aus seiner Niedergeschlagenheit größter Optimismus, und aus dem Gefühl einer herannahenden Katastrophe die Überzeugung, dass sich alles in bester Ordnung befand.

»Wir wollten gerade anfangen, uns Sorgen zu machen«, sagte Blaise. »Hatten Sie während der Fahrt Probleme?«

»Aber gar nicht«, widersprach Tremaine. »Ich habe eine gute halbe Stunde in Calnford verbracht und bin dadurch mit meinem Zeitplan in Verzug gekommen. Hoffentlich habe ich Ihnen keine Unannehmlichkeiten bereitet?«

»Aber nein«, wiegelte Blaise heiter ab. »Zu Weihnachten geht es bei uns ungezwungen zu. Professor Lorring ist auch noch nicht da. Er hätte gestern schon eintreffen sollen, kam jedoch mit dem Wagen nicht vom Fleck. Ich vermute, dass er nun den Zug nehmen wollte, und die Bahn hat wohl Schwierigkeiten, gleichzeitig den Ferienverkehr und den Schnee zu bewältigen.«

»Professor Lorring? Ist das der Professor Lorring, der Forschungsarbeit im Auftrag der Regierung betreibt?«

Blaise nickte, während er ihn aus der Halle führte.

»Ja. Er zählt zu Benedicts neusten Entdeckungen. Er meint wohl, Lorring sei überarbeitet, und ein paar Tage hier könnten ihn wieder aufpäppeln. Nebenbei bemerkt«, fügte er lächelnd hinzu, »hoffe ich, dass Sie Weihnachten mögen!«

Tremaine zog fragend die Brauen hoch.

»Ich habe doch hoffentlich nicht allzu große Ähnlichkeit mit Ebenezer Scrooge!«

»Nehmen Sie es bitte nicht persönlich«, beschwichtigte ihn Blaise. »Aber ich dachte, eine Vorwarnung wäre nur fair! Benedict ist ein glühender Verfechter der weihnachtlichen Tradition. Er liebt es, das Fest mit allem Drum und Dran zu feiern, mit Weihnachtsliedern, Stechpalme und Mistelzweigen, dem Christbaum *und* Weihnachtsmann.«

Mordecai Tremaine setzte pflichtschuldigst eine interessierte Miene auf.

»Weihnachtsmann?«

»Von ihm selbst gespielt«, erklärte der andere. »Er wirft sich in einen roten Mantel und bindet sich einen weißen Bart um, beides eigens zu diesem Zweck angeschafft. Mitten in der Nacht, wenn alle im Bett liegen, geht er hinunter und hängt die Geschenke an den Baum. Jeder Gast bekommt eines. Ich glaube, darauf freut er sich das ganze Jahr wie ein Schneekönig. Aber jetzt werde ich Ihnen Ihr Zimmer zeigen, und danach stelle ich Ihnen die anderen vor.«

Er erwähnte das Postskriptum der Einladung mit keinem Wort. Zweifellos würde er erst darauf zu sprechen kommen, wenn der passende Moment gekommen war.

Zur Dinnerzeit war die Vorstellungsrunde beendet. Mordecai Tremaine, immer noch ganz verwirrt wegen der vielen neuen Namen und Gesichter, geleitete seine Tischdame Rosalind Marsh in den Speisesaal, auf dessen langer Tafel Silber und Kristallglas funkelten.

Sie war eine sehr geistesgegenwärtige junge Dame und ihre schnelle Auffassungsgabe erwies sich als unschätzbare Eigenschaft, um das Eis zu brechen, denn Tremaine hatte nie das Manko überwinden können, ein ältlicher Junggeselle zu sein, dessen Vorstellungen über das andere Geschlecht noch aus seiner Jugendzeit stammten. Rosalind Marsh redete frei von der Leber weg. Auf eine schüchterne Frage seinerseits antwortete sie mit erstaunlicher Freimütigkeit.

»Ich bin eine berufstätige Frau«, erzählte sie. »Ich male. Und ich betreibe in London ein Kunst&Kuriosa-Geschäft. Ich nehme gepfefferte Preise und verdiene mein Brot mit Leuten, die zwar keinerlei Geschmack, aber unanständig viel Geld besitzen.«

Mordecai Tremaine staunte über sie, war jedoch gleichzeitig von ihrem Zynismus abgestoßen. Er hoffte indes, dass ihm das nicht anzumerken war. Rosalind Marshs Schönheit war von der Art, die allgemein als »klassisch« bezeichnet wird. Ihr blondes Haar war zu einem kunstvollen Knoten aufgesteckt, der ihren anmutigen Hals betonte, sodass sie mit ihrer selbstbewussten Kopfhaltung größtmögliche Wirkung erzielen konnte. Ihre Züge waren klar und regelmäßig, ihr Teint makellos. Ihre großen Augen strahlten Intelligenz und Lebensfreude aus.

Doch irgendetwas stimmte nicht. Mordecai Tremaine zerbrach sich den Kopf, worin dieses Etwas bestehen mochte, während er vorgab, eifrig zu lauschen. Es musste an einer Andeutung von Härte um Mund und Nase liegen. Rosalind Marsh war zu kalt, zu sehr Marmorgöttin. Ihr fehlte es an einer Wärme, an Weiblichkeit, die das allzu vollkommene Profil hätte mildern und einen Hauch Farbe in ihre Wangen bringen können. Sie war eine tüchtige Frau, der man die Tüchtigkeit auch ansah – und die deshalb ein wenig furchteinflößend war.

Er wurde sich bewusst, dass sie ihm eine Frage gestellt hatte.

»Ich fürchte, ich liege inzwischen dem Staat auf der Tasche«, antwortete er lächelnd. »Ich bin Pensionär und tue nichts mehr, was meine Existenz rechtfertigen könnte. Früher war ich Tabakhändler.«

Offenkundig fehlten Miss Marsh für einen Augenblick die Worte. Dann sagte sie:

»Es ist Ihr erster Besuch in Sherbroome, nicht wahr? Wo haben Sie und Benedict sich denn kennengelernt?«

Es war deutlich zu erkennen, was sie wirklich dachte:

»Sie sind in dieser Gesellschaft ein ziemlich schräger Vogel. Wo in aller Welt hat Benedict Grame *Sie* bloß aufgelesen?«

Mordecai Tremaines Augen hinter dem Kneifer zwinkerten.

»Bei einer Party, die eine Freundin von mir gegeben hat. Dort sind wir uns über den Weg gelaufen.«

Der Schatten, der kurz über ihr Gesicht glitt, war kaum wahrzunehmen, ihm jedoch nicht entgangen. Außerdem sah sie ihn forschend an, mit einem wachsamen Blick, in dem mit einem Mal Sympathie aufblitzte.

Am liebsten hätte sie wohl weiter nachgebohrt. Aber er kam ihr kein bisschen entgegen, und sie wusste nicht, wie sie weiter nachfragen sollte, ohne unverschämt zu wirken. Sie gab also vor, sich ganz ihrer Seezunge Colbert zu widmen, und Tremaine nutzte den Moment, um seinen Blick über die Tafelrunde schweifen zu lassen.

Die Unterhaltung plätscherte heiter und oberflächlich dahin. Niemand schien sich für den sanftmütigen, ältlichen Mann zu interessieren, der die Gesellschaft durch seinen Zwicker beäugte.

Das dachte jedenfalls Mordecai Tremaine, bis sein Blick auf Nicholas Blaise fiel, der am Ende des Tisches saß. Es konnte kein Zweifel bestehen, dass Blaise ihn beobachtet hatte; dies suchte er auch gar nicht zu verbergen. Als er merkte, dass Tremaine ihn ertappt hatte, schmunzelte er, als teilten sie ein Geheimnis.

Der Blickwechsel dauerte nur einen Moment, dann wandte Blaise sich ab, um mit seiner Tischdame zu plaudern. Doch er reichte, um Tremaine all den Argwohn ins Gedächtnis zu rufen, der ihn auf der Reise nach Sherbroome House verfolgt hatte. Warum hatte er die Einladung erhalten? Warum war Nicholas Blaise so offenkundig an seiner Reaktion auf die anderen Gäste interessiert?

Der kurze Vorfall hatte seine Neugier verstärkt. Mit wacherem Blick setzte er seine unauffällige Betrachtung der anderen Gäste fort. Unter der oberflächlichen Fröhlichkeit dieser Hausgesellschaft lauerte ein Geheimnis. Und für einen klugen Beobachter mochten verborgene Hinweise aufzuspüren sein.

Ihm gegenüber beugte Ernest Lorring seinen kahlen Kopf tief über den Teller, ohne sich an den Gesprächen zu beteiligen. Seine schnabelförmige lange Nase, die fast einen Haken bildete, seine kühnen Augenbrauen und hohen Wangenknochen verliehen ihm ein etwas ungehaltenes Aussehen, und seine abweisende Miene tat das ihrige dazu.

Ein großer Teil von Lorrings Arbeit war streng geheim, und es schien, als habe er sich lange Jahre darin geübt, Bittsteller und Neugierige abzuwimmeln, sodass ihm nun jegliches Talent zur Teilhabe an gesellschaftlichen Ereignissen fehlte. Seine Tischnachbarn hatten bereits einige vergebliche Versuche unternommen, ihn ins Gespräch zu ziehen, sich aber bald abgewandt und Lorring seinem einsamen Ruhm überlassen – eine schroffe, schweigende Insel inmitten eines Meeres heiterer Plauderei.

Tremaine entsann sich, was Nicholas Blaise ihm über die Weihnachtsstimmung erzählt hatte, die Benedict Grame in Sherbroome House zu verbreiten liebte, und er fragte sich, ob Lorring in der freundlichen Wärme auftauen oder aber ein missbilligender, frostiger Zuschauer bleiben würde. Im Augenblick standen die Chancen gut, dass der Frost letztlich den Sieg davontragen würde.

Sein Blick glitt zu der Person neben Lorring, und ein warmes Licht wurde in seinem Inneren entzündet. Bei der Vorstellungsrunde hatte er sich gedacht, dass Denys Arden, könnte er dreißig Jahre aus dem Kalender streichen, genau das Mädchen wäre, das er sich ausgesucht hätte. Als sie ihm jetzt gegenübersaß, in einem schlichten Abendkleid, das ihre jugendliche Schönheit betonte, wurde er von glückseliger Bewunderung ergriffen. Sie war so wunderbar ausgelassen, all ihre Gesten und ihr Lachen waren derart von Leben erfüllt. Neben ihrem unbefangenen natürlichen Charme wirkte Rosalind Marsh einmal mehr wie eine Marmorstatue, deren Liebreiz von keinerlei Lebendigkeit genährt wurde.

Er spürte, dass seine Nachbarin den Kopf gehoben hatte und ihn beobachtete. Er fragte:

»Sind sie verlobt?«

»Ist wer verlobt?«, fragte sie, obschon sie genau wusste, von wem die Rede war.

»Miss Arden und Mr Wynton.«

»Nein«, sagte sie. »Zumindest nicht offiziell.«

»Wie schade«, bemerkte er. »Sie sehen so aus, als sollten sie verlobt sein.«

Nach seiner kurzen Begegnung mit Roger Wynton hatte er sich eine gute Meinung von dem Mann gebildet. Die unverhohlene Bewunderung, die er dem jungen Mädchen nun entgegenbrachte, und wie sie als Reaktion darauf strahlte, bestätigten Tremaines ersten Eindruck. Wynton schien ein vernünftiger, besonnener junger Mann zu sein, der wusste, was er wollte, ohne deswegen unerträglich eingebildet zu sein. Und er war in Denys Arden ebenso verliebt wie sie in ihn.

Es ist fraglich, ob jedermann auf eine junge Liebe mit Entzücken reagiert, doch es war unbestreitbar, dass Mordecai Tremaine es tat. Die *Romantischen Geschichten* waren ihm das wichtigste Mittel, um sein sentimentales Gemüt zu befrieden, doch wenn er im wahren Leben auf eine so reine Manifestation von Liebe stieß, hüpfte seine Seele vor Freude. Durch einen Schleier der Rührung betrachtete er die beiden. Sie bildeten ein bezauberndes Paar. Er seufzte leise.

»Man hat ihnen einen Knüppel zwischen die Beine geworfen«, bemerkte Rosalind Marsh trocken.

Mit einem Ruck erwachte Tremaine aus seinen gefühlsduseligen Träumen.

»E-einen Knüppel?«, stotterte er, ein wenig verwirrt.

»Es ist ein Knüppel namens Rainer«, teilte ihm seine Tischgefährtin mit. Sie hatte die Stimme gesenkt, obwohl ihre Worte ohnehin im Lärm der Tischgespräche untergingen. »Jeremy Rainer. Er kann Roger nicht leiden. Und das bringt Denys in eine fatale Lage, weil er nämlich zufällig ihr Vormund ist.«

»Oh!«, sagte Mordecai Tremaine. »Das dort ist Rainer, nicht wahr, neben Mrs Tristam?«

Lucia Tristam war erst kurz vor dem Dinner eingetroffen, gemeinsam mit einem Ehepaar mittleren Alters, den Napiers, die offenbar in der Nähe wohnten. Die Vorstellung war etwas hastig vonstattengegangen, aber niemand, der Lucia Tristam kennenlernte, könnte sie je vergessen. Sie war nicht mehr jung, war aber gerade durch ihre frauliche Reife sehr attraktiv. Mit ihrem üppigen, glänzenden kastanienbraunen Haar, den rehbraunen, von grünen Einsprengseln durchzogenen Augen und einer herrlichen Figur, deren sie sich nur zu bewusst war, war Mrs Tristam eine blühende, aufregende Erscheinung.

»Lucia die Prächtige«, bemerkte Rosalind Marsh.

Mordecai Tremaine ließ sich den Ausdruck auf der Zunge zergehen. Lucia die Prächtige! Das passte nur zu gut zu ihrer schillernden Persönlichkeit.

Widerwillig löste er den Blick von ihr, um sich Jeremy Rainer zuzuwenden. Es war, als gerate man aus strahlendem Sonnenschein in graues Zwielicht. Rainer lächelte, doch sein Lächeln war künstlich und vermochte nicht die grimmigen Falten in seinem Gesicht zu mildern. Er erinnerte Tremaine an Lorring. Wie der Wissenschaftler schien auch Rainer die Fröhlichkeit der Dinnergesellschaft nicht zu teilen.

»Er macht nicht gerade den Eindruck, als ob er sich wohlfühlte, nicht wahr?«

Tremaine bemerkte, dass Rosalind Marsh seinen Erkundigungen höchste Aufmerksamkeit schenkte, und schaute sie fragend an.

»Sie scheinen sich sehr für uns zu interessieren«, sagte sie.

»Ich beobachte gern«, erwiderte er. »Außerdem bin ich bestrebt, alle Gäste auseinanderzuhalten. Es ist ein wenig verwirrend, so vielen neue Gesichtern auf einmal zu begegnen.«

»Wenn ich Ihnen behilflich sein kann, dürfen Sie mich ruhig fragen.« Sie legte eine kaum merkliche Pause ein und fügte dann hinzu: »Nach allem.«

Er wusste, dass ihre Worte ihm eine Botschaft übermitteln sollten, die eine tiefere Bedeutung enthielt, doch sie ermutigte ihn nicht zu weiteren Fragen. Sie schwiegen. Vergeblich suchte er nach dem Grund für die Wendung, die ihr Gespräch genommen hatte, verwirrt durch ihre plötzliche Teilnahmslosigkeit.

Er wandte den Blick von Rosalind Marsh ab und ließ ihn wieder über die lange Tafel wandern. Dabei stellte er fest, dass ihm nicht alle Teilnehmer des Dinners gänzlich unbekannt waren. Außer Benedict Grame und Nicholas Blaise gab es noch einen Menschen, dem er bereits begegnet war.

Es war eine Frau. Jetzt waren ihre Wangen gerötet und sie wirkte lebhaft und selbstsicherer, doch sie war nicht zu verkennen. Er hatte sie schon einmal gesehen – in der Teestube von Calnford.

Ihr Begleiter war nicht zugegen, doch das fand Tremaine nicht sonderlich überraschend. Die verschwörerische Stimmung des Paares in der Teestube hatte nicht darauf schließen lassen, dass beide am selben Dinnertisch sitzen würden. Warum sonst hätten sie sich heimlich treffen sollen?

Wenn es *wirklich* ein geheimes Treffen gewesen war. Mordecai Tremaine gebot seiner durchgehenden Fantasie Einhalt. Wieder einmal hatte er sich in den Gefilden seiner Einbildungskraft verrannt und erschuf Geheimnisse, wo nichts darauf hindeutete, dass überhaupt Geheimnisse existierten.

»Charlotte Grame«, antwortete Rosalind Marsh auf seine Frage hin. »Sie ist Benedicts Schwester.«

»Sie wohnt hier?«

»Ja«, erwiderte sie knapp. »Sie wohnt hier.«

Wiederholt ertappte sich Mordecai Tremaine dabei, wie seine Augen sich zu Charlotte Grame verirrten. Etwas an ihr faszinierte ihn, etwas, das er nicht genau erklären konnte. Sie vermittelte den Eindruck, eine Rolle zu spielen und ihre wahren Gefühle zu verbergen. Gelegentlich wirkte sie, als müsse sie sich regelrecht anstrengen, besonders strahlend und fröhlich zu erscheinen.

Er vermochte nicht zu sagen, ob sie ihn ebenfalls erkannt hatte. Sie schaute nicht in seine Richtung, und er versuchte vergebens, ihren Blick zu erhaschen. Ungeduldig wartete er auf das Ende des Dinners. Obgleich Nicholas Blaise ihm gewissenhaft alle anderen präsentiert hatte, hatte er es versäumt, Charlotte Grame vorzustellen. Tremaine überlegte, ob dies rein zufällig geschehen war, oder ob Blaise es absichtlich unterlassen hatte, aus Gründen, die er ihm später noch enthüllen würde.

Noch mehr Hirngespinste, mahnte er sich, und versuchte, Benedict Grame mit Blicken zum Aufheben der Tafel zu bewegen.

Doch Grame fühlte sich offensichtlich wohl in seiner Gastgeberrolle. Wie ein gütiger Riese saß er am Kopfende der Tafel und bedachte seine Gästeschar mit einem strahlenden Lächeln; die blauen Augen unter den buschigen Brauen zwinkerten, und zuweilen übertönte sein dröhnendes Lachen gar die restlichen Gespräche.

Zu jeder anderen Zeit hätte sich Tremaine für Grame erwärmt. Denn dieser amüsierte sich königlich, wie ein kleiner Junge auf einem Fest, bei dem er der Ehrengast ist. Jetzt jedoch brannte er darauf, Charlotte Grame vorgestellt zu werden, und seine Toleranzgrenze war in einem Zustand, den jeder Börsenexperte als kritisch bezeichnet hätte.

Aber auch Benedict Grames Ausdauer kannte Grenzen, und als es ihm schließlich möglich war, näherte sich Tremaine Nicholas Blaise.

Eine Theorie konnte er sofort streichen: Blaise hatte es nicht absichtlich vermieden, ihn mit Charlotte Grame bekannt zu machen. Zum Zeitpunkt seiner Ankunft war sie nicht im Haus gewesen und am Abend erst so kurz vor dem Dinner heimgekehrt, dass sie sich eben noch hatte umziehen können.

Selbstverständlich, sagte Blaise, werde er sogleich Abhilfe schaffen. Charlotte Grame stand am anderen Ende des Raums und sprach mit Lucia Tristam. Tremaine war sicher, dass sie Blaise und ihn herannahen sah, obwohl sie so tat, als habe sie die beiden nicht bemerkt. Sie versteifte sich kaum merklich und verzog das Gesicht, wurde leicht blass. Sie benahm sich wie eine Frau, die eine schlimme Prüfung erwartet, und alles daran setzt, ihre Selbstbeherrschung zu wahren.

Als Blaise sie einander vorstellte, verriet Charlotte Grame mit keiner Miene, dass sie Mordecai Tremaine vorher schon einmal gesehen hatte. Zunächst beschränkte er sich auf den

Austausch der üblichen Höflichkeitsfloskeln. Doch nachdem Blaise sich entschuldigt hatte, weil Benedict Grame seiner Dienste bedurfte, lenkte er die Unterhaltung in eine andere Richtung.

»Habe ich Sie nicht heute Nachmittag in Calnford gesehen, Miss Grame?«

Er ließ es wie eine beiläufige Bemerkung zur Einleitung eines Gesprächs klingen. Doch die Wirkung auf Charlotte Grame war unübersehbar. Sie atmete lautstark aus und verzog das Gesicht.

»Ich–ich glaube nicht!«, stieß sie hervor. »Wir kennen uns doch gar nicht!«

»Oh, von *kennen* habe ich auch nicht gesprochen«, sagte Mordecai Tremaine. »Ich habe in Calnford eine Pause eingelegt und glaubte, Sie in der Teestube gesehen zu haben. Ein winziges Stübchen, gerade unterhalb der Abtei gelegen.«

»Sie müssen sich irren«, sagte sie atemlos. »Ich bin heute gar nicht in Calnford gewesen.«

Jetzt hatte sie wirklich Angst. Sie wandte den Blick von ihm ab, als suche sie nach jemandem, der ihr Beistand leisten könnte. Dann zeichnete sich Erleichterung auf ihren Zügen ab. Lucia Tristam war zu ihnen getreten.

»Merkwürdig«, sagte er. »Dann müssen Sie wohl eine Doppelgängerin haben, Miss Grame. Ich hätte schwören können, dass Sie es waren. Aber die Beleuchtung war schwach, und Gesichter sind ja so leicht zu verwechseln.«

»Ja!«, stieß sie hervor, nach dem Strohhalm greifend, den er ihr absichtlich hingehalten hatte, »man wird so leicht verwechselt!« Sie legte eine Hand auf Lucia Tristams Arm. »Lucia – Mr Tremaine glaubt, mich heute Nachmittag in einer

Teestube in Calnford gesehen zu haben. Ich sagte ihm gerade, dass das nicht stimmen kann. Wir waren doch die ganze Zeit zusammen, nicht wahr? Das kann also gar nicht sein.«

»Natürlich nicht, Charlotte«, bestätigte Lucia Tristam kühl. »Vermutlich hat er nur eine Frau gesehen, die dir zufällig ähnelt. Nicht wahr, Mr Tremaine?«

Als Mordecai Tremaine sich zur Seite drehte, fand er sich in bestürzender Nähe dieser leuchtenden Augen wieder, deren grüne, irrlichternde Anteile ihn gleichzeitig anzogen und verwirrten. Lucia Tristam hingegen zeigte keine Spur von Verlegenheit oder gar Nervosität, sondern betrachtete ihn amüsiert. Sie war sich der Beherrschung der Lage nur zu sehr bewusst.

Sie ließ einen Moment verstreichen, dann fuhr sie fort:

»Charlotte und ich haben den ganzen Nachmittag zusammen verbracht. Wir hatten so vieles zu besprechen.«

Damit gab sie ihm eindeutig zu verstehen, dass die Sache hiermit beendet sei. Mordecai Tremaine hatte sich schlicht geirrt: Niemals hatte er Charlotte Grame in Calnford gesehen, und jetzt werde er wohl hoffentlich so freundlich sein, das Thema ruhen lassen.

Er beeilte sich, so zu tun, als habe er verstanden und werde tunlichst vergessen, was er gesehen zu haben glaubte. Doch nichts lag Mordecai Tremaine ferner. Denn er hatte sich durchaus nicht geirrt. Die Frau in der Teestube *war* Charlotte Grame gewesen, und sie hatte sich wie eine schuldbewusste Verschwörerin benommen. Selbst wenn er daran noch Zweifel gehegt haben sollte, wurde seine ursprüngliche Vermutung durch ihr Verhalten an diesem Abend bestätigt. Nun zeigte Miss Grame auch wieder jene nervöse Unsicherheit, die sie beim Dinner unter aufgesetzter Fröhlichkeit verborgen hatte.

Aus irgendeinem Grund sagte Charlotte Grame nicht die Wahrheit. Und Lucia Tristam log ebenfalls.

Aber warum nur? Was versuchten sie zu verbergen? Warum mühten sie sich, einen Wildfremden wegen einer so harmlosen Sache wie dem Besuch einer ganz gewöhnlichen Teestube zu belügen?

Wieder einmal verspürte Mordecai Tremaine ein erwartungsvolles Kribbeln. Es versprach ein sehr interessantes Weihnachten zu werden, davon war er überzeugt.

4

In der Nacht war noch mehr Schnee gefallen, und als Mordecai Tremaine aus seinem vereisten Fenster schaute, sah er das Land glatt und weiß vor sich liegen. Er konnte nicht einmal mehr die Straße erkennen, auf der er hergefahren war, denn der Neuschnee hatte die Reifenspuren aufgefüllt und eine weiße Decke über Wiesen und Felder gebreitet. Tremaine schob das Fenster hoch und lehnte sich hinaus. Die eisige Luft betäubte sein Gesicht und raubte ihm den Atem. Er fröstelte, zog sich ins Zimmer zurück und begann mit seinen Übungen.

Normalerweise stand er morgens um halb sieben auf. Wenn er jedoch in Sherbroome House an dieser Gewohnheit festhielt, dann würde er einsam durch das große Haus wandern und am Ende noch den Dienstboten verdächtig erscheinen; deshalb hatte er sich ein Extrastündchen im Bett gestattet. Um sein Gewissen zu beschwichtigen, verlängerte er seine Übungen um zehn Minuten, und als ihm warm geworden war, kleidete er sich an.

Heiligabend. Er fragte sich, was dieser Tag bringen mochte. Er hatte bereits genug von den übrigen Gästen und den Hausbewohnern gesehen, um zu begreifen, dass sie eine faszinierend bunte Mischung menschlicher Naturen darstellten, die das ein oder andere Geheimnis hüten und zu den sonderbarsten Dingen fähig sein mochten. Natürlich war es nicht ausgeschlossen, dass sie trotz ihrer offenkundigen Eigenheiten ganz banale und alltägliche Charaktere waren, aber Mordecai Tremaine zog es vor, im Zweifelsfall seiner Intuition zu vertrauen.

Nicholas Blaise hatte ihm immer noch keine weiteren Instruktionen gegeben, aber sie hatten bislang auch kaum Gelegenheit zu einem vertraulichen Gespräch gehabt. Heute jedoch ... Mordecai Tremaine summte vor sich hin, während er sich zum Frühstück begab. Heute würde er vielleicht mehr erfahren.

Wie sich zeigte, war Blaise bereits damit beschäftigt, Benedict Grame zur Hand zu gehen, es handelte sich offenbar um die letzten Vorbereitungen für das Fest. Aber Tremaine wurde entschädigt. Vielleicht, weil sie ebenfalls Frühaufsteherin war und für einige Augenblicke der einzige andere Mensch im Frühstückszimmer, vielleicht auch, weil ihre Jugendfrische ihn unwiderstehlich anzog, setzte er sich zu Denys Arden. Und vielleicht begriff sie intuitiv, dass es sich bei ihm um einen teilnahmsvollen, angenehmen Charakter handelte, denn sie lächelte ihn strahlend an und erbot sich bald, mit ihm einen Rundgang durch das Haus zu machen.

»Das ist Ihr erster Besuch bei uns, nicht wahr?«, fragte sie, nachdem sie ihr Frühstück beendet hatten. »Wenn Sie mögen, zeige ich Ihnen das Haus.«

»Nichts würde mir größere Freude bereiten«, erwiderte er wahrheitsgemäß. »Immer vorausgesetzt, dass Ihr junger Freund nichts dagegen hat.«

»Roger wird heute Morgen nicht zugegen sein«, erwiderte sie. »Es ist —«

Sie brach ab. Röte stieg in ihre Wangen. Mordecai Tremaine fragte voller Mitgefühl:

»Es ist manchmal – schwierig. Nicht wahr?«

Sie sah ihn misstrauisch an. Bevor sie etwas sagen konnte, kam er ihr zuvor:

»Ich klinge wohl wie ein neugieriger alter Wichtigtuer. Verpassen Sie mir ruhig einen Rüffel. Ich hätte ihn verdient.«

Sein reumütiger Ton brachte sie zum Lächeln – wie er beabsichtigt hatte.

»Es wissen ohnehin alle Bescheid, also hat es gar keinen Zweck, wenn ich so tue, als würde ich mich über Ihren Kommentar ärgern. Jeremy – mein Vormund – kann Roger nicht leiden. Deswegen kommt er auch nicht. Ich hatte ihn darum gebeten. Roger ist ein aufbrausender Mensch und Jeremy ebenfalls. Ich will nicht, dass sie schon wieder in Streit geraten, gerade jetzt, zu Weihnachten, wo das Haus voller Menschen ist.«

»Schon wieder?« Mordecai Tremaine sah das junge Mädchen ernst an. »So schlimm steht es also? Das tut mir aber leid.« Im Bewusstsein, dass er sich möglicherweise zu weit vorwagte, warf er ihr über den Rand seines Zwickers einen fragenden Blick zu. »Hat Mr Rainer Ihnen einen Grund für seine Einwände genannt?«

Erleichtert stellte er fest, dass sie ihm seine Direktheit nicht übelnahm. Sie legte die Stirn in Falten, wodurch ihr Gesicht noch interessanter und ihr Liebreiz noch gesteigert wurde.

»Das ist ja das Merkwürdige daran«, erklärte Denys Arden. »Er scheint eigentlich gar keine Einwände zu haben. Zumindest keine eindeutigen. Es ist einfach so, dass er Roger nicht leiden kann, und er bemüht sich auch gar nicht, daran etwas zu ändern. Wenn ich nur wüsste, was er gegen Roger hat, dann könnte ich dafür sorgen, dass das Missverständnis, worauf es auch beruhen mag, aufgeklärt wird. Aber so, wie die Dinge stehen, ist es – unerträglich. Ich weiß nicht mehr weiter.«

Es war ihr nicht bewusst, dass sie in diesem Moment etwas sehr Persönliches preisgab. Mordecai Tremaine hatte die Zeichen schon am Vorabend gedeutet, und so erfuhr er jetzt die Bestätigung, dass das junge Mädchen Roger Wynton wirklich aus tiefstem Herzen liebte.

Denys Arden schien seine Gedanken zu erraten. Wieder errötete sie. Dann nahm sie seinen Arm.

»Sie wollen sich doch nicht die Festtage verderben, indem Sie meinen Sorgen und Nöten lauschen. Kommen Sie, ich zeige Ihnen die Sehenswürdigkeiten hier in Sherbroome House!«

Mordecai Tremaine genoss den Morgen sehr. Das weitläufige alte Haus hätte ihn selbst dann fasziniert, wenn ihn ein seniler Antiquar herumgeführt hätte. Denys Arden jedoch war sichtlich in das Anwesen verliebt und besaß die glückliche Gabe, seinen romantischen Zauber auch für andere sichtbar zu machen.

Sie zeigte ihm den Turm, in dem Sir Gervase Melvin von seinem Cousin nach einem Streit beim Kartenspiel ermordet worden war; dieses bedeutsame Ereignis hatte sich während der Stuart-Monarchie zugetragen. Sie führte ihn in das prächtige Gemach, in dem Königin Elizabeth genächtigt hatte. Gemeinsam schoben sie die schaurig-schön knarrende Tür zu dem spinnwebenverhangenen Turmzimmer auf, in dem die liebliche Lady Isabel zwei Jahre lang gefangen gehalten wurde, bevor sie sich aus dem Fenster und in den Tod stürzte, nachdem sie die Nachricht erhalten hatte, dass ihr Liebhaber von ihrem Vater ermordet worden war. Mordecai Tremaines Blick fiel auf eine prächtige Eichentruhe – zu ihrer Zeit schienen die Melvins enorm vermögend gewesen zu sein.

Sie schritten den düsteren Korridor entlang, auf dem der Legende nach Lady Isabels zarter Geist herumspukte. Hier starrten Generationen von Melvins, die in diesen Gerümpelwinkel verbannt worden waren, aus ihren gemalten Bildnissen auf die beiden Lebenden nieder.

»Ich frage mich oft«, sagte das junge Mädchen, während es unter dem Goldrahmen von Sir Rupert Melvins Porträt stehen blieb, der mit hochmütig erhobenen Brauen und dunklem Bart stolz auf sie herabsah und Tremaine eigenartig vertraut vorkam, »wie der Familie zumute war, als sie dieses Haus aufgeben musste. Melvins von Geburt gibt es ja gar nicht mehr. Onkel Benedict hat das Haus über Anwälte gekauft, die einen entfernten Cousin vertreten haben, der der nächste überlebende Nachfahre der Familie war. Aber nachdem sich das Haus so viele Jahrhunderte im Besitz der Familie befand, muss auch er noch ein enormes Traditionsbewusstsein verspürt haben. Anscheinend verfügte er – Latimer hieß der Mann wohl –, nicht über die finanziellen Möglichkeiten, um selbst darin zu wohnen, aber er kam jeden Sommer her und kampierte auf dem Grundstück. Er hätte das Anwesen gewiss nicht verkauft, wenn die Umstände ihn nicht dazu gezwungen hätten.«

»Ein schrecklicher Schlag«, stimmte Tremaine zu. »Es ist stets sehr traurig, wenn eine stolze Familie in Vergessenheit gerät. Mir würde es auch nicht gefallen, wenn ich der letzte Nachfahre eines großen Geschlechtes wäre und am Ende alles, was mir von meinem Erbe geblieben ist, verkaufen müsste.«

Sie kamen auch zum Priesterloch, das noch aus der Zeit stammte, als Heinrich der Achte die Kirchenmänner verfolgen ließ. Das junge Mädchen zeigte ihm die Geheimtür: ein unauffälliges Bord in der Wandvertäfelung, hinter der sich der Eingang zum Versteck verbarg.

»Geheim ist daran natürlich nichts mehr«, erläuterte sie. »Aber der Legende nach ist im sechzehnten Jahrhundert ein Priester ein ganzes Jahr lang hier versteckt gewesen, ohne dass man ihn aufgespürt hätte, obwohl das Haus mehrmals ohne Vorwarnung durchsucht worden ist.«

»Schrecklich, wenn man sich das genau überlegt«, sinnierte Tremaine, während er in den düsteren Schlupfwinkel spähte. »Man stelle sich nur einmal vor, wie es sein muss, über einen so langen Zeitraum wie ein Tier, das gejagt wird, zu leben und sich bei jedem Herannahen von Gefahr unter die Erde verkriechen zu müssen.«

Das Priesterloch befand sich unter dem großen Zimmer im Erdgeschoss, das an die Bibliothek grenzte, und konnte von diesen beiden Räumen aus betreten werden. Die Besichtigung war eher kurz ausgefallen, deshalb schlug Mordecai Tremaine vor, es nach Beendigung des Rundgangs noch einmal gründlicher anzuschauen. Er hätte es gerne einmal betreten.

Dazu sollte es jedoch nicht kommen, denn als sie den eichengetäfelten Raum mit den breiten Terrassentüren erneut betraten, fanden sie ein heilloses Durcheinander vor. Benedict Grame und Nicholas Blaise dekorierten eifrig, während der Butler Fleming selbst einer so vermeintlich niederen Aufgabe wie der, als Bauchladen für Weihnachtsschmuck zu dienen, Würde zu verleihen vermochte.

Blaise sah sie eintreten und winkte zur Begrüßung fröhlich mit seinem Hammer.

»Hallo, ihr beiden! Wollt ihr uns unterstützen?«

Tremaine sah sich um. Stechpalmen- und Mistelzweige waren an die Decke gehängt worden, silberne Girlanden spannten sich von Wand zu Wand. In einer Zimmerecke stand ein großer Weihnachtsbaum fest verwurzelt in einer hölzernen Wanne. Er war so groß, dass selbst ein hoch gewachsener Mann, der sich auf die Zehenspitzen stellte, die obersten Äste nur unter größten Schwierigkeiten hätte erreichen können.

»Was meint ihr?«, hörten sie eine Stimme, und dann sah Mordecai Tremaine hinter dem Baum Benedict Grame, der auf einer Trittleiter stand und sie durch das Tannengrün anstrahlte.

»Das ist Onkel Benedicts Abteilung für Spezialeffekte«, sagte Denys Arden. »Warten Sie nur, bis Sie den Weihnachtsbaum in seiner ganzen Pracht sehen. Er schmückt ihn immer eigenhändig.«

»Es gibt nichts, was dem gleichkommt!«, ließ sich Grames herzhafter Bass vernehmen. »Weihnachten ist nur ein Mal im Jahr. Es liegt an uns, das Beste daraus zu machen!«

Wie er mit seinen leuchtend blauen Augen im faltigen Gesicht auf der Trittleiter stand, gemahnte er Mordecai Tremaine an einen etwas in die Jahre gekommenen Mr Pickwick. Nicht mehr ganz der Mr Pickwick, wie er bei Charles Dickens vorkommt, vielmehr einer, der seine behagliche Rundlichkeit verloren hat und ein wenig verhärmter geworden ist, sich aber seine jungenhafte Begeisterung bewahrt hat. Ein Glück nur, dachte der ehemalige Tabakhändler, dass sich auf dem Grundstück nicht auch noch ein Teich befindet. Sonst hätte Benedict Grame am Ende noch seine Hausgäste zusammengetrommelt und zu einer Schlittschuhpartie verdonnert. Und Mordecai

Tremaine wusste aus trauriger Erfahrung, welch würdelose Figur er bei derlei sportlichen Anstrengungen abgab, wenn sein Zwicker in die eine Richtung und seine Beine in die andere flogen.

Aus höchsten Höhen spähte Grame durch die oberen Zweige auf sie herunter. Die Schnur einer Weihnachtskugel hatte er zwischen die Lippen geklemmt.

»Tut mir leid, dass ich Sie vernachlässigt habe«, nuschelte er, durch den Baumschmuck behindert. »Sie wissen ja, wie das ist. Man kann nicht alles dem Personal überlassen. Muss selber mit Hand anlegen. Hoffe, Ihnen war nicht allzu langweilig.«

»Ich habe mich großartig amüsiert«, erwiderte Mordecai Tremaine vollkommen aufrichtig. »Miss Arden hat mich durch das Haus geführt. Ich liebe solche alten Gemäuer!«

»Es steckt voller Geschichten«, stimmte Grame zu. »Und Sie hätten keine bessere Fremdenführerin finden können. Denys kennt das Haus besser als wir alle. Aber Sie sollten sich lieber vorsehen«, fügte er schelmisch hinzu. »Halten Sie sich nicht zu lange mit ihr in den Spukgemächern auf, sonst steigt Ihnen am Ende noch der junge Wynton aufs Dach!« Er warf dem jungen Mädchen einen fragenden Blick zu. »Dabei fällt mir ein, Liebes, wo steckt eigentlich dein junger Freund?«

»Ich habe ihm gesagt, er soll heute nicht so früh kommen«, erwiderte Denys. »Ich-ich habe gedacht, es wäre besser, wenn wir bis zum Nachmittag warten.«

»Bis zum Nachmittag! Zu meiner Zeit …«, setzte Grame an, doch dann besann er sich. »Verzeihung, Liebes. Ich nehme an, es hat mit Jeremy zu tun. Dieser sture alte Griesgram hat euch mal wieder das Leben schwer gemacht, nicht wahr? Hat Roger wahrscheinlich gesagt, er soll sich bloß fernhalten …«

Denys Arden bedeutete ihm durch verzweifelte Gesten und flehentliche Blicke, nicht in seiner Tirade fortzufahren. Endlich begriff Benedict Grame. Er hüstelte vernehmlich und machte sich mit frischem Eifer hinter dem Baum zu schaffen.

Die Atmosphäre war – das war unverkennbar – spannungsgeladen. Langsam und vorsichtig wandte Mordecai Tremaine den Kopf. Jeremy Rainer war hereingekommen. Er stand keine zwei Meter von ihnen entfernt unter der Tür.

Im kalten Morgenlicht wirkte er noch grauer und grimmiger. Er zog die Schultern hoch. Seine Züge schienen noch verhärmter als am Abend zuvor. Unfreundlich, ja gereizt musterte er die Anwesenden.

Mordecai Tremaine wurde es unbehaglich zumute. Es sah ganz danach aus, als würde er ungewollt Zeuge eines Familienstreits werden. Er hasste häusliche Zänkereien; sie waren zu viel der Erschütterung für so einen empfindsamen Charakter, wie er einer war.

Aber Jeremy Rainer blieb stumm, anders, als Mordecai es erwartet hätte. Er ließ durch keinerlei Anzeichen erkennen, dass er Benedict Grames Ausführungen gehört hatte. Seine alleinige Aufmerksamkeit galt dem Baum. Er starrte ihn an, als enthielte er eine tiefe Bedeutung.

Da er, abgesehen von Fleming, als einziger Anwesender mit dem Konflikt nichts zu tun hatte, beschloss Mordecai Tremaine, die Spannung zu lösen. Er wandte sich an Grame:

»Miss Arden und ich hatten eigentlich vor, das Priesterloch noch einmal in Ruhe zu besichtigen, aber wir wollen Sie nicht bei Ihrem Werk stören, also werden wir das auf einen späteren Zeitpunkt verschieben.« Er wandte sich an das junge Mädchen. »Was halten Sie von einem flotten Spaziergang vor dem Mittagessen? Um den Appetit anzuregen!«

Sie griff seinen Vorschlag erleichtert auf.

»Mit Vergnügen«, sagte sie, während ihre Augen voller Lob aufblitzten. »Ich hole nur meinen Schal.«

»Das werde ich auch tun«, erwiderte er. »Ich bin allmählich zu alt, um meine Gesundheit aufs Spiel zu setzen.«

Jeremy Rainer trat einen Schritt beiseite, um sie vorbeizulassen. Nun tat er unbefangen und lächelte Denys zu. Zu Tremaine sagte er:

»Passen Sie auf, dass die junge Dame die Situation nicht ausnutzt! Sie werden sich die Hacken ablaufen, wenn Sie ihr das Tempo überlassen!«

»Meine Marathonzeiten sind lange vorbei!«, sagte Mordecai Tremaine.

Er erwiderte Rainers Lächeln, obwohl er genau spürte, dass es zwischen ihnen keinerlei Sympathien gab. In den grauen Tiefen dieser Augen lag eine eisige Kälte. Mit einem Gefühl der Erleichterung, dass die Situation nicht wie befürchtet eskaliert war, ging Mordecai Tremaine an ihm vorbei. Er war davon überzeugt, dass es absolut nicht ratsam wäre, sich Jeremy Rainer zum Feind zu machen.

5

Als sie die Haupttreppe hinabschritten, kam ein Wagen die Zufahrt hochgebraust und hielt vor ihnen an. Ein Mann stieg aus. Ein stämmiger Mann mit rotem Gesicht.

»Hallo, Onkel Gerald«, rief Denys Arden. »Noch schnell die letzten Weihnachtseinkäufe erledigt?«

Tremaine hatte geglaubt, Gerald Beechley habe sie kommen sehen, doch sein Zusammenfahren, als er so unvermittelt angesprochen wurde, ließ darauf schließen, dass er sie gar nicht bemerkt hatte. Er war damit beschäftigt gewesen, ein in Packpapier eingeschlagenes Paket aus dem Wagen zu nehmen. Jetzt warf er es hastig auf den Sitz zurück und drehte sich zu ihnen um.

»Ach, du bist es, Denys. Ja, ich habe noch in letzter Minute ein paar Dinge eingekauft.«

Sie versuchte, einen Blick ins Innere des Wagens zu erhaschen, doch er nahm ihr geschickt die Sicht, indem er sich in die offene Fahrertür stellte.

»Können wir sehen, was du gekauft hast?«, fragte sie. »Oder ist es ein Geheimnis?«

Beechley wirkte verlegen und leicht verdutzt. Voller Unbehagen löste er den Blick von Denys' lachendem Gesicht.

»Tatsache ist«, sagte er schließlich, »dass es – es ist etwas für Benedict.«

Tremaine stand auf der Beifahrerseite. Durch die Windschutzscheibe konnte er das Paket auf dem Fahrersitz sehen.

Es war nur lose verpackt, und dort, wo das Packpapier beiseitegeschoben war, blitzte ein hellroter Stoffstreifen auf.

Plötzlich bemerkte Gerald Beechley seinen Blick. Er drehte sich rasch um, langte mit dem Arm durch das heruntergekurbelte Fenster und zog das Papier wieder über den verräterischen roten Stoff.

Denys Arden schaute ihn verwundert an, sagte aber nichts zu seinem merkwürdigen Verhalten. Sie schlug einen fröhlichen Ton an.

»Wir wollen vor dem Lunch noch ein wenig spazieren gehen. Bis später!«

»Viel Spaß!«, rief Beechley, der sich wieder gefasst hatte, ihnen nach.

Sie erreichten das Ende der Zufahrt, und nun sah Tremaine zum ersten Mal das Pförtnerhaus, das ein wenig versetzt hinter dem Haupttor stand und zum Teil hinter Bäumen verborgen war. Es schien unbewohnt zu sein. Vor den Fenstern hingen keine Gardinen, und es wirkte arg vernachlässigt.

Als sie auf der Straße waren, wandten sie sich nach rechts. Das junge Mädchen schien nachdenklich.

»Ich frage mich, was Onkel Gerald im Schilde führt.«

Mordecai Tremaine, der gerade eben dasselbe überlegt hatte, griff den Gedanken bereitwillig auf.

»Er schien sehr darauf bedacht, dass wir nicht sehen, was er gekauft hatte.«

»Ich habe versucht, das Paket genauer unter die Lupe zu nehmen«, sagte Denys, »aber er hat mir den Blick verstellt.«

»Es befand sich irgendein Stoff darin. Ich konnte eine Stelle sehen, wo das Papier zurückgeschlagen war.«

»Es hat wahrscheinlich etwas mit einer dieser Kindereien

von Onkel Gerald zu tun. Man kann nie sagen, welcher Streich ihm und Onkel Benedict als Nächstes einfällt. Letztes Jahr hat Onkel Gerald uns am Heiligabend den Geist von Lady Isabel vorgespielt und Tante Charlotte eine Heidenangst eingejagt. Danach hat sie fast eine Woche lang nicht mehr mit ihm gesprochen.«

»Warum nennen Sie ihn ›Onkel‹ Gerald?«, fragte Mordecai Tremaine neugierig. »Er ist doch nicht mit Ihnen verwandt?«

»Oh nein«, erwiderte das junge Mädchen. »Onkel Benedict übrigens auch nicht. Aber ich habe beide immer als Onkel betrachtet. Jeremy und Onkel Benedict sind Freunde, solange ich denken kann, und als Daddy starb und Jeremy mein Vormund wurde, haben wir Onkel Benedict so oft besucht, dass ich ihn mit der Zeit einfach als meinen richtigen Onkel angesehen habe.«

»Sind Mr Beechley und Mr Grame verwandt?«

Sie schüttelte den Kopf.

»Nein – nur sehr alte Freunde. Aber inzwischen zählt Onkel Gerald zur Familie. Die einzige wirkliche Blutsverwandte von Onkel Benedict ist Tante Charlotte.«

»Tante Charlotte?«, murmelte Mordecai Tremaine nachdenklich. »Das ist doch die Dame mittleren Alters, nicht wahr? Ich finde es reichlich schwierig, mir auf sie einen Reim zu machen.«

»Inwiefern?«, fragte Denys Arden. Tremaine zuckte die Achseln.

»Das kann ich nicht so genau sagen«, gestand er. »Sie verwirrt mich. Ich glaubte, sie gestern Nachmittag in einer Teestube in Calnford gesehen zu haben, aber offenkundig hatte ich mich geirrt. Wie es scheint, war sie zu der Zeit mit

Mrs Tristam zusammen, also kann sie unmöglich dort gewesen sein.«

Während er sprach, lauerte er auf eine Reaktion von Denys Arden, um vielleicht einen Hinweis darauf zu erhalten, warum Charlotte Grame so offenkundig gelogen hatte. Aber Denys schaute ihn nicht an, und ihrem Verhalten war auch nichts Ungewöhnliches zu entnehmen.

»Mir tut Tante Charlotte leid«, sagte sie zögernd. »Sie kommt mir vor wie ein Mensch, der nicht das Beste aus seinem Leben gemacht hat und deshalb frustriert und unglücklich ist. Als sie jung war, muss sie recht hübsch gewesen sein. Ich verstehe wirklich nicht, warum sie nie geheiratet hat. Die Arme ist manchmal so hilflos! Es ist ganz gut, dass sie Onkel Benedict hat, der sich um sie kümmert. Überhaupt«, fuhr sie fort, »ist es für beide gut, dass Onkel Benedict ein so großzügiger Mensch ist.«

»Für beide?«

»Für Tante Charlotte und Onkel Gerald. Onkel Benedict sorgt dafür, dass es ihnen an nichts fehlt.«

»Wollen Sie damit andeuten«, forschte Mordecai Tremaine, »dass Mr Beechley über kein eigenes Kapital verfügt?«

»Nicht, soweit ich wüsste«, erwiderte sie freimütig. »Onkel Benedict bezahlt anscheinend alle seine Rechnungen, und natürlich kostet es ihn nichts, hier zu wohnen.«

Einige Augenblicke schritten sie schweigend dahin, dann sagte Tremaine:

»Das mit Ihrem Vormund tut mir sehr leid.«

Es war bezeichnend, dass sie trotz des plötzlichen Themenwechsels genau wusste, worauf er anspielte. Und Mordecai Tremaine fand es gleichfalls bezeichnend – und auf wunderbare Weise erfreulich –, dass sie ihm offen und ohne zu zögern antwortete.

»Ich weiß wirklich nicht, was ich davon halten soll. Es sieht Jeremy gar nicht ähnlich, sich so merkwürdig zu gebärden. Und alles ist so plötzlich gekommen! Ich verstehe einfach nicht, wieso er sich, was Roger angeht, anders besonnen hat.«

»Heißt das, dass Ihr Vormund Mr Wynton nicht immer abgelehnt hat?«

»Sie sagen es. Am Anfang haben Jeremy und Roger sich gut verstanden. Erst vor ungefähr sechs Monaten hat es angefangen, dass Jeremy etwas gegen ihn zu haben schien. Seine Einstellung zu Roger schien sich über Nacht gewandelt zu haben. Das macht es ja so verwirrend.«

»Hatten sie vielleicht einen Streit?«

»Nein. Es sei denn, Roger will mir das aus irgendeinem Grund verheimlichen. Ich glaube das aber nicht. Mir kam es immer so vor, als wäre er über Jeremys Stimmungsumschwung ebenso verwundert wie ich. Ich bin sicher, dass die Schuld bei Jeremy liegt«, sagte sie mit plötzlich aufflammendem Zorn. »Er benimmt sich schon seit einiger Zeit seltsam – und nicht nur in Bezug auf Roger. Ich glaube, dass ihm etwas auf der Seele liegt.«

»Inwiefern ist sein Verhalten denn seltsam?«, fragte Mordecai Tremaine.

Vielleicht war ein wenig forsch gewesen – Denys Arden ruderte jedenfalls zurück.

»Vielleicht habe ich mich etwas zu heftig ausgedrückt. Es ist ja nicht so, dass er verrückt ist«, bemerkte sie leichthin. »Er ist nur so – schwierig! Er trifft übereilte Entscheidungen. Man weiß nie, was er sich als Nächstes in den Kopf setzt. Vor

Kurzem hatte er beispielsweise beschlossen, die Weihnachtstage nicht hier zu verbringen, sondern geschäftlich nach Amerika zu fahren. Die Schiffspassage war gebucht, alle nötigen Vorbereitungen waren getroffen, und dann, ganz plötzlich, hat er alles abgesagt.«

»Und hat er einen Grund dafür genannt?«

»Nein, keinen, außer, dass er seine Pläne eben geändert habe. Und auch das war merkwürdig, denn Jeremy hat sonst keine Geheimnisse vor mir.«

»Und Sie glauben nicht, dass er möglicherweise schlechte Nachrichten erhalten hat, die sich auf seine Geschäfte bezogen, und Sie einfach nicht damit beunruhigen wollte?«

»Ich bin mir ziemlich sicher, dass dies nicht der Fall war. Jeremy ist kein Mann, der sich von geschäftlichen Fehlschlägen beunruhigen lässt. Dafür hat er zu viele Höhen und Tiefen erlebt.«

»Was hat denn Mr Grame von dieser Amerikareise gehalten? Soweit ich das beurteilen kann, sind diese weihnachtlichen Feierlichkeiten doch seine größte Freude. Was war denn seine Meinung dazu, dass Mr Rainer dieses Jahr eigentlich nicht dabei sein wollte?«

»Ich glaube schon, dass er ein wenig verärgert war«, gab das junge Mädchen zu. »Onkel Benedict legt nun einmal Wert darauf, uns alle um sich zu haben. Gesagt hat er aber nicht viel. Er meinte, dass er zwar enttäuscht wäre, wenn Jeremy fehlte, dass es ihm jedoch freistehe, seine eigenen Pläne zu machen.«

Mordecai Tremaine warf ihr einen listigen Blick zu. Er blieb mitten auf der Straße stehen. Denys Arden hielt ebenfalls an und machte eine halbe Drehung, um in die klugen grauen Augen hinter dem Zwicker zu schauen.

»Jetzt sagen Sie nicht, dass Ihnen schon die Luft ausgeht!«, neckte sie ihn.

»Nein, das nicht. Aber ich bin neugierig. Ich frage mich, warum Sie mir all das erzählen.«

»Was wollen Sie damit sagen?«, entgegnete sie scheinbar überrascht, aber eine verräterische Röte stieg ihr in die Wangen.

Mordecai Tremaine fand, dass sie ihr ausgezeichnet zu Gesicht stand. Er wurde deutlicher:

»Ich habe nicht den Eindruck, dass wir hier lediglich plaudern. Sie kennen mich kaum, und doch haben Sie mir bereitwillig alles Mögliche erzählt, das Sie sonst wohl einem Wildfremden eher nicht anvertrauen würden. Und ich kann nicht umhin, mich nach dem Grund dafür zu fragen.«

Ein, zwei Augenblicke starrte sie ihn an, ihre Wangen nach wie vor gerötet. Dann lenkte sie ein:

»Na schön. Sie haben gewonnen. Was möchten Sie wissen?«

»Nur, warum Sie so besorgt sind. Aber nur, wenn Sie es mir erzählen *wollen*.«

»Ich will es Ihnen ja erzählen«, begann sie zögernd. »Aber ich weiß nicht, ob es überhaupt etwas zu erzählen *gibt*. Das klingt dumm, ich weiß«, setzte sie hastig hinzu, als sie seine überraschte Miene sah, »aber ich sehe keine andere Möglichkeit, wie ich es ausdrücken kann.«

»Sie haben das Gefühl«, tastete Mordecai Tremaine sich behutsam vor, »dass etwas geschehen wird, aber Sie können dieses Etwas nicht benennen. Sie wissen auch nicht, was Sie tun könnten, damit es gar nicht erst eintritt, und Sie sind nervös und fühlen sich mutlos.«

»Das stimmt«, pflichtete sie ihm bei. »Genauso geht es mir! Woher kommt das nur? Was macht mir solche Angst?«

»Ich bin ein Fremder«, sagte er. »*Ich* sehe lediglich eine ausgelassene Hausgesellschaft, die sich anschickt, das Weihnachtsfest auf durch und durch althergebrachte Weise zu begehen.«

»Vielleicht *ist* es ja auch so. Vielleicht bin ich nur nervös. Onkel Benedict veranstaltet solch einen Wirbel und macht sich einen Spaß daraus, sich zu verkleiden und den Weihnachtsmann zu spielen; wir alle lachen und scherzen und benehmen uns, als wären wir eine große glückliche Familie; der Christbaum ist mit Geschenken beladen; und es schneit gerade zur rechten Zeit – das ist alles so hübsch und mir so vertraut.«

»Nur, dass es das in Wirklichkeit nicht ist«, sagte Mordecai Tremaine sehr ernst. »Sie gehen umher mit einem Gefühl, als ob das alles unwirklich wäre, und fürchten, dass Sie sich früher oder später mitten in einem Albtraum wiederfinden.«

Er beobachtete sie genau. Doch sein sorgfältig geplanter Vorstoß erzielte nicht die beabsichtigte Wirkung. Denys Arden gab ihre Gedanken nicht preis. Er versuchte es auf andere Weise:

»Sie haben mir noch nicht gesagt, aus welchem Grund Sie so offen mit mir sprechen.«

»Ich fürchte, ich bin eine Klatschtante«, gestand das junge Mädchen. »Es tut mir leid. Wahrscheinlich hab ich Sie zu Tode gelangweilt.« Sie warf einen Blick auf ihre Armbanduhr, und bevor Tremaine zu einem neuerlichen Vorstoß ansetzen konnte, rief sie: »Ach du lieber Himmel, wir müssen fliegen, wenn wir nicht zu spät zum Essen kommen wollen!«

Schnell traten sie den Rückweg an – so schnell, dass kein Raum für Gespräche mehr blieb. Tremaine stellte mit Bedauern fest, dass er, wenn er tiefer in Denys Ardens verborgene Gedankenwelt eindringen wollte, auf eine neue Gelegenheit warten musste, um sie allein zu sprechen. Und mit einem Roger Wynton in unmittelbarer Nähe konnte es dauern, bis sich eine solche Gelegenheit ergab.

Mit dieser Vermutung lag er richtig. Nach dem Lunch war das junge Mädchen nirgends zu sehen. Niedergeschlagen wanderte Tremaine über die Einfahrt auf das verlassene Pförtnerhaus zu, denn er hatte die Hoffnung aufgegeben, Denys Arden zu finden oder sie, wenn er sie gefunden hatte, von Wynton loseisen zu können, als er plötzlich jemanden rufen hörte.

Er drehte sich um und erblickte Nicholas Blaise. Seine Stimmung hellte sich auf. Vielleicht würde er den Nachmittag doch nicht nutzlos vertun müssen.

»Hallo«, grüßte er. »Haben Sie den Raum schon fertig geschmückt?«

»Ich habe jedenfalls meinen Teil erledigt«, gab Blaise lächelnd zurück. »Benedict tanzt immer noch um seinen geliebten Baum herum, und bei dieser speziellen Aufgabe will er keine Hilfe in Anspruch nehmen.«

»Der Baum scheint ja geradezu eine Institution zu sein.«

»Ist er auch. Warten Sie nur bis morgen, dann sehen Sie ihn in seiner ganzen Pracht und Herrlichkeit!«

»Ein Geschenk für jeden – so ist es doch, oder?«

Blaise nickte.

»Damit ist Benedict ja gerade beschäftigt: er verteilt die Karten. Tagsüber klammert er sie am Baum fest, und heute Nacht, wenn wir gefälligst im Bett zu liegen haben, kommt er wieder herunter und hängt die Geschenke auf.«

»Als Weihnachtsmann verkleidet.«

»Als Weihnachtsmann verkleidet«, bestätigte Blaise. »Ich bin froh, dass ich Sie allein treffe«, fuhr er fort und passte seinen Schritt dem seines Begleiters an, während sie langsam die Einfahrt entlanggingen. »Ich habe auf eine Gelegenheit gewartet, um in Ruhe mit Ihnen zu reden.«

»Das«, sagte Mordecai Tremaine, »hatte ich erwartet.«

»Natürlich müssen Sie sich fragen, was mein Brief zu bedeuten hat, und warum ich darauf gedrängt habe, dass Benedict Sie einlädt. Ich fürchte, ich muss Ihnen ein Geständnis machen: Ich habe Sie nicht hergelockt, damit Sie ein paar schöne Ferientage verleben können.«

»Das Netz«, sagte Tremaine glücklich, »zieht sich zusammen.«

Doch mit einem Mal schien Blaise sich unbehaglich zu fühlen.

»Ich hoffe, Sie denken nicht zu schlecht von mir«, begann er zögernd. »Ich meine, zuerst lade ich Sie ein und dann versuche ich, meine Probleme bei Ihnen abzuladen. Aber ich habe mir eben Sorgen gemacht. Schreckliche Sorgen. Und dann, ganz plötzlich, sind Sie mir eingefallen, und ich wusste, dass Sie mir helfen könnten. Sie müssen verstehen, zur Polizei konnte ich nicht gehen. Ich hätte ja nichts von Bedeutung zu berichten. Dort hätte man mir nur geraten, einen Arzt aufzusuchen und mir ein Mittel zur Kräftigung der Nerven verschreiben zu lassen – und ich hätte das den Herren nicht mal zum Vorwurf machen können!«

»Es *ist* also etwas an der Sache dran«, sagte Tremaine leise.

»Was soll das heißen?«, fragte Blaise in scharfem Ton. »Haben Sie schon etwas herausgefunden?«

»Nichts«, antwortete Tremaine. »Gar nichts. Sie sagten,

dass Sie nicht zur Polizei gehen konnten. Warum überhaupt die Polizei?«

»Wegen Benedict. Was halten Sie von ihm? Kommt er Ihnen – verändert vor – seit Sie ihn zuletzt gesehen haben?«

»Mir ist nichts aufgefallen. Er scheint mir doch bester Laune zu sein. Auf jeden Fall entschlossen, die Festtage zu genießen.«

»Er ist nicht er selbst. Irgendetwas beunruhigt ihn. Ich glaube, er hat Angst.«

»Wovor?«

»Das weiß ich nicht«, sagte Blaise hilflos. »Ich weiß es einfach nicht. Deshalb habe ich Sie ja gebeten herzukommen.«

»Aber was kann *ich* denn tun? Mr Grame wird mich doch wohl kaum ins Vertrauen ziehen. Da würde er sich doch eher an Sie wenden. Aus Ihren Worten schließe ich jedoch, dass er das nicht getan hat.«

»Sie kennen sich mit solchen Dingen aus. Sie haben Erfahrung mit – nun ja, mit Recherchen, und wie man etwas herausfindet.«

»Und nun möchten Sie, dass ich herausfinde, wovor Mr Grame sich fürchtet?«

»Wenn Sie es so ausdrücken wollen«, sagte Blaise. »Es fällt mir nicht leicht, mich verständlich zu machen, aber Tatsache ist, dass ich schon lange in Benedicts Diensten stehe. Mit der Zeit ist er mir ans Herz gewachsen. Ich glaube ihn zu kennen. Er ist ein überaus großzügiger Mann und versucht stets, anderen aus der Klemme zu helfen – so wie mir, als ich in seine Dienste trat. Er vermag sich für sehr schlichte Dinge zu begeistern – zum Beispiel für das Weihnachtsfest und seinen Weihnachtsbaum. Ich kann es kaum ertragen, dass er augenblicklich so verschlossen und geheimniskrämerisch ist. Ich will nicht, dass er die Lust am Leben verliert. Und genau das geschieht *im Moment*.«

»Warum fragen Sie ihn nicht einfach nach dem Grund?« Nicholas Blaise verzog das Gesicht.

»Weil ich nicht den Mut dazu habe«, gestand er. »Sie wissen doch, in welcher Beziehung wir zueinander stehen. Ich kümmere mich um Benedicts Geschäfte. Er behandelt mich wie einen Gleichrangigen, aber letzten Endes bin ich doch nur sein Angestellter. Ein oder zwei Mal, als er mir besonders zugänglich vorkam, habe ich eine Andeutung fallenlassen und versucht, ihn dazu zu bringen, dass er mich ins Vertrauen zieht. Aber das führte nur dazu, dass er sich wieder in sein Schneckenhaus zurückgezogen hat.«

»Und Sie haben überhaupt keine Vorstellung, was ihn plagen könnte?«

Blaise zögerte.

»Nein – vielmehr, keine genaue«, bekannte er. »Nur –«

»Nur?«, drängte Tremaine sacht.

»Ich habe so ein Gefühl – bloß ein Gefühl, verstehen Sie mich nicht falsch –, dass es etwas mit Rainer zu tun hat.«

»Oh.« Mordecai Tremaines Antwort war kurz, aber er schien zu verstehen. »Ich frage mich, ob Sie und Miss Arden nicht ganz ähnliche Sorgen haben?«

»Denys?« Blaise klang erstaunt. »Ach, hat sie Ihnen etwas über Benedict erzählt?«

»Nicht über Mr Grame. Über ihren Vormund. Sie scheint in Bezug auf ihn dieselben Befürchtungen zu hegen wie Sie in Bezug auf Mr Grame.«

Es war Nicholas Blaise anzusehen, dass er sorgfältig darüber nachdachte, was das Gesagte für ihn bedeutete. Endlich erwiderte er:

»Glaubt sie denn, dass Rainer in Schwierigkeiten steckt?«

»Das glaubt sie«, bestätigte Tremaine. »Was mir doch bedeutsam erscheint. Benedict Grame und Jeremy Rainer sind, soweit ich weiß, sehr alte Freunde. Wenn beide die gleichen Symptome zeigen, dann könnten diese auf die gleiche Ursache zurückzuführen sein. Wie steht es denn mit unserem altbekannten Freund: dem Schatten der Vergangenheit?«

Er sah, dass er Nicholas Blaise verwirrte, und kicherte leise in sich hinein.

»Eine der gängigsten Theorien«, präzisierte er. »Langjährige Geschäftspartner, die am Anfang ihrer Laufbahn gemeinsam dubiose Geschäfte abgewickelt haben, werden durch das unerwartete Auftauchen eines früheren Bekannten an ihre Schuld erinnert. Dieser Mensch, der aus ihrer Vergangenheit stammt, ist finanziell am Ende. Also versucht er, sein Bankguthaben auf eine Weise zu verbessern, die auf der Hand liegt. Durch Erpressung.«

»Aber das ist völlig unmöglich!«, widersprach Blaise. »Das kann nicht der Grund sein. Sie benehmen sich keinesfalls wie Verschwörer.«

Sein Protest war so inbrünstig, dass Mordecai Tremaine schmunzelte.

»Ich behaupte ja nicht, dass es so sein muss. Das ist lediglich eine Vermutung. Sind in letzter Zeit Fremde in der Gegend gesehen worden? Das ist in solchen Fällen ein weiterer Gesichtspunkt, den man berücksichtigen sollte.«

»Sie machen sich doch nicht etwa über mich lustig?«, fragte Blaise argwöhnisch.

Obwohl er dem sogleich widersprach, wirkte Nicholas Blaise immer noch aufgebracht. Tremaine beeilte sich, die Wogen zu glätten.

»Ich meine es vollkommen ernst, Nick. Ich nehme an, dass Sie inzwischen alle Dorfbewohner kennen. Haben Sie in letzter Zeit fremde Gesichter im Ort gesehen?«

Wenn auch offenbar ungern, konzentrierte sich Blaise auf die Frage.

»Hin und wieder schon. Das ist aber nicht ungewöhnlich. Sherbroome mag nur ein kleines Dorf sein, aber es hat einen hohen Bekanntheitsgrad. Wir haben hier viele Touristen, die ein paar Tage bleiben.«

»Aber nicht«, entgegnete Tremaine, »mitten im Winter, wenn so viel Schnee liegt. Bei dieser Witterung nimmt niemand die Strapazen einer Reise auf sich, um ein Stück malerisches altes England zu sehen. Aber zurück zu den unbekannten Gesichtern, die Sie erwähnten. Wissen Sie etwas über diese Leute?«

Plötzlich kam ihm ein Gedanke. Er hatte ihn kaum richtig erfasst, als er auch schon eine neue Frage stellte, bevor Blaise die vorige beantworten konnte.

»Ist einer dieser Fremden vielleicht ein großer, hagerer Mann mit dunklen, stechenden Augen, der aussieht, als könne er jederzeit einen Streit vom Zaun brechen?«

Blaise erschrak weitaus heftiger als erwartet. Mit einem leisen Aufschrei fuhr er zu Tremaine herum.

»Ja! So einen Mann kenne ich! Aber wann haben Sie ihn gesehen? Seit Ihrer Ankunft haben Sie das Haus doch nicht verlassen?«

»Das habe ich auch nicht – abgesehen von dem kleinen

Spazierung heute Morgen mit Miss Arden. Diesen Mann habe ich gestern Nachmittag gesehen. Ich war auf der Suche nach dem Anwesen und sah diesen Burschen am Straßenrand stehen, also hielt ich neben ihm und fragte, wo es sich befinde. Er stand gleich neben dem Tor und interessierte sich, so schien es mir, brennend für Sherbroome House. Daher meine Frage, ob sich hier zurzeit mysteriöse Fremde aufhalten.«

»Vielleicht war er bloß neugierig«, überlegte Blaise. »Es ist immerhin ein vornehmes altes Haus. Ich meine, ich habe den Burschen auch schon mal hier herumstreichen sehen. Vermutlich ist er aber völlig harmlos, trotz seines Aussehens. Wenn ich ehrlich sein soll, Mordecai, dann kann ich mich nicht dazu durchringen, an Ihre Theorie von einem mysteriösen Unbekannten zu glauben. Benedict und Rainer haben zu keiner Zeit dunkle Geschäfte getätigt, dessen bin ich mir sicher, auch wenn ich nicht viel über ihre Vergangenheit weiß. Aber ich werde den Eindruck nicht los, dass Rainer mit dem Problem zu tun hat.«

»Ich dachte«, unterbrach Tremaine seinen Gedankengang, »die beiden wären die allerbesten Freunde.«

»Angeblich sind sie das ja auch. Doch zuweilen mache ich mir so meine Gedanken.«

»Aus einem bestimmten Grund?«

»Nun ja, aus *einem* bestimmten Grund. Sie sind über Mrs Tristam unterrichtet, wie ich annehme?«

»Ich habe sie gestern Abend kennengelernt und kann lediglich sagen, dass sie eine sehr beeindruckende Erscheinung ist.«

»Sehr«, wiederholte Nicholas Blaise trocken. »Genau darum geht es ja. Benedict würde Ihnen zweifellos zustimmen. Und Rainer ebenfalls. Sie – können mir doch folgen?«

»Vollkommen. Eine Witwe, wie hübsch! Und die beiden Rivalen scheinen nun das Problem mit Pistolen im Morgengrauen lösen zu wollen. Ist es das, was Sie mir sagen wollen?«

»Das liegt doch auf der Hand. Obwohl ich nichts von Pistolen weiß.«

»Was denkt die Dame darüber?«

»Niemand«, sagte Blaise, »kennt die Gedanken von Lucia Tristam.« Er schwieg einen Moment, als wollte er seinem Begleiter Zeit geben, sich die prächtige Lucia noch einmal in Ruhe vor Augen zu führen, dann sagte er: »Nun, was halten Sie von der Sache? Werden Sie den Auftrag annehmen?«

»Schauen wir zunächst«, sagte Tremaine, »ob ich die Lage richtig erfasse. Sie glauben, dass Benedict Grame von einer geheimen Angst geplagt wird. Er will nicht darüber sprechen, aber Ihrer Meinung nach ist Rainer die Ursache –«

»Nein«, fiel ihm Blaise ins Wort, »so weit würde ich nicht gehen. Das ist nur – nur ein Gefühl, wenn Sie so wollen. Es entbehrt jeder wirklichen Grundlage und mag sich als völlig unbegründet herausstellen.«

»Na schön, Sie beschuldigen also niemanden. Im Grunde wissen Sie gar nicht, *was* Sie befürchten sollen. Sie haben lediglich den vagen Verdacht, dass Grame in Schwierigkeiten steckt. Er hat Probleme, über die er nicht reden will, nicht einmal mit Ihnen, die ihn aber dennoch quälen. Sie wollen, dass ich in dieser reichlich nebulösen Angelegenheit ermittle, aber Sie wissen nicht, wo ich anfangen soll oder welche Ergebnisse Sie von mir erwarten!«

Blaise sah verdrießlich drein.

»Es klingt wirklich ein wenig dürftig«, gab er zu. »Ich kann gut verstehen, wenn Sie einem Verdacht, der so vage ist, nicht nachgehen wollen. Lassen Sie sich nicht die Weihnachtstage verderben. Wir wollen uns darauf einigen, alles zu vergessen, was ich gesagt habe.«

»Einen Augenblick«, wandte Tremaine ein. »Wer hat denn gesagt, dass ich mich nicht damit befassen werde?«

»Soll das heißen, dass Sie den Auftrag doch annehmen?«

»Gewiss! Er ist viel zu faszinierend, als dass ich ihn ablehnen könnte.«

»Danke, Mordecai«, sagte Blaise. »Mir fällt ein Stein vom Herzen! Wenn Sie noch etwas wissen müssen, wenn ich Ihnen noch irgendwie helfen kann, dann geben Sie mir Bescheid, und ich werde tun, was in meiner Macht steht. Nur eines noch …«

»Ich weiß«, sagte Tremaine. »Ich soll Grame nichts davon sagen.«

»Ich will nicht den Eindruck vermitteln, als handelte ich hinter Benedicts Rücken, aber ganz ehrlich gesagt weiß ich nicht, wie er es aufnehmen würde. Er soll nicht denken, ich spioniere ihn aus. Ich verdanke ihm so viel.«

»Selbstverständlich. Ich verstehe Ihren Standpunkt.«

Wären die unbegründeten, halbgaren Theorien, die Nicholas Blaise ihm nahezubringen versuchte, aus dem Nichts entsprungen, so hätte Mordecai Tremaine sie vermutlich mit einem Lachen abgetan und auf den Verzehr zu vieler alkoholgetränkter Früchtekuchen zurückgeführt. Doch das, was Blaise ihm anvertraut hatte, war wie die Tonspur eines Films, die eine Reihe von Bildern ergänzte, die ihm ohnehin schon durch den Kopf schwirrten.

Da war zum einen das Bild eines Mannes und einer Frau, die in der Calnforder Teestube vertraulich die Köpfe zusammengesteckt hatten. Da war das Bild des hageren Mannes, auf den er bei seiner Ankunft vor dem Haus gestoßen war, eines düsteren Mannes, von dem eine klare Aura der Bedrohung ausging. Da war ferner das Bild von Charlotte Grame, die nervös und mit bleichem Gesicht abstritt, überhaupt in Calnford gewesen zu sein. Und nicht zuletzt das Bild von Lucia Tristam, die mit einem belustigten Blick in den rehbraunen Augen Charlotte Grames Alibi bestätigt hatte – wobei sie genau wusste, dass sie die Unwahrheit sprach, diesen Umstand jedoch weidlich genoss.

Da war das Bild eines grauen und mürrischen Jeremy Rainers, der wie erstarrt den Christbaum betrachtete, als ob dieser Baum auf ihn eine unheilvolle Anziehung ausübte, der er sich nicht widersetzen konnte. Und da war schließlich das Bild von Denys Arden mit fröhlich flatterndem Schal und einem vom scharfen Wind rosig überhauchten Gesicht – und der Schatten, der sich über ihre Augen gesenkt hatte, als sie ihm von ihren Befürchtungen erzählte.

Keines dieser Bilder war für sich genommen von großer Bedeutung. Jedes für sich konnte mit Leichtigkeit wegerklärt werden. Doch zusammengenommen schufen sie den Eindruck einer untergründig schwelenden Katastrophe. Und überdies gibt es, dachte Mordecai Tremaine, niemals Rauch ohne ein Feuer.

6

Der Höhepunkt des Nachmittags war die Ankunft von Austin Delamere. Ihr voraus ging ein übermäßig langes Telegramm, in dem Delamere ausführlich darlegte, dass gewisse Umstände ihn davon abgehalten hätten, wie beabsichtigt den Morgenzug zu nehmen, und dass er folglich später am Tag mit dem Automobil eintreffen werde. Ein großes, von einem Chauffeur gesteuertes Vehikel setzte ihn dann auch um Punkt vier Uhr nachmittags vor der Freitreppe ab. Delamere, eine füllige, in einen schweren Mantel mit hohem Persianerkragen gehüllte Gestalt, stolzierte gemessenen Schrittes in die Halle. Er hob die eine Hand, um Benedict Grame zu begrüßen, der zum Empfang des neuen Gastes herbeieilte, in der anderen Hand hielt er einen prall gefüllten Aktenkoffer. Ganz den erschöpften Staatsmann gebend, der von den Sorgen und Mühen seines Amtes aufgerieben wird, sagte er schließlich:

»Tut mir so leid, mein Bester, dass ich nicht früher kommen konnte. Dienstliche Angelegenheiten, du weißt ja. Nicht mal an den Feiertagen wollen sie uns Ruhe gönnen. Ich habe leider Akten mitbringen müssen. Ich hoffe, du nimmst es mir nicht übel, wenn ich mich gelegentlich zum Arbeiten zurückziehe?«

»Natürlich nicht«, erwiderte Benedict Grame voller Herzlichkeit. »Ich bin froh, dass es dir überhaupt möglich war, zu kommen. Ohne dich wäre das Weihnachten hier nicht, was es ist.«

Falls in seinen Augen eine Spur Belustigung lag, so schlug sie sich nicht in seinem Ton nieder. Mordecai Tremaine war gerade auf dem Weg durch die Halle gewesen und hatte daher Delameres Ankunft mitbekommen. Es war deutlich zu erkennen, dass Grame wusste, wie er diesen Mann zu nehmen hatte.

»Ich vermute, es sind wieder die üblichen Verdächtigen versammelt?«, bemerkte Delamere, während er dem Butler gestattete, ihm den Mantel abzunehmen. »Und du hast für die Dekoration gesorgt, mit allem Pipapo? Einschließlich des Christbaums?«

»Genau, einschließlich des Christbaums«, bestätigte Grame. »Möchtest du vielleicht einen Blick auf ihn werfen?«

»Ach, das hat doch noch Zeit«, wehrte Delamere lächelnd ab. »Ich werde nach dem Rechten sehen, sobald ich mich frisch gemacht habe. Jaja, immer noch der gute alte Benedict!« Er schmunzelte. »Ich wäre ja enttäuscht, wenn es dieses Jahr keinen Baum geben würde! Es tut so gut, die Politik eine Weile hinter sich zu lassen und richtig schön altmodische Weihnachten zu feiern. Komme mir glatt wieder wie ein kleiner Junge vor. Dazu hat man dieser Tage weiß Gott viel zu selten Gelegenheit!«

Mordecai Tremaine hatte den Eindruck, dass der letzte Satz auch ihm galt. Delamere hatte ihn nämlich gesehen. Grame folgte seinem Blick und wandte den Kopf.

»Hallo, Mordecai«, sagte er. »Ich glaube nicht, dass Sie schon mit Austin Delamere bekannt sind?«

»Nein«, gab Tremaine zurück. »Ich hatte noch nicht die Ehre.«

Grame stellte sie einander vor, und so hatte er Gelegenheit, den Politiker ein wenig genauer zu betrachten, ohne aufdringlich zu wirken.

Austin Delameres rundliche Züge und sein eiförmiger Kopf, dessen Kuppelgestalt durch das ausdünnende Haar leider noch betont wurde, waren Tremaine nicht unbekannt. Obwohl er dem Mann noch nicht begegnet war, kannte er sein Gesicht aus der Zeitung und der Wochenschau, wo sich Delamere gern mit salbungsvoller Stimme über Themen der Regierungspolitik ausließ. Tremaine hatte Delamere immer für einen reichlich aufgeblasenen Wicht gehalten, der von seiner eigenen Bedeutung viel zu überzeugt war.

Bislang war Delameres Laufbahn nicht gerade beeindruckend gewesen – eher ein Trott denn ein kometenhafter Aufstieg. In manchen Kreisen jedoch wurde er als der kommende Mann gehandelt, als ein Mann, den man langfristig fördern sollte.

Über seinen Ehrgeiz bestand jedoch kein Zweifel. Delamere hatte nie verhehlt, dass er beabsichtigte, ganz nach oben zu gelangen. Es wurde gemunkelt, dass er in den Methoden zur Erreichung seines Zieles nicht gerade zimperlich war, doch wenn bereits etwas Unredliches vorgefallen war, so wurde darüber nur hinter vorgehaltener Hand gesprochen. Es gab keine Beweise, die ihn mit irgendwelchen schmutzigen Geschäften in Verbindung hätten bringen können, und ohne Beweise wäre es ein taktischer Fehler gewesen, schlecht über einen Mann wie Austin Delamere zu reden.

Einmal jedoch hatte es so ausgesehen, als ob ein Verdacht sich verdichten könnte, sodass Delamere sich beinahe in einer sehr misslichen Lage wiedergefunden hätte – in diesem Zusammenhang war sogar der Name des Generalstaatsanwalts gefallen. Mordecai Tremaine durchforstete sein Gedächtnis während der kurzen Sekunden, in denen er dem Mann gegenüberstand, über den er gerade nachdachte. Es hatte mit Verträgen und Bestechung zu tun gehabt …

Was es auch war, es steckte zu tief in seinem verrosteten Gedächtnis, um ad hoc ausgegraben zu werden. Er kehrte aus seiner Versunkenheit zurück. Und während Delamere ungerührt Höflichkeiten von sich gab, ließ Tremaine die weiche Hand des Mannes los, die schlaff in seiner gelegen hatte, ohne dass der Politiker auch nur einmal zugedrückt hatte.

»Es ist mein erster Besuch hier«, sagte er. »Ich freue mich schon auf das Fest.«

»Benedict ist entschlossen, in die Geschichte als der Mann einzugehen, der in unserer zynisch-materialistischen Zeit den Geist der Weihnacht lebendig gehalten hat«, verkündete Delamere gewichtig.

Er machte den Eindruck, als hätte er nur zu gerne weiter schwadroniert, doch Mordecai Tremaine war empfänglich für Nuancen und nahm wahr, dass der andere sich gar nicht auf ihn konzentrierte, sondern nur Phrasen drosch, wie so viele Politiker, während seine Aufmerksamkeit auf etwas ganz anderes gerichtet war.

Wenige Augenblicke später war Delamere auf dem Weg in sein Zimmer und ließ den undankbaren Zuhörer zurück, der nun Muße hatte, über diesen letzten Zuwachs zu der Gästeschar zu sinnieren sowie über die Frage, ob der Politiker eine Rolle in dem Drama zu spielen hatte, das anscheinend unter all den saisonalen Verzierungen und Verbrämungen schwelte. Zwar legte nichts die Vermutung nahe, dass es so war, doch gab es auch keinen Beweis für das Gegenteil. Delamere war ein regelmäßiger Gast auf Grames Weihnachtsgesellschaften. Und somit bestand mutmaßlich eine Verbindung zu jeglichen Machenschaften, die sich hier abspielen mochten.

Mordecai Tremaine sagte sich, dass seine Fantasie wieder einmal mit ihm durchging, und schlenderte auf die Bibliothek zu. Er stand schon drinnen, als er sah, dass sich bereits jemand darin aufhielt, doch nun war es für einen würdevollen Rückzug zu spät.

Es war Gerald Beechley. Er telefonierte.

»Ich habe dir doch gesagt, dass es in Ordnung geht. Ich werde schon dafür sorgen, dass du dein Geld bekommst.« Seine Stimme wurde dringlich. »Nein – das tust du nicht! Du bekommst dein Geld schon. Er wird mir schon genug geben –«

Er unterbrach sich, als er Mordecai Tremaines leises Hüsteln vernahm. Einen Moment funkelte er den Eindringling zornig an, dann wandte er sich wieder seinem Gespräch zu.

»Ich muss auflegen«, sagte er hastig. »Ich erklär's dir später. Aber tu nichts Übereiltes. Du wirst schon bekommen, was du haben willst.«

Er knallte den Hörer auf die Gabel und drehte sich um.

»Was machen *Sie* denn hier?«

Vorsichtig erwiderte Mordecai Tremaine:

»Mir war nicht bewusst, dass jemand hier ist.«

Mit einem Mal schien Beechley zu begreifen, dass er vielleicht zu viel von sich preisgegeben hatte. Aber Mordecai Tremaine mit seinem Zwicker, der wieder fast auf die Nasenspitze gerutscht war, dem die absolute Unfähigkeit ins Gesicht geschrieben stand, schien so offenkundig harmlos, dass es unmöglich war, ihm zu grollen.

»Verzeihung«, murmelte Beechley. »Sie haben mich ein wenig erschreckt.«

»Schon gut«, meinte Tremaine. »Es war meine Schuld, ich habe mich sozusagen hereingeschlichen.«

Er legte eine Mischung aus Schüchternheit und freundlicher Güte an den Tag. Als wäre er eine wohlbehütete alte Jungfer, die sich unachtsamerweise in das falsche Schlafzimmer verirrt hatte und nun ratlos war, wie sie die Peinlichkeit ungeschehen machen konnte.

Beechley war sichtlich unbehaglich zumute.

»Ich fürchte, Sie haben mich in einem ungünstigen Moment erwischt«, gestand er zögernd. »Das war gerade ein – ein Freund von mir. Tatsache ist, dass er sich Geld leihen wollte. Ich möchte es ihm nicht abschlagen, obwohl es nicht das erste Mal ist. Jetzt habe ich zwar zugesagt, ihm wieder einmal unter die Arme zu greifen, fand jedoch, ich sollte ihm endlich mal die Meinung sagen.«

Er beäugte Tremaine verstohlen, als wollte er abschätzen, wie überzeugend seine Geschichte klang, aber der ausdruckslosen Miene seines Gegenübers war nichts zu entnehmen. Und genau das war natürlich Mordecai Tremaines Absicht.

»Ich verstehe schon«, murmelte er. »Diese Dinge sind mitunter ein wenig – äh – heikel, nicht wahr?«

Er verriet mit keiner Miene, dass er Beechleys Geschichte nicht den geringsten Glauben schenkte oder dass er seiner stetig wachsenden Sammlung von merkwürdigen Begebenheiten soeben eine weitere hinzugefügt hatte. Laut Denys Arden war Gerald Beechley finanziell abhängig von Benedict Grame. Daher schien es wenig wahrscheinlich, dass er seinen Freunden regelmäßig Geld lieh, vielmehr war er wohl derjenige, der fleißig borgte. Der Mann am Telefon war vermutlich einer seiner Gläubiger gewesen, der unangenehme Forderungen gestellt hatte. Das war sicherlich auch der Grund für Beechleys plötzliches Aufbrausen gewesen: Es hatte ihm nicht gefallen, dass ein Fremder von seinen finanziellen Problemen erfuhr.

»Ich sorge dafür, dass du das Geld bekommst ... Er wird mir schon genug geben ...«

Dass der fragliche »Er« Benedict Grame war, war die einzig mögliche logische Schlussfolgerung. Ganz offensichtlich wäre es nicht das erste Mal, dass er Beechley aus der Klemme helfen müsste.

Das Wetter ermutigte nicht gerade zu ausgedehnten Spaziergängen, also beschränkte sich die Mehrheit der Gäste auf das Haus. Trotz dessen Größe war es unvermeidlich, dass ein so umtriebiger Wanderer wie Mordecai Tremaine nach seinem Zusammentreffen mit Gerald Beechley der Reihe nach auch einigen anderen Mitgliedern der Festgesellschaft begegnen musste. Natürlich schritt er nicht grundlos von Zimmer zu Zimmer. Der Spürhund in ihm war erwacht. Wäre sein Freund Inspector Boyce von Scotland Yard vor Ort gewesen, so hätte er sogleich die Symptome erkannt, denn der so sanftmütig wirkende Mann mit dem rutschenden Zwicker schien unfähig, sich in einem Raum niederzulassen. Mordecai Tremaine ging völlig in seiner Aufgabe auf, sich Eindrücke über die faszinierenden Menschen zu verschaffen, mit denen er Weihnachten feiern sollte.

Als er an einer angelehnten Tür vorbeikam, vernahm er das Rascheln einer Zeitung. Er spähte in das Zimmer und erhaschte einen Blick auf eine knochige Hand, die eine der großen

Seiten der *Financial Times* hielt. Dazu ragte die im Feuerschein glänzende Glatze Professor Ernest Lorrings über die Lehne eines Polstersessels.

Mordecai Tremaine setzte sich dem Professor gegenüber. Er wusste, dass der andere ihn gesehen hatte, obwohl er es durch keinerlei Anzeichen verriet.

»Die Kurse scheinen in letzter Zeit zu schwächeln«, bemerkte Tremaine im übertrieben munteren Tonfall eines Menschen, der ein Gespräch beginnen will und offensichtlich nach einer geeigneten Eröffnung sucht.

»Ja.«

Es war eher ein Grunzen denn ein Wort: Ein Signal, das anzeigte, dass die Unterhaltung, soweit es den Sprecher betraf, beendet war, kaum dass sie begonnen hatte. Aber unter Mordecai Tremaines scheinbarer Schüchternheit verbarg sich eine Hartnäckigkeit, um die ihn so manche Bulldogge beneidet hätte.

»Ich nehme an, es sind die Feiertage«, fuhr er fort. »Gerade dann scheinen die Kurse abzusacken. Es liegt wohl am allgemeinen Zinsmangel.«

»Das glaube ich auch«, sagte Lorring.

»Nächste Woche werden sich die Kurse aber wieder erholen. Meinen Sie nicht?«

Ein Laut voll unverhohlener Gereiztheit drang hinter der *Financial Times* hervor. Mit demonstrativem Knistern und Rascheln wurde die Zeitung zusammengefaltet. Mordecai Tremaine gestattete sich das leise Lächeln des Siegers.

»Dies ist mein erstes Weihnachten in Sherbroome House«, wechselte er das Thema. »Sind Sie regelmäßiger Gast bei diesen Hausgesellschaften?«

»Sollte Ihre Frage darauf abzielen, ob ich das Weihnachtsfest schon einmal hier verbracht habe, so lautet meine Antwort Nein.«

»Dann können wir uns ja gemeinsam auf die Feiertage freuen«, sagte Mordecai Tremaine, vollkommen ungerührt angesichts seines hageren, finsteren Gegenübers, das ihn nach dem Wegfall der Zeitungsbarriere mit feindseligem Ausdruck musterte. »Soweit ich gehört habe, sollen Mr Grames Weihnachtsfeste wahrhaft fröhliche Veranstaltungen sein.«

»Weihnachten!«, schnaubte Lorring verächtlich.

»Heute Morgen habe ich zugeschaut, wie sie den Baum schmückten«, fuhr Tremaine fort, ohne mit der Wimper zu zucken. »Er wird sicher prächtig aussehen. Haben Sie ihn schon gesehen?«

Es war, als hätte er einen Schalter betätigt, der einen Stromkreis schloss. Der Wissenschaftler setzte sich kerzengerade im Sessel auf, wie von einem elektrischen Stoß getroffen.

»Nein!«, bellte er. »Habe ich nicht. Ich habe keine Zeit für derlei kindischen Mumpitz. Diese Festlichkeiten sind bloß ein Vorwand, sich seiner Genusssucht hinzugeben – und hier tun das Menschen, die alt genug sein sollten, um es besser zu wissen.«

Doch plötzlich schien er sich, wie Gerald Beechley, der unverhältnismäßigen Heftigkeit seines Benehmens bewusst zu werden.

»Verzeihen Sie, wenn ich grob geworden bin. Ich habe bis vor Kurzem unter Hochdruck an etwas gearbeitet. Ich hatte mich auf ein paar ruhige Tage gefreut, und die Vorstellung, mich möglicherweise mit einer Gruppe halbstarker junger Leute herumschlagen zu müssen – oder schlimmer noch, einer Gruppe älterer Leute, die sich wie die Kinder benehmen –, macht mich leicht reizbar.«

Mordecai Tremaine gab sich Mühe, verständnisvoll dreinzuschauen. Lorrings Sinneswandel war ebenso wenig aufrichtig wie der Beechleys, aber es hatte keinen Sinn, ihm seine Meinung darüber kundzutun.

»Gewiss«, sagte er. »Sie haben mit Ihren speziellen Forschungen bestimmt eine Menge zu tun.«

Lorrings Miene wurde mit einem Mal abweisend. Er machte sich steif, als wollte er einen Angriff abwehren. Im Moment, dachte Mordecai Tremaine, würde er nicht mehr von ihm erfahren. Der Wissenschaftler war auf der Hut, und ein Mann, der sowohl ein Griesgram als auch sehr argwöhnisch war, würde wohl kaum irgendetwas preisgeben.

Er brachte eine Entschuldigung vor, die mit unverhohlener Erleichterung aufgenommen wurde, und verließ das Zimmer. Während er die Tür schloss, hörte er das Rascheln, mit dem Lorring seine Lektüre der *Financial Times* fortsetzte. Er fragte sich, warum Benedict Grame den missmutigen Wissenschaftler zu seinem Weihnachtsfest eingeladen hatte. Er passte so gar nicht zu der übrigen Hausgesellschaft, die, soweit er wusste, die Festtage überzeugt in traditioneller Weise beging. Ernest Lorring war alles andere als ein heiterer Charakter. Ja, tatsächlich war er offensichtlich eine Art Weihnachtsverächter.

Vielleicht würde Grame versuchen, das Eis zu brechen. Vielleicht konnte er seinen griesgrämigen Gast sogar dazu überreden, das traditionelle Weihnachtskostüm anzulegen und die Geschenke vom Christbaum zu verteilen. Die Vorstellung von Lorrings weißbärtigem Gesicht, das miesepetrig durch die Tannenzweige lugte, war allerdings so absurd, dass er in ein Kichern ausbrach.

»Sie scheinen sich über etwas sehr zu amüsieren, Mr Tremaine?«

Verdutzt schaute er auf und erblickte Rosalind Marsh, die soeben mit Gerald Beechley die Halle betreten hatte. Sie waren offensichtlich spazieren gewesen, denn Rosalind Marshs Wangen hatten Farbe bekommen, was ihr ausgesprochen gut stand. Es milderte die harte weiße Kälte der Marmorstatue. Jetzt konnte er glauben, dass sie tatsächlich eine Frau aus Fleisch und Blut war, eine Frau, der auch leidenschaftliche Gefühle nicht fremd waren.

Mordecai Tremaine lächelte Miss Marsh freundlich zu, fühlte sich jedoch nicht veranlasst, sein Kichern zu rechtfertigen. Das enttäuschte sie offenbar, sie drang jedoch nicht weiter in ihn.

»Sind Sie heute Nachmittag gar nicht vor der Tür gewesen?«, erkundigte sie sich neugierig. Er schüttelte den Kopf.

»Nein. Ich bin bloß durchs Haus spaziert – habe mit den Leuten geredet.«

In dem Blick, den sie ihm zuwarf, lag eine gewisse Vermutung.

»Waren die Ergebnisse – interessant?«

»Oh ja«, erwiderte er. »Sehr interessant.«

Ihrem Mienenspiel entnahm er, dass sie kurz davor stand, ihm eine weitere Frage zu stellen, doch dann überlegte sie es sich anders. Sie wandte sich an Gerald Beechley.

»Gib mir eine Zigarette, Gerald, sei so gut. Ich habe mein Etui oben gelassen.«

»Selbstverständlich.«

Der große Mann erfüllte ihren Wunsch und bot daraufhin Tremaine eine Zigarette an. Doch dieser lehnte ab.

»Nein, danke. Ich rauche sehr wenig. Eine Zigarette nach den Mahlzeiten. Vielleicht gelegentlich ein Pfeifchen.«

»Das klingt ja nach einem Gesundheitsraucher!«, dröhnte Beechley.

Er war wieder ganz der Alte, hatte zu seinem rauen, jovialen Ton zurückgefunden. Sein vom scharfen Wind gerötetes Gesicht, sein Rollkragenpullover, das grobe Tweedjackett und die kräftigen Hände, von denen eine einen robusten Eichenstock umklammerte, verliehen ihm das Aussehen eines Mannes vom Land, eines schlichten Bauern mit herzhaftem Appetit und deftigen Manieren. Die peinliche Szene in der Bibliothek schien er vollkommen vergessen zu haben.

Rosalind Marsh zog an ihrer Zigarette. Mordecai Tremaine vermutete, dass sie Gerald nur darum gebeten hatte, um Zeit zu gewinnen. Zeit wofür?

»Wie ich sehe, ist Austin Delamere inzwischen auch eingetroffen«, sagte sie. »Damit wäre die Gesellschaft komplett.«

»Das ergibt eine ganz beträchtliche Anzahl an Dinnergästen, nicht wahr?«, fragte Tremaine.

Sie nickte.

»Ungefähr die gleiche wie gestern Abend. Die Napiers besuchen uns nachher wieder mit Lucia Tristam. Sie werden dann auch hier übernachten, wahrscheinlich bleiben sie mehrere Tage. Wie jedes Jahr zu Weihnachten. Ich frage mich, was Benedict plant? Oder was überhaupt auf der Tagesordnung steht. Irgendeine Idee, Gerald?«

Tremaines Gedanken glitten zurück zu jener kleinen Szene vor dem Haus, als der große Mann so offenkundig hatte verbergen wollen, was er in seinem Wagen mitgebracht hatte. »Ich könnte mir vorstellen, dass Mr Beechley uns etwas dazu sagen könnte. Nicht wahr, Mr Beechley?«

Sein Ton war gewollt schelmisch. Er gab den geschwätzigen alten Wichtigtuer, der versucht, Geheimnisse hervorzulocken, indem er andeutet, dass er längst über alles Bescheid weiß. Gerald Beechley warf ihm einen finsteren Blick zu, der nur zu deutlich sein Missfallen ausdrückte. Er hätte am liebsten das Thema gewechselt, aber Rosalind Marsh ging mit Feuereifer darauf ein.

»Jetzt sag bloß, dass du wieder eine deiner berühmten Darbietungen zum Besten gibst, Gerald!«

Mordecai Tremaine schob seinen Zwicker zurecht, sodass er sicheren Halt hatte, und blinzelte den stämmigen Mann durch seine Gläser an. Im Grunde wirkte er nun wie ein ergebener Hund, der um ein wenig Aufmerksamkeit bettelte.

»Wieder?«, griff er das Wort auf. »Soll das heißen, dass Mr Beechley an den Festtagen stets für Unterhaltung sorgt?«

Rosalind Marsh warf lachend den Kopf zurück.

»›Unterhaltung‹ ist schon das passende Wort, wenn sie vielleicht auch nicht ganz dem entspricht, was Sie sich darunter vorstellen mögen. Gerald ist in Sherbroome für seine Streiche berüchtigt. Man weiß nie, was ihm als Nächstes einfällt. Die meisten Dorfbewohner sind überzeugt, dass er verrückt ist. Was war noch mal dein letzter Coup, Gerald? Der mit dem Stand auf dem Marktplatz, wo du hausgemachte kandierte Äpfel gegen Marmeladengläser eingetauscht hast?«

Die Adern an Geralds Beechleys Hals schwollen über dem Kragen des gelben Pullovers an. Der bullige Mann starrte auf Rosalind Marshs weiße Kehle, als würde er sie nur zu gern mit seinen kräftigen Fingern packen und die Luft abdrücken.

Oder war es nur eine sonderbare Spiegelung des Lichts, die den mordlüsternen Ausdruck auf sein Gesicht warf? Grinste Gerald Beechley nicht vielmehr breit? Nicht zum ersten Mal an diesem Tag wurde Mordecai Tremaine von einem Gefühl der Unwirklichkeit befallen. Er musterte den anderen Mann forschend und versuchte, Klarheit über dessen Absichten zu gewinnen, doch es war ihm unmöglich.

Dann jedoch verflog der Anschein, dass etwas nicht so ganz stimmte, und Beechley war wieder ganz das alte Raubein, schmunzelte über einen Scherz und verkündete mit dröhnender Stimme: »Man kann doch nicht dauernd mit Trauermiene rumlaufen!«

»In der Tat nicht«, sagte Tremaine, als ob er niemals den Verdacht gehegt hätte, dass etwas faul war. »Es tut uns allen gut, von Zeit zu Zeit herzhaft zu lachen.«

»Lasst uns was Verrücktes tun, solange wir noch können. Das Leben ist zu kurz, um immer ernst zu sein!«

Diese Sache schien dem Mann wirklich am Herzen zu liegen. Tremaine bemerkte leichthin: »Sie und Mr Grame haben vieles gemeinsam.«

»Wir verstehen einander«, sagte Beechley. »Benedict ist ein großartiger Kerl – einer der Besten. Wüsste nicht, was wir ohne ihn machen sollten. Er hat es länger mit mir ausgehalten als die meisten. Wobei mir einfällt – ich hab ihm ja versprochen, mich sofort nach meinem Spaziergang bei ihm zu melden. Will mir wohl sagen, was ich auf dem Fest zu tun habe!«

Rosalind Marsh schwieg, bis Beechley die Halle verlassen hatte. Sie schien ganz unbeteiligt, die Zigarette hing von ihren

Fingern herab, und ihre Miene zeugte von leichter Langeweile. In ihren Augen lag jedoch ein ganz anderer Ausdruck.

In beiläufigem Ton sagte sie zu Mordecai Tremaine: »Ich
wünschte, ich wüsste, worauf Sie es abgesehen haben.«

Tremaine schaute sie stirnrunzelnd an.

»Worauf ich es abgesehen habe?«, wiederholte er im Versuch, seine Gedanken zu ordnen.

Sie trat einen Schritt auf ihn zu.

»Wenn Sie offen reden würden«, fuhr sie mit gesenkter
Stimme fort, »könnte ich Ihnen vielleicht behilflich sein. Es
könnte uns gegenseitig helfen.«

Aus der Dunkelheit, aus dem anderen Ende der Halle war
ein Geräusch zu vernehmen, und Rosalind Marsh erschrak.
Sie wich einen Schritt zurück.

»Ich muss dringend auf mein Zimmer«, verkündete sie mit
lauter Stimme, die nicht zu überhören war. »Ich muss mich
unbedingt frischmachen!«

Während sie die Treppe hochlief, drehte Tremaine sich langsam um und sah nach, wer da gekommen war. Es war Fleming,
der Butler, eine würdige Gestalt mittleren Alters mit einer
gleichmütigen Miene, die nichts über seine Gefühle verriet.
Still und unauffällig schritt er durch die Halle, ganz offensichtlich in Ausübung seiner Pflichten und darauf bedacht, weder
zu sehen noch gesehen zu werden.

Tremaine überlegte, dass es erhellend sein könnte, die Mas-
ke des Hausdieners zu lüften und Kontakt mit dem Menschen
darunter aufzunehmen. Er entsann sich der Szene am Morgen,
als der Butler Benedict Grame beim Schmücken des Christbaums geholfen hatte und Jeremy Rainer hereingekommen
war. Fleming hatte sich nicht anmerken lassen, ob er die Span-

nung in der Luft spürte, und dennoch musste er genau gewusst haben, was vorging.

In der Halle stand ein lederbezogener Stuhl, gut verborgen in einer Nische unter dem Treppenabsatz. Tremaine setzte sich, um alles in Ruhe zu durchdenken, und saß zwanzig Minuten später, als Gerald Beechley zurückkehrte, an gleicher Stelle.

Der große Mann sah aus, als habe er einen Schock erlitten und seine Selbstbeherrschung noch nicht wiedererlangt. Er schimpfte voller Wut vor sich hin. Erst als er nur noch ein oder zwei Meter von Tremaine entfernt war, wurde er sich der Anwesenheit des anderen bewusst. Düstere Feindseligkeit überzog sein Gesicht. Wortlos ging er vorüber, doch sein zornfunkelnder Blick sagte alles.

»Nicht gerade bester Laune«, murmelte Mordecai Tremaine.

Er wartete, bis das demonstrative Türknallen Beechleys Abgang bestätigte, dann erhob er sich und eilte auf das Zimmer zu, aus dem der andere eben gekommen war.

Womit er gerechnet hatte, bestätigte sich: Es war Benedict Grame, den er dort vorfand. Das Eintreten Tremaines erschreckte seinen Gastgeber, und er spürte den Blick der blauen Augen, die ihn scharf musterten. Die buschigen Brauen sahen aus, als wären sie in die falsche Richtung gebürstet worden. Grame wirkte wie ein Mann, der eine unerfreuliche Szene hinter sich hatte.

Mordecai Tremaine war nicht im Mindesten überrascht. Aus dem Telefonat, das er belauscht hatte, und Gerald Beechleys Verhalten in der Halle hatte er geschlossen, dass der Mann in Geldnöten war. Er hatte sich an Benedict Grame gewandt. Und eine Abfuhr erhalten.

Benedict Grame schien die Anwesenheit seines Gastes unangenehm zu sein.

»Haben Sie Gerald gesehen?«, fragte er.

Sein Auftreten war linkisch. Augenscheinlich suchte er etwas zu verbergen.

»Ich habe ihn eben noch in der Halle gesehen«, erwiderte Tremaine. »Eigentlich«, setzte er in gewollt harmlosem Ton hinzu, »dachte ich, er wäre hier, bei Ihnen. Wollten Sie ihn sprechen?«

»Es ist nicht so wichtig«, beeilte sich Grame zu erwidern. Ihm war ganz offenkundig an einem Themenwechsel gelegen. Nach einer Pause fuhr er fort: »Hoffentlich langweilen Sie sich nicht. Ich fürchte, ich hatte noch nicht viel Gelegenheit, mich um Sie zu kümmern.«

»Ich genieße meinen Aufenthalt ungemein«, versicherte Tremaine. »Bislang fand ich alles hier höchst interessant.«

Die buschigen Brauen bildeten zwei hohe Bögen.

»Interessant?«

»Finden Sie meine Wortwahl merkwürdig?« Tremaine schmunzelte. »Das Studium der menschlichen Natur ist mein Steckenpferd. Haben Sie das etwa vergessen?«

Grames leicht verblüffte Miene entspannte sich.

»Ich glaube nicht, dass wir einem Amateurkriminologen sonderlich viel bieten können. Wir sind allesamt ganz schrecklich gesetzestreue Bürger! Es sei denn, Sie wollen Delamere aufs Korn nehmen. Er ist Politiker. Für ihn übernehme ich keine Verantwortung!«

Obgleich er versuchte, unbeschwert zu erscheinen, wirkte er angespannt. Grame machte in diesem Moment den Eindruck eines alternden, von Sorgen zerfressenen Mannes.

Wieder dachte Tremaine an das Gespräch, das er am Morgen mit Nicholas Blaise geführt hatte. Hier schien die Bestätigung dessen zu sein, was Blaise ihm erzählt hatte – zumindest soweit es die Überzeugung des Sekretärs betraf, dass Benedict Grame etwas auf der Seele liege. Über Gerald Beechley hatte Blaise jedoch kein Wort gesagt, und doch schien dieser der Grund für Grames derzeitige Niedergeschlagenheit zu sein.

Ein, zwei Sekunden lang war Tremaine versucht, die momentane Gemütslage seines Gastgebers auszunutzen und ihn mit einer Frage in die Ecke zu drängen. Vielleicht würde Grame ihm ja jetzt, da der Boden bereitet war, sein Herz ausschütten. Doch der Gedanke an das Versprechen, das er Blaise gegeben hatte, hielt ihn zurück. Falls Grame an seiner Neugier Anstoß nahm, könnte das Blaise in eine schwierige Lage bringen. Mit Bedauern entschied er sich gegen den Frontalangriff und bemerkte stattdessen:

»Ich habe Ihre Schwester heute Nachmittag gar nicht gesehen. Ist sie nach Calnford gefahren?«

»Charlotte? Du lieber Himmel, nein! Sie ist in ihrem Zimmer – ruht sich aus. Ich kann mich nicht mal entsinnen, wann sich Charlotte das letzte Mal mehr als ein paar Schritte vom Hause entfernt hat. Sie geht höchst selten aus. Verbringt sehr viel Zeit in ihrem Zimmer. Zu viel, wie ich fürchte. Oft wünsche ich mir, ich könnte sie dazu bringen, mehr unter Menschen zu gehen.«

»Sie scheint mir eine sehr scheue Person zu sein.«

»So ist sie nun mal. Hatte immer schon panische Angst vor dem sogenannten gesellschaftlichen Leben. Zwischenmenschliche Beziehungen bereiten ihr Schwierigkeiten, etwa eine Ehe kommt für sie gar nicht in Frage.«

Mordecai Tremaines sentimentale Seite, die sich an den *Romantischen Geschichten* und ähnlicher Literatur erfreute, protestierte.

»Wie schade«, sagte er. »Wahrlich zu schade. Ich könnte mir vorstellen, dass sie als junges Mädchen recht hübsch gewesen sein muss. Sie ist immer noch eine gut aussehende Frau.«

»Charlotte hätte durchaus Möglichkeiten gehabt«, sagte Grame. »Aber sie hat sich stets verhalten, als ob Liebe und Ehe ihr zuwider wären. Ich habe getan, was in meiner bescheidenen Macht stand, doch es war mir nicht möglich, sie in meinem Sinne zu beeinflussen. Sie hat sich schrittweise immer mehr abgekapselt – lebt beinahe wie eine Einsiedlerin. Deshalb habe ich mich ja so gefreut, als sie sich Lucia – Mrs Tristam – angeschlossen hat. Die beiden haben in letzter Zeit oft zusammen etwas unternommen, und seitdem ist Charlotte wie ausgewechselt.«

»Mrs Tristam ist eine ungewöhnliche Frau«, bemerkte Mordecai Tremaine. »Sie besitzt eine lebhafte Persönlichkeit. Ich kann gut verstehen, dass sich Ihre Schwester von ihr angezogen fühlt.«

Benedict Grame sagte nichts darauf, doch sein Stolz war ihm anzusehen. Darüber, dass auch er sich unter Lucia Tristams Eroberungen befand, konnte kein Zweifel bestehen.

Tremaine sah seinen Gastgeber verständnisvoll an.

»Wenn Sie mir eine solche Bemerkung verzeihen wollen«, sagte er, »und sie der Aufrichtigkeit eines Freundes zuschreiben … Sie haben es in letzter Zeit nicht gerade leicht gehabt.«

»Sie denken, die Meute hier würde mir Schwierigkeiten machen?«, fragte Grame ironisch. »Vielleicht tut sie das von Zeit zu Zeit, doch im Großen und Ganzen kann ich Ihnen versichern, dass ich die Dinge zusammenhalte. Und es lohnt sich, denn die Menschen um mich herum wissen, dass sie stets auf mich bauen und mir alles anvertrauen können ... Wie auch immer, es ist Weihnachten! Sie sind mein Gast, Sie sollen sich amüsieren! Jetzt ist nicht der Zeitpunkt, um Fantasie-Leichen aus dem staubigen Keller zu holen!«

In diesem scherzenden Ton endete ihre Unterhaltung. Mr Pickwick alias Benedict Grame war wieder ganz der Alte. Er strahlte jugendlichen Enthusiasmus aus und war eifrig darauf bedacht, Weihnachtsstimmung zu verbreiten.

Doch als er wieder allein war, ertappte sich Mordecai Tremaine dabei, erneut darüber nachzudenken, was sich unter der Oberfläche von Benedict Grames Fröhlichkeit verbarg. Und er kam zu dem Ergebnis, dass der äußere Anschein trog. Trotz Grames Bemühen, nicht verzagt zu erscheinen, lag es auf der Hand, dass es ihm schwerfiel, die Illusion von Eintracht in seinem Hause und die Pose des gütigen Herrschers über eine glückliche, wenn auch leicht unkonventionelle Familie aufrechtzuerhalten.

Tremaine erfasste leises Mitleid mit seinem Gastgeber – umso mehr, als sie sich so ähnlich waren. Grame war Romantiker, ganz wie er. Ihnen beiden war es wichtig, dass alles zum Besten stand in dieser besten aller Welten. Das war der Grund, warum ihm Benedict Grame ans Herz gewachsen war; warum er mit mildem Blick den Eifer des Mannes betrachten konnte, der sich bemühte, ein Weihnachtsfest im Dickens'schen Sinne auszurichten; warum er die warmherzige Schlichtheit zu schätzen wusste, die sich hinter dem opulent geschmückten Christbaum verbarg.

Benedict Grame wollte ein gütiger Herrscher sein, ein

freundlicher Trostspender, zu dem seine Schützlinge kommen konnten, wenn sie in Nöten waren, und der ihnen stets Rat und Hilfe bot.

Und er hatte wohl erkennen müssen, dass diese Vorstellung zwar in der Theorie ganz hübsch, in der Realität jedoch mit Dornen gespickt war.

Mordecai Tremaines Gedanken hatten sich gerade Charlotte Grame und den Nöten, die sie ihrem Bruder verursachte, zugewandt, als er ebendiese Miss Grame erblickte, die durch die Halle auf die Treppe zuging. Bevor er sich von dem milden Schock dieses bemerkenswerten Zufalls erholt hatte, befand sie sich bereits auf halber Höhe zum ersten Stock. Er trat einen Schritt vor und rief: »Miss Grame!«

Sie drehte sich nicht um. Tremaine glaubte schon, sie habe ihn nicht gehört. Er rief erneut nach ihr, und nun war klar, dass sie sich absichtlich taub stellte, denn sie hastete die Treppe empor und verschwand.

»Verquer und verquerer«, murmelte Mordecai Tremaine. *Alice im Wunderland* nahm einen besonderen Platz in seinem Herzen ein, und dieses Zitat war ihm das liebste.

Die Reaktion der zerbrechlichen, nervösen Charlotte hatte ihn keineswegs überrascht. Zwar hatte er nicht erwartet, dass sie ihre Angst so deutlich zeigen würde, aber nun wusste er, dass sie ein Zusammentreffen mit ihm um jeden Preis vermeiden wollte. Der Nachmittag sollte Mordecai Tremaine allerdings noch einen weiteren faszinierenden Zwischenfall bescheren und ihm damit ein ganz neues Feld von Mutmaßungen eröffnen.

Es geschah, als das graue winterliche Licht der Finsternis Platz machte und die Schatten gierig von jedem Winkel des

Hauses Besitz ergriffen. Tremaine hatte an einem Fenster gesessen, den Schnee betrachtet und seine Gedanken treiben lassen. Er schrak aus seinen Träumereien hoch und stellte fest, dass er steif vor Kälte in einem ungeheizten Zimmer saß, in das die Dunkelheit gesickert war.

Als er sich erhob, kam ihm die Idee, noch einmal Benedict Grames Weihnachtsbaum zu besichtigen. Für diesen Impuls gab es keinen bestimmten Grund, er entsprang lediglich einer instinktiven Eingebung.

Allmählich war er mit dem Aufbau des Hauses vertraut und fand den großen Raum, in dem der Baum aufgestellt war, ohne Schwierigkeiten. Lautlos schwang die Tür auf. Die Vorhänge vor den Terrassentüren waren nicht zugezogen, und im Halbdunkel konnte Mordecai Tremaine den bunt geschmückten Baum erkennen. An jedem seiner ausladenden Äste hingen winzige Silberlaternchen und Lamettagirlanden.

Der Baum war eine beeindruckende Erscheinung, selbst im Zwielicht. Wenn er erst einmal im elektrischen Licht erstrahlte und die frohe festliche Atmosphäre seinen bald geschenkbeladenen Ästen sprühendes Leben verlieh, würde er märchenhaft, wenn nicht gar magisch wirken. Mit diesem Baum hatte Benedict Grame zweifellos seinen hohen Ansprüchen an ein traditionelles, altmodisches Weihnachtsfest Genüge getan.

Noch hingen keine Geschenke am Baum. Diese würden erst später angebracht werden, wenn Grame seine Amtstracht anlegte und des Nachts als Weihnachtsmann zurückkehrte. Die Klammern jedoch waren gerade noch zu erkennen – jede hielt ein weißes Namenskärtchen, das den Platz anzeigte, der für das Präsent des jeweiligen Gastes vorgesehen war.

Man mag beim Anblick eines Weihnachtsbaums zuerst an

strahlende Kinderaugen denken, doch selbst ein Erwachsener wie Mordecai Tremaine kam nicht umhin, sich an Grames Werk zu erfreuen. Der Baum setzte ein Zeichen, er war etwas vollkommen Reines, er stand für den Gedanken des Friedens auf Erden und menschliche Güte. Der ehemalige Tabakhändler konnte sich eines wehmütigen Lächelns nicht erwehren. Wenn er die Wahl gehabt hätte, wäre er nicht Junggeselle geblieben. Es wäre schön gewesen, Kinder zu haben und zu sehen, wie sie einen solchen Baum mit erwartungsvollen Gesichtern bewunderten.

Plötzlich merkte er, dass er nicht allein war.

Ein Mann saß in einem Lehnstuhl vor der Wand zwischen den beiden Terrassentüren. Er saß genau dem Baum gegenüber. Er saß so starr und still, dass man ihn fast hätte übersehen können.

Es war Professor Lorring. Tremaine erkannte ihn an der hohen Stirn, der Adlernase und den hervortretenden Wangenknochen, und nachdem seine Augen sich an das Halbdunkel gewöhnt hatten, konnte er auch die Gestalt des Wissenschaftlers ausmachen. Er glaubte nicht, dass Lorring ihn bemerkt hatte. Nicht nur war er überaus leise eingetreten, sondern hatte die Aufmerksamkeit des anderen auch ausschließlich dem Baum gegolten, den er mit merkwürdiger Eindringlichkeit betrachtete.

Mordecai Tremaine verharrte einen oder zwei Momente und beobachtete ihn still, während ein Schauder über sein Rückgrat rieselte. Er war froh, dass Lorring ihn nicht sah. Denn auf den hageren Zügen des Mannes lag ein Ausdruck reinster Bösartigkeit. Es war nie ein gutes Zeichen, wenn man solche Niedertracht im Gesicht eines Menschen sah.

1

Das Dinner war unzweifelhaft ein Erfolg. Es sah so aus, als hätten sämtliche Anwesenden beschlossen, zur allgemeinen Heiterkeit beizutragen, um Benedict Grame die Art Heiligabend zu bescheren, die er sich wünschte.

Mordecai Tremaine blickte an der voll besetzten Tafel entlang und konnte sich eines Schmunzelns nicht erwehren. Knallbonbons waren gezogen, bunte Papierhütchen überall verteilt worden. Ein Hauch von Fastnacht hing über dem Festmahl, das sich dem Ende zuneigte.

Besonders Austin Delamere schien sichtlich froh, den Fesseln seines Amtes entkommen zu sein, und wildentschlossen zu vergessen, dass er ein Mann mit vielversprechender Zukunft war. Das Napoleonhütchen verwegen über dem linken Auge, gestikulierte er lebhaft, während er eine launige Bemerkung zu Charlotte Grame machte, die wie am Vorabend eine angespannte Exaltiertheit zur Schau trug. Ihre Augen glänzten und ihre Wangen waren gerötet.

Am Kopf der Tafel saß ein strahlender Benedict Grame. Er zeigte ganz offen seine Freude angesichts der Gäste, die nach guter alter Weihnachtstradition feierten. Wie ein kleiner Junge bekundete er sein Entzücken über das rauschende Fest.

Selbst Jeremy Rainer hatte seine düstere, frostige Hülle abgestreift und legte eine Unbeschwertheit an den Tag, die seine mürrischen Züge belebte und ihm ein unbekümmertes, sorgenfreies Aussehen verlieh. Dies mochte, so befand Tremaine, von der Tatsache beeinflusst sein, dass er Lucia Tristam zur Tischdame hatte. Man musste schon ein Eisblock sein, um von Lucias Wärme und farbenfroher Erscheinung unberührt zu bleiben. Im Licht der elektrischen Lampen bildete ihr grünes Abendkleid einen reizvollen Gegensatz zu ihrem üppigen und prächtig frisierten kastanienbraunen Haar. Sie sah an diesem Abend wunderschön aus.

Einzig Professor Lorring wirkte nicht so ausgelassen wie der Rest der Tischgesellschaft. Wie schon am Abend zuvor nahm der Wissenschaftler sein Mahl in demonstrativem Schweigen zu sich, mit gesenktem Kopf, unbeirrt von den Gesprächen, die um ihn herum stattfanden.

Mehrere Male hatte Grame versucht, ihn aus der Reserve zu locken, doch er saß zu weit entfernt, um sein Bemühen mit der nötigen Konsequenz zu verfolgen, und Lorring war offensichtlich entschlossen, wortkarg zu bleiben. Tremaine sah, wie Nicholas Blaises Blick sorgenvoll auf dem Wissenschaftler ruhte, und seine Gedanken waren unschwer zu erraten. In Lorrings Benehmen mochte er etwas erkennen, das vielleicht mit Benedict Grames Unbehagen in Zusammenhang stand.

Nach dem Dinner wurden die Stühle beiseite gestellt und die Teppiche sowie Vorleger an die Wand gerollt. Die Musik stammte zwar nur von Schallplatten, aber die Atmosphäre war so ungezwungen, dass dieser Umstand nicht allzu sehr ins Gewicht fiel. Mordecai Tremaine tanzte mit Denys Arden, was ihm über die Maßen gefiel.

»Ich habe Sie heute Nachmittag gar nicht gesehen«, bemerkte er, während er sie geschickt an einem im Weg stehenden Stuhl vorbeiführte.

»Ich war auch nicht im Haus«, erwiderte sie. »Roger und

ich haben einen langen Spaziergang gemacht. Wir sind erst spät zurückgekommen. Sie tanzen übrigens wunderbar«, fügte sie hinzu.

»Und das überrascht Sie? Sehe ich denn so alt und gebrechlich aus?« Er gab sich bestürzt.

»Ach, so war das doch nicht gemeint! Aber Sie sind so ganz anders, als ich erwartet hatte.«

Mordecai Tremaine spähte sie über den Rand seines Zwickers an, ein Manöver, bei dem er vollkommen harmlos wirkte, man in Wahrheit aber auf der Hut sein musste.

»Was haben Sie denn erwartet?«, forschte er, und schob sogleich eine zweite Frage nach: »Und warum?«

Das junge Mädchen wirkte ob der letzten Frage leicht verstimmt. Sie zögerte einen Moment.

»Ich weiß es nicht genau«, gestand sie schließlich. »Vielleicht jemanden, der sehr viel förmlicher ist. Ein Mensch wie ein Habicht – jemand, der einem Angst einjagt. Es mag wohl daran liegen, dass ich als Erstes Sherlock Holmes vor Augen habe, wenn ich an einen –«

Sie unterbrach sich hastig, als hätte sie eben erst gemerkt, wohin ihre Freimütigkeit sie führte. Sie errötete und schien mit einem Mal nur noch an der Tanzmusik interessiert zu sein. Aber Mordecai Tremaine ließ sich nicht so leicht von der Fährte ablenken.

»Wenn Sie an was denken?«, drängte er sanft, und als Denys Arden keine Antwort gab, setzte er hinzu: »Doch nicht etwa an einen Detektiv?«

»Doch«, antwortete sie widerwillig. Nun schien sie zu glauben, dass sie sich rechtfertigen müsse. »Denn das sind Sie doch, nicht wahr?«

»In gewisser Weise schon«, gab Tremaine zu. »Ich interessiere mich für Kriminologie, bekleide jedoch keine amtliche Stellung. Aber wer kann Ihnen denn nur von meinem kleinen Hobby erzählt haben?«

Wieder zögerte Miss Arden. Es machte den Eindruck, als müsse sie sich erst vergewissern, dass sie mit ihrer Antwort niemandem schadete.

»Roger war es«, gestand sie schließlich. »Er hat es vor ein paar Tagen erwähnt – nachdem wir gehört hatten, dass Sie erwartet werden. Er hatte Ihren Namen in der Zeitung gelesen, wo er in Verbindung mit einem Mordfall aufgetaucht war.«

»Mord«, bemerkte Mordecai Tremaine, »scheint unweigerlich die Aufmerksamkeit der Öffentlichkeit zu erregen. Ein äußerst bedauerliches Phänomen. Ich hoffe, das Wissen darum, wer ich bin, bringt Sie nicht in Verlegenheit.«

Sie warf ihm einen argwöhnischen Blick zu, doch die milden Augen, die von dem Zwicker halb verdeckt waren, gaben nichts über seine Gedanken preis.

»Was wollen Sie damit sagen?«

»Es würde mir nicht gefallen, wenn meine Anwesenheit im Haus eine – nun ja: Befangenheit – hervorrufen würde. Wer außer Mr Wynton kennt mein dunkles Geheimnis noch?«

»Nur Jeremy, soweit ich weiß. Aber sonst habe ich es auch noch niemandem erzählt. Nick und Onkel Benedict wissen Bescheid, wie ich vermute.«

»Wie hat Ihr Vormund darauf regiert?« Tremaine schob die Frage ganz beiläufig ein.

Aus der instinktiven Abwehr in ihren Augen schloss er, dass er einen wunden Punkt getroffen hatte. Doch in diesem Moment endete der Tanz, und bevor Tremaine um den nächsten bitten konnte, kam Roger Wynton auf sie zu.

Er beschloss, seine Aufmerksamkeit nunmehr Charlotte Grame zuzuwenden und sie zum Tanz aufzufordern. Ob sie es bemerkt und seine Absicht erraten hatte, vermochte er nicht zu sagen, aber sie wechselte einen raschen Blick mit Gerald Beechley, und der große Mann kam ihm zuvor.

Mordecai Tremaine schmunzelte. Charlotte Grame erwies sich zunehmend als schwer zu fassen. Nachdem sie ihm erneut aus dem Weg gegangen war, war es nur zu offensichtlich, dass sie etwas zu verbergen hatte.

Doch auch nachdem der Walzer, den sie mit Beechley tanzte, zu Ende gegangen war, bekam er keine Gelegenheit, sie zu sprechen. Benedict Grame hatte für einige Minuten den Salon verlassen, und bei seiner Rückkehr verriet seine frohe Miene, dass er etwas anzukündigen hatte. Er stellte sich vor die anderen und hob die Hand.

»Hört mal alle zu, die Sternsinger aus dem Dorf sind hier und werden unter der Leitung des Pfarrers einige Lieder darbieten. Er dachte, wir würden sie vielleicht gerne hören, weil heute doch Heiligabend ist. Ich fand das einen ausgezeichneten Vorschlag und habe sie hereingebeten. Sie warten schon.«

Er ging voran, und wenige Minuten später hatten sich alle in dem großen Zimmer mit dem Christbaum eingefunden. Sie nahmen in einem Halbkreis um die Sänger Platz, die vergebens ihre Verlegenheit angesichts der Tatsache zu verbergen suchten, dass sie sich nun im Mittelpunkt der Aufmerksamkeit einer Gesellschaft im Herrenhaus wiederfanden, einem Ort, der jahrhundertelang im Dorf nur als das »Vornehme Haus« gegolten hatte. Obwohl die alte Herrscherfamilie schon lange nicht mehr hier lebte, schwebte noch ein Hauch der Ehrfurcht vor ihr in diesen ehrwürdigen Gemächern. Unter viel Gehüstel und Füßescharren stellten die Sänger sich auf. Es war, als sei der Geist des alten Feudalsystems plötzlich wieder lebendig geworden, um den Dörflern zu ihrer Beunruhigung ins Bewusstsein zu rufen, dass sie sich unter dem Dach des Grundherrn wiederfanden.

Nur der Pfarrer zeigte sich von der Atmosphäre unbeeindruckt. Weißhaarig, milde und ganz im Einklang mit seiner Rolle stand er vor seinen Schäfchen und wartete geduldig, bis alle Zuhörer Platz genommen hatten. Seine Fingerspitzen waren in der erwartungsvollen Haltung aneinander gelegt, die er wohl jeden Sonntag auf der Kanzel annahm, wenn die Gemeinde die letzte Strophe des Liedes vor der Predigt sang.

Tremaine folgerte, dass die Sternsinger hauptsächlich aus den Reihen des Dorfchores stammten. Gedankenverloren betrachtete er sie und ertappte sich dabei, wie er die Sänger vor dem geschmückten Baum zählte, während der Pfarrer sie in Sopran, Alt und Bass sortierte. Sieben, acht … Das Durcheinander, bis alle ihre Position gefunden hatten, brachte ihn aus dem Konzept und er musste von Neuem beginnen. Am Klavier saß eine Dame mittleren Alters und von stattlicher Leibesfülle. Mit dem Pfarrer waren es also dreizehn – nein, vierzehn …

Plötzlich war seine Aufmerksamkeit geweckt, und er war hellwach. Ganz hinten, teilweise verdeckt von den Christbaumzweigen, hatte er ein bekanntes Gesicht erspäht: Das Gesicht des Mannes, den er bei seiner Ankunft vor dem Tor hatte stehen sehen. Das Gesicht, das ihm so sonderbar niederträchtig vorgekommen war.

Wie Lorring, dachte er unwillkürlich. Die Klarheit dieses Gedankens erschreckte ihn, und er fragte sich, wieso er ihm nicht schon früher gekommen war.

Professor Lorring hatte am Nachmittag den Eindruck eines Mannes verbreitet, in dem ein tief sitzender Hass schwelte, und seine Miene hatte derjenigen des Fremden vor dem Tor geähnelt. Aber warum? Welche Verbindung konnte es zwischen dem berühmten Wissenschaftler und diesem Sternsinger aus dem Dorf geben?

Irgendjemand hatte alle Lampen gelöscht bis auf eine, die über dem Klavier brannte. Der Pfarrer drehte sich halb um und hob seine Hand, und die Pianistin schlug zu Beginn einen Akkord an.

Das erste Stück war ein uraltes Weihnachtslied, ein schöner, mittelalterlicher Choral, der voll und ganz zu der Atmosphäre des altehrwürdigen Hauses passte. Er berührte Mordecai Tremaine im Innersten mit der Botschaft des Friedens, die er enthielt. Des Friedens und der guten Wünsche und der Güte.

Dem Detektiv jedoch war keineswegs friedlich zumute. Wie eine Nebelwand stand ihm das Bild der beiden heimtückischen Gesichter vor Augen. Er musterte den Fremden. Er konnte ihn in Ruhe betrachten, ohne zu fürchten, entdeckt zu werden, da er selbst im Schatten saß. Für die Sänger war er wahrscheinlich nichts weiter als ein verschwommener weißer Fleck, ununterscheidbar von den anderen weißen Flecken, die alle in die gleiche Richtung schauten.

Doch so prüfend sein Blick auch auf dem Gesicht des Mannes ruhte, er konnte lediglich feststellen, dass aus dessen Miene die gestern so beunruhigenden Anzeichen verschwunden waren. Er schien sich ausschließlich auf das Lied zu konzentrieren, das er mit voller Inbrunst sang.

Nicht zum ersten Mal fragte sich Mordecai Tremaine, ob seine allzu lebhafte Fantasie ihn nicht Dinge sehen ließ, die in Wahrheit gar nicht existierten. Der Mann besaß einen von Natur aus dunklen Teint, der ihm ohnehin ein düsteres Aussehen verlieh. Alle Sänger hatten beim Betreten des Hauses ihre Mäntel abgelegt, und ohne den Überzieher, den der Mann bei ihrer ersten Begegnung getragen hatte, und ohne die von Hirngespinsten überfrachtete Kulisse eines düsteren Winternachmittags und einer verschneiten Landschaft im schwindenden Tageslicht sah er gar nicht mehr so hünenhaft und gefährlich aus. Zweifellos hatte er sich nur gegen die Kälte schützen wollen und so sehr viel furchteinflößender gewirkt, als er in Wirklichkeit war.

Das Einzige an ihm, das etwas aus dem Rahmen fiel, war sein übergroßer Kopf. Nicht so groß, dass er eine Anomalie dargestellt hätte, aber durchaus auffällig. Tremaine meinte etwas Edles an diesem Kopf zu erkennen, eine Haltung, die Stolz ausdrückte. Ein eher ungewöhnlicher Kopf auf den Schultern eines Mannes, der nichts weiter zu sein schien als ein simpler Dorfbewohner.

Es war schwierig, seine Gesichtszüge deutlich zu erkennen, denn er stand ganz hinten und wurde zudem durch die Tannenbaumzweige verdeckt. Schwarzes, dichtes Haar stand über einem breiten Gesicht mit weiten Nasenlöchern und einem ausdrucksvollen Mund. Während er sang und den Kopf leicht nach hinten neigte, weckte eine Lichtspiegelung in Verbindung mit seinem dunklen Kiefer den Anschein, als trüge er einen Spitzbart.

Während der ersten beiden Lieder ließ Mordecai Tremaine den Mann nicht aus den Augen. Konnte es sein, dass er an Selbstsicherheit gewann? Vergaß er seine anfängliche Zurückhaltung und begann sich umzuschauen, als wollte er jedes Detail des Zimmers im Gedächtnis behalten? Oder war sein Verhalten nur das des typischen Dorfbewohners, der, zunächst auf Grund der herrschaftlichen Umgebung in Ehrfurcht versetzt, sich allmählich an sie gewöhnte und seiner natürlichen Neugier freien Lauf ließ?

Da er zu keinem befriedigenden Schluss gelangte, wandte Tremaine seine Aufmerksamkeit dem Publikum zu. Benedict Grame genoss das Schauspiel sichtlich und lehnte sich beglückt in seinem Sessel zurück. Denys Arden lauschte begierig – die Sänger waren bestens aufeinander eingestimmt, und ihre Stimmen füllten das hohe Gewölbe –, während Roger Wynton angesichts ihres Glücks entzückt war. Die Reaktionen der anderen reichten von der höflichen Langeweile Rosalind Marshs, die heimlich ein Gähnen hinter ihrer anmutigen weißen Hand mit einem blitzenden Ring erstickte, bis hin zu der unverhohlenen Feindseligkeit Professor Lorrings, dessen Miene die eines Mannes war, der zähneknirschend das Unvermeidliche über sich ergehen lässt.

Langsam glitt sein Blick an den Gesichtern der Menschen entlang, die in unregelmäßigen Abständen zueinander saßen. Austin Delamere war offenbar rundum gesättigt und machte einen friedlichen Eindruck. Er hatte die Hände über dem Bauch gefaltet und lag mit halb geschlossenen Augen in seinem Sessel. Es war natürlich möglich, dass er die Ruhepause nutzte, um über wichtige Staatsgeschäfte nachzudenken, doch der Anschein sprach eindeutig dagegen.

Die nächsten in der Reihe waren Harold und Evelyn Napier, ein farbloses, angenehm uninteressantes Paar. Tremaine schätzte die beiden auf Anfang vierzig. Der Mann war ein beleibter, harmlos aussehender Mensch, der wie eine leicht gehetzte Version von Delamere wirkte, jedoch ohne den ausgeprägten Geltungsdrang des Politikers. Die Frau war ein schattenhaftes Wesen mit einer leisen Stimme, die einstmals schön gewesen sein musste und sich die Anziehungskraft eines furchtsamen Rehs bewahrt hatte. Sie hatte die irritierende Angewohnheit, vor der Beantwortung jedweder Frage stets ihren Mann anzuschauen, als suche sie seinen Beistand.

Tremaine hatte mit beiden erst wenige Worte gewechselt, und es war ihm bislang noch nicht möglich gewesen, sie vollends zu durchschauen. Es handelte sich offensichtlich um ein wohlhabendes Paar aus der Gegend, und dennoch machten sie ihm den Eindruck, als ob sie auf eine sonderbare Weise nicht hierhergehörten, sondern im Grunde Stadtmenschen waren, die sich bemühten, den Anforderungen eines Landsitzes gerecht zu werden, und diese Aufgabe mühevoll und schwierig fanden.

Evelyn Napier hatte sich nur sehr zurückhaltend über die Beziehungen zu ihren Nachbarn geäußert, obwohl Tremaine zugeben musste, dass er seiner überempfindlichen Fantasie vielleicht wieder einmal gestattet hatte, ihn in die Irre zu führen. Als er sie jetzt beobachtete, wie sie den Sängern lauschte – ein verblühtes Wesen mit vereinzelten grauen Strähnen in Haaren, die früher einmal hellbraun gewesen waren –, erinnerte sie ihn an Charlotte Grame. Da war die gleiche angedeutete Gehemmtheit, die gleiche nervöse Abwehrhaltung.

Bei der Vorstellung hatte Tremaine einen sehr abgedroschenen Eröffnungszug gemacht, indem er auf den Charme des Dorfes Sherbroome anspielte. Evelyn Napier hatte ihm eifrig – sogar enthusiastisch – zugestimmt. In der Annahme, dass sie hiesiger Abstammung sei, hatte er gefragt:

»Ihre Familie ist wohl tief im Dorf verwurzelt?«

Von diesem Moment an hatte sie nur noch gezwungen gelächelt und war auf der Hut gewesen. Zumindest hatte es so gewirkt.

»Oh nein«, tat sie die Frage leichthin ab. »Wir leben noch gar nicht so lange hier.«

»Sie hätten sich aber keinen besseren Ort aussuchen können«, meinte Tremaine. »Wie die meisten von uns schätzen Sie doch gewiss das friedliche Landleben, weitab vom Lärm und Gewühl der Städte.«

»So ist es«, hatte sie eifrig zugestimmt – ein wenig zu eifrig. »Wir fanden das Stadtleben immer unerträglich.«

Und dann war Gerald Beechley zu ihnen gestoßen, und Tremaine war mit dem entmutigenden Gefühl zurückgeblieben, dass er kurz davor gestanden hatte, etwas herauszufinden, die Gelegenheit ihm aber entglitten war.

Evelyn Napier regte sich plötzlich. Hatte sie seinen Blick gespürt? Aber nein, sie schaute ja nicht mal in seine Richtung. Ihre Linke tastete verstohlen nach der Hand ihres Mannes. Harold Napier spürte die leise Berührung. Tremaine sah, wie er seine Frau anlächelte, und dann verschränkten sie ihre Hände.

Diese Geste bewegte ihn zutiefst. Sein sentimentales Herz erwärmte sich für die beiden. Er war ein unverbesserlicher Romantiker und glaubte an die heilige Ehe.

Er löste seine Aufmerksamkeit von den Napiers und gab sich die Erlaubnis, sich gedanklich Lucia Tristam zu widmen. Eine angenehme Beschäftigung. Mordecai Tremaine war ein großer Bewunderer weiblicher Schönheit, wo immer sie sich zeigen mochte.

Sie schien den Weihnachtsliedern eifrig zu lauschen. Lucia Tristam war eine Frau, die sich allem, was sie tat, mit Hingabe widmete. Sie war wie eine Königin, die, unbehelligt von Vorschriften und Konventionen oder dem, was der Rest der Welt über ihr Handeln denken mochte, durchs Leben schwebte.

Womöglich war sie die faszinierendste Person im ganzen Raum. Warm, lebendig, mit der Gabe, die Menschen durcheinanderzubringen, die Art von Frau, die einen Mann in Brand setzen kann mit einem Blick, den sie ihm auf einer belebten Straße zuwirft.

Da Tremaine fand, er habe sie nun lange und bewundernd genug beobachtet, wandte er den Blick ab und sah Nicholas Blaises fragende Augen auf sich gerichtet. Der Privatsekretär lächelte. Es war ein anerkennendes Lächeln. Offenkundig war Blaise zufrieden, dass seine Bitte Früchte getragen hatte.

Das letzte Lied verklang. Nach seiner förmlichen Dankesrede geleitete Benedict Grame den Pfarrer und seine kleine Schar aus dem Raum; vermutlich wollte er dafür sorgen, dass sie vor dem Heimweg noch eine Stärkung zu sich nahmen. Der dunkle Mann war der letzte, der hinausging. Tremaine sah, wie er auf der Schwelle verharrte, sah, wie er sich ein letztes Mal umschaute, als suche er etwas.

Sobald er Gelegenheit dazu hatte, nahm er Nicholas Blaise beiseite. Der blickte ihn erwartungsvoll an.

»Die Dinge«, sagte er, »geraten in Bewegung. Hab ich recht?«

»Nicht ganz«, sagte Tremaine. »Aber vielleicht können Sie mir ein paar Auskünfte geben. Entspricht es Mr Grames Gewohnheit, große Geldmengen im Haus zu haben?«

»In seinem Schlafzimmer ist ein Tresor, in dem ab und zu größere Summen lagern, aber dass er viel Bargeld im Hause hat, kommt eher selten vor. Hier gibt es nichts zu stehlen – falls Sie darauf hinauswollen.«

»Ich habe nicht gesagt, dass ich darauf hinauswollte«, wich Mordecai Tremaine aus. »Aber da Sie es gerade erwähnen: Gibt es etwas, das für einen Einbrecher von Wert sein könnte?«

»Zufälligerweise ja. Ein Diamantkollier.«

»Ein Familienerbstück?«

Sein plötzlich aufflammendes Interesse nötigte Nicholas Blaise ein Schmunzeln ab.

»Nein, ich fürchte nicht. Aber es birgt einen gewissen sentimentalen Wert. Es soll ein Geschenk sein. Für Denys.«

»Zu einem speziellen Anlass?«

»Zum Tag ihrer Eheschließung.«

»Weiß Miss Arden – Denys – von diesem Kollier?«

»Ja. Sie hat mehrfach versucht, es Benedict auszureden. Meinte, es sei viel zu kostbar. Aber er hat sich nun einmal darauf versteift, und wenn Benedict etwas will, dann kann ihn keiner mehr umstimmen.«

»Er hat Miss Arden sehr gern, nicht wahr?«

»Er behandelt sie wie seine Tochter, wie Sie vermutlich schon gemerkt haben. Seit Jahren arbeitet er an diesem Kollier, sammelt Steine, die perfekt zueinander passen.«

»Es ist also kein Geheimnis?«

»Wenn, dann ein offenes. Alle im Haus wissen darüber Bescheid. Gerald, Charlotte, ich …«

»Und Mr Rainer?«

»Und Jeremy«, bestätigte Blaise. Seine Brauen schossen in die Höhe. »Sie meinen doch nicht – Sie wollen doch nicht etwa andeuten, dass *Jeremy* es stehlen will?«

»Wäre die Annahme denn so ungeheuerlich?«, fragte Mordecai Tremaine sanft.

Einen Augenblick schien Blaise nicht zu wissen, was er darauf sagen sollte. Schließlich räusperte er sich.

»Vielleicht ist es nicht ausgeschlossen. Aber ich muss gestehen, dass mir so etwas niemals in den Sinn gekommen wäre. Denn welchen Grund sollte er haben? Es fehlt ihm nicht an Geld, und er liebt Denys ebenso wie Benedict, da bin ich mir sicher. Warum sollte er sie berauben wollen?«

»Vielleicht geht es eher darum, ihren Ehemann zu berauben. Sie haben ja gesagt, dass das Kollier als Hochzeitsgeschenk gedacht ist. Und Mr Rainer macht schließlich keinen Hehl daraus, dass er Roger Wynton nicht leiden kann.«

»Wohl wahr«, gab Blaise zu. »Als Motiv ist das meiner Meinung nach aber noch nicht hinreichend. Schließlich sind sie ja noch nicht verheiratet. Was, wenn Denys sich doch für einen anderen entscheidet?«

»In dem Falle wäre es nicht mehr nötig, das Kollier zu stehlen. Es sei denn, der nächste Kandidat fände ebenfalls keine Gnade vor den Augen des zukünftigen Schwiegervaters!«

Nicholas Blaise bedachte ihn mit einem argwöhnischen Blick.

»Ich wünschte, ich würde es merken, wann Sie mich auf den Arm nehmen. Sie wollen doch nicht ernsthaft die Theorie aufstellen, dass Jeremy das Kollier nur aus dem Grund stehlen könnte, um Wynton abzuschrecken? Ich vermute, dass

Wynton nicht unbedingt wohlhabend ist, arm ist er aber mit Sicherheit auch nicht. Ich weiß nicht, wie kostbar dieses Kollier ist. Ich wage zu behaupten, dass es mehrere tausend Pfund wert ist, aber selbst wenn es Millionen wären, so würde sein Abhandenkommen Wynton gewiss nicht daran hindern, Denys zu heiraten.«

»Sie schwingen sich glatt zum Verteidiger des jungen Mannes auf!«, sagte Mordecai Tremaine mit einem Augenzwinkern. »Versuchen Sie nur nicht, zu viel Bedeutung in meine Worte hineinzulesen«, fuhr er beschwichtigend fort. »Tatsache ist, dass Mr Grame ein wertvolles Kollier im Hause hat, das er Miss Arden zu gegebener Zeit als Hochzeitsgeschenk überreichen will, und dass jeder im Haus von der Existenz dieses Kolliers weiß. Schließt ›jeder‹ übrigens auch die Dienstboten mit ein?«

»Das würde ich lieber verneinen«, gab Blaise zurück. »Die meisten haben aber davon erfahren, denke ich. Ihnen bleibt kaum etwas verborgen. Sie wissen ja, wie schnell sich Gerüchte verbreiten.«

»Ja«, sagte Mordecai Tremaine. »Das weiß ich.«

Trotz Lorrings offensichtlicher Abneigung und Rosalind Marshs heimlicher Langeweile hatte der Gesangsvortrag fraglos eine Atmosphäre von Frieden und Wohlwollen im Haus verbreitet. Die unbeschwerte Stimmung, die während des Dinners geherrscht hatte, blieb den ganzen Abend erhalten. Unermüdlich drehte Benedict Grame, das kesse Papierhütchen auf die wirren Haare gestülpt, unter den Gästen seine Runde. Je ausgelassener diese sich unterhielten, desto breiter wurde sein Lächeln und desto öfter ertönte sein herzhaftes Schuljungenlachen.

Das Fest zog sich nicht allzu lange hin. Vielleicht war dies der Grund dafür, dass die Fröhlichkeit nicht abebbte. Offensichtlich gehörte es zur Tradition, dass man sich am Heiligabend früh zurückzog, um sich für die Feierlichkeiten der kommenden Tage auszuruhen.

Mordecai Tremaine wusste, dass er die festliche Stimmung auf sich hätte wirken lassen sollen, dass sein unablässig arbeitendes Hirn sich im Kreise der anderen entspannen könnte. Doch irgendwie war er nicht imstande, sich der im Haus herrschenden Atmosphäre ganz zu ergeben. Es gelang ihm einfach nicht recht, sich von der Stimmung der fröhlichen Versammlung so sehr mitreißen zu lassen, dass er alles vergaß und feierte, wie es sich um diese Jahreszeit eigentlich gehörte. Es war, als stünde eine unüberwindbare Schranke zwischen ihm und den anderen Gästen. Es war, als sei er nur ein Beobachter, der an der allgemeinen Ausgelassenheit nicht teilhaben konnte, weil er sie als unecht empfand.

Die Schranke, dessen war sich Tremaine nur zu bewusst, war eine gedankliche; sie existierte lediglich in seinem Kopf, und mit ein wenig Anstrengung hätte er sie durchbrechen können.

Als er in seinem Zimmer war und kein Interesse mehr heucheln oder Konversation machen musste, versuchte er, seinen Gefühlen auf den Grund zu gehen. Warum war er unfähig gewesen, sich auf Benedict Grames Weihnachtsparty zu amüsieren? Was hatte ihn gequält, ihn die Ungezwungenheit verlieren lassen?

Instinktiv wusste er die Antwort: Es wartete auf etwas. Denn er wusste, dass etwas geschehen würde, und er bereitete sich darauf vor, diesem Etwas entgegenzutreten.

Er wischte den Gedanken beiseite. Als dieser aber hartnäckig weiter an ihm nagte, versuchte er, ihn in den hintersten Winkel seines Kopfes zu verbannen. Was konnte schon passieren? Es war Heiligabend, es war die Nacht, in der sich Frieden und Ruhe über die Welt senkten wie der Schnee, der die von Menschen geschaffenen Narben in der Landschaft einhüllte und sie mit einem weichen weißen Tuch überzog.

Es war eine Nacht, in der ein Zauber des Frohsinns die Welt beherrschte, ein Zauber, dessen die Menschheit bedurfte, ein Zauber, der alle Furcht bannte. Warum also hegte er so düstere Vorahnungen, warum war er derart von einer Angst erfüllt, die er nicht einmal benennen konnte?

Mordecai Tremaine knipste die Leselampe auf dem Nachttisch an und lehnte sich in die Kissen, um in seinen *Romantischen Geschichten* zu schmökern. Dies war sein Beruhigungsmittel. Hier würde er Linderung für die Beklemmungen finden, die er empfand. Literaturkritiker mochten diese Geschichten verachten, aber sie waren sanft und gütig. Sie boten Liebe und Romantik sowie Humor und Menschlichkeit, und das waren doch wohl die treibenden Kräfte auf dieser Welt.

Aber seine Augen glitten über die Seiten, ohne ein Wort aufzunehmen. Zumindest heute Nacht boten ihm die *Romantischen Geschichten* keinerlei Entspannung. Er legte die Zeitschrift beiseite und glitt, von einem plötzlichen Impuls getrieben, vom Bett, hüllte sich in seinen Morgenrock und ging zum Fenster.

Er zog die Vorhänge zurück, wurde jedoch vom Licht der Leselampe geblendet, drehte sich um und schaltete sie aus. Über den Himmel zogen dunkle Wolken, doch noch während er aufsah, klarte es auf, und im Mondschein zeigte sich vom Haus bis zu den von Hecken eingefriedeten Feldern eine Schneelandschaft wie im Märchen. Alles glitzerte vor Frost, und er konnte sich gut vorstellen, wie der verharschte Schnee unter seinen Füßen knirschen würde.

Er öffnete das Fenster und beugte sich hinaus, und fast unmittelbar entfuhr ihm ein überraschtes Keuchen. Unter dem Fenster schlich eine Gestalt über die Terrasse. An sich nichts Außergewöhnliches, doch es war ihre Kleidung, die Mordecai Tremaine so ungläubig starren ließ – bei der Gestalt musste es sich um den Weihnachtsmann handeln! Er konnte in dem klaren Licht ganz deutlich einen langen roten Mantel und eine rote Mütze mit Schneeflocken darauf erkennen.

Ein paar unwirkliche Momente lang fragte er sich, ob seine Sinne ihm einen Streich spielten. Sicherlich, heute war Heiligabend, es war die Nacht, in der Kinder auf der ganzen Welt vom Weihnachtsmann beglückt wurden. Aber das war doch nur ein Märchen!

Dann jedoch bündelten sich seine Gedanken zu einem sinnvollen Ganzen, und die Erklärung lag auf der Hand. Die rot gekleidete Gestalt war keine Wahnvorstellung. Es war natürlich Benedict Grame. Nachdem seine Gäste sich zurückgezogen hatten, hatte er sich ganz nach Tradition verkleidet und schickte sich nunmehr an, den Weihnachtsbaum mit Geschenken zu schmücken.

Tremaine beugte sich weiter aus dem Fenster. Aus der Richtung, wo er das Dorf wusste, klang Glockengeläut. Die dahinziehenden Wolken hatten den Mond noch nicht ganz verhüllt, und sein kalter Schein trug dazu bei, dass die gesamte Szenerie wie eine Weihnachtskarte wirkte. Die kahlen Äste der Bäume grenzten das große Haus von der Umgebung ab, und der Schnee zwischen ihnen und der Haupttreppe war unberührt.

Die rote Gestalt passte perfekt in dieses Bild. Jetzt stand sie still. Mordecai Tremaine war, als wäre das, was er da sah, nicht wirklich, sondern eine Weihnachtsdekoration in einem Schaufenster: eine lebensähnliche Illusion, die aber gleichwohl bis in alle Ewigkeit unverändert bleiben würde.

Doch die Illusion währte nur kurz. Ein leichter Wind kam auf, rauschte schaurig über die Hügel. Eine große, düstere Wolkenmasse schob sich vor das klare Antlitz des Mondes und stahl sein Licht.

Und mit der Dunkelheit spürte er die Bedrohung.

Die schwarze Erde gab den Kräften des Bösen Deckung. Angst und Schrecken breiteten sich aus. Die ganze Welt lag unter einem tintenschwarzen Schatten, der die Gestalt des Weihnachtsmannes verschlungen hatte. Über dem Haus hatten sich die Wolken gesammelt und lasteten auf ihm, drohend und erbarmungslos, als wäre gerade dieses Haus für das Unheil ausgewählt worden, das es zu ebendieser Stunde erleiden müsse.

In seinem Morgenrock spürte Mordecai Tremaine die eisige Luft nicht. Dennoch zitterte er.

8

Der Schrei weckte ihn.

Mordecai Tremaine setzte sich im Bett auf, während das Geräusch noch in seinen Ohren hallte, und wusste im ersten Augenblick nicht, ob es nur Einbildung gewesen war. Fantasie und Wirklichkeit, Imagination und Fakten hatten sich derart verflochten, dass ihm, unsanft aus unruhigem Schlaf gerissen, nichts anderes übrig blieb, als blind nach der Wahrheit zu tasten.

Und dann vernahm er wieder einen Schrei, der so von Verzweiflung erfüllt war, dass er mit einem Schlag hellwach wurde.

Er griff in Richtung Nachttischlampe, fand sie und schaute blinzelnd auf seine Taschenuhr; es war zehn nach zwei. Lange konnte er nicht geschlafen haben, denn die schwere Betäubung der ersten Tiefschlafphase hielt ihn noch umfangen.

Während er sich in seinen Morgenrock hüllte, dauerte das Schreien an – ein hysterisches Hintergrundgeräusch, das seinen verlangsamten Denkprozess untermalte. Er lauschte, während er gleichzeitig versuchte, die Bedeutung dieser Laute zu begreifen, ihre Botschaft zu vernehmen. Da war irgendetwas, das ihn aufmerken ließ. Eine Botschaft für ihn. Die Schreie drückten mehr aus als nur pures Entsetzen – es steckte etwas dahinter.

Doch obwohl Tremaine dies erkannte, sah er sich außer Stande, diese verborgene Bedeutung zu fassen. Dazu war er viel zu plötzlich aus dem Schlaf gerissen worden. Er hatte keine

Zeit gehabt, seine Eindrücke zu ordnen. *Das ist es*, sagte er sich. Dies war das »Etwas«, das er voll banger Vorahnung erwartet hatte.

Als er seine Zimmertür öffnete und in den Korridor hinaustrat, spürte er die Unruhe im Haus. Jemand wollte wissen, was geschehen war. Die Stimme klang leicht jähzornig, und Tremaine nahm an, dass es sich um Lorring handelte. Er hörte jemanden rennen.

Die Abstände zwischen den Schreien waren größer geworden, und jedem einzelnen war ein Schluchzen beigemischt, als wäre der Urheber aus Gründen der Erschöpfung nicht mehr zu größerer Anstrengung fähig. Schließlich versiegten sie ganz.

Es war eine Frau, die geschrien hatte. Der Nebel in Mordecai Tremaines Hirn hatte sich gelichtet, und so viel hatte er bereits begriffen. Während er den Korridor entlangtappte, fragte er sich, was er unten, im Erdgeschoss, aus dem die Schreie zweifelsohne gedrungen waren, vorfinden mochte. Als er auf die Treppe zustrebte, wurde eine Tür geöffnet, und Gerald Beechley trat heraus.

Er hörte Tremaine kommen und fuhr herum. Sein zur Rötung neigendes Gesicht war blasser als sonst, und er sah angespannt aus.

»Was ist da los?«, wollte er wissen. »Was ist passiert?« Er fügte hinzu: »Ich habe bis eben geschlafen – was ist da nur geschehen? Ist das Benedict?«

Mordecai Tremaine betrachtete ihn neugierig.

»Ich weiß es nicht«, sagte er. »Was bringt Sie auf den Gedanken, dass es Mr Grame sein könnte?«

Furcht flackerte in Gerald Beechleys Augen auf. Sein Blick

wirkte unstet. Er machte den Eindruck eines Mannes, der einen Fehler begangen hat, und nun versucht, nicht noch einmal in die Falle zu tappen. Stockend sagte er:

»Es schien mir das – das Naheliegendste zu sein. Ich habe geglaubt – es kann doch nur Benedict sein! Alle anderen sind im Bett!«

Mittlerweile waren sie auf der Treppe. Mordecai Tremaine hielt den Blick gesenkt; eine Methode, mit der er die Menschen zum Reden ermutigte, entweder, um sich gegen eine vermeintliche Verdächtigung zu wehren, oder aber in der allzu zuversichtlichen Überzeugung, dass sie ja nichts zu fürchten hatten.

»Sie wollen damit sagen, dass Sie geglaubt haben, es sei Mr Grame gewesen, weil Sie ja wussten, dass er sich an dem Baum zu schaffen machen würde, nachdem alle anderen auf ihre Zimmer gegangen waren?«

»Das stimmt«, sagte Beechley eifrig. »Sie haben ja schon gehört, wie Benedict das Fest zu begehen pflegt. Am Heiligabend bleibt er stets länger auf, um den Baum für den Weihnachtsmorgen herzurichten. Er möchte, dass uns die Geschenke beim Aufstehen erwarten.«

»Ich verstehe«, sagte Mordecai Tremaine. »Es ist aber so«, gab er mit sanfter Stimme zu bedenken, »dass eine *Frau* geschrien hat.«

Er riskierte einen verstohlenen Seitenblick auf seinen Gefährten. Beechleys neugeschöpfte Sicherheit verschwand so rasch, wie sie gekommen war. Wieder breitete sich der verhaltene, ängstliche Ausdruck auf seinem Gesicht aus, und er fuhr sich mit der Hand unter seinen Kragen, rieb nervös über den Hals.

Als ob, dachte Tremaine plötzlich, er eben *deswegen* besorgt wäre …

Im Erdgeschoss fiel helles Licht durch eine offen stehende Tür. Sie hörten Stimmen und eilten durch die Halle in den Raum, aus dem die Schreie offenbar gedrungen waren.

Das Erste, was Mordecai Tremaine ins Auge fiel, war der Baum. Er kam ihm vor wie ein Symbol – als wäre er das alles entscheidende Element einer düsteren Tragödie. Als ob dieser Baum auf eigentümliche Weise, womöglich weil er denken konnte, *Bescheid darüber wüsste, was sich zugetragen hatte.*

Das war natürlich bloß ein flüchtiger und absurder Eindruck, der daher rührte, dass der Baum beim Eintreten vorübergehend Tremaines Aufmerksamkeit auf sich gezogen hatte. Denn schon im nächsten Augenblick wurde die gesamte Szenerie, von der der Baum lediglich Bestandteil war, auf die fotografische Platte seines Gehirns gebrannt.

Die Frau, die geschrien hatte, war Charlotte Grame. Sie saß in einem der Sessel, die für das Konzert der Sternsinger aufgestellt worden waren. Ihre Miene war vor Kummer und Entsetzen verzerrt, sie spiegelte das qualvolle Elend eines Menschen, der der Hand des Schicksals nicht entrinnen kann.

Sie trug ein dunkles Tweed-Kostüm, das die Blässe ihres Gesichts unterstrich, sodass es beinahe totenbleich wirkte, was auch durch die dunklen Ringe unter ihren gemarterten Augen betont wurde. Ihre Panik hatte sich verbraucht, und nun war sie geschwächt und in ihrem Sessel zusammengesunken.

Austin Delamere war bei ihr. Der feiste Mann hatte sein förmliches Gehabe verloren. Er war nicht länger der stolze Staatsmann, der die Bürde seines Amtes auf den Schultern trägt und sich zwischen der Unterzeichnung historisch bedeutsamer Dokumente im Bewusstsein seiner Wichtigkeit einen kleinen Urlaub gönnt. Jetzt war er nur noch ein verfetteter, gehetzter kleiner Mann, dem die dünnen Haare strähnig in die Augen hingen und der mit einer Situation konfrontiert war, der er nicht gewachsen war.

Er tätschelte Charlotte Grames Hand im vergeblichen Bemühen, sie zu trösten. Sie schenkte ihm jedoch so wenig Aufmerksamkeit, als wäre er gar nicht da. Wie gebannt starrte sie an ihm vorbei auf ein Etwas, das auf dem Boden lag.

Es war ein mit rotem Stoff bedeckter Hügel, der sich beinahe direkt unter dem Baum befand. Er bewegte sich nicht, und eben diese Reglosigkeit machte den Anblick so grässlich.

Mordecai Tremaine packte Gerald Beechley am Arm. In scharfem Ton sagte er:

»Gehen Sie nicht näher! Fassen Sie nichts an!«

Die Warnung war vollkommen unnötig. Beechley war, sobald er einen Fuß über die Schwelle gesetzt hatte, entsetzt stehen geblieben. Er versuchte etwas zu sagen, doch nur unverständliche Laute drangen aus seinem Mund.

Tremaine schritt auf den Baum zu. Seine Augen glitten über den zerknitterten roten Mantel, die schlichte rote Mütze mit den weiß eingefassten Nähten und den langen weißen Bart, der leicht verrutscht war und nun groteskerweise auf der Wange des Toten saß.

Denn es handelte sich um einen Toten. Auf dem roten Mantel war ein Fleck in noch dunklerem Rot – ein Rot, das schmierte. Ein Rot, das durchgesickert war, als eine Kugel dem Herzen seinen Lebenssaft entzogen hatte. Tremaine beugte sich herab und suchte, bis er das Einschussloch gefunden hatte. Es war an den Rändern verfärbt, ein wenig unregelmäßig, aber ziemlich klein. Es befand sich in Höhe des Magens.

Es ist der Weihnachtsmann, raunte eine innere Stimme wieder und wieder, entgegen aller Vernunft. Es ist Heiligabend, und der Weihnachtsmann ist gekommen. Nur, dass er jetzt tot unter dem Christbaum liegt. Der Weihnachtsmann ist ermordet worden.

Ermordet? Diese Behauptung musste erst noch bewiesen werden. Tremaine sah sich um. Nirgends war eine Waffe zu sehen.

Auf dem Boden neben der Hand des Toten glitzerte etwas. Vorsichtig hob er einen der glänzenden Splitter auf und untersuchte ihn. Er sah wie ein Stück vom Baumschmuck aus. Tremaine drehte sich zur Tanne und stellte fest, dass eines der Silberglöckchen, die an ihren Zweigen hingen, gesplittert war. Seine Überbleibsel hingen als rührendes Trümmerbröckchen im unteren Teil des Baums.

Obwohl die Sternsinger mehr als genug Spuren ihrer Anwesenheit hinterlassen hatten, war der Boden in unmittelbarer Nähe des Baums halbwegs sauber. Mordecai Tremaine konnte daher deutlich vier Kerben erkennen, die das Parkett zwischen der Holzwanne und der Leiche verschandelten. Sie waren augenscheinlich von einem schweren Gegenstand verursacht worden, der einen halben Meter weit über den Boden geschleift worden war, und bildeten ein fast vollkommenes Rechteck. Zwischen dem Toten und den Terrassentüren verlief eine unregelmäßige feuchte Spur.

Die anderen hatten ihn schweigend beobachtet. Er hatte ihre Blicke gespürt, ihre Fragen, ihre Angst, doch keiner sagte ein Wort, als ob es ihnen die Sprache verschlagen hätte.

Austin Delamere brach schließlich das Schweigen. Er räusperte sich.

»Sollen wir – meinen Sie, wir sollten einen Arzt holen?«

»Ein Arzt«, sagte Mordecai Tremaine, »kann einen Toten nicht wieder zum Leben erwecken.«

»Er – ist er wirklich tot?«

»Ja«, sagte Tremaine, »er ist tot.«

Stimmen drangen aus der Halle. Menschen strömten ins Zimmer, als Erstes zeigte sich der kahle Schädel Professor Lorrings. Rüde drängte er sich vor, die hageren Züge säuerlich vor Ärger über die Störung seines Nachtschlafs.

»Was zum Teufel geht hier vor?«, fragte er barsch. »Schreie wie am Spieß, mitten in der Nacht! Ich werde das –«

Mordecai Tremaine erhob sich rasch.

»Bleiben Sie, wo Sie sind!«, befahl er schneidend. »Alle!«

Sein Befehlston passte so wenig zu dem sanften Auftreten, das er sonst an den Tag legte, dass allein das die anderen zum Gehorsam gezwungen hätte. Doch inzwischen hatten sie auch die Gestalt unter dem Baum gesehen und wagten sich ohnehin nicht weiter vor.

Lorring wurde kreidebleich. Sein Blick glitt zu dem Baum, den er voller Abscheu betrachtete, und dann wieder zu der Leiche.

»Es handelt sich doch nicht um – *Mord*?«

Seine ganze Feindseligkeit war verpufft. Er wirkte geradezu verängstigt und sah Mordecai Tremaine an, als suchte er Trost.

»Das«, sagte Tremaine, »wird die Polizei entscheiden müssen.«

»Die Polizei!«

Eine Frauenstimme. Die Stimme von Rosalind Marsh. Ihr Ausruf klang wie ein Seufzen.

»Selbstverständlich«, sagte Tremaine. »Die Polizei. Sie muss gerufen werden. Haben Sie – etwas dagegen?«

Sie zuckte vor Schreck zusammen und starrte ihn an wie ein gehetztes Tier. Doch ihre Angst währte nicht lange. Dann blitzten ihre Augen herausfordernd, und sie fuhr ihn voller Wut an: »Warum sollte ich etwas dagegen haben? Wollen Sie mir vielleicht etwas anhängen?«

»Aber nein«, begütigte Mordecai Tremaine. »Es tut mir leid, wenn ich mich etwas ungeschickt ausgedrückt habe.«

Wie er mit seinem verrutschten Zwicker vor dem Baum stand, bot er ein Bild der Harmlosigkeit. Seine schmächtige Gestalt schien unter Rosalind Marshs Anschuldigung förmlich zusammenzusinken. Sie war einigermaßen besänftigt, warf ihm zwar noch einen argwöhnischen Blick zu, aber ihre Wut war verraucht.

Langsam glitten Tremaines Augen über jedes einzelne Gesicht. Vielleicht glaubten sie, er habe die Fassung verloren und sei unsicher, was nun zu tun sei, obwohl er doch so überraschend die Kontrolle über die Situation übernommen hatte. Sie wussten ja nicht, dass Mordecai Tremaines Verstand bereits kühl und wie eine Maschine arbeitete, dass er sich einen nach dem anderen vornahm und versuchte, jeweils das Verhalten und die Erscheinung im Gedächtnis zu behalten, dass er versuchte, ihre Gedanken zu ergründen – um schließlich aus seinen Beobachtungen gewisse Schlüsse zu ziehen.

Denn jetzt war möglicherweise der entscheidende Moment. Jetzt war der Zeitraum, in dem der Mörder oder die Mörderin – sofern anwesend – den Fehler machen konnte, der seine oder ihre Schuld verraten würde.

Gerald Beechley hatte sich seit dem Moment, in dem er das Zimmer betrat, nicht mehr von der Stelle bewegt. Er schien die anderen vollkommen vergessen zu haben. Seine Aufmerksamkeit war abwechselnd auf den Christbaum und auf die Gestalt darunter gerichtet. Endlos flackerte sein Blick zwischen beidem hin und her. Sein Gesicht war noch immer blutleer, seine Miene eine merkwürdige Mischung aus Furcht und Fassungslosigkeit.

Professor Lorring stand direkt hinter ihm. Im Gegensatz zu Beechley blendete der Wissenschaftler die anderen nicht aus. Mit einem Mal schien er ein reges Interesse an seinen Mitmenschen zu entwickeln. Sein Kopf reckte sich in jener herausfordernden Art vor, die ihm bei anderen Gelegenheiten dabei geholfen hatte, jeden Versuch der Kontaktaufnahme abzublocken. Es war, als versuchte er, mit seiner Angriffslust seine anfängliche Panik ungeschehen zu machen. Seine Augen flitzten hierhin und dorthin; er sah aus wie ein räuberischer, wenn auch leicht verunsicherter Adler auf der Suche nach seiner Beute.

Seine Aufmerksamkeit richtete sich hauptsächlich auf Austin Delamere. Wieder und wieder suchte sein grimmiger Blick den des Politikers, der über Charlotte Grame gebeugt dastand. Seine feiste Hand umschloss immer noch ihr Handgelenk, doch schien er sich dessen nicht bewusst zu sein.

Mit einem Mal spürte Delamere den forschenden Blick auf sich ruhen. Er schaute auf, sah, wie Lorring ihn anstarrte, und lief rot an. Tremaine glaubte zunächst, er werde mit Zorn reagieren. Delamere machte eine hastige Bewegung und öffnete den Mund, aus dem jedoch kein Laut drang. Was immer er hatte sagen wollen, nun überlegte er es sich anders und begnügte sich mit einem finsteren Blick.

Rosalind Marsh hatte ihre Beherrschung wiedergewonnen. Abermals war sie die kühle Schöne, die wusste, wie sie sich in einer ihr feindselig gesonnenen Welt durchschlagen konnte. Durch keinerlei Anzeichen verriet sie, dass der Mord sie beunruhigte. Sie war die erfahrene, leidenschaftslose Frau, die in der harten Schule des Lebens gelernt hatte, im Angesicht einer Tragödie gleichmütig zu bleiben.

Der einzige Mensch, von dem Tremaine erwartet hatte, dass er die Situation kühl hinnahm, zeigte am meisten Gefühl. Lucia Tristam war hinter den Napiers hereingekommen. Sie atmete schwer, als wäre sie voller Hast von ihrem Schlafzimmer herbeigeeilt. Als sie die zusammengekauerte Gestalt auf dem Boden liegen sah, blieb sie wie angewurzelt stehen, keuchte erschrocken und fasste sich an den Hals.

Sie schwankte sogar ein wenig. Tremaine glaubte schon, sie würde das Bewusstsein verlieren, aber es gelang ihr mit sichtlicher Anstrengung, ihrer Sinne Herr zu bleiben. So stand sie unter der Tür, ein wenig taumelnd, eine Hand Halt suchend am Rahmen und mit totenbleichem Gesicht.

Das Verhalten der Napiers hingegen überraschte ihn nicht. In ihren Morgenmänteln, das strähnige Haar des Mannes zerzaust, das der Frau in einem engen Haarnetz, wirkten sie wie ein typisches unscheinbares Ehepaar mittleren Alters, das, in einen Strudel merkwürdiger, aufwühlender Ereignisse geworfen, auf geradezu rührende Weise bereit war, sich der Führung jedes Menschen zu unterwerfen, der über einen stärkeren Willen verfügte.

Und dennoch – Mordecai Tremaine beschlich ein leiser Zweifel, ob sein erstes Urteil über die beiden zutraf. Es war etwas an Harold Napier und seiner Frau, das nicht so recht ins Bild passte. Sie *sahen* durchschnittlich *aus*. Sie sahen *genauso* aus, wie man sich Menschen ihres Schlages vorstellte. Und doch wollte er sich damit nicht zufrieden geben. An den Napiers war etwas Eigenartiges, schwer Fassbares, das auf etwas Komplexeres hinter der Fassade von Durchschnittlichkeit deutete.

Für seine Begutachtung war zu wenig Zeit gewesen, als dass er Gelegenheit zu einer detaillierten Prüfung des Gesehenen gehabt hätte. Binnen Sekunden war sie bereits vorbei, denn sie musste in dem kurzen Augenblick vollzogen werden, in dem Schock und Furcht die aus dem Schlaf geschreckten Hausgäste tatenlos auf der Türschwelle festhielten, während sie darauf warteten, dass jemand ihnen sagte, was zu tun war.

Er hatte beinahe fotografische Eindrücke gesammelt, Bilder, die in rascher Folge in sein Gedächtnis gedrungen waren. Zeit, sie zu entwickeln und in Ruhe zu studieren, hatte er jedoch nicht.

Schon jetzt entstand Unruhe. Lorring meldete sich zu Wort: »Also, wie geht es jetzt weiter? Wenn Grame ermordet worden ist, sollten wir dann nicht lieber sofort die Polizei benachrichtigen?«

Sein Ton war aufsässig, fast trotzig. Doch bevor Tremaine etwas erwidern konnte, nahm er eine Bewegung an der Tür wahr: Nicholas Blaise tauchte auf. Auch er war im Morgenrock, hatte das dunkle Haar zurückgebürstet, wirkte erschrocken. Er sah Mordecai Tremaine und kam sofort auf ihn zu.

»Was ist los?«, fragte er. »Ich habe Schreie gehört …«

Tremaine hatte vor der Leiche gestanden. Nun trat er einen Schritt beiseite. Blaises Blick richtete sich blitzschnell auf den Boden. Er sah den roten Mantel und den Bart.

»Nein ...«

Er wich einen Schritt zurück. Entsetzen stieg in seine Augen. Langsam drehte er sich auf dem Absatz um, sodass er den anderen gegenüberstand. Er musterte sie anklagend, eindringlich und voller Kälte. Dann wandte er sich wieder an Tremaine.

»Es ist passiert, Mordecai.« Seine Stimme bebte. »Es ist passiert. Ich habe es verhindern wollen, doch es ist mir nicht gelungen ...«

Seine Stimme erstickte unter Bitterkeit und Kummer. Man sah ihm an, wie er um seine Beherrschung rang. Endlich gelang es ihm; als er weitersprach, klang seine Stimme fest.

»Nun liegt es an Ihnen, Mordecai. Sie sind hier. Sie müssen die Sache in die Hand nehmen ...«

»Die Polizei ...«, begann Tremaine, doch Blaise ließ ihn nicht ausreden.

»Ich weiß wohl, dass wir die Polizei hinzuziehen müssen«, sagte er. »Aber die Beamten werden auf Sie hören. Sie können ihnen sagen, was sie wissen wollen. Sie können ihnen bei der Suche nach dem Täter behilflich sein.«

»Vielleicht«, bemerkte Tremaine, »werden sie mir meine Einmischung verübeln.«

»Warum sollten sie?«, entgegnete Blaise. »Die Außenwelt muss davon ja nichts mitbekommen. Wenn die Polizei den ganzen Ruhm einheimsen kann, wird sie gewiss nichts dagegen haben.« Er fasste Tremaine um die Schultern – so fest, dass sich seine Finger in den Stoff des Morgenrocks gruben. »Sie wissen, warum ich Sie hergebeten habe. Weil ich mir Sorgen um Benedict machte. Nun ist es zu spät, um ihn zu retten, aber immerhin können wir dafür sorgen, dass sein Mörder seine gerechte Strafe erhält!«

Blaise schien die Anwesenheit der anderen für einen Augenblick vergessen zu haben. Sein Blick ruhte auf Tremaine, eine leidenschaftliche Bitte stand in seinen flehenden Augen.

»Werden Sie den Fall übernehmen, Mordecai? Dort liegt Benedict, als das Opfer einer schändlichen Kreatur, die glaubt, sie könne ungestraft davonkommen –«

»Der Tote ist nicht Mr Grame«, sagte Tremaine sanft.

Nicholas Blaise schien einen Moment lang nicht zu begreifen, so sehr war er von Trauer übermannt. Dann jedoch riss er die Augen auf und starrte Mordecai Tremaine ungläubig an.

»Nicht – Benedict?«, krächzte er.

Er ließ sich neben dem Toten auf die Knie fallen. Beugte sich über ihn, um sein Gesicht besser sehen zu können. Er streckte die Hand aus und schob vorsichtig den Bart beiseite.

Sie sahen, wie er zurückwich, hörten sein Aufkeuchen.

»Oh Gott!«, hauchte er. »Es ist *Rainer*!«

9

Langsam erhob sich Nicholas Blaise.

»Ich verstehe das nicht«, murmelte er. »Ich verstehe das einfach nicht. Ich dachte, es wäre Benedict …«

Er machte eine Handbewegung zu dem roten Mantel, den der Tote trug. Mordecai Tremaine nickte.

»Als Sie den Weihnachtsmann dort liegen sahen, haben Sie natürlich angenommen, es sei Mr Grame, da Mr Grame an Heiligabend stets diese Rolle spielt. Nun aber sieht es so aus, als hätte sich Mr Rainer aus irgendeinem Grund dazu bereitgefunden, den Part zu übernehmen.« Er beobachtete Blaise eindringlich. »Hat er jemals zuvor Mr Grames Platz eingenommen?«

Nicholas Blaise schüttelte den Kopf.

»Das hätte ich als Letztes von ihm erwartet. Er fand das Ganze ein wenig – nun ja, kindisch. Er war kein Mann, der sich gern verkleidete.«

Blaise antwortete mechanisch, als versuchte er, sein Bestes zu geben, könne sich aber nicht konzentrieren. Er gab sich alle Mühe, ruhig zu bleiben, aber es war nur zu deutlich, dass er einen furchtbaren Schock erlitten hatte.

»Ich meine«, sagte Mordecai Tremaine, »nebenan in der Bibliothek ein Telefon gesehen zu haben. Gibt es im Dorf ein Polizeirevier?«

»Einen Dorfpolizisten«, sagte Blaise. »Ich rufe ihn sofort an.«

»Er kann die Nachricht an seine Vorgesetzten weitergeben«, sagte Tremaine. »Ich nehme an, dass er der Polizei in Calnford unterstellt ist.«

»Sollen wir nicht auch einen Arzt rufen?« Blaise schien sich allmählich von seinem Schock zu erholen. Offenkundig spürte er, dass es seine Pflicht war, in dieser Lage die Zügel in die Hand zu nehmen. »Sollen wir den Arzt aus dem Dorf kommen lassen?«

»Das wird nicht nötig sein«, entgegnete Tremaine. »An Mr Rainers Tod kann, so fürchte ich, kein Zweifel bestehen, und die Polizei wird selbst einen Arzt mitbringen.«

»Sie glauben nicht«, sagte Blaise mit der Miene eines Mannes, der sehr wohl weiß, wie die Antwort ausfallen wird, die Frage aber dennoch stellen muss, »Sie glauben nicht, dass es ein Unfall gewesen sein könnte? Oder – Selbstmord?«

»Das zu entscheiden müssen wir der Polizei überlassen«, sagte Tremaine.

»Natürlich«, sagte Blaise. »Selbstverständlich. Ich werde sogleich im Dorf anrufen.« Er wandte sich ab und tat einen Schritt auf die Tür zu, doch dann verharrte er und schaute noch einmal zu Tremaine. »Gibt es noch etwas, das wir tun müssen?«

»Keiner darf das Haus verlassen. Und wir sollten uns hüten, irgendetwas anzufassen. Ich denke auch, dass es klug wäre, die Dienstboten zu wecken. Abgesehen davon können wir nur auf die Ankunft der Polizei warten.«

Blaise nickte. Als er sich durch die schweigende Gruppe, die sich um die Tür versammelt hatte, zwängte, tauchte Denys Arden auf. Sie blieb vor ihm stehen.

»Was ist los, Nick? Was ist passiert?«

Er antwortete nicht, aber seine ernste Miene gab ihr zu verstehen, dass die Sache schwerwiegend war. Mit weit aufgerissenen Augen tat Denys Arden einen Schritt ins Zimmer. Sie sah Charlotte Grame und Delamere und blickte von diesen weiter zu Mordecai Tremaine. Und dann entdeckte sie die ausgestreckte Gestalt auf dem Boden.

»Jeremy!«

Sie wollte auf ihn zustürzen, doch Mordecai Tremaine versperrte ihr den Weg.

»Kommen Sie nicht näher, Miss Arden!«, mahnte er.

»Aber es ist Jeremy«, entgegnete sie. »Er ist verletzt …«

»Es tut mir leid«, sagte er zu ihr. »Furchtbar leid. Aber es wäre besser, wenn Sie ihn nicht anfassen würden. Denn die Polizei –«

Sie ließ ihn nicht ausreden.

»Die *Polizei*?« Mit einem Mal wirkte sie erschrocken. »Was hat denn die Polizei damit zu tun?«

»Alles«, erwiderte Tremaine ruhig. »Mr Rainer ist tot.«

»Tot …«, flüsterte sie. »Oh, nein …«

»Er ist erschossen worden«, erklärte Tremaine. »Mr Blaise ruft gerade die Polizei.«

Der Anblick des Schmerzes in ihrem Gesicht quälte ihn. Doch die Sache durfte ihr nicht verschwiegen werden. Und immerhin hatte sie es rasch erfahren.

Denys Arden stand schwankend da, eine Hand vor den Mund geschlagen. Rosalind Marsh und Lucia Tristam traten gleichzeitig auf sie zu, um sie sanft zu stützen. Merkwürdig, dachte Tremaine, dass gerade diese beiden ein spontanes Mitgefühl zeigten – die kalte Schöne, die so distanziert und ungerührt wirkte, und das überaus lebendige Geschöpf, das zu sehr von primitiver Daseinsfreude erfüllt zu sein schien, um sich einer Leidenden zu erbarmen.

Alle anderen schauten schweigend zu. Lorrings hagere Züge wirkten wie aus Stein gemeißelt. Gerald Beechley war mit verquollenem, rotfleckigem Gesicht an die Wand zurückgewichen, wo er seinen eigenen düsteren Vorstellungen nachhängen mochte. Die Napiers hielten sich an der Hand; ein jämmerliches, verängstigtes Paar, das sich vor dem Unbekannten fürchtete. Austin Delamere wich Charlotte Grame nicht von der Seite, die ihrerseits den Eindruck machte, als sei die Triebfeder ihres Lebens zerbrochen.

»Komm und setz dich, Liebes«, sagte Lucia Tristam sanft.

Sie legte Denys Arden einen Arm um die Taille, und nun erkannte Mordecai Tremaine, dass die beiden sich nicht nur äußerlich unterschieden: Denys Arden war das verletzte, verwirrte Kind, das verzweifelt nach Beistand suchte, Lucia Tristam eine reife Frau, die den Tod bereits kannte und gewisse Erfahrungen hatte.

Auch auf Rosalind Marshs Gesicht lag ein Ausdruck, der es weicher machte und ihr Mitgefühl zeigte. Er wünschte sich, sie möge immer so aussehen.

»Denys!«

Alle zuckten erschrocken zusammen. Ein Mann hatte gerufen, mit vor Angst schriller Stimme, und er war nicht im Haus. Plötzlich wurden die Terrassentüren aufgestoßen, und er stürzte ins Zimmer.

»Denys! Bist du verletzt?«

Es war Roger Wynton. Er hatte nur Augen für Denys Arden. Ohne Umschweife ging er auf sie zu und schloss sie schützend in seine Arme.

Mordecai Tremaines graue Augen über dem Zwicker verengten sich vor Skepsis. Wie hatte es Roger Wynton geschafft, gerade zur rechten Zeit einzutreffen? Sollte er nicht meilenweit entfernt sein und unter seinem eigenen Dach friedlich im Bett liegen? Ganz abgesehen von der Tatsache, dass er Charlotte Grame aus dieser Entfernung gar nicht hätte hören können, wie sollte er die kurvige, tückische Strecke so rasch hinter sich gebracht haben? Und woher hatte er die Zeit genommen, sich anzukleiden?

Die logische Schlussfolgerung lautete, dass er sich bereits in der Nähe des Hauses aufgehalten haben musste. Und diese Schlussfolgerung ließ einen Verdacht aufkeimen.

Mordecai Tremaine war sich bewusst, dass er nicht der Einzige war, der diesen Verdacht hegte. Auch Lucia Tristam sah Wynton auf eine Weise an, die keinen Zweifel an dem ließ, was ihr im Kopf herumging. Sie sagte zwar nichts, aber nach ein oder zwei Sekunden heftete sich ihr Blick anklagend auf den Toten.

Roger Wynton wollte Denys Arden heiraten. Und jeder wusste, dass Jeremy Rainer sein Möglichstes getan hatte, um diese Verbindung zu verhindern. Und jetzt war Jeremy Rainer tot.

Wynton selbst schien den Argwohn, den er erregte, überhaupt nicht zu bemerken. Er hatte das junge Mädchen in seine Arme geschlossen und versuchte es zu beschwichtigen.

Denys zumindest schien seine Anwesenheit nicht sonderbar zu finden. Sie überließ sich bereitwillig den Armen ihres Trösters.

»Oh, Roger«, stammelte sie. »Es ist Jeremy. Er – er ist tot ...«

Wynton schaute über sie hinweg auf den Toten. Sein fragender Blick glitt zu Mordecai Tremaine.

»Denk nicht daran, Liebes«, murmelte er Denys zu.

Er trat näher an die anderen heran, stützte das Mädchen aber immer noch. Unter der Lampe konnte Tremaine sein Gesicht besser sehen. Über Wyntons Wange verlief ein hässlicher Kratzer, und auf seiner Haut befanden sich Blutspuren. Irgendjemand hatte ihm den schweren Mantel von den Schultern gezerrt. Ein Knopf war abgerissen worden.

Ruhig fragte Tremaine: »Haben Sie ihn aufhalten können?«

Wynton fuhr hoch, als erinnere er sich plötzlich an etwas, das er bereits vergessen hatte.

»Nein«, sagte er. »Er hat mich mit einem Stock oder Knüppel niedergeschlagen. Ich muss wohl ein, zwei Momente lang bewusstlos gewesen sein, denn als ich endlich wieder auf die Beine kam, hatte er schon einen mächtigen Vorsprung. Weit kann er aber noch nicht gekommen sein. Wir müssen sofort die Polizei alarmieren!«

»Darum kümmert sich Mr Blaise bereits. Haben Sie den Mann erkannt, der Sie niedergeschlagen hat?«

Wynton schüttelte den Kopf.

»Der Mond hatte sich hinter die Wolken verzogen. Außerdem war er vermummt. Ich habe ihm aber auch einen Schlag verpasst. Vielleicht ist davon noch was zu sehen.«

Ein sonderbarer Laut drang an Mordecai Tremaines Ohren – ein angsterfüllter Seufzer. Langsam blickte er sich um. Charlotte Grame saß aufrecht im Sessel. Endlich zeigte sie Interesse am Geschehen. Ihr Mund stand halb offen. Ihre Hände umklammerten die Armlehnen so krampfhaft, dass ihr ganzer Körper vollkommen starr war. Ihr entsetzter Blick war auf Roger Wynton geheftet.

Tremaine glaubte nicht, dass irgendjemand sonst es bemerkt hatte. Alle Augen waren auf Wynton gerichtet. Gerald Beechley stieß sich von der Wand ab. Auf seinem Gesicht lag ein neugieriger, fast fieberhafter Ausdruck.

»Schon seltsam, dass Sie ihn nicht deutlich sehen konnten, wo Sie einander doch nahe genug gekommen sind, um sich zu prügeln.«

Sein vorwurfsvoller Ton jagte eine jähe Röte in Wyntons Wangen. Wütend fuhr er zu Beechley herum.

»Was soll daran so seltsam sein?!«

»Ich hätte nur gedacht, Sie könnten uns ein bisschen mehr erzählen, das wollte ich damit sagen. Was Sie überhaupt hier zu suchen haben, damit sind Sie auch noch nicht rausgerückt.«

Gerald Beechley gab nicht mehr länger den fröhlichen Tunichtgut. Er zeigte nun sein grollendes, rachsüchtiges Wesen als ein Mann, der erpicht darauf war, einen anderen Menschen gnadenlos mit Anschuldigungen zu überhäufen. Als ob ihm, dachte Mordecai Tremaine, von tiefer Angst getrieben, jedwedes Mittel recht wäre, um seine eigene Haut zu retten.

Wynton reagierte auf die Anschuldigung mit gesteigertem Zorn. Es war jedoch auffällig, dass er nicht instinktiv mit einer Rechtfertigung aufwartete, wie es ein Unschuldiger vielleicht getan hätte.

Mordecai Tremaine sah den sich anbahnenden Streit voraus und schritt eilends ein.

»Ich zweifle nicht daran, dass Mr Wynton uns erklären kann, warum er hergekommen ist. Überlassen wir es lieber der Polizei, die notwendigen Fragen zu stellen.«

Zum Glück konnte der Konflikt, der zwischen den beiden Männern aufgeflammt war, nicht zum Ausbruch kommen. Denn in der Halle ertönten Stimmen, und kurz darauf kehrte Nicholas Blaise zurück.

»Ich habe eben mit Fleming gesprochen«, berichtete er. »Er ruft die übrigen Bediensteten zusammen. Die Polizei wird in Kürze eintreffen.«

Er hatte sich jetzt wieder vollständig in der Gewalt und sprach mit der Bestimmtheit eines Mannes, der sich anschickt, eine schwierige Lage zu meistern. Sein Blick fiel auf Roger Wynton, und er zog fragend die Augenbrauen hoch.

»Mr Wynton ist gerade erst eingetroffen«, erklärte Tremaine. »Er ist in einen Kampf mit einem Mann verwickelt worden, der sich auf dem Grundstück herumgetrieben hat, konnte diesen jedoch leider nicht an der Flucht hindern.«

Nicholas Blaise starrte Wynton an, während Zweifel und Argwohn seine Miene verdüsterten. Langsam sagte er: »Wollen Sie damit sagen – dass Sie den Mörder tatsächlich beinahe zu fassen bekommen haben?«

»Ich weiß nicht, ob es der Mörder war«, erwiderte Wynton. »Aber ich war mit jemandem in einen Kampf verwickelt.«

»Haben Sie gesehen, wie er das Haus verließ?«

»Ich habe ihn in der Einfahrt gesehen. Ich hörte die Schreie und rannte zum Haus, um nachzusehen, was passiert war. Als ich nach ihm rief, ergriff er die Flucht, also habe ich ihm nachgesetzt. Da hat er mir das hier verpasst.« Wynton berührte vorsichtig sein verletztes Kinn. »Als ich wieder zu mir kam, hatte es längst keinen Zweck mehr, im Dunkeln hinter ihm herzurennen, also bin ich zum Haus gegangen.«

»Das ist ja wirklich merkwürdig«, murmelte Blaise. »Verdammt merkwürdig.« Er überlegte kurz. Durch Wyntons Geschichte war ihm offensichtlich ein neuer Gedanke gekommen. Abrupt wandte er sich an Charlotte Grame. »Du hast geschrien, nicht wahr, Charlotte? Hast *du* jemanden gesehen?«

Das war die Frage, die Charlotte Grame offensichtlich gefürchtet hatte. Sie erwiderte:

»N-nein. Ich habe niemanden gesehen.«

Sie flüsterte, und ihre Stimme bebte. Der Blick, mit dem sie zu Blaise aufsah, bat flehentlich darum, dass er ihr Glauben schenken möge.

»Was *hast du* gesehen?«, drängte Blaise. »Was hat dich dazu veranlasst, herunterzukommen?«

»I-ich konnte nicht schlafen«, antwortete sie. »Ich hatte Kopfschmerzen. Ich dachte, i-ich hätte etwas gehört. Da bin ich mit der Taschenlampe runtergegangen. Zuerst hab ich nicht erkannt, was es war, das da lag. Und dann bin ich über etwas gestolpert, und als ich hinschaute …« Ihre Stimme versagte. »Es war grässlich … grässlich …«

»Aber sonst war niemand hier?«

»I-ich weiß es nicht. Es war dunkel. Und ich hatte solche Angst …«

Blaise beugte sich vor und packte sie an den Schultern.

»Denk nach, Charlotte. Du musst versuchen, dich an alles zu erinnern. Bald wird die Polizei hier sein und alles hören wollen. Bist du sicher, dass du niemand gesehen hast? *Ganz* sicher?«

»Das Zimmer war leer«, antwortete sie. »Abgesehen von – von –«

»Abgesehen von der Leiche?«

»Abgesehen – von der Leiche, ja. Sonst war niemand da.«

Austin Delamere meldete sich zu Wort. Er wandte sich an Blaise.

»Falls Rainer aber nicht hier war, um Grame zu vertreten, wieso hat unser Gastgeber dann den Baum nicht wie sonst auch selbst mit Geschenken bestückt? Warum ist er noch nicht hier gewesen? Es ist fast halb drei.«

»Er *ist* ja hier gewesen«, machte Nicholas Blaise geltend. »Sehen Sie doch den Baum an.«

Während er sprach, drehte er sich um und wies auf den Christbaum. An der obersten Klammer hing ein kleines Paket, hübsch mit Geschenkband verziert. Tremaine ging näher heran, um den Namen auf dem Kärtchen lesen zu können: *Jeremy*.

»Wo«, fragte Delamere mit unsicherer Stimme, »sind die übrigen Geschenke?«

»Vielleicht hat Benedict sie noch«, sagte Gerald Beechley.

Es schien, als wäre es nicht das, was er glaubte, sondern das, was er glauben wollte.

Mordecai Tremaine hatte die ganze Zeit über das Geschehen ebenso nachdenklich wie höchst fasziniert beobachtet. Nun aber hielt er den Moment für gekommen, um den Gedanken auszusprechen, der ihn beschäftigte.

»Wo *ist* Mr Grame?«

Nicholas Blaise fuhr zu ihm herum. Angst und Verwirrung hatten ihm ein weiteres Mal die Selbstbeherrschung geraubt.

»Natürlich!«, rief er aus. »Benedict –«

»Er ist als Einziger nicht heruntergekommen«, gab Tremaine zu bedenken.

Es verging ein Moment, bevor Blaise antworten konnte.

»Sie glauben doch nicht – Sie glauben doch nicht etwa, dass Benedict ebenfalls etwas zugestoßen ist?«

»Es gibt nur eines, was wir tun können, um das herauszufinden«, sagte Tremaine. »Wir sollten nachschauen.«

Blaise führte die kleine Schar zu Benedict Grames Schlafzimmer im ersten Stock.

Weit war der Weg nicht, denn es lag im Hauptflügel des Hauses, genau über ihnen. Die Tür war verriegelt. Blaise hämmerte dagegen.

»Benedict! Bist du da? Benedict!«

Etwas regte sich drinnen. Kurz darauf wurde der Schlüssel umgedreht, und die Tür ging auf. Benedict Grames zerzauster Kopf erschien im Türspalt. Blinzelnd starrte er ins Licht, wie ein Mann, der gerade aus dem Tiefschlaf geholt wird und noch nicht ganz wach ist.

»Was gibt's denn, Nick?«, fragte er mürrisch. »Was hat dieser Lärm zu bedeuten?«

Und dann sah er die anderen hinter Blaise, und der Ausdruck seines Gesichts änderte sich jäh.

»Was ist los?«, fragte er. »Ist jemandem etwas zugestoßen?«

»Rainer«, erwiderte Blaise. »Er ist tot.«

»Tot?« Grame starrte den Jüngeren ungläubig an, dann wiederholte er das Wort, als habe er dessen Bedeutung eben erst in ihrer vollen Tragweite erfasst. »Tot? Jeremy? Soll das heißen, dass es einen Unfall gegeben hat?«

»Von einem Unfall«, sagte Blaise, »weiß ich nichts. Er ist erschossen worden. Es sieht nach Mord aus.«

»Mord!«, keuchte er erschrocken. Benedict Grame trat in den Korridor. Alle Müdigkeit war von ihm abgefallen. »Wo ist er?«

»Er liegt unten«, sagte Blaise. »Unter dem Weihnachtsbaum. Und er trägt *dein* Weihnachtsmannkostüm.«

Sein Ton war übertrieben neutral. Grame war erschüttert. Einen Augenblick lang brachte er kein Wort heraus. Dann fuhr er sich nervös mit der Zunge über die Lippen.

»D-das ist ganz und gar abwegig«, sagte er endlich. »Das kann nicht sein. Meine Sachen sind *hier*.«

Schweigen senkte sich auf die Gruppe, ein angespanntes, bedrücktes Schweigen, in dem eine Anklage mitschwang. Benedict Grame schaute in die Runde. Dann verschwand er wieder in seinem Zimmer.

Nicholas Blaise machte eine Bewegung, als wollte er ihm folgen, dann besann er sich. Im Handumdrehen kam Grame wieder an die Tür. Über seinem rechten Arm trug er einen langen roten Mantel, in der Hand hielt er einen weißen Bart. Seine Haltung war herausfordernd und rechtfertigend zugleich.

»Da«, sagte er, während er ihnen das Kostüm präsentierte. »Da. Ich habe doch gesagt, es können nicht meine Sachen sein.«

Der oberste Knopf seines Pyjamaoberteils stand offen, und der Kragen lugte aus seinem Morgenmantel. Er sah äußerst derangiert aus, mit seinem zerzausten Haar und dem Mantel sowie dem Bart in den ausgestreckten Händen. Komisch fand das jedoch niemand. Dazu war das Geschehene zu schmerzlich und nah.

Mordecai Tremaine schob sich langsam nach vorn.

»Haben Sie Mr Rainer gebeten, heute Nacht an ihrer Stelle die Geschenke an den Baum zu hängen, Mr Grame?«

»Nein«, erwiderte Grame. »Nein. Natürlich nicht.« Seine Stimme war ein wenig lauter geworden. »Warum fragen Sie mich das? Wollen Sie etwa andeuten, dass *ich* etwas über diese Untat wissen könnte?«

»Um Himmels willen, nein!«, beschwichtigte ihn Tremaine. »Ich habe mich nur gefragt, was Mr Rainer dazu gebracht haben könnte, das Kostüm anzuziehen und hinunter zu dem Christbaum zu gehen.«

»Nun, *ich* kann es Ihnen ganz gewiss nicht sagen«, erwiderte Benedict Grame. Er klang ein wenig verstimmt, sogar trotzig, als sei er ungehalten, weil ein Plan, den er ersonnen hatte, misslungen war. Kurz darauf schien ihm jedoch bewusst zu werden, welchen Eindruck sein Verhalten machte und auch, dass die Lage von ihm als Hausherrn erforderte, eine gewisse Verantwortung zu übernehmen. Er wandte sich an Nicholas Blaise. »Sollten wir nicht besser die Polizei benachrichtigen, Nick?«

»Das habe ich bereits getan«, erwiderte Blaise. »Sie wird in Kürze hier sein.«

Es schien, als wollte er noch etwas hinzufügen, doch dann besann er sich. Der Blick, mit dem er Grame bedachte, war sowohl verwirrt als auch wachsam. Mordecai Tremaine gewann den Eindruck, dass er ängstlich darauf bedacht war, nicht zu viel zu sagen, bevor er nicht wusste, was sein Arbeitgeber dachte, damit es nicht am Ende das Falsche war.

Die Nachricht, dass die Polizei bereits informiert war, schien Benedict Grame für einen Moment aus dem Gleichgewicht zu bringen. Doch er fing sich rasch.

»Du solltest mir besser zeigen, wo – wo Jeremy ist, Nick«, sagte er in barschem Ton.

Er ließ Blaise vorangehen und folgte ihm nach unten. Die anderen, die im Kreis um sie herum gestanden und sie beobachtet hatten, folgten ihnen automatisch wie Marionetten, die durch ein abruptes Ziehen an ihren Fäden in Bewegung gesetzt wurden.

Benedict Grame sah zwar die zusammengesunkene Gestalt auf dem Fußboden, schenkte ihr aber kaum Beachtung. Wie hypnotisiert wurden seine Augen von dem Weihnachtsbaum angezogen. Zornig rief er:

»Was zum Teufel …?«, und fuhr zu Nicholas Blaise herum. »Wer hält uns hier zum Narren, Nick? Wer hat sich an dem Baum zu schaffen gemacht?«

»Wollen Sie damit sagen«, meldete sich Mordecai Tremaine ruhig, aber eindringlich zu Wort, »dass Sie bereits alle Geschenke aufgehängt hatten?«

»Natürlich will ich das!«, fauchte Grame. »Ich habe alles vorbereitet, bevor ich zu Bett ging! Wer hat die Geschenke abgenommen? War es Jeremy? Hat *er* sie genommen?«

»Wenn er es getan hat«, gab Tremaine zu bedenken, »wo sind sie dann *jetzt?*«

Sie befanden sich jedenfalls nicht bei der Leiche. Kein Sack und keine Tasche in Sicht, in der Jeremy Rainer die Gaben hätte fortschaffen können. Es war natürlich möglich, dass er sie bereits aus dem Zimmer gebracht hatte, und erst später, als er aus irgendeinem bestimmten Grund zurückkehrte, getötet worden war.

»Nicht alle sind fort«, betonte Nicholas Blaise. »Eines hängt noch am Baum. Es ist Rainers. Vielleicht hatte er keine Zeit mehr, es herunterzuholen.«

»Sie meinen«, bemerkte Mordecai Tremaine ruhig, »dass dort ein Geschenk gehangen *hat*. Jetzt ist es aber nicht mehr da.«

»Aber Sie wissen doch, dass es da ist«, beharrte Blaise. »Ganz oben am Baum. Wir haben es doch alle gesehen, als –«

Er verstummte jäh. Seine Augen weiteten sich ungläubig.

Seine Hand, die er gehoben hatte, um Grame zu zeigen, was er meinte, sank kraftlos herab.

Am Baum hing kein einziges Geschenk mehr. Die Klammer, an der Jeremy Rainers Name stand, war leer.

10

Mordecai Tremaine sah aus, als sei er eingeschlafen. Er kauerte im Sessel, sein Kopf war auf die Brust gesunken. Durch den Schlafmangel völlig erschöpft, schien er in einem Zustand der Benommenheit auf den Anbruch des neuen Tages zu warten.

Er erweckte natürlich mit voller Absicht diesen falschen Eindruck. Obgleich Tremaine so zerknittert aussah, arbeitete sein Verstand vortrefflich und unermüdlich. Er ging die Ereignisse der Nacht durch, sammelte, erwog, sondierte. Kurz – er suchte nach dem entscheidenden Hinweis, der den Mörder entlarven würde.

Die Polizei war vor zwei Stunden eingetroffen. Unter der Leitung von Inspector Cannock, eines stämmigen, überaus höflichen Kommissars, der jedoch dem Vernehmen nach nicht so sanft war, wie der erste Eindruck vermuten ließ – er vermochte Widerstand im Keim zu ersticken und veranlasste Zeugen zu absoluter Offenheit –, hatten die Beamten die Lage unter ihre Kontrolle gebracht. Fingerabdruckexperten und Fotografen waren vor Ort gewesen. Der Polizeiarzt hatte eine vorläufige Untersuchung der Leiche vorgenommen.

Die Hausgäste hatten keinen Zutritt mehr zu dem Zimmer, in dem Jeremy Rainer zu Tode gekommen war. Die Experten der Polizei wollten sich in ihren Ermittlungen nicht durch Zuschauer behindern lassen.

Mordecai Tremaine hatte die ihm zur Verfügung stehende Zeit jedoch gut genutzt. Die vielen Stunden, in denen er sein

Erinnerungsvermögen trainiert hatte, zahlten sich nun aus, und er hätte das Mordzimmer beinahe aus dem Gedächtnis zeichnen können. Der Weihnachtsbaum, der Sessel, in dem Charlotte Grame gesessen hatte, die Stufen an der hinteren Wand, die Nässespur auf dem Boden, die Leiche – all dies war in seinem Kopf angeordnet wie auf einem Lageplan.

In den Momenten der Bestürzung, die auf die Entdeckung folgten, dass das letzte Geschenk vom Baum verschwunden war, hatte Tremaine die Gelegenheit ergriffen und eine kleine Untersuchung durchgeführt, die, wie er hoffte, unbemerkt geblieben war. Er hatte herausgefunden, dass der Tote Gummistiefel trug. Im Liegen waren sie nicht zu sehen gewesen, da sie unter dem roten Mantel verborgen waren. Als Tremaine aber den Mantel lupfte, hatte er das Schuhwerk und die nassen Flecke gesehen, die die Stiefel auf dem Parkett hinterlassen hatten. Dieser Spur war er dann bis zu den Terrassentüren gefolgt.

Auch die Spuren von Roger Wynton lagen offen da: Als er ins Zimmer stürzte, hatte er fest gebackenen Schnee an den Schuhen gehabt, der überall, wo er sich aufgehalten hatte, zu kleinen Pfützen zerschmolzen war. Vor den Fenstern hatte der hin und wieder auftauchende Mond den verschneiten Rasen beschienen und drei deutlich voneinander zu unterscheidende Fußspuren sichtbar gemacht.

Es war schwierig, aus diesen Spuren ohne eine genauere Untersuchung Schlüsse zu ziehen, Tremaine meinte jedoch zu erkennen, dass zwei Spuren auf das Haus zu führten und eine von ihm fort. Sämtliche Spuren endeten kurz vor den Fenstern.

Mit einer Hand rückte er seinen ewig rutschenden Zwicker zurecht. Er richtete sich in seinem Sessel auf und musterte die anderen Hausgäste. Auf Anweisung von Fleming, der selbst in Pyjama und Morgenrock noch eine würdevolle Erscheinung war und dessen gelassenes Wesen sich von einem Mord vollkommen unberührt zeigte, war unablässig frischer Kaffee gereicht worden, und ab und zu hatte einer der Anwesenden eine Bemerkung zur Lage gemacht. Doch jetzt forderte die Anspannung ihren Tribut, und selbst die sporadische Unterhaltung, die der frische Kaffee kurzfristig belebt hatte, war versiegt.

In mehr oder weniger regelmäßigen Abständen erschien ein uniformierter Constable und holte einen weiteren Zeugen aus der müden Schar, damit er sich der Tortur einer Befragung durch den Inspector unterzog. Jede einzelne Vernehmung wurde offenbar in aller Ruhe durchgeführt, jedenfalls dauerten sie alle recht lange. Cannock war trotz der späten Stunde keineswegs in Eile. Vermutlich, dachte Tremaine, sagte er sich Folgendes: Wenn die Menschen einander unbedingt zu nachtschlafender Zeit umbringen mussten, dann hatten sie auch die Konsequenzen zu tragen.

Für jemanden, der sich so sehr für menschliche Verhaltensweisen interessierte wie Mordecai Tremaine, war es ebenso spannend wie lehrreich zu sehen, was die Leute bei ihrem Fortgang in Richtung Vernehmung und ihrer Rückkehr zu den anderen taten. Die meisten waren um eine gleichmütige Miene bemüht. Sie demonstrierten beinahe zu sehr, dass sie nichts zu verbergen und daher auch nichts zu fürchten hatten.

Eben war Professor Lorring zurückgekehrt. Als er in der Tür stand, hatten sich aller Augen auf ihn gerichtet. Während er zu seinem Sessel ging, tat er, als merke er nicht, dass die anderen ihn wachsam beobachteten und in seiner Miene nach Spuren von Unsicherheit suchten.

Nicht, dass sich ausgerechnet gegen Lorring ein besonderer Verdacht gerichtet hätte – sämtliche Zurückkehrenden waren genauso empfangen worden. Mit einem Mal fand Tremaine es sonderbar, dass alle, die bis jetzt verhört worden waren, lieber zu dieser ungemütlichen Nachtwache in dem überfüllten Raum zurückkehrten, statt in ihre Zimmer zu gehen. Er hielt es für unwahrscheinlich, dass Inspector Cannock ihnen in Aussicht gestellt hatte, dass er ein zweites Mal nach ihnen schicken würde. Nachdem er die Aussage eines jeden angehört hatte, hatte er dem jeweiligen Befragten zweifelsohne mitgeteilt, er werde ihn erst wieder am nächsten Morgen benötigen.

Es war, als sperrten sie sich dagegen, die Gemeinschaft zu verlassen. So, als wage keiner, sich von den anderen zu trennen, denn in der jeweiligen Abwesenheit könnte ja etwas passieren, auf das man es lieber nicht ankommen lassen wollte.

Aber warum war das nur so? Wieder einmal ließ Mordecai Tremaine seinen Blick über die Versammlung schweifen. Es konnten doch nicht alle in den Mord verwickelt sein, das war höchst unwahrscheinlich. Worin bestand dann aber das Bindeglied, das sie zum Ausharren zwang?

Ihm gegenüber saß Lorring. Seiner mürrischen Miene war nicht zu entnehmen, welche Ergebnisse die Vernehmung durch Cannock erbracht hatte. Allerdings glaubte Tremaine auch nicht, dass es dem Inspector hätte gelingen können, irgendetwas zutage zu fördern, das Lorring nicht preisgeben wollte.

Er war zu dem Schluss gekommen, dass Professor Ernest

Lorring ein Mann war, den es sich genauer zu betrachten lohnte. Dieser Gedanke war in ihm gekeimt, als er mitangesehen hatte, mit wie viel Hass der Wissenschaftler den Baum betrachtete, und war innerhalb der letzten zwei Stunden dann mit geradezu tropischer Geschwindigkeit herangereift. Denn wenn Mordecai Tremaine nicht vollkommen falsch lag, dann musste die Hand, die das letzte Geschenk vom Baum entfernt hatte, die Hand Professor Lorrings gewesen sein.

Er hatte sich den exakten Verlauf der Ereignisse, als sie Nicholas Blaise zu Benedict Grames Zimmer gefolgt waren, ins Gedächtnis gerufen. Dann hatte er seinem inneren Auge das Bild zur detaillierten Überprüfung der Gruppe vorgelegt, die sich vor Grames Tür versammelt hatte. Und er war sicher, dass Lorring als Letzter dazugestoßen war – und daher auch der Letzte gewesen sein musste, der das Mordzimmer verlassen hatte.

Lorring hatte dies auf Tremaines Frage hin natürlich bestritten. So vehement bestritten, dass es geradezu ein Schuldeingeständnis war: Er war sich nur zu sehr bewusst, wessen man ihn bezichtigen würde, wenn er eingestand, dass er hinter den anderen zurückgeblieben war.

»Unsinn!«, hatte er zornig gefaucht. »Ich bin mit allen anderen zusammen hochgegangen!«

Niemand hätte diese Aussage widerlegen können. Als die Gruppe zur Treppe lief, hatte es große Verwirrung gegeben, niemand hatte darauf geachtet, wer sein Nebenmann war. Und Lorring hatte sich diesen Umstand zunutze gemacht.

»Miss Grame war hinter mir«, behauptet er steif und fest. »Und Delamere ebenfalls.«

Worauf er die beiden wütend anfunkelte, als wollte er sie

warnen, seine Aussage in Frage zu stellen. Delamere hatte den Eindruck erweckt, als wolle er Protest anmelden, sich dann aber, als er merkte, wie schwankend der Boden war, eines Besseren besonnen. Charlotte Grame ihrerseits hatte weder erkennen lassen, ob sie sich von Lorrings Blick angesprochen fühlte, noch ob sie ihm seine Worte übelnahm.

Tremaine hatte nicht weiter nachgehakt. Ein Kreuzverhör schien ihm angesichts Lorrings Angriffslust nicht angeraten zu sein, und das Eintreffen der Polizei hatte ohnehin allen weiteren Fragen ein Ende gemacht.

Benedict Grame war erstaunlich schweigsam gewesen. Doch wenn es auch seltsam erscheinen mochte, dass er angesichts der brutalen Ermordung eines Mannes, der sein engster und ältester Freund gewesen war, so wenig Gefühl offenbarte, so hatte er andererseits nichts weiter getan, um sich verdächtig zu machen. Seine scheinbare Gleichgültigkeit war vielleicht darauf zurückzuführen, dass er noch unter Schock stand und dass seine Pflichten als Gastgeber ihm eine distanzierte Einstellung zu den Geschehnissen abverlangten.

Wieder erschien der Constable in der Tür und rief Rosalind Marsh auf, die sogleich aufstand. Ihre Miene blieb völlig gelassen, aber die Spitze ihrer Zigarette glühte jäh auf.

Tremaine sah ihr nach, als sie den Raum verließ und war sich sicher: Auch sie würde für Inspector Cannock keine ergiebige Zeugin sein! Allen seinen Fragen würde sie mit einer eisigen Ruhe begegnen, die ihn schachmatt setzen musste – vorerst zumindest.

Während er auf Rosalind Marshs Rückkehr wartete, schaute Tremaine sich wieder in der Runde um und stellte fest, dass lediglich Lucia Tristam und er selbst noch nicht befragt worden waren. In diesem Augenblick kam er zum ersten Mal darauf, dass es einen Grund für die Reihenfolge der Verhöre geben musste und dass er möglicherweise absichtlich als Letzter aufgerufen werden würde. Zunächst nur eine vage Ahnung, erschien ihm dieser Gedanke immer wahrscheinlicher, und als Rosalind Marsh zurückkehrte und Lucia Tristam aufgerufen wurde, empfand er keineswegs Überraschung, sondern nur eine wohlige Neugierde.

Nach einer Überprüfung seiner Gefühle kam er zu dem Schluss, der Grund für sein Wohlbefinden liege darin, dass er hier lediglich Zuschauer war. Er hatte vor der Polizei nichts zu verbergen und daher nichts dagegen, von ihr vernommen zu werden. Wäre es ihm wie seinen Mitstreitern gegangen, die offensichtlich alle unter einem schlechten Gewissen litten, so hätte auch er in ängstlicher Anspannung wieder und wieder die Geschichte rekapituliert, die er zu erzählen beabsichtigte – eine Geschichte, die bis ins Detail stimmig sein musste und keine Schwachstellen aufweisen durfte.

Dann aber rief er sich zur Ordnung. War es nicht vielleicht nur ein bloßes Hirngespinst seinerseits, dass die Gesichter der anderen Gäste unnatürliche Anspannung verrieten? Mordecai Tremaines Gedanken wanderten zu dem gerade stattfindenden Verhör. Was Inspector Cannock wohl von der prächtigen Lucia halten würde? Obwohl die letzten beiden Stunden dunkle Ringe unter ihren Augen hinterlassen hatten und in ihrer Miene etwas schwer Fassbares auszumachen war, das an Furcht erinnerte, blieb Lucia Tristam eine Frau, die Bewunderung wecken musste. Auch wenn er Cannock nicht kannte, so glaubte er nicht, dass der Mann von ihrer üppigen Schönheit unberührt bleiben würde.

Lucia tauchte wieder auf, doch es ließen sich keinerlei Schlüsse aus ihrem Verhalten ziehen. Vielleicht hatte sie ein wenig mehr Farbe bekommen und ihre Augen ein wenig mehr Glanz, aber sicher konnte Tremaine nicht sein. Während sie zu ihrem Platz ging, warf sie ihm einen Blick zu und schien sich zu fragen, was er dachte. Er war seltsamerweise erleichtert, dass sie nicht wissen konnte, wie wenig bisher bei seinen Grübeleien herausgekommen war.

Als er sich erhob und dem Constable aus dem Zimmer folgte, war er sich bewusst, dass alle Augen auf ihm ruhten. Die Blicke unterschieden sich von denen, die den anderen auf dem Weg zum Verhör hinterhergeschickt worden waren. Sie waren nicht voller Neugier und zeugten auch nicht von der Begierde, Anzeichen des Verrats zu finden, sondern waren von einer fast schmerzlichen Anspannung erfüllt.

Sie vermittelten Mordecai Tremaine das Gefühl, dass der Rest der Hausgesellschaft ihn als die unbekannte Größe in diesem Spiel sah. Er war anders als sie, beinahe so etwas wie ein gemeinsamer Feind, gegen den sie sich zusammenrotteten.

Keine sonderlich angenehme Empfindung. Er war froh, als er durch den Korridor ging und die bohrenden Blicke nicht länger auf sich spürte.

Inspector Cannock hatte sich in der Bibliothek eingerichtet. Er saß hinter einem Tisch, mit Blick auf die Tür, und beugte den Kopf über Notizen, die er sich offensichtlich gerade gemacht hatte. Schließlich schaute er auf.

»Nehmen Sie Platz, Mr Tremaine«, sagte er ruhig.

Er besaß eine angenehme Stimme und wirkte kein bisschen müde oder erschöpft. Seine breite Gestalt, die über den Stuhl quoll, strahlte entwaffnende Freundlichkeit aus. Hab nur Vertrauen zu mir, schien sie zu sagen, dann wird alles gut.

Das gehörte zweifellos zu seinem Handwerkszeug. Er fasste seine Opfer mit Samthandschuhen an, um sie zunächst in Sicherheit zu wiegen. Und wenn sich dann die anfängliche Erleichterung zu übermäßigem Selbstvertrauen steigerte, würde der jeweilige Befragte den ersten leichtsinnigen Fehler machen und entsetzt feststellen müssen, dass sich unter dem Samt scharfe Klauen verbargen.

Tremaine war sich bewusst, dass er einer sorgfältigen Musterung unterzogen wurde. Er hob den Blick und schaute in kluge braune Augen in einem rundlichen, freundlichen Gesicht. Es wirkte durchaus nicht wie das Gesicht eines Kriminalisten, sondern war wettergegerbt wie das eines Bauern.

Der Rest der Gestalt jedoch verriet den langjährigen Polizisten. Er war kräftig, stämmig und wirkte ganz und gar amtlich. Man konnte sich Cannock unschwer in der blauen Uniform vorstellen, wie er gemessenen Schrittes Streife ging. Der Inspector wirkte, als hätte er die Ochsentour hinter sich gebracht und jede einzelne Sprosse zu seiner jetzigen Position in harter Arbeit erklommen.

Wie es schien, fand er an Mordecai Tremaines Anblick Gefallen. Ein kurzes Schmunzeln vertiefte die Fältchen um seine Augen.

»Ich fürchte, ich habe Sie äußerst lange warten lassen«, gestand er. »Aber Sie haben sicherlich Verständnis dafür, dass in einem so ernsten Fall selbst die scheinbar unwichtigsten Details sorgfältig untersucht werden müssen. Deswegen vernehme ich die Leute gern in aller Ruhe, wenn die Erinnerung an die Ereignisse noch frisch ist. Denn unser Gedächtnis neigt nun einmal dazu, uns zweifelhafte Streiche zu spielen, besonders am Morgen danach.«

»Das kann ich gut verstehen«, erwiderte Tremaine. »Sie tun eben Ihre Pflicht, Inspector. Wenn ich versucht hätte, mich zwischendurch schlafen zu legen, wäre mir das ohnehin nicht gelungen.« Er fügte hinzu: »Keiner der anderen hat bislang sein Zimmer aufgesucht.«

Cannock schien die letzte Bemerkung nicht gehört zu haben. Wieder studierte er seine Notizen.

»Es ist Ihr erster Besuch in diesem Haus?«

»Ja.«

»Kennen Sie Mr Grame gut?«

»Nicht wirklich gut. Natürlich hatten wir bereits Bekanntschaft geschlossen.«

»Aber Sie kennen einander anscheinend gut genug, dass er Sie einlud, die Weihnachtstage bei ihm zu verbringen«, murmelte der Inspector, als spräche er mit sich selbst. Er fuhr fort: »Wie steht es mit den anderen Gästen? Kannten Sie einen von ihnen schon vorher?«

Mordecai Tremaine schüttelte den Kopf.

»Nur Mr Blaise – Mr Grames Sekretär. Die anderen sind Fremde. Zumindest waren sie es bei meiner Ankunft.«

»Ich verstehe.« Wieder zog der Inspector seine Notizen zu Rate, und Tremaine begriff, das er mit dieser Angewohnheit einerseits den Eindruck zu vermitteln suchte, bereits so viel zu wissen, dass es unklug wäre, ihn für dumm zu verkaufen, und sich andererseits genug Zeit verschaffte, um seine nächste Frage zu formulieren. »Würden Sie mir bitte schildern, was genau geschah, als der Tote entdeckt wurde, Mr Tremaine? Ich meine natürlich nur in Bezug auf Ihre Person.«

»Ich habe Schreie gehört. Zuerst habe ich geglaubt, es wäre lediglich ein Traum, doch als ich dann merkte, dass wirklich jemand schrie, stand ich auf und ging in den Korridor, um nachzuschauen.«

»Haben Sie im Flur jemanden gesehen?«

»Mr Beechley ist aus seinem Zimmer gekommen, als ich daran vorbeilief. Inzwischen war klar, dass die Schreie aus dem Erdgeschoss kamen, und wir gingen gemeinsam die Treppe hinunter. Das Licht brannte in dem Zimmer, in dem Mr Grame den Christbaum aufgestellt hatte, und als ich hineinging, sah ich die Leiche auf dem Boden liegen.«

»Befand sich sonst noch jemand in dem Zimmer?«

»Ja. Mr Delamere und Miss Charlotte Grame. Es war offenkundig, dass es Miss Grame war, die geschrien hatte. Sie war sehr aufgeregt, und Mr Delamere hat versucht, sie zu beruhigen.«

Von gelegentlich eingeworfenen Zwischenfragen des Inspectors unterbrochen, erzählte Tremaine seine Geschichte. Er ließ nichts aus, nur seine eigenen kurzen Ermittlungen, und als er geendet hatte, nickte Cannock beifällig.

»Vielen Dank«, sagte er. »Sie waren mir eine große Hilfe.« Einige Sekunden lang schien er ins Leere zu starren. Mordecai Tremaine spürte, wie ein erwartungsvolles Kribbeln sein Rückgrat hinunterlief. Dann bemerkte Cannock wie nebenbei: »Ich bin ein enger Freund von Jonathan Boyce. In jüngeren Jahren sind wir zusammen auf Streife gegangen.«

»Tatsächlich«, bemerkte Mordecai Tremaine, wobei er sich Mühe gab, seine Aufregung nicht zu zeigen. »Das ist interessant. Sehen Sie sich noch gelegentlich?«

»Wir haben uns schon längere Zeit nicht mehr getroffen«,

erwiderte Cannock. »Die Arbeit lässt es einfach nicht zu. Aber wir stehen immer noch in Verbindung. Er hält mich auf dem Laufenden.«

Es schwang etwas im letzten Satz mit, aber Cannocks Miene gab nichts preis. Der Inspector lehnte sich in seinem Stuhl zurück und schlug einen professionellen Ton an: »Wissen Sie, Mr Tremaine, in einem Fall wie diesem sind unsere Möglichkeiten beschränkt. Die schlichte Tatsache, dass die Polizei Verhöre durchführt, scheint die Menschen am Reden zu hindern. Sie benehmen sich nicht natürlich, sie sind verkrampft, sie gehen nicht aus sich heraus. Also kann man nur schwer feststellen, was sie wirklich denken. Leider bietet sich uns nur selten die Gelegenheit, aber das Beste wäre, wenn wir eine Art inoffiziellen Beobachter vor Ort hätten. Jemanden, mit dem die Leute ohne Vorbehalte reden und der so in der Lage wäre, uns ein sehr viel präziseres Bild zu liefern, als wir selbst es zutage fördern könnten.«

Mordecai Tremaine entschied sich für einen indirekten Kurs.

»Ich verstehe Ihre missliche Lage, Inspector.« In seinem sanften Blick lag nichts als die reinste Unschuld. »Natürlich können Sie nicht einfach eine Zivilperson um Hilfe bitten. Das könnte eine Menge peinlicher Fragen nach sich ziehen.«

»Ganz recht«, sagte Cannock. Und fügte hinzu: »Falls es denn herauskäme ...«

Nun wusste Mordecai Tremaine, woran er war, und dieser Umstand ermutigte ihn, sein Blatt kühn auszuspielen.

»Wenn ich es recht verstehe, so haben Sie im Augenblick keine weiteren Fragen an mich, Inspector?«

»Nein«, erwiderte Cannock ungehalten. »Das war's fürs Erste.«

Lag eine Spur Enttäuschung in seiner Stimme? Mordecai Tremaine fand die Vorstellung schmeichelhaft. Er erhob sich und wandte sich zum Gehen. Dann plötzlich verharrte er, als wäre ihm gerade etwas eingefallen.

»Es *gibt* allerdings etwas, das ich vielleicht erwähnen sollte.« Cannock sah jäh auf.

»Ja?«

Es ist wohl so, dass ein Mann das, was er zu finden wünscht, oft auch findet. Mordecai Tremaine wollte, dass der Inspector ein gewisses Interesse an ihm zeigte. Daher war es wohl nicht verwunderlich, dass er genau das meinte wahrzunehmen und aus Cannocks einsilbiger Antwort die sehnliche Hoffnung heraushörte, weiterzukommen.

»Es geht um Miss Grame«, sagte er.

»Ja?«, wiederholte Cannock.

»Sie hat mir berichtet, dass sie wegen Kopfschmerzen nicht schlafen konnte. Sie glaubte, etwas gehört zu haben, und ging mit einer Taschenlampe nach unten, um nachzusehen. Deshalb war sie die Erste, die Rainers Leiche entdeckte. Hat sie *Ihnen* das genauso erzählt?«

»Warum wollen Sie das wissen?«, wich Cannock der Frage aus.

»Weil ich daran zweifele«, sagte Tremaine, »dass das die Wahrheit ist. Meiner Einschätzung nach würde Miss Grame keinesfalls mitten in der Nacht allein nach unten gehen, um einen Einbrecher zu stellen. Und sollte sie *tatsächlich* etwas gehört haben, was sie veranlasst hätte, nachzusehen, ohne Mr Grame oder einem der Diener Bescheid zu sagen, dann wäre es doch anzunehmen, dass sie nur schnell einen Morgenrock übergestreift hätte.«

Er verstummte und schaute Cannock an. Der Inspector gab ein aufmunterndes »Und?« von sich.

»Miss Grame indes«, fuhr Tremaine fort, »war vollständig bekleidet. Sie trug ein Tweedkostüm und einen warmen Schal. Es fehlten nur noch Mantel und Stiefel, und sie hätte vor die Tür gehen können. Theoretisch ist es möglich, dass sie sich all das nur für den Gang ins Erdgeschoss angezogen hat. Mir kam es dennoch reichlich merkwürdig vor.«

Cannock warf einen Blick in seine Notizen.

»Sie sagten, sie war sehr aufgewühlt. Würden Sie sagen, dass ihre Unruhe den Umständen angemessen war? Oder fanden Sie, dass Miss Grame übermäßig erregt war?«

»Ich kann Ihnen nur meinen persönlichen Eindruck darlegen«, sagte Mordecai Tremaine.

»Ich bitte darum.«

»Mir kam sie überaus erschrocken und verängstigt vor. Wenn ein Mensch eine Leiche findet, ist natürlich mit einer gewissen Erschütterung zu rechnen. Charlotte Grame aber schien mir – *panisch* zu sein.«

»Was genau wollen Sie damit sagen?«

Mordecai Tremaine blinzelte über den Rahmen seines Zwickers hinweg; Inspector Boyce hätte diesen Blick sicherlich wiedererkannt.

»Wenn ich selbst genau wüsste, was ich damit sagen wollte, könnte ich Ihnen vermutlich von größerem Nutzen sein, Inspector«, erwiderte er entschuldigend. »Miss Grame war diejenige, die die Leiche gefunden hat. Im Haus war es dunkel, und sie benutzte eine Taschenlampe, um sich zurechtzufinden. Schließlich ist sie buchstäblich über Jeremy Rainers Leiche gestolpert. Sie muss einen entsetzlichen Moment durchlitten haben, als der Strahl der Taschenlampe auf ihn fiel. Alles im Haus ist still, draußen ist es tief verschneit, gleißend weiß, und drinnen die absolute Dunkelheit. Der Weihnachtsmann liegt in seinem langen roten Mantel und mit seinem weißen Bart ausgestreckt auf dem Boden. Und dazu der geschmückte Baum, der im zitternden Lichtschein der Taschenlampe abscheuliche, höhnische Schatten an die Wände wirft.

Das hätte selbst einen Menschen von großer Selbstbeherrschung die Nerven gekostet, und Miss Grame ist alles andere als das. Sie muss vollkommen aufgelöst gewesen sein und schrie daher wie am Spieß. Sie weckte das ganze Haus. Als ich in das Zimmer kam, saß sie völlig in sich zusammengesunken in einem Sessel, und Mr Delamere versuchte, sie zu beruhigen.

So weit, so gut. Ihre Reaktion war nur zu verständlich, jeder hätte diese Art Verhalten von ihr erwartet. Dennoch glaube ich, dass noch mehr dahintersteckte. Miss Grame hat auf mich gewirkt wie ein Mensch, der vor Angst derart von Sinnen ist, dass er sich nicht mehr beherrschen kann. Und *das* ist nun *nicht* mehr so verständlich. Auch wenn man ihr natürlich zubilligen muss, dass sie auf Grund der Entdeckung der Leiche entsetzt war und sich nahezu hysterisch aufführte, bestand doch kein Grund mehr für diese Panik, als schließlich die Lichter brannten und Hilfe herbeigeeilt war. Was mich zu der Vermutung verleitet, dass sie sich nicht des Mordes wegen fürchtete, *sondern vor etwas, das erst noch geschehen sollte.*«

Inspector Cannock war sichtlich beeindruckt. Behutsam strich er sich mit dem Zeigefinger über das Kinn. Dann fragte er:

»Haben Sie schon irgendwelche – Hypothesen?«

»Ich habe keine klaren Fakten«, erwiderte Tremaine.

Er wartete einen Augenblick ab. Dann fuhr er fort:

»Wissen Sie, Inspector, ich beneide Sie. Sie können auf den kompletten Polizeiapparat zurückgreifen und praktisch jede Informationsquelle auf der Welt anzapfen. Wenn Sie die tiefsten Geheimnisse im Leben eines Menschen ausgraben wollen, dann haben Sie die Macht dazu. Wohingegen ein gewöhnlicher Bürger, selbst wenn er wollte, keine umfassende Ermittlung durchführen kann, weil er nicht aus den amtlichen Quellen schöpfen darf, die er dafür benötigen würde.«

»Manchmal«, gab Cannock zu bedenken, »ist eine solche Untersuchung aber ein äußerst langwieriges Verfahren. Dann müssen wir, um an die Nadel zu kommen, jeden einzelnen Halm aus dem Heuhaufen ziehen.«

»Aber am Ende *gelangen* Sie an die Nadel«, betonte Tremaine. Und als spinne er lediglich einen Gedankenfaden weiter, fuhr er fort: »Es wäre sicher überaus spannend, alles über die Menschen herausfinden zu können, die sich in diesem Haus aufhalten. Vorgestern kannte ich außer Mr Grame und Mr Blaise keinen von ihnen. Und nun stehen wir auf einmal in engster Verbindung zueinander. Der Mord hat uns gleichsam zu Bettgesellen gemacht. Unsere Leben haben sich ineinander verstrickt, weil wir alle zum Zeitpunkt des Todes von Jeremy Rainer hier waren. Das weckt in mir den Wunsch, mehr über die anderen zu erfahren. Ich würde gerne wissen, wie sie ihre Zeit verbringen und womit sie ihren Lebensunterhalt verdienen, wohin sie gereist sind, welche Menschen sie kennengelernt haben …«

Ein Schmunzeln stand in den braunen Augen des Inspectors. Lachfältchen durchzogen sein wettergegerbtes Gesicht.

»Ich glaube«, sagte er, »wir verstehen einander.«

Mordecai Tremaine jubilierte innerlich, als er die Bibliothek verließ und zu den anderen zurückging. Indem es Inspector Cannock als ermittelnden Beamten im Mordfall Jeremy Rainer sandte, hatte sich das Schicksal großzügiger erwiesen als erwartet. Dass der Inspector seinen Namen kannte, kam aufgrund der Aufmerksamkeit, die ihm die Presse vor einigen Monaten gewidmet hatte, nicht überraschend. Dass Cannock aber überdies einer von Jonathan Boyces alten Freunden war und dass Letzterer immer noch in Verbindung mit dem Yard stand, war wirklich ein Glücksfall, denn hier lag der Grund für die entgegenkommende Haltung des Inspectors.

Cannock war gewiss kein Mann, der sich leicht in die Karten schauen ließ. Vielleicht fürchtete er, sich vor seinen Untergebenen lächerlich zu machen, indem er um die Hilfe eines Mannes warb, der keinerlei Amtsgewalt besaß. Vielleicht diente er auch unter einem Chief Constable, der eine solche unkonventionelle Vorgehensweise nicht gutheißen würde. Es war jedoch offensichtlich, dass Jonathan Boyce Cannock eine Menge über Mordecai Tremaine erzählt hatte und dass der Inspector durchaus gewillt war, bei allen Nachforschungen, die der Amateur durchführte, Fünfe gerade sein zu lassen.

Nun, da seine Stellung gefestigt zu sein schien, gestand sich Tremaine ein, wie sehr er sich insgeheim gewünscht hatte, eine aktive Rolle bei der Jagd nach dem Mörder zu spielen. Dies war nicht nur der Tatsache geschuldet, dass er zum Zeitpunkt des Mordes Gast im Haus gewesen war. Natürlich wäre er daher ohnehin, wenn auch in geringerem Maße, Teil der polizeilichen Ermittlungen gewesen. Aber sein Interesse an den Ereignissen ging tiefer: Es hatte mit dem Grund für seine Einladung nach Sherbroome zu tun. Und mit dem, was er gehört und gesehen und vom Augenblick seiner Ankunft an gespürt hatte.

Der Anblick der seltsam verkleideten Leiche unter dem Weihnachtsbaum war lediglich der Höhepunkt eines vorangegangenen Dramas gewesen, eines Dramas, das unter der Oberfläche, unter dem äußeren Anschein von Fröhlichkeit und gutem Willen gebrodelt hatte, den Benedict Grame mit solch rührender Vehemenz an den Tag legte.

Mordecai Tremaine wollte mehr sein als ein bloßer Zuschauer im Parkett. Er wollte herausfinden, was hinter den Kulissen vorging. Er wollte sehen, aus wie vielen Akten das Drama bestand – und wie viele seiner Akteure sich der Bedeutung ihrer Rollen im Klaren waren. Er wollte wissen, wer Jeremy Rainer getötet hatte und warum er in der unpassenden Aufmachung eines Weihnachtsmannes zu Tode gekommen war.

Als er das Zimmer betrat, in dem sich die Gäste aufhielten, trat Stille ein. Tremaine blieb auf der Schwelle stehen. Zugegebenermaßen tat er es vorsätzlich und in leicht dramatischer Pose.

Er schaute sie der Reihe nach an, sah jedem lange in die Augen. Eine sonderbare, fast erschreckende Euphorie hatte Besitz von ihm ergriffen, ein Nervenkitzel, wie ihn seine fernen Vorfahren empfunden haben mochten, wenn sie sich auf gefährliche Jagd begeben hatten. Unter all den Augenpaaren, die er betrachtete, konnte sich dasjenige eines Mörders befinden.

11

In der Nacht war der Frost gekommen und hatte die seltsamsten Muster auf die Fenster gemalt. Gedankenverloren betrachtete Mordecai Tremaine die zarten Eisspuren, die sich vor dem reinweißen Hintergrund abhoben. Er befand sich in jenem angenehmen, leider viel zu flüchtigen Zustand zwischen Schlafen und Wachen, wenn der Geist in seligen Sphären schwebt, ohne dass der klar denkende Verstand an die Ängste gemahnt, die einen jeden von uns begleiten. Alles, was es auf der Welt gab, lag in jenem gefrorenen Rechteck.

Und dann wurde der Zauber gebrochen, und sein Kopf nahm die Arbeit wieder auf.

Der erste Gedanke lautete, dass heute kein normaler Tag war. Tremaine überlegte, was es war, das diesen Tag von allen anderen unterschied, und war dann doch leicht überrascht, dass es ihm nicht sogleich eingefallen war. Aber natürlich, heute war ja Weihnachten! Das helle Licht, das ins Zimmer fiel, war das Licht des Weihnachtsmorgens.

Der zweite Gedanke folgte sogleich: Das Licht war viel gleißender, als es gewöhnlich war, wenn er aufzustehen pflegte. Das war auch mit der Verzauberung durch den Weihnachtsmorgen nicht zu erklären. Um halb sieben an einem Dezembermorgen sollte die Welt noch züchtig in winterliche Dunkelheit gehüllt sein.

Mordecai Tremaine stützte sich auf seinen Ellenbogen und konsultierte seine Taschenuhr, deren Zeiger auf achtzehn Minuten nach zehn wiesen. Noch während seine Augen seinem Gehirn die erstaunliche Nachricht übermittelten, dass er um beinahe vier Stunden verschlafen hatte, meldete sich sein Gedächtnis, das ihn unerbittlich an das Geschehene erinnerte.

Jeremy Rainer war tot. Er war in der Dunkelheit der Nacht gestorben, und seine Leiche hatte unter dem Weihnachtsbaum gelegen, umhüllt vom roten Mantel des Weihnachtsmannes, was äußerst bizarr gewirkt hatte. Charlotte Grames Schreie hatten die Hausbewohner aus dem Schlaf gerissen.

Und dann war die Polizei gekommen, und Inspector Cannock, vorgeblich die Ruhe in Person, im Grunde aber grimmig entschlossen, keine mögliche Spur erkalten zu lassen, hatte geduldig die Aussagen aufgenommen. Der Morgen war schon heraufgedämmert, bevor auch nur einer von ihnen ins Bett gekommen war. Deswegen war er erst gegen zehn aufgewacht. Seine friedliche Routine war von einem Mord zerstört worden.

Mordecai Tremaine schaute sich in seinem Zimmer um, das ihm nicht mehr ganz so hell wie eben noch erschien. Heute war Weihnachten. Friede auf Erden und den Menschen ein Wohlgefallen. Das war die Botschaft, die der Tag verkünden sollte, aber unten lag ein Toter, dessen Blut nach Vergeltung vor dem Gesetz verlangte, und durch die Zimmer schlichen verstohlen drei furchtbare Schatten, deren Namen Angst, Verdacht und Entsetzen lauteten.

Obgleich Tremaine so wenig Schlaf bekommen hatte, wollte er die Augen nicht wieder schließen. Er wusste, dass ihm dann doch nur die Bilder der gestrigen Nacht durch den Kopf gehen, dass sein Verstand unzählige Fragen stellen würde.

Warum war Charlotte Grame vollständig bekleidet gewesen? Warum hatte Benedict Grame so lange gebraucht, um wach zu werden? Warum hatte Professor Lorring das letzte Geschenk vom Baum gestohlen? Und warum hatte Jeremy Rainer das Gewand des Weihnachtsmannes getragen?

Er rasierte sich, zog sich an und begab sich auf der Suche nach Frühstück ins Parterre. Ein Mord mochte das Haus getroffen haben, doch die Lebenden konnten nicht auf die Erfüllung ihrer Grundbedürfnisse verzichten.

Austin Delamere und Ernest Lorring saßen an den Enden des langen Tisches im Speisesaal. Jeder hatte offenkundig beschlossen, den anderen zu ignorieren.

Lorring schlang die Speisen in sich hinein, als kümmere ihn das, was um ihn herum geschah, nicht im Mindesten, während Delamere trübsinnig in seinem Essen herumstocherte, das ihm sichtlich nicht schmeckte. Bei Tremaines Eintreten schaute er auf und senkte nach einem gemurmelten »Morgen« rasch wieder den Blick.

Der Wissenschaftler grunzte bloß, ohne von seinem Teller aufzusehen, doch trotz seiner zur Schau getragenen Gleichgültigkeit vermutete Tremaine, dass er nicht so ungerührt war, wie er sich gab. Der Amateurdetektiv ging zum Buffet und hob verschiedene Deckel. Er hätte wetten mögen, dass die Augen des Professors unter den wütend erhobenen Brauen ihn forschend betrachteten. Ernest Lorring war ein Mann, der etwas zu verbergen hatte und daher misstrauisch war. Und besonders misstrauisch war er gegenüber dem Mann, der eine entschiedene Neigung dazu gezeigt hatte, bohrende Fragen zu stellen.

Mordecai Tremaine verriet jedoch durch keinerlei Anzeichen, dass er argwöhnte, unter Beobachtung zu stehen. Er setzte sich an den Tisch und widmete sich seinem Frühstück. Mit leichter Befriedigung bemerkte er, dass Lorring sich keinen Reim auf sein Benehmen zu machen wusste.

Er hatte sein Mahl fast beendet, als Charlotte Grame eintrat. Sie war sichtlich bemüht, keine Aufmerksamkeit zu erregen und glitt beinah lautlos über die Schwelle. Nur ein kaum vernehmliches »Guten Morgen« kündete von ihrem Erscheinen.

Viel geschlafen hatte sie vermutlich nicht. Sie war sehr bleich, und die Schatten der Sorge unter ihren Augen waren noch dunkler geworden.

Zuerst schaute sie ihn gar nicht an. Dann jedoch, wie von einer Kraft getrieben, die sie nicht kontrollieren konnte, wanderte ihr flackernder Blick zu seinem Gesicht. Mordecai Tremaine lächelte sie an, und sie erwiderte dieses Lächeln – scheu und verzagt.

»Hoffentlich haben Sie sich über Nacht ein wenig erholt«, sagte er.

»Ja«, erwiderte sie. »Es geht mir besser. Sehr – viel besser. Danke.«

Er wusste, dass es nicht stimmte. Und Charlotte Grame wusste, dass er sie durchschaute, und dieses Wissen trug zu der schweren Bürde bei, die sie schulterte.

Tremaine war froh, als er zu Ende gefrühstückt hatte und dem Esszimmer entfliehen konnte. Obgleich sie in jeder Hinsicht verschieden waren, hatten seine drei Gefährten doch eine Gemeinsamkeit: ihren Argwohn gegen ihn. Er äußerte sich auf unterschiedliche Weise, war aber augenfällig – bei Charlotte Grame zeigte er sich als offenkundige Angst, bei Ernest Lorring in aggressivem Schweigen und bei Austin Delamere in nervösen Seitenblicken und einer gewissen unterschwelligen Gereiztheit.

Rosalind Marsh war es, die es auf den Punkt brachte. Er traf sie in der Bibliothek, wo sie ein aufgeschlagenes Buch in den Händen hielt, während ihr Blick, scheinbar ohne irgendetwas wahrzunehmen, aus dem Fenster gerichtet war.

»Oh – hallo.« Bei seinem Eintreten drehte sie sich um. Dann wünschte sie ihm in zynischem Ton »Fröhliche Weihnachten«.

»Es ist nicht gerade die Art von Weihnachtsmorgen«, meinte Tremaine, »die ich erwartet habe. Ich fürchte, der Tod des bedauernswerten Rainer hat den Feierlichkeiten ein Ende gesetzt.«

»Der *bedauernswerte* Rainer?«, fragte sie. »Warum nennen Sie ihn so?«

Rosalind Marsh schien nicht unter Schlafmangel zu leiden und wies auch keinerlei Anzeichen von Beklemmung auf, wie Charlotte Grame es tat. Ihre kalte Schönheit war so vollkommen wie immer, und sie hatte ihre Nerven völlig im Griff.

»Vielleicht hätte ich meine Worte sorgfältiger wählen sollen«, sagte er. »Im Allgemeinen drückt man es aber so aus. Immerhin *ist* er ja ermordet worden.«

»Oh ja«, pflichtete sie ihm bei. »Er ist ermordet worden.«

Mordecai Tremaine war ein wenig schockiert. Er empfand ihre Gelassenheit beinahe als anstößig. »Das klingt so, als hielten Sie ihn für einen Mann, der es verdiente, umgebracht zu werden.«

»Tatsächlich?«, fragte Rosalind Marsh leicht belustigt. »Jeremy Rainer war nicht gerade ein Heiliger. Zu seinen Lebzeiten war er in eine Menge zwielichtiger Dinge verstrickt. Er hütete einige Geheimnisse, von denen die Polizei lieber nichts erfahren sollte.«

»Wollen Sie damit sagen, dass er Dinge getan hat, die ungesetzlich waren?«

»Natürlich«, erwiderte sie. »Nach allem, was passiert ist, muss es ja so gewesen sein.«

Das war keine Mutmaßung, sondern die beiläufige Feststellung von Fakten durch einen Menschen, der keinen Zweifel hegte. Mordecai Tremaine war etwas verunsichert. Rosalind Marsh schien es ihm anzusehen.

»Vielleicht sind Sie doch nicht so hervorragend informiert, wie ich dachte. Oder nicht so hervorragend, wie gewisse andere es behaupten.«

»Ich bin nicht sehr gut im Rätselraten«, erwiderte er, und sie überraschte ihn mit einem spontanen Auflachen.

»Sie sind entweder ein sehr bescheidener Detektiv oder ein sehr raffinierter, was gefährlicher ist. Auf jeden Fall ist es Ihnen gelungen, alle hier im Haus aufzuscheuchen. Sie wagen sich nicht einmal zu mucksen aus Angst, Sie könnten sie verdächtigen.«

Die Enttäuschung senkte sich wie eine leichte Übelkeit in Mordecai Tremaines Magen. Inspector Cannocks Hoffnung, er könne ungehinderten Einblick in die Vorgänge in Sherbroome House nehmen, schien sich in nichts aufzulösen. Wenn die anderen Gäste ihn jetzt schon einer Verbindung zur Polizei verdächtigten, würden sie ihm ebenso wenig anvertrauen wie dem Inspector oder seinen Männern. Und wenn er Cannock keine neuen Informationen liefern konnte, durfte er auch im Gegenzug nichts erwarten.

»Warum wollen nur alle glauben, dass ich ein Detektiv bin?«, fragte er, ohne sich seine Enttäuschung anmerken zu lassen.

»Die Spatzen haben es von den Dächern gepfiffen«, gab sie ihm zu verstehen. »Und Ihre ausführliche Unterredung mit dem Inspector hat es dann bestätigt.«

»Vielleicht hat der Inspector mir nur deshalb so viel Zeit gewidmet, weil er mit meiner Aussage nicht zufrieden war«, gab Tremaine zu bedenken.

»Vielleicht«, erwiderte sie, doch ihre Miene verriet, dass sie ihm kein Wort glaubte.

Miss Marshs Handtasche lag auf dem Stuhl neben ihr. Sie nahm eine Zigarette aus einem goldenen Etui mit Monogramm, zündete sie an und rauchte mit nachdenklicher Miene.

»Na schön«, lenkte Mordecai Tremaine ein. »Nehmen wir an, ich gebe zu, dass ich mich für Kriminalfälle interessiere. Natürlich als ein Amateur. Wenn in einem Haus, in dem ich zu Gast bin, ein Mord geschieht, will ich selbstverständlich alles darüber erfahren. Das bedeutet jedoch nicht, dass ich ein Amt innehätte oder eine Funktion bei der Polizei ausübe.«

Noch während er sprach, kam ihm ein schwaches Echo dessen in den Sinn, was Jonathan Boyce von Scotland Yard einmal gesagt hatte. Er ziehe Mord an wie ein Magnet. Wo immer ein Mensch getötet würde, finde er entweder die Leiche oder halte sich zufälligerweise irgendwo in der Nähe auf. Und auch jetzt kam er nicht umhin, das Ganze als etwas merkwürdig zu empfinden; schon wieder weilte er an einem Ort, wo mörderische Instinkte entfesselt worden waren.

»Gibt es etwas«, fragte er Rosalind Marsh, »das Sie mir sagen wollen?«

»Damit meinen Sie wohl, ob ich ein Geständnis ablegen möchte?«, konterte sie. »Dann sollte ich wohl lieber gleich sagen, was jeder sagen würde: Ich habe Jeremy Rainer nicht ermordet.« Durch einen Rauchschleier musterte sie ihn. »Nun können Sie entscheiden, ob ich zwar unschuldig, aber eingeschüchtert bin und danach strebe, mich zu entlasten. Oder ob ich schuldig, aber clever bin und Sie von der Spur ablenken will, indem ich zugebe, dass ich weiß, dass ich verdächtig bin.«

»*Haben* Sie ihn ermordet?«, fragte Mordecai Tremaine mit sanfter Stimme.

»Ich weiß, wer ihn ermordet haben *könnte*«, sagte Rosalind Marsh.

Über den Rand des gefährlich rutschenden Zwickers warf er ihr einen interessierten Blick zu.

»Ja?«

»Ja«, erwiderte sie. »Aber ich möchte keine Namen nennen. Denn ich habe nicht den Fetzen eines Beweises, und es zeugt nicht gerade von Weisheit, andere Menschen wahllos des Mordes zu bezichtigen.«

Geschickt schlug sie ihre Asche über dem Aschenbecher ab. Seine Augen folgten der Bewegung und entdeckten mehrere ausgedrückte Stummel mit Lippenstiftspuren. Nachdenklich betrachtete er Rosalind Marsh. Ihre Selbstsicherheit war also doch nur vorgetäuscht. Sie erriet, was er dachte, und eine leichte Röte stieg in ihre Wangen. Aber sie geriet nicht weiter in Bedrängnis, denn in diesem Moment flog die Tür auf, und Nicholas Blaise betrat die Bibliothek.

Seine dunklen Augen wanderten fragend vom einen zum anderen.

»Ich will ja nicht stören«, begann er zögernd, »aber der Inspector hat eben mit Benedict gesprochen. Er hat angeordnet, dass wir alle in unmittelbarer Umgebung des Hauses bleiben müssen. Es ist natürlich nur eine Formalität, die andauert, bis die Polizei ihre vorläufigen Ermittlungen abschließt.«

»Wir verstehen schon, Nick«, sagte Rosalind Marsh. »Wenn man einen Toten im Haus hat, muss man ein paar Unannehmlichkeiten in Kauf nehmen. Keine Sorge. Wir werden ganz brav sein!«

»Ich nehme an«, sagte Mordecai Tremaine, »dass uns der Zutritt zu einigen Zimmern vorübergehend verwehrt sein wird?«

»Zu *dem* Zimmer«, betonte Blaise. »Sie stellen immer noch Spuren sicher und machen Fotos. Sie haben auch einen Teil des Rasens abgesperrt.«

»Ich habe Benedict heute Morgen noch gar nicht gesehen«, warf Rosalind Marsh beiläufig ein. »Wie nimmt er denn das alles auf, Nick?«

Blaise zögerte mit der Antwort. Sein Gesicht nahm einen wachsamen Ausdruck an.

»Wie meinst du das?«, stellte er eine Gegenfrage, um Zeit zu gewinnen.

»Immerhin war Jeremy Rainer sein bester Freund. Es muss doch ein gewaltiger Schock für ihn sein.«

»Ja, natürlich. Zunächst schien er es überhaupt nicht fassen zu können. Er ist ja kein junger Mann mehr, und Jeremy hat ihn so lange begleitet. Doch er hält sich bemerkenswert gut.«

Der Schlagabtausch zwischen Nicholas Blaise und Rosalind Marsh erinnerte Mordecai Tremaine an einen Fechtkampf, bei dem die beiden Kontrahenten einander wachsam umkreisten und auf die Gelegenheit zu einem Treffer warteten.

Rosalind Marsh lächelte; es war ein merkwürdiges, vielsagendes Lächeln. Es war, als wollte sie Nicholas Blaise zu verstehen geben, dass sie es zwar zu schätzen wusste, wie er seinen Arbeitgeber verteidigte, sich davon jedoch nicht überzeugen ließ. Sie sagte:

»Ich habe das Gefühl, ihr beide würdet gerne ungestört miteinander reden. Ich gehe jetzt zu Delamere und werde ihn gehörig bemitleiden. Wahrscheinlich sieht er nach diesem Skandal seine ganze Karriere in Trümmern liegen.«

»Lass dich durch mich nicht vertreiben, Rosalind«, sagte Blaise, ein wenig zu hastig.

»Ich weiß, wann es Zeit ist zu gehen, Nick«, erwiderte sie sanft, »und möchte den Umständen entsprechend diskret sein.«

Nachdem sie fort war, wandte sich Nicholas Blaise ohne Umschweife an seinen Gefährten.

»Sie hatte recht, Mordecai. Ich *will* mit Ihnen sprechen.«

»Das hatte ich mir schon gedacht«, erwiderte Tremaine.

Blaise setzte sich auf die Tischkante und wippte nervös mit einem seiner langen Beine. Im Gegenlicht sah man die Sorgenfalten, die sich in seinem schmalen Gesicht abzeichneten.

»Eine abscheuliche Geschichte«, begann er. »Das mag banal klingen, aber so ist es nun mal. Ich habe Sie gebeten herzukommen, weil ich das Gefühl hatte, dass etwas äußerst Merkwürdiges in der Luft lag, aber ich hätte mir nie träumen lassen, dass es so enden würde. Ich hätte niemals gedacht, dass wir es mit Mord zu tun bekämen.«

»Sie machen sich Sorgen um Benedict Grame, Nick? Darum geht es doch, nicht wahr?«

Blaise gab nicht sofort Antwort. Sein Bein hörte auf zu schwingen. Schließlich sagte er:

»Deshalb hatte ich Sie ja hergebeten.«

»Ich spreche jetzt von einer anderen Sorge«, sagte Mordecai Tremaine. »Einer *neuen* Sorge. Ich spreche von der Frage, ob es Benedict Grame war, der Jeremy Rainer ermordet hat.«

Ein unterdrücktes, erschrockenes Keuchen entfuhr Nicholas Blaise. Er saß nun vollkommen reglos da. Räusperte sich. Seine Stimme klang belegt.

»Wie kommen Sie nur darauf?«

»Es mag noch andere Gründe geben«, sagte Mordecai Tremaine, »aber nehmen wir doch mal den naheliegendsten: Lucia Tristam.«

Blaise starrte aus dem Fenster. Seine Finger umklammerten die Tischkante.

»Was ist mit Mrs Tristam?«

»Lucia die Prächtige«, sagte Tremaine sanft. »Dieser Name trifft es wirklich, Nick. Etwas Heißblütiges schwingt darin mit, er klingt nach einer anderen Zeit. Diese Frau hätte zum Beispiel gut in die Ära der Borgias gepasst, als die Welt voller Farben war, als Liebe und Hass in voller Blüte standen. Eine Zeit, in der man in Mord die naheliegende Lösung der meisten Probleme sah.«

»Ich verstehe nicht, was Sie meinen.«

»Ich glaube, Sie verstehen mich ganz gut, Nick. Zwei Männer sind in dieselbe Frau verliebt. Beide sind Männer, die sich stets zu nehmen pflegten, was sie haben wollten, ohne sich allzu sehr von moralischen Skrupeln behindern zu lassen. Damit haben wir eine Situation, die leicht außer Kontrolle geraten kann. Nehmen wir an, die Frau weiß selbst nicht so recht, welchem Verehrer sie den Vorzug geben soll. Nehmen wir an, einer der Freier beschließt, die Angelegenheit ein für alle Male zu regeln, indem er sich seinen Rivalen vom Hals schafft. Männer haben schon seltsamere Dinge getan, um die Liebe einer Frau zu gewinnen. Und ein reifer Mann kann mitunter kopfloser handeln als ein Junge, der noch grün hinter den Ohren ist.«

Nicholas Blaise hob hilflos die Hände.

»Das kann ich nicht glauben. Es ist absolut unmöglich. Solche Dinge dürfen einfach nicht passieren.«

»Sie passieren tagtäglich«, widersprach Tremaine. »Wir lesen so oft von ihnen in der Zeitung, dass wir ihnen keine Aufmerksamkeit mehr schenken. Bis sie uns dann zustoßen. Wir aber sind dermaßen verblendet, dass wir uns selbst in einem solchen Fall einreden, wir wären besonders schwer vom Schicksal getroffen worden.«

Mit einer Stimme, die mit einem Mal jegliche Sanftheit verloren hatte, fuhr er fort: »Benedict Grames Zimmer befindet sich unmittelbar über dem Raum, in dem Jeremy Rainer ermordet wurde. Als Charlotte Grame den Toten entdeckte, hat sie so laut geschrien, dass sie uns alle weckte. Die Leute sind im Haus herumgelaufen. Sie haben gesprochen. Es war laut. Und dennoch hat unser Gastgeber sich nicht gezeigt, hat nicht nach dem Grund für diesen heillosen Tumult mitten in der Nacht gesucht.«

»Benedict hat einen tiefen Schlaf«, sagte Blaise. »Er hat vielleicht gar nichts gehört.«

»Ich stimme Ihnen zu«, sagte Tremaine, »dass dies eine Erklärung sein könnte.«

Nicholas Blaises Miene zeigte nur zu deutlich, dass seine Gedanken verworrene, unsichere Wege gingen und dass er sich lieber auf nichts festlegen wollte, bevor er Gelegenheit gehabt hatte, sich das Ganze noch einmal genauer zu überlegen.

»Sie haben …«, er zögerte, »Sie haben dem Inspector gegenüber doch nichts dergleichen bemerkt?«

»Nein. Ich fand, so etwas sollten wir beide allein besprechen – vorerst zumindest.«

Blaise nickte.

»Danke, Mordecai. Obwohl ich nicht annehme, dass es lang dauern wird, bis es Cannock zu Ohren kommt … falls er es ohnehin nicht schon längst weiß. Er scheint mir ein sehr tüchtiger Mann zu sein.«

»Das sind Polizeibeamte meistens«, sagte Mordecai Tremaine. »Sie mögen einem zuzeiten etwas schwerfällig vorkommen, doch ihnen entgeht in der Regel nicht viel.«

Blaise war von der Tischkante gerutscht und durchmaß den Raum mit großen Schritten.

»Ich kann nicht glauben, dass Benedict zu so etwas in der Lage wäre. Es sei denn –«

»Es sei denn?«

Doch offensichtlich fand Blaise, dass er in seinen Mutmaßungen zu weit gegangen war.

»Ich kann – im Moment nicht weiter darauf eingehen, Mordecai«, sagte er stockend. »Dieser – dieser Vorfall bringt es mit sich, dass alle möglichen Vorkehrungen getroffen werden müssen, und Benedict verlässt sich darin ganz auf mich. Schließlich ist das meine Aufgabe. Ich muss die anderen aufsuchen und ihnen sagen, wie wir uns nun verhalten sollen.«

»Das verstehe ich doch, Nick. Ihre Pflichten gehen selbstverständlich vor.«

Blaise machte jedoch keine unmittelbaren Anstalten, sich zu entfernen. Offenbar lag ihm noch etwas auf dem Herzen. Schließlich rückte er damit heraus: »Benedict ist immer gut zu mir gewesen. Ich verdanke ihm viel. Natürlich waren wir nicht immer einer Meinung, aber ich habe ihn gern. Und ich weiß, was ihn bewegt. Sie werden mir doch Bescheid geben, wenn der Inspector – wenn er anfängt, einen – Verdacht zu hegen?«

»Ich werde Sie informieren, soweit es in meiner Macht steht, Nick. Was Cannock denkt, werde ich Ihnen allerdings nicht mitteilen können. Ich glaube nicht, dass er mich komplett ins Vertrauen zieht.«

»Ich glaube«, sagte Blaise, »dass er Ihnen so einiges erzählen wird. Er weiß, wer Sie sind, und er weiß, dass Sie ihm möglicherweise behilflich sein können.«

Er ließ Mordecai Tremaine äußerst nachdenklich zurück. Offenbar gingen alle davon aus, dass er mit Inspector Cannock auf vertrautestem Fuße stand. Falls der Inspector sich, ungeachtet des ersten Eindrucks, doch nicht als so zugänglich erwies, würden seine Aktien einen herben Kursverlust hinnehmen müssen. Wenn Cannock ihn andererseits wie einen inoffiziellen Mitarbeiter behandelte, und sich daraufhin seine Beziehung zu den anderen Gästen abkühlte, würde er nicht mehr in der Lage sein, dem Inspector eine echte Hilfe zu sein. So oder so, er würde dabei verlieren.

Er starrte immer noch trübsinnig aus dem Bibliotheksfenster auf die beiden Beamten, die auf dem Rasen Fußabdrücke ausmaßen – Fußabdrücke, die zum Glück durch den Nachtfrost konserviert waren –, als ein Geräusch an der Tür ihn herumfahren ließ. Denys Arden war eingetreten.

»Ich bin ja so froh, dass ich Sie gefunden habe!«, sagte das junge Mädchen ein wenig atemlos. »Ich habe überall nach Ihnen gesucht!«

Ihre zart geröteten Wangen und ihre leuchtenden Augen verliehen ihr eine leicht fieberhafte Lebendigkeit, die ihr gut zu Gesicht stand. Mordecai Tremaines weiches Herz vollführte einen Salto. Doch er sagte ganz ruhig:

»Alte Männer wie ich haben nicht oft das Vergnügen, von reizenden jungen Damen verfolgt zu werden!«

Denys Arden quittierte seine charmante Bemerkung mit einem flüchtigen Lächeln. Es war lediglich ein mechanisches Verziehen der Lippen, das nichts über ihre wahren Gefühle preisgab.

»Ich muss mit Ihnen sprechen. Es geht um Roger.«

Mordecai Tremaine beäugte sie in seiner unnachahmlichen Weise über den Rand seines Zwickers hinweg.

»Ach ja«, murmelte er. »Roger.«

Sie sprudelte die Worte nur so hervor, als befürchtete sie, unterbrochen zu werden, bevor sie alles erzählt hatte.

»Er steht unter Verdacht. Der Inspector glaubt, dass er – dass er meinen Vormund ermordet hat. Weil er gestern Nacht hierhergekommen ist. Aber das ist nicht wahr! Roger hat niemals – er *könnte* so etwas Furchtbares niemals tun!«

»Was«, fragte Mordecai Tremaine, »bringt Sie darauf, dass der Inspector es glaubt?«

»Roger hat mich gerade eben angerufen. Die Polizei war bereits auf dem Gut und hat Fragen gestellt. Er darf das Dorf nicht verlassen!«

»Damit ist nicht bewiesen, dass die Polizei einen stärkeren Verdacht gegen ihn hegt als gegen uns«, sagte er beschwichtigend. »Wir alle haben Fragen beantworten müssen. Und man hat uns aufgefordert, das Gelände von Sherbroome House nicht zu verlassen. Aber mich würde interessieren«, fuhr er fort, »was in Ihren jungen Mann gefahren ist, dass er gestern Nacht ausgerechnet im entscheidenden Moment auftauchen musste?«

Denys Arden zögerte. Dann sagte sie stockend: »Ich kann – kann ich ganz im Vertrauen mit Ihnen reden?«

»Ich kann Ihnen nicht versprechen«, sagte Mordecai Tremaine ernst, »dass ich der Polizei irgendeine Information vorenthalten werde, die sie meiner Meinung nach hören sollte. Wenn es sich also um etwas handelt, das die Polizei lieber nicht wissen darf, dann sollten Sie mir auch nichts sagen.«

»Ich verstehe«, murmelte das junge Mädchen. Sie hob den Kopf, und Tremaine war froh, dass er in ihren klaren Augen keine Andeutung von Unehrlichkeit entdecken konnte. »Roger ist hergekommen, weil er sich Sorgen um mich gemacht hat. Er hatte schon länger das Gefühl, dass etwas Sonderbares im Haus vorging. Er konnte es jedoch nicht beweisen, und ich habe immer versucht, ihm seine Befürchtungen auszureden, habe ihm gesagt, dass seine Fantasie mit ihm durchginge.

Gestern Abend schien er mehr denn je davon überzeugt zu sein, dass etwas nicht in Ordnung sei. Er wollte zuerst dableiben, doch obwohl Benedict nichts dagegen gehabt hätte, wusste Roger, dass Jeremy eine Szene machen würde, und deshalb verließ er uns, als wir zu Bett gingen. Zumindest hat es so *ausgesehen*, als verließe er das Haus. Ich wusste es zu dem Zeitpunkt natürlich noch nicht, aber Roger war lediglich ein

Stück die Straße entlanggefahren und dann zu Fuß zurückgekommen. Er postierte sich vor dem Haus und behielt die Umgebung im Auge. Er hat gesagt, er wollte eben in meiner Nähe sein, falls etwas passierte. Das klingt wohl ziemlich unmöglich und töricht, aber Sie müssen wissen« – ihre Stimme bebte – »Sie müssen wissen, dass – Roger mich liebt.«

»Das«, sagte Mordecai Tremaine, »glaube ich Ihnen aufs Wort.«

In seinen Augen lag wärmstes Verständnis. Im Geiste sah er den jungen Mann vor sich, der für seine Liebste Wache hielt, der treu in der schwarzen bitterkalten Winternacht ausharrte, um zur Stelle zu sein, sobald Gefahr drohte. Es war die Torheit der Jugend, aber es war auch tapfer und irgendwie reizend. Etwas Seltenes und Kostbares, das in dieser düsteren, zynischen Welt erstrahlte.

Doch zweifellos auch etwas, das man einem Geschworenengericht, bestehend aus rechtschaffenen Bürgern, die schon lange keine romantische Anwandlung mehr gefühlt hatten, nur mühsam würde erklären können. Etwas, das seinen Zauber verlor, wenn es in das kalte, kritische Licht polizeilicher Ermittlungen gezerrt wurde. Denn die Beamten würden als strenge Pragmatiker eine überzeugendere Begründung dafür verlangen, warum Roger Wynton nicht nach Hause gefahren war.

Mordecai Tremaine war tief bekümmert. Jegliche Andeutung davon, dass eine wahre Liebe sich in Gefahr befinden könnte, rief sein Mitgefühl hervor. Der unheilbare Romantiker in ihm konnte nicht anders, als sich auf die Seite der Liebenden zu stellen.

»Ich nehme an«, sagte er, »dass Ihr verrückter junger Mann

der Polizei ebenjene Erklärung geliefert hat und dass die Beamten ganz und gar nicht beeindruckt waren.«

»Das stimmt«, sagte Denys Arden. »Der Inspector war zwar sehr höflich, hat aber deutlich gemacht, sagt Roger, dass dies seiner Meinung nach nicht die ganze Geschichte sein könne. Er wollte wissen, wieso Roger davon überzeugt war, dass etwas passieren würde.« Sie klang hilflos. »Das Dumme ist, dass wir das nicht sagen können. Es gibt nichts Handfestes, von dem wir der Polizei erzählen könnten.«

»Und was«, meinte Mordecai Tremaine, »soll *ich* jetzt für Sie tun?«

Sie sah ihn flehend an.

»Etwas *war* nicht in Ordnung«, erwiderte sie. »Sie wissen doch, wie das ist, wenn man etwas spürt, es aber nicht beschreiben kann. Jeremys Benehmen zeigte doch, dass ihm etwas auf der Seele lag! Wenn Sie herausbekommen könnten, was das war – wenn Sie den Grund für sein seltsames Verhalten finden könnten, wären Sie vielleicht in der Lage, seinen Mörder zu finden. Sie wüssten dann genau, was letzte Nacht hier geschehen ist.«

»Mit anderen Worten: Sie wollen, dass ich den Mörder finde, um Inspector Cannock von Roger Wyntons Unschuld zu überzeugen, und Sie sind zu mir gekommen, weil Sie glauben, dass der Inspector bereits beschlossen hat, dass er schuldig sein muss.«

Seine freimütigen Worte brachten Denys Arden für einen Moment aus der Fassung.

»Ja«, gab sie schließlich zu, »so ist es. Versprechen Sie, dass Sie uns helfen – *bitte*.«

Mordecai Tremaine sah sie ernst an.

»Selbstredend ist es Sache der Polizei herauszufinden, wer Ihren Vormund ermordet hat. Aber ich muss gestehen, dass es mich auch brennend interessiert, und wenn ich irgendetwas tun kann, um Ihnen zu helfen, bin ich gerne dazu bereit. Ihnen ist natürlich klar«, fuhr er fort, um ihren Dankesbezeugungen zuvorzukommen, »dass ich dann auch Dinge aufdecken könnte, die Sie lieber im Dunkeln lassen würden. Dann aber wird es zu spät sein, sie zu verbergen.«

Eine Andeutung von Furcht schimmerte in ihren Augen.

»Was wollen Sie damit sagen?«

»Ich will damit sagen, dass die Polizei davon ausgeht, dass Roger Wynton sowohl die Gelegenheit als auch ein Motiv hatte. Er war letzte Nacht hier, zu einem Zeitpunkt, wo er in seinem eigenen Haus im Bett hätte liegen sollen. Er ist in Sie verliebt, und Ihr Vormund hat einen heftigen Streit mit ihm gehabt und dabei klar zu erkennen gegeben, dass er niemals einer Heirat zustimmen würde. Das spricht nun mal für Inspector Cannocks Verdacht.«

»Oh nein!«, stieß Denys Arden hervor und schlug die Hand vor den Mund. »Nein – *Sie* nicht auch noch. Sie wollen doch nicht etwa andeuten, dass *Sie* Roger für schuldig halten?«

»Das habe ich nicht gesagt. Aber irgendjemand *muss* der Schuldige sein.«

Ihr Gesicht war bleich geworden, aber ihre Stimme hatte Denys Arden unter Kontrolle.

»Sie irren sich gewaltig«, sagte sie mit Nachdruck. »Sie sagen das nur, weil Sie Roger nicht kennen.«

Mordecai Tremaine empfand großes Mitleid und möglicherweise auch ein paar Gewissensbisse.

»Sie dürfen nicht glauben, dass ich voreingenommen gegenüber Roger Wynton bin«, sagte er. »Letztendlich stehen hier alle bis zu einem gewissen Grad unter Verdacht. Aber nun!«, fuhr er betont heiter fort. »Haben Sie etwas zu berichten, das die Dinge zum Besseren wenden könnte? Was ist mit dem Burschen, der es so eilig hatte, vom Haus fortzukommen? Wissen Sie etwas über ihn?«

Denys Arden schüttelte den Kopf.

»Nein – Roger hat gesagt, dass er nicht beschreiben könnte, wie er aussah, sondern nur vermuten, denn es ist alles so schnell gegangen. Aber heute hat er mir am Telefon etwas gesagt, das die Polizei noch nicht weiß.«

»In Bezug auf gestern Nacht?«

»Ja. Da hat er nämlich Jeremy gesehen. Er meinte, es müsse ungefähr eine halbe Stunde gewesen sein, nachdem wir alle angeblich längst im Bett lagen. Er sah Jeremy aus dem Haus kommen und den Weg zum Pförtnerhaus einschlagen. Es ist zur Zeit nicht bewohnt. Er ist hineingegangen und hat sich ungefähr zwanzig Minuten dort aufgehalten.«

»Hat Mr Wynton mit ihm gesprochen?«

»Das glaube ich nicht. Roger wollte ja nicht gesehen werden.«

»Was ist dann geschehen?«

»Als Jeremy zum Pförtnerhaus ging, trug er seine Alltagskleidung, aber als er wieder herauskam, hatte er den Weihnachtsmannmantel an. Roger hat gesagt, dass er quer über den Rasen auf die Terrassentüren zugegangen ist. Danach hat er ihn nicht mehr gesehen – erst als er zum Haus lief, nachdem Charlotte so geschrien hatte.«

»Sonst noch etwas?«

»Nein. Als Charlotte angefangen hatte zu schreien, sah Roger, jemanden auf sich zu laufen. Er versuchte, den Mann aufzuhalten, aber der schlug ihn nieder, und er hat für einige Momente das Bewusstsein verloren. Danach sah er ein, dass es unmöglich war, den Angreifer einzuholen, und ist zum Haus gegangen, um nachzusehen, was dort passiert war.«

Mordecai Tremaine schwieg und dachte nach. Dann sagte er: »Warum hat Mr Wynton der Polizei verschwiegen, dass er Ihren Vormund gesehen hat?«

»Auf diese Frage habe ich gewartet«, gestand Denys Arden. »Ich erkläre es lieber Ihnen als dem Inspector, weil ich glaube, dass Sie mich verstehen werden. Es war meinetwegen. Roger wollte nichts von – Jeremy verraten, bevor er Gelegenheit gehabt hatte, es mir zu sagen.«

»Verständlich«, sagte Mordecai Tremaine, »aber unklug. Ich würde gern einmal mit Ihrem jungen Mann reden, meine Liebe. Er wird natürlich eine neue Aussage machen müssen, aber ich glaube, ich kann mich dafür verbürgen«, setzte er mit einer Zuversicht hinzu, die er keineswegs empfand, »dass die Polizei angesichts der besonderen Umstände darüber hinwegsehen wird, dass er diese Sache nicht früher erzählt hat.«

Ihr dankbarer Blick wärmte ihm das Herz und wappnete ihn für die schwierige Begegnung mit Inspector Cannock.

»Vielen Dank«, sagte Denys Arden. »Ich habe doch gewusst, dass Sie uns helfen!«

Ihr Vertrauen in ihn schien so grenzenlos, dass Tremaine sich genötigt sah, seine frühere Warnung zu wiederholen.

»Sie werden doch nicht vergessen, dass Sie mir nichts verheimlichen dürfen? Auch wenn es Folgen haben könnte?«

»Ich werde es nicht vergessen«, erwiderte Denys Arden. Sie

ging ihres Weges und ließ ihn in der Überzeugung zurück, dass Roger Wynton ein vom Glück begünstigter junger Mann war.

Mordecai Tremaine hoffte nur, dass das Schicksal Denys Arden wohlgesonnen war. Seine Sicht der Dinge, wenngleich von Verständnis gemildert, war nicht von der Illusion der Liebe getrübt, und Roger Wynton war nun einmal einer der Hauptverdächtigen. Schon wegen seiner allgemein bekannten Feindschaft mit dem Toten konnte die Polizei nicht das Risiko eingehen, seine Geschichte unbesehen zu glauben. Er würde wahrscheinlich mit einer Reihe peinlicher Fragen konfrontiert werden, und es blieb abzuwarten, ob er die richtigen Antworten bereit hatte.

Und wenn nicht … Mordecai Tremaine dachte ungern darüber nach, was das bedeuten würde: das jähe, grausame Ende einer Liebesgeschichte.

12

Den ganzen Morgen untersuchte die Polizei emsig Haus und Grundstück. Es konnte kein Zweifel daran bestehen, dass Inspector Cannock seinen Feldzug mit aller gebotenen Gründlichkeit durchführte. Seine Männer waren höflich und unaufdringlich, aber dennoch gewann man den Eindruck, dass sie Teil einer höchst effizienten Ermittlungsmaschinerie waren, die nichts dem Zufall überließ.

In ihren Pelz gehüllt stand Lucia Tristam auf der Terrasse neben der Haupttreppe. Sie war unter dem Vorwand, frische Luft schnappen zu wollen, hinausgegangen, doch Mordecai Tremaine, der sie in den letzten Minuten beobachtet hatte, wusste, dass es ihr im Grunde um die Kriminalbeamten ging, die zurzeit an den offenen Terrassentüren vor dem Zimmer arbeiteten, in dem Jeremy Rainer gestorben war.

Seine Worte unterstrichen, dass er ihre Gedanken erriet.

»Sie *sind* ein wenig beängstigend, nicht wahr?«

Er konnte ihr Gesicht nicht sehen, aber aus ihrer jähen Erstarrung las er, dass Mrs Tristam ihre Empfindungen vor ihm zu verbergen versuchte. Betont langsam drehte sie sich zu ihm um.

»Durchaus nicht – wieso?« Ihr Ton war kühl. Oberflächlich betrachtet war ihr Verhalten ebenso ungezwungen und sie so gefasst wie an dem Abend, als sie Charlotte Grame zuliebe dreist gelogen hatte. Nur fehlte jetzt das humorvolle Glitzern in ihren Augen, und dadurch verriet sich ihre wahre

Gemütsverfassung: Lucia Tristam war durchaus nicht länger vergnügt.

»Ihre Anwesenheit gibt einem das Gefühl, als würde alles zwangsläufig ans Licht kommen«, sinnierte Tremaine, während er Mrs Tristam scharf beobachtete. »Wenn ich etwas zu verbergen hätte, wäre es mir sehr unangenehm, die Polizei bei der Arbeit zu sehen. Ich hätte große Angst. Die ganze Zeit würde ich fürchten, dass mein Geheimnis ans Licht käme.«

»Eine allzu lebhafte Fantasie«, bemerkte Lucia Tristam, »kann zuweilen auch ein Fluch sein. Zum Glück haben Sie und ich ja nichts zu verbergen, nicht wahr?«

Die grünen Augen starrten ihn herausfordernd an. Heute Morgen hatten sie einen harten Glanz wie Diamanten, die ein eisiges Licht reflektieren.

»Nicht wahr?«, wiederholte Tremaine, indem er ihren Ton nachahmte.

Lucia Tristam ließ sich nicht aus der Reserve locken, wenn auch ihre Miene besagte, dass sie wusste, was er beabsichtigte. Sie wandte den Blick ab und schaute über die weiten Rasenflächen. Trotz des Pelzmantels kam die bewundernswerte Anmut ihrer Gestalt zur Geltung, auch strahlte sie immer noch diese verlockende Lebendigkeit aus, die einen Mann um den Verstand bringen konnte. Für einen Augenblick war Tremaine beinahe froh, dass sein Puls nicht mehr mit der Ungeduld der Jugend schlug.

»Jeremy war ein seltsamer Mann«, sagte Mrs Tristam nachdenklich. »Ich frage mich, ob auch nur einer von uns ihn wirklich gekannt hat?«

»Er war ein eifersüchtiger Mann«, bemerkte Mordecai Tremaine und spürte, dass er erneut einen wunden Punkt getroffen hatte, denn sie konnte nicht länger verhehlen, dass sie auf der Hut war.

Lag gar ein Ausdruck von Angst in ihren Augen? Zumindest etwas in der Art. Angst allein schien ihm jedoch keine ausreichende Erklärung für ihr seltsames Verhalten.

»Wie schön, dass wenigstens zwei Menschen sich in der Kälte nach draußen wagen!«

Die Stimme klang so unerwartet nah, dass Tremaine zusammenzuckte. Hastig wandte er sich um. Benedict Grame war aus dem Haus getreten und stand nun neben ihnen. Der Schnee hatte seine Schritte gedämpft.

Mordecai Tremaine hatte seinen Gastgeber schon lange nicht mehr aus solcher Nähe gesehen, nicht seit der letzten Nacht, als Blaise Grame aus dem Schlaf gerissen und dieser sich seinen Hausgästen im Morgenrock präsentiert hatte. Am Vormittag hatten sie sich nur flüchtig begrüßt. Grame hatte kurz ins Frühstückszimmer geschaut und ihm und Delamere einen guten Morgen gewünscht.

Er wirkte erstaunlich heiter, was natürlich seinen Pflichten als Gastgeber geschuldet war, die Lage für seine Gäste erträglicher zu machen. Benedict Grame strahlte aber überdies Zuversicht aus. Und mehr noch, dachte Mordecai Tremaine verdutzt, es wirkte beinahe so, als ob er die Situation genoss.

Aber das war ja absurd! Das Glitzern in den blauen Augen und das ironische Hochziehen der Augenbrauen mussten auf einer Sinnestäuschung beruhen, die durch die Reflektion der Sonne im Schnee hervorgerufen wurde. Die gegenwärtige Lage bot für Benedict Grame gewiss keinen Anlass zu guter Laune. Sein bester Freund war ermordet worden, und die Verantwortung für ein Haus voller nervöser Gäste lastete schwer auf seinen Schultern.

»Ich habe es drinnen nicht mehr ausgehalten, Benedict«, sagte Lucia Tristam. »Ich musste einfach mal Luft schnappen, trotz der Kälte.«

Grame nickte verständnisvoll.

»Ich fürchte, das ist für euch alle ein trauriges Weihnachten. Ich bin dabei, alle meine Gäste der Reihe nach aufzusuchen, um ihnen zu sagen, wie leid es mir tut, dass alles so gekommen ist.«

Sie legte ihm beschwichtigend die Hand auf den Arm.

»Schon gut, Benedict. Niemand wird es *dir* in die Schuhe schieben. Wir alle wissen, wie dir zumute ist.«

Ihre Stimme klang zärtlich. Ein Mann, so fand Mordecai Tremaine, durfte sich durchaus geschmeichelt fühlen, wenn eine Frau wie Mrs Tristam in diesem Ton zu ihm sprach.

»Das Dumme ist nur«, sagte Grame, »dass ich einfach nichts tun kann. Mal ganz abgesehen davon, dass die Polizei das Kommando im Haus übernommen hat, werde ich unter diesen Umständen wohl kaum mit dem Programm fortfahren können, das ich zur Unterhaltung meiner Gäste geplant hatte. Ich kann nur hoffen, dass ihr die Situation nicht allzu bedrückend findet.«

Wieder einmal hatte Mordecai Tremaine den Eindruck, als würde er eine falsche Note vernehmen. Benedict Grame gab sich, wie man es von ihm erwartete. Er sagte Dinge, die man von ihm erwartete. Und dennoch wirkte das Ganze unecht. Benedict Grame benahm sich, wie er *sollte*, schien aber etwas ganz anderes zu fühlen.

Tremaine setzte seine harmloseste Unschuldsmiene auf.

Er fragte: »Hat die Polizei schon irgendwelche Hinweise entdeckt?«

Jetzt stand ehrliches Erstaunen in Grames blauen Augen.

»Ich hätte gedacht«, bemerkte er, »dass *Sie* das vor allen anderen erfahren würden. Eigentlich« – er schien nach den richtigen Worten zu suchen – »eigentlich hatte ich Sie gerade dasselbe fragen wollen.«

»Ihnen stehen Möglichkeiten offen, Mr Tremaine, die uns anderen verwehrt sind«, bekräftigte Lucia Tristam in dringlichem Ton. »Können Sie denn gar nichts tun, um die Polizei auf die Spur des Mörders zu bringen? Solange er unbestraft bleibt, stehen auch die Unschuldigen zwangsläufig unter Verdacht.«

Benedict Grame schüttelte in tiefem Ernst den Kopf.

»Was für eine furchtbare Tragödie. Der arme Jeremy! Ich werde keine Ruhe finden, bis sein Mörder gefasst ist.«

»Sie kennen ihn vielleicht besser als jeder andere«, sagte Tremaine. »Haben Sie keinen Verdacht? Fällt Ihnen beispielsweise jemand ein, der ein Motiv haben könnte? Jemand aus Jeremy Rainers Vergangenheit?«

Grame antwortete nicht sofort. Er schien bestrebt, den Eindruck zu erwecken, als äußere er sich nur ungern zu dem Thema.

»Nicht aus seiner Vergangenheit. Sondern –«

»Ja?«

»Es ist ja ein offenes Geheimnis«, fuhr Grame etwas entschlossener fort. »Also wird es dem jungen Wynton nicht unbedingt schaden, wenn ich es ausspreche. Sie wissen ja, wie es zwischen Roger und Denys steht. Aus irgendeinem Grund war Jeremy strikt gegen diese Verbindung. Ich mag Denys sehr und habe mich stets für sie eingesetzt, soweit es in meiner Macht stand, aber dadurch schien alles nur noch schlimmer zu werden. Jeremy konnte bisweilen furchtbar unvernünftig sein. Wenn er einmal eine Abneigung gegen einen Menschen gefasst hatte, war sie ihm nicht wieder auszureden, und dass er Wynton nicht ausstehen konnte, hat er nur zu deutlich gemacht.«

»Also halten Sie Roger Wynton für den Mörder?«

»Oh nein«, beeilte sich Grame zu versichern. »Dass er letzte Nacht hier war, wirkt natürlich etwas merkwürdig, er hatte aber bestimmt einen Grund dafür. Aber er hat sich damit nun einmal verdächtig gemacht. Meiner Ansicht nach sollte man so etwas frei und offen aussprechen. Besser, als dass alle nur tuscheln und niemand den Mut aufbringt zu sagen, was er weiß. Ich meine, es ist doch nur in Wyntons Interesse, dass nichts verschwiegen wird.«

»Wenn ein Mensch unschuldig ist«, erwiderte Mordecai Tremaine, »dann ist dies zweifellos die beste Taktik.«

Benedict Grame nickte. Er schien tief in Gedanken versunken. Er stellte eine neue Frage: »Hat Gerald schon mit Ihnen gesprochen?«

Mordecai Tremaine blinzelte Grame erstaunt über den Rand seines Zwickers an.

»Ich habe Mr Beechley heute Morgen noch nicht gesehen. Hätte er mir denn etwas sagen *sollen*?«

»Nun ja, ich hatte es jedenfalls gedacht«, sagte Grame leicht verlegen. »Ich sehe nämlich nicht ein, welchen Sinn es haben sollte, es zu verheimlichen ...«

»Was Benedict Ihnen sagen will, ist«, warf Lucia Tristam ein, »dass Gerald gestern in Calnford ein Weihnachtsmannkostüm gekauft hat. Ein Kostüm wie jenes, in dem Jeremy gefunden wurde.«

»Es muss ja nicht unbedingt etwas zu bedeuten haben, Lucia«, versuchte Grame abzuwiegeln. »Du kennst doch Gerald! Man kann nie voraussagen, was ihm als Nächstes einfällt. Er spielt nun mal gern Streiche! Ich meine nur, dass er angesichts der Umstände hätte einsehen können, dass es klüger wäre, es der Polizei oder – oder jemand anderem – zu erzählen.«

Nun fiel Mordecai Tremaine wieder ein, wie er Beechley vor dem Haus begegnet war und wie dieser alles daran gesetzt hatte zu verhindern, dass Denys Arden oder er selbst seinen Einkauf zu Gesicht bekamen. Und er erinnerte sich an den roten Stoff, auf den er einen kurzen Blick hatte werfen können, bevor Beechley hastig das Packpapier darüber gezogen hatte.

Also war es ein Weihnachtsmannkostüm gewesen. Eines wie das, in das Jeremy Rainers Leiche gekleidet war. Sehr interessant, wie er fand.

Benedict Grame fröstelte plötzlich.

»Mir ist es hier zu kalt«, verkündete er. »Kommst du mit hinein, Lucia?«

»Ja, sonst verwandele ich mich noch in einen Eiszapfen«, gab sie zurück.

Als sie verschwunden waren, schritt Mordecai Tremaine gemächlich die Terrasse entlang. Das Schicksal meinte es gut mit ihm, denn als er nur noch wenige Meter von den offenen Verandatüren entfernt war, kam Inspector Cannock heraus. Er warf einen belustigten Blick auf Tremaines dick vermummte Gestalt.

»Fröhliche Weihnachten«, grüßte er.

Sein Ton ermutigte Tremaine. Er drückte aus, dass der Inspector immer noch für alles offen war, dass sein gestriger Vorschlag auch galt, wenn sie in offiziellem Rahmen aufeinandertrafen.

»Mir fällt es schwer, diesen Weihnachtsmorgen als fröhlich zu bezeichnen, Inspector. Ihre Frau sieht es doch bestimmt nicht gern, wenn Sie an einem solchen Tag arbeiten. *Falls* Sie verheiratet sind«, fügte Tremaine hinzu.

»Bin ich«, bestätigte Cannock. »Aber zum Glück ist sie an die Widrigkeiten gewöhnt, die eine Ehe mit einem Polizisten mit sich bringt.« Das Lächeln wich aus seinem breiten Gesicht. »Haben Sie etwas herausgefunden?«, fragte er ernst.

Tremaine nickte.

»Etwas. Rainer ist gestern Abend noch draußen gesehen worden, nicht lange vor seinem Tod. Roger Wynton sah ihn in das alte Pförtnerhaus am Tor gehen.«

Er berichtete Cannock, was Denys Arden ihm erzählt hatte. Der Inspector lauschte mit gerunzelter Stirn.

»Warum hat er mir das nicht schon längst erzählt und damit eine Menge Mühe erspart? Ich werde mal mit dem jungen Mann reden müssen!«

Sein Ton war bedrohlich. Mordecai Tremaine warf sich in die Bresche.

»Ich habe mehr oder weniger dafür gebürgt, dass Sie keine drastischen Maßnahmen ergreifen werden. Ich denke, er wird Ihnen freiwillig sagen, was Sie wissen wollen.«

Ein leises Lächeln erglomm in der Tiefe der braunen Augen.

»*Cherchez la femme*, wie?«, murmelte Cannock. »Die junge Dame hat Sie wohl schwer beeindruckt, nicht wahr?«

Mordecai Tremaine spürte zu seinem Ärger, wie er rot anlief. Rasch wechselte er das Thema.

»Haben Sie – haben Sie etwas herausbekommen?«

»Wir haben uns jedenfalls gründlich umgesehen«, meinte Cannock. »Aber warum kommen Sie nicht herein?«

Auf die Einladung an den Tatort hatte er nur gewartet. Mordecai Tremaine trat über die Schwelle.

Das Zimmer sah mehr oder weniger aus wie in seiner Erinnerung. Der Weihnachtsbaum, der im hellen Morgenlicht fehl am Platz wirkte, war immer noch festlich geschmückt. Die Trittleiter stand nach wie vor an der Wand. Der Sessel, in den Charlotte Grame sich verkrochen hatte, befand sich an der gleichen Stelle. Nur die Leiche fehlte. Auf dem blank polierten Parkett vor dem Baum lag nicht länger eine mysteriöse rote Gestalt.

Mordecai Tremaine sah sich neugierig um.

»Haben Sie die Waffe gefunden?«, fragte er.

»Ja«, erwiderte Cannock. »Vor einer Stunde in Jeremy Rainers Zimmer.«

»In *Rainers* Zimmer?« Beinahe schien Mordecai Tremaines Zwicker seinen ewigen Kampf gegen die Schwerkraft zu verlieren. »Wo war sie versteckt?«

»Wir haben sie unter einem Kopfkissen gefunden«, erwiderte Cannock bedächtig.

»Fingerabdrücke?«

»Mehrere. Ich habe sie bereits überprüfen lassen. Alle stammen von Rainer.«

Mordecai Tremaine musste diese zweite erstaunliche Neuigkeit erst einmal verdauen. Dann sagte er:

»Jeremy Rainers Waffe und Jeremy Rainers Fingerabdrücke. Damit sieht es nach Selbstmord aus. Nur ...«

»Nur wäre es eine höchst ungewöhnliche Selbsttötung,

wenn der Selbstmörder in sein Zimmer geht, die Waffe unter seinem Kopfkissen versteckt, sich wieder ins Weihnachtszimmer begibt, auf den Boden legt und darauf wartet, gefunden zu werden«, ergänzte der Inspector. »Der Arzt schwört, dass der Tod augenblicklich eingetreten sein muss. Die Kugel steckte im Herz. Nebenbei gesagt liegt die Einschussstelle tiefer, sogar noch unter den Rippen, aber die Kugel ist fast senkrecht durch die Brusthöhle nach oben gegangen. Es wäre ein Wunder gewesen, wenn Rainer danach noch einen Schritt hätte tun können – ganz abgesehen davon, wie unmöglich es ist, hätte er ein sehr starkes Motiv haben müssen, um eine Waffe zu verstecken, mit der er selbst auf sich geschossen hat.«

»Aber mal angenommen, dass es doch Selbstmord war. Mal angenommen, jemand hat ihn gefunden und die Waffe an sich genommen, damit es wie Mord aussieht?«

»Und dann alles verdorben, indem er die Waffe, auf der sich lediglich Rainers Fingerabdrücke befanden, in dessen Zimmer versteckte?« Der Inspector schüttelte den Kopf. »Das kann ich nicht glauben.«

»Ich auch nicht«, gab Mordecai Tremaine zu.

Er näherte sich dem Baum. Die kläglichen Reste des zerbrochenen Glöckchens hingen noch immer am Zweig, Splitter glitzerten auf dem Boden. Er warf einen prüfenden Blick in die große Holzwanne, in der der Baum stand. In der Erde war ein Abdruck zu sehen. Er beugte sich vor, um ihn genauer zu betrachten.

Dann richtete er sich wieder auf. Die Klammern mit den Namen hingen noch am Baum. Etwas erregte seine Aufmerksamkeit. Er spähte mit zusammengekniffenen Augen in die Höhe, konnte aber nicht erkennen, was es war. Einen Augenblick später holte er die Trittleiter von ihrem Platz an der Wand und stieg zwei Stufen hinauf, um seine Untersuchung aus der Nähe fortführen zu können.

An den Ast, der die Klammer mit Jeremy Rainers Namen trug, war ein Zwirn von dunkelgrüner Farbe gebunden, der vom Grün des Baums nur schwer zu unterscheiden war. Ein längeres Ende verlief nach hinten und etliche Zentimeter höher über einen stärkeren Ast, während das kürzere Ende lose herabbaumelte. Tremaine griff in den Baum hinein und untersuchte den Faden: Es sah aus, als wäre er abgeschnitten worden.

Inspector Cannock sah interessiert zu.

»Haben Sie etwas gefunden?«, fragte er.

»Ich bin mir nicht sicher«, antwortete Tremaine bedächtig. Er stieg wieder von der Trittleiter. »Ich nehme an, die gefundene Waffe *ist* die, mit der Rainer erschossen wurde?«

»Die Ballistiker müssen sie natürlich erst noch untersuchen, aber wir haben wenig Zweifel, dass es die fragliche Waffe ist.«

»Meinen Sie, ich dürfte einen Blick auf sie werfen?«

»Ich wage zu behaupten«, sagte der Inspector, »dass das veranlasst werden kann.« Mit einem Zwinkern seiner braunen Augen fügte er hinzu: »Ich wollte schon immer mal dabei sein, wenn ein Amateur-Detektiv Witterung aufnimmt!«

Gleichwohl verbarg sich hinter seiner Spöttelei ein ernstes Anliegen. Tremaine war sich bewusst, dass Cannock ihm nicht ohne Grund so viel Freiheit gewährte. Der Inspector schien davon überzeugt, dass diese Taktik ihm reiche Ernte bescheren würde.

Jonathan Boyce musste in seinen Briefen an den Kollegen viel Lob über ihn verbreitet haben. Mordecai Tremaine steckte den Kopf in den Baum, um seine Verlegenheit zu verbergen. Er hoffte nur, dem schmeichelhaften Bild gerecht zu werden, das der Mann von Scotland Yard von ihm gezeichnet hatte.

»Können Sie mir einen Hinweis geben?«, hörte er Cannock fragen.

Eine vage Ahnung überkam Mordecai Tremaine. Eine Bemerkung des Inspectors sowie eine Beobachtung, die er selbst getätigt hatte, verknüpften sich zu einem Hinweis. Doch diese Ahnung war noch viel zu vage, um sie auszusprechen. Es wäre am besten, seinen Ruf nicht zu riskieren und sich geheimnisvoll zu geben.

»Ich würde gerne erst die Waffe sehen, bevor ich eine Hypothese aufstelle«, sagte er. Und fuhr nachdenklich fort: »Rainer war ein ziemlich großer Mann – größer als der Durchschnitt.«

»Ein Meter achtzig«, sagte Cannock. »Ist das von Bedeutung?«

»Möglicherweise«, erwiderte Tremaine. Er stellte die Trittleiter wieder an die Wand. »Haben Sie schon von dem Versteck gehört?«, fragte er, während er auf Cannock zuging.

»Dem Priesterloch?« Der Inspector nickte. »Mr Blaise hat mir davon berichtet und mir auch den Eingang in diesem Zimmer gezeigt. Er war überhaupt sehr kooperativ«, ergänzte er anerkennend. »Er hat uns über alles unterrichtet: die Lage der Zimmer, die Gepflogenheiten im Hause und so weiter. Wie man hört, hält Mr Grame große Stücke auf ihn, und er scheint mehr oder weniger zur Familie zu gehören.«

»Nick ist die gute Seele des Hauses«, erklärte Tremaine. »Ich bin zwar erst seit Kurzem hier, habe aber schon gemerkt, dass er, obwohl er nicht viele Worte darüber verliert, einen enormen Teil der Arbeit im Hintergrund verrichtet. Wahrscheinlich wäre Benedict Grame ohne ihn verloren.«

Cannock war auf den Baum zugegangen. Nachdenklich musterte er die Schmuckanhänger.

»Mr Grames Weihnachtspartys sind schon so etwas wie eine hiesige Tradition«, bemerkte er. »Der Mord muss ein schrecklicher Schlag für ihn gewesen sein.«

Tremaine kam der offenkundigen Aufforderung bereitwillig nach.

»Es ist mein erster Besuch hier, und ich habe noch nicht viel Zeit gehabt, um mir ein Urteil zu bilden. Aber ich denke, er versucht, ein ganz klassisches Weihnachtsfest auszurichten, mit allen traditionellen Ritualen, die wir mit der Weihnachtszeit verbinden.«

»Es wundert mich«, bemerkte der Inspector, »dass er nie ein Fest für die Kinder aus dem Dorf veranstaltet hat. Das müsste einem Mann mit diesen Vorstellungen doch liegen.«

Lag eine gewisse Bedeutung in seinem Ton? Tremaine schaute ihn fragend an, doch Cannocks breites Gesicht verriet nichts.

Nach einem kurzen Schweigen sagte der Inspector:

»Ich nehme an, die vielen blauen Kordelenden sind Ihnen aufgefallen?«

So war es. Sie hingen an manchen Ästen, immer in unmittelbarer Nähe einer Klammer mit Namenskärtchen. Sie waren nicht leicht zu erkennen, da sie zumeist sehr dünn waren – nur ein Mal um einen Ast geschlungen, von dem ein Endchen herabhing.

»Sie sehen wie Reste der Kordel aus, mit der Grame seine Geschenke festzubinden pflegte«, sagte er. »Haben Sie ihn dazu schon befragt?«

»Habe ich. Und ja – es ist die Schnur, die er benutzt«, erwiderte Cannock. »Das Merkwürdige ist nur, dass wir eine Spule dieser Kordel in Rainers Zimmer gefunden haben.«

»Und – noch etwas?«

»Wenn«, sagte der Inspector, »Ihre Frage darauf abzielt, ob wir auch nur ein Geschenk in seinem Zimmer gefunden haben, so lautet die Antwort Nein. Und Grame schwört, dass er gestern Nacht sämtliche Geschenke aufgehängt hat. Zunächst schien er sich ihr Verschwinden sehr zu Herzen zu nehmen, aber mittlerweile hat er es anscheinend verschmerzt.«

Mordecai Tremaine schob gerade noch rechtzeitig seinen Zwicker hoch. Cannock hatte sich bereits ein wenig vorgebeugt, fast hätte wohl er es für ihn übernommen. Der Inspector war sicher nicht an Augengläser gewöhnt, die sich selbstständig machten. Er bedachte seinen Gefährten mit einem strengen Blick.

»Es ist schon eigenartig«, fuhr er dann fort. »Benedict Grame hängt wie immer die Weihnachtsgeschenke auf, und wenig später findet man Jeremy Rainer tot neben dem Baum, als Weihnachtsmann verkleidet, und von den Geschenken keine Spur. Und um alles noch verwirrender zu machen, finden wir die Tatwaffe in Rainers Zimmer, und nur seine Fingerabdrücke sind darauf.«

»Vergessen Sie nicht«, ergänzte Tremaine, »dass Rainers Geschenk noch am Baum hing, als wir seine Leiche fanden.«

»Aber jetzt ist es nicht mehr da«, brummte der Inspector. »Es sieht fast so aus, als wäre es durch Zufall übersehen worden – vielleicht, weil es sich an der Baumspitze befand – und dass der Mörder zurückkehrte, um es zu holen, als sich die Möglichkeit dazu ergab.«

»Der Mörder?«, fragte Mordecai Tremaine sanft.

»Wer sonst? Wer sonst hätte die Geschenke nehmen sollen? Vielleicht hat Rainer den Mörder gestört, bevor er das letzte vom Baum schneiden konnte.«

»Und hat ihm bereitwillig die eigene Waffe geliehen, damit der Unhold es bequemer hätte?«

Der Inspector wirkte einen Moment lang verdutzt. Dann grinste er.

»Vielleicht auch nicht«, gab er zu. »Aber wer hat die Präsente abgenommen und warum? Raub kommt in diesem Fall kaum als Motiv in Frage, denn ich nehme nicht an, dass es sich um wirklich wertvolle Gegenstände handelt. So wie ich gehört habe, verstand Grame die Geschenke eher als eine kleine Geste weihnachtlicher Großzügigkeit.«

»Sie haben natürlich bereits überprüft, wo sich jeder Hausbewohner in der betreffenden Zeit aufhielt?«

»Und in jedem Fall die gleiche und allzu offensichtliche Erklärung erhalten: Alle behaupten, sie seien nach dem Ende des geselligen Beisammenseins direkt zu Bett gegangen. Alle außer Grame, und der gibt an, nichts Ungewöhnliches gehört oder gesehen zu haben, während er mit dem Baum beschäftigt war. Danach sei er auch sofort zu Bett gegangen.«

»Er hat das Haus nicht mehr verlassen?«

»Nein.«

»Und niemand hat den Schuss oder ein anderes verdächtiges Geräusch gehört, abgesehen von den Schreien?«

»Schalldämpfer«, erklärte der Inspector kurz und bündig. »Es kann gut sein, dass der Schuss nicht gehört wurde. *Sie* haben ihn ja auch nicht gehört.«

»Das ist allerdings wahr«, gab Tremaine zu. »Aber ich habe

den Weihnachtsmann *gesehen*. Bevor ich schlafen ging, habe ich noch einmal aus dem Fenster geschaut«, fügte er erklärend hinzu. »Und da habe ich jemanden über die Terrasse schleichen sehen. Zuerst habe ich geglaubt, meine Fantasie spiele mir einen Streich, und dann ist mir wieder eingefallen, dass Grame sich ja an Heiligabend zu verkleiden pflegt und den Weihnachtsmann spielt. Ich bin also davon ausgegangen, dass es Grame gewesen ist. Wenn er das Haus aber gar nicht verlassen hat, kann er es nicht gewesen sein.«

»Sie haben vermutlich Rainer gesehen. Sie sagten doch, Wynton habe ihn zum Pförtnerhaus gehen sehen.«

Mordecai Tremaine schüttelte den Kopf.

»Nein, es war nicht Rainer. Zu dem Zeitpunkt hätte er noch nicht vom Pförtnerhaus *zurück* gewesen sein können – wir alle waren doch erst kurz davor auf unsere Zimmer gegangen –, und auf dem Weg zum Pförtnerhaus trug er das Kostüm noch nicht. Außerdem hatte der Weihnachtsmann, den ich gesehen habe, Schnee auf seiner Mütze.«

Der Inspector sah ihn irritiert an, und Mordecai Tremaine genoss die Verwirrung, die er hervorgerufen hatte.

»Nein«, sagte er, »ich bin nicht verrückt. Als ich Jeremy Rainers Leiche sah, fiel mir auf, dass seine Mütze schlicht rot war, sie hatte lediglich einen weißen Besatz an den Nähten. Doch die Mütze des Weihnachtsmannes, den ich auf der Terrasse gesehen habe, war mit kleinen Baumwolltupfen besetzt, die wahrscheinlich Schnee darstellen sollten.«

»Wenn es aber weder Grame noch Rainer waren, wer *dann*?«

»Vielleicht«, sagte Mordecai Tremaine nachdenklich, »war es Gerald Beechley.«

Cannock zog sich mit dem Fuß einen Stuhl heran. Er setzte

sich und schlug betont langsam die Beine übereinander. Dann sagte er: »Ich finde, Sie sollten mir lieber die ganze Geschichte erzählen.«

»Viel ist es nicht, wie ich fürchte.« Tremaine berichtete, wie er Beechley am Morgen des vorigen Tages kennengelernt hatte, und wie dieser hatte verbergen wollen, was er gekauft hatte. Er wiederholte auch, was Benedict Grame vor einer Stunde über Beechley gesagt hatte. »Den Grund dafür kenne ich nicht«, schloss er. »Er hat nur *gesagt*, seiner Meinung nach könnte es in Beechleys Sinne sein, Sie über die Fakten zu informieren.«

Der Inspector verzog nachdenklich das Gesicht.

»Am Anfang haben wir einen Weihnachtsmann gehabt, was an sich schon verrückt genug ist, aber nun sind es schon *drei*!«

»Ich hoffe«, sagte Tremaine bescheiden, »dass ich Ihnen ein wenig weiterhelfen konnte, Inspector.« Nach einer kurzen Pause fügte er hinzu: »Ich nehme an, dass Sie sich im Pförtnerhaus umsehen wollen, um Roger Wyntons Aussage zu überprüfen?«

Das belustigte Funkeln kehrte in die braunen Augen zurück.

»Ist schon erledigt«, erwiderte Cannock. »War natürlich Teil der Ermittlungen.« Er stand auf und ging zu einem kleinen Koffer, der in der Nähe der Tür auf dem Boden stand, klappte ihn auf und nahm eine Schachtel heraus. Vorsichtig öffnete er den Deckel. »Haben Sie den schon mal gesehen?«, fragte er.

Es war ein goldener Siegelring. Tremaine erkannte das auffällige Siegel. Diesen Ring hatte er an Jeremy Rainers Hand gesehen.

»Ich kenne ihn«, antwortete er. »Er gehörte Rainer.«

»Er wurde im Pförtnerhäuschen gefunden«, teilte ihm der Inspector mit. »So wie das hier.«

Er legte den Ring in die Schachtel zurück und nahm etwas anderes aus dem Koffer. Es war ein kleiner Briefbogen, zerknittert und leicht verschmutzt, als wäre er beim Versuch, ihn eilig in die Tasche zu stopfen, unbemerkt auf einen staubigen Boden gefallen.

Auf dem Blatt standen weder Anrede noch Unterschrift, nur mehrere getippte Zeilen. Tremaine nahm den Brief und las ihn aufmerksam durch.

Geh um halb eins zum alten Pförtnerhaus. Bleib eine
halbe Stunde dort, dann kehre in dein Zimmer zurück.
Lass deinen Siegelring im Pförtnerhaus auf dem
Boden liegen. Danach vernichte dieses Schreiben.

»Das stützt Wyntons Aussage«, sagte Cannock. »Rainer ist tatsächlich zum Pförtnerhaus gegangen. Aber wer hat ihm diese Anweisungen gegeben – und warum?«

Vor Mordecai Tremaines geistigem Auge tauchte Rosalind Marsh auf, so wie er sie an diesem Morgen in der Bibliothek gesehen hatte. Er hörte ihre kühle Stimme, die ihm ohne den Hauch eines Zweifels mitteilte, dass Jeremy Rainer in gesetzeswidrige Angelegenheiten verwickelt gewesen war, und dass es Dinge in seiner Vergangenheit gab, von denen die Polizei lieber nichts erfahren sollte. Er *muss* in seiner Vergangenheit ungesetzliche Dinge getan haben, hatte sie gesagt.

Warum hatte Rosalind Marsh sich so ausgedrückt? Was wusste sie über Rainer, um sich ihres Urteils so sicher zu sein?

Er gab Inspector Cannock das Blatt zurück und sah zu, wie der Kriminalbeamte es wieder in den Koffer legte. Welches Geheimnis verbarg sich hinter diesen wenigen Sätzen? Welcher sonderbaren Pflicht war Jeremy Rainer nachgekommen, die ihn durch Schnee und Dunkelheit zum Pförtnerhaus geführt und schließlich als Leiche wie in der scheußlichsten Fantasie unter dem Weihnachtsbaum hatte enden lassen, dem Baum, mit dem sich Benedict Grame immer so große Mühe gab?

Tremaine spürte, dass der Inspector ihn erwartungsvoll ansah.

»In der Bibliothek steht eine Schreibmaschine«, informierte er den Beamten.

»Das«, sagte Cannock, »ist auch die Maschine, mit der die Nachricht getippt wurde. Mr Blaise hat den Schrifttyp bestätigt. Offensichtlich ist es die Maschine, die er benutzt, wenn er Briefe für Mr Grame verfasst.«

»Benutzt sonst noch jemand regelmäßig die Maschine?«

»Nein. Mr Blaise sagte mir jedoch, er könne sich nicht dafür verbürgen, denn sie ist für jeden verfügbar, der etwas schreiben muss. Ich habe Miss Arden gefragt, ob sie jemanden außer Mr Blaise an der Maschine gesehen hat, und sie gab an, dass ihr Vormund vor einigen Tagen am Morgen etwas darauf schrieb.«

»Alle Spuren«, sagte Mordecai Tremaine leise, »führen demnach zu Rainer.«

»Aber Rainer«, gab der Inspector zu bedenken, »hat sich nicht selbst getötet. Oder wenn, dann ist es der sonderbarste Selbstmord, der mir jemals untergekommen ist.«

»Hat Ihnen Miss Arden auch gesagt, was Rainer geschrieben hat?«

»In der Tat, das hat sie«, erwiderte Cannock. »Mr Rainer hat einen Leitartikel aus der *Financial Times* abgetippt. Darin ging es um ein neu geschlossenes Kartell von Unternehmen der Kunststoffindustrie. Dem gehe ich natürlich nach, muss aber gestehen, dass ich nicht recht klug daraus werde. Soweit ich es beurteilen kann, stand in diesem Artikel nichts weiter als eine Zusammenfassung von Fakten, die in der Londoner Finanzwelt ohnehin bekannt sein dürften, wenn nicht sogar der Allgemeinheit.«

»Es ist merkwürdig«, sagte Tremaine nachdenklich, »wie viele der hier Anwesenden Dinge tun, die einem unerklärlich erscheinen.«

Seine Augen hinter dem Zwicker leuchteten. Er sah aus wie ein Mann, dem eben eine Erkenntnis gekommen ist, jedoch eine so verrückte, auf Mutmaßungen beruhende, dass er beinahe Angst hat, sie sich einzugestehen. Der Inspector sah ihn forschend an.

»Was genau geht Ihnen gerade durch den Kopf?«

Statt einer Antwort drehte sich Mordecai Tremaine um und hob eine Hand in Richtung des Christbaums. Er musterte das glitzernde Lametta und die Silberglöckchen. Er dachte an Ernest Lorring, der im Zwielicht gesessen und den Baum mit starrem, unheilvollem Blick fixiert hatte. Er dachte an Jeremy Rainer, der ins Zimmer gekommen war, als Benedict Grame und Nicholas Blaise den Baum geschmückt hatten, und an den Hass, der sich in seinen Zügen gezeigt hatte.

Nach einem Augenblick des Schweigens sagte er:

»So ein prächtiger Baum, nicht wahr? Ein Sinnbild der festlichen Weihnachtszeit. Und dennoch werde ich das Gefühl nicht los, dass hier die Lösung des Rätsels zu finden ist. Dass dieser Baum, wenn er nur reden könnte, uns sowohl den Namen des Mörders verraten könnte als auch den Grund, warum Jeremy Rainer sterben musste.«

13

Die Spannung wuchs. Bisher war es noch nicht zu offenen Feindseligkeiten gekommen, aber die Atmosphäre im Haus wurde zusehends gereizter. Die Anspannung war mit Händen zu greifen. Sie rief Erbitterung und Misstrauen hervor, legte sich bedrückend auf die Seelen und nagte an Nerven, die mehr als blank lagen.

»Die Lage spitzt sich zu. Wenn die Dinge sich nicht bald klären, gibt es eine Katastrophe.«

Nicholas Blaise schien von großer Unruhe erfüllt. Angst stand in seinem dunklen Gesicht. Mordecai Tremaine betrachtete ihn voller Mitgefühl.

»Eine heikle Situation für Sie, Nick, aber ich fürchte, daran können wir nichts ändern. Die Polizei hat das Heft in der Hand, und Sie können sich darauf verlassen, dass sie Maßnahmen ergreifen wird, sobald genügend Beweise vorliegen.«

»Aber bis es so weit ist«, betonte Blaise, »verdächtigt jeder den anderen, etwas zu verheimlichen, das er oder sie lieber gestehen sollte. Sie alle schleichen herum wie Wiedergänger von Hamlet.«

»Das ist doch unvermeidlich. Sie wissen, dass unter ihnen ein Mörder ist, und dieser Umstand trägt nicht unbedingt zu einem friedlichen Zusammenleben bei. Außerdem«, setzte Tremaine vorsichtig hinzu, »müssen sie fürchten, dass die Polizei im Laufe der Ermittlungen einige ihrer Geheimnisse aufdecken wird.«

Die dunkelbraunen Augen musterten ihn ungläubig.

»Geheimnisse? Bei *diesen* Leuten? Das meinen Sie doch nicht ernst!«

»Doch, Nick, das tue ich.«

»Aber das ist absurd!«, protestierte Blaise. »Delamere vielleicht, so viel will ich Ihnen zugestehen – und meinetwegen Lorring. Delamere ist Politiker, und nur der Himmel mag wissen, in welche Machenschaften er im Laufe seiner Karriere verstrickt gewesen ist. Und Lorring, das muss ich zugeben, wirkt nicht eben vertrauenerweckend. Er *sieht so aus*, als wäre er zu allem fähig. Aber was die anderen angeht – nein, das glaube ich einfach nicht! Die Napiers beispielsweise – können Sie sich vorstellen, dass Harold ein dunkles Geheimnis hütet? Oder seine Frau? Das passt einfach nicht. Rosalind Marsh und Lucia Tristam? Jede auf ihre Art eine umwerfende Frau, aber deswegen müssen sie doch nicht von Mysterien umgeben sein. Und dann Charlotte! Die bedauernswerte, hilflose, lebensuntüchtige Charlotte! Halten Sie *sie* etwa für fähig, etwas zu verbergen?«

»Von Charlotte«, erwiderte Mordecai Tremaine, »glaube ich es vielleicht am meisten von allen. Warum war sie gestern Nacht, als sie nach unten ging, vollständig angekleidet?«

Während er sprach, beobachtete er den Jüngeren scharf und sah, wie diesem Zweifel kamen. Dann wandte sich Blaise abrupt ab.

»Ich hatte schon befürchtet«, sagte er mit einem resignierten Gesichtsausdruck, »dass Sie das fragen würden.«

»Die Polizei wird es auch tun, Nick.«

»Ja, ich weiß.«

Er schien sich innerlich zu sträuben. Blaise machte den

Eindruck eines Mannes, der sich zu einem schrecklichen Geständnis gezwungen sieht und gleichzeitig weiß, dass er der Wahrheit ins Auge blicken muss.

»Sie *kennen* die Antwort, Nick. Was hatte Charlotte vor?«

»Es tut mir leid, Mordecai.« Nicholas Blaise hob hilflos die Schultern. »Das kann ich Ihnen nicht sagen. Ich habe nicht das Recht dazu.«

Tremaine bedrängte ihn nicht weiter. Er murmelte, scheinbar mehr an sich selbst gerichtet: »Charlotte Grame tut mir leid. Sie muss ein Leben voller Einschränkungen führen. Ich kenne sie ja kaum, und doch habe ich mich gefragt, ob sich vielleicht in ihrer Vergangenheit eine Tragödie abgespielt haben könnte.«

»Eine Tragödie?«, fragte Blaise mit zweifelnder Stimme.

»Ja. Sie kommt mir nicht wie eine Frau vor, die aus freien Stücken unvermählt bleibt, die sich für das Leben einer alten Jungfer entscheidet. Sie sollte einen Mann haben, ein Heim, Kinder. Doch sie scheint sich ganz in sich zurückgezogen zu haben, als hätte sie Angst davor, ihre wahren Gefühle zu zeigen. Ich muss zugeben, dass ich blind drauflos rate, aber meine Vermutung lautet, dass sie einst verlobt gewesen ist und entweder sitzengelassen oder aus anderen Gründen an einer Heirat gehindert wurde.«

Respekt glomm in Nicholas Blaises dunklen Augen auf.

»Ohne mit Charlotte gesprochen zu haben«, sagte er bedächtig, »haben Sie es geschafft, der Wahrheit sehr nahe zu kommen. Sie *war* verlobt. Das ist lang her – lange, bevor ich sie kennenlernte. Ich weiß nicht genau, was damals geschehen ist, glaube aber, dass sie diejenige war, die sich getrennt hat. Seitdem scheint sie jedes Interesse an der Ehe verloren zu haben.«

»Das«, sagte Mordecai Tremaine, »darf bezweifelt werden.«

Nicholas Blaise sah ihn an, als wollte er eine Frage stellen, doch Tremaine tat, als bemerke er es nicht. Blaise wusste sehr viel mehr über Charlotte Grame, als er bislang eingestanden hatte. Dieses Wissen war ihm offensichtlich unangenehm, und geduldiges Abwarten würde ihn früher oder später dazu bringen, sich offener zu äußern.

»Wie ich hörte, konnten Sie Inspector Cannock außerordentlich behilflich sein«, wechselte er das Thema, vielleicht eine Spur zu offensichtlich.

Blaise zuckte die Achseln.

»Ob ich ihm wirklich eine Hilfe war, wird sich erweisen. Ich habe ihn so gut wie möglich über alles Wichtige informiert und ihm den Grundriss des Hauses gezeigt. Ich nehme an, dass ich für diese Aufgabe eben der geeignetste Kandidat war.«

»Jedenfalls weiß er Ihre Bemühungen zu schätzen«, versicherte ihm Tremaine. Er schlug einen neuen Kurs ein: »Haben Sie gewusst, dass Jeremy Rainer Ihre Schreibmaschine benutzt hat?«

»Nein«, sagte Blaise mit aufflackerndem Interesse, »das habe ich nicht gewusst. Sind Sie sich dessen *sicher?*«

Er stutzte und ruderte wieder etwas zurück. »Ich glaube allerdings nicht, dass es viel zu bedeuten hat. Die Schreibmaschine steht ja ganz offen da, falls sie jemand brauchen sollte. Benedict schreibt seine Briefe oft selbst, und Denys hat sie, wie ich glaube, auch ein oder zwei Male benutzt. Dass Rainer auf ihr geschrieben hat, muss gar nichts heißen, so wie ich das sehe.«

»Es ist ein gängiges Modell, nicht wahr?«

»Ja. Davon muss es im Land Tausende geben.« Blaise schien

dem Gespräch nur mit halbem Herzen zu folgen. »Es steht mir vielleicht nicht zu, das zu fragen, aber – hat die Polizei schon eine heiße Spur? Hat sie – einen bestimmten Verdacht?«

»Sie wollen wissen, ob Benedict Grame unter Verdacht steht, nicht wahr? Das kann ich Ihnen ganz leicht beantworten, Nick: Ich habe nicht die leiseste Ahnung.«

»Ich bleibe dabei. Ich kann es mir nicht vorstellen«, sagte Blaise stockend. »Allein daran zu denken, kommt mir schon wie ein Verrat vor. Hatte Benedict eine Erklärung, warum er so schwer zu wecken war?«

»Mag sein, dass er mit dem Inspector darüber gesprochen hat. Haben *Sie* ihn danach gefragt?«

»Ich wage es nicht«, erklärte Blaise unumwunden. »Ich habe es mit einer leisen Andeutung versucht, aber nicht gewagt, direkter zu werden. Denn dann wäre ich mir vorgekommen, als würde ich Benedict auf den Kopf zusagen, dass ich ihn für schuldig halte. Er hat, glaube ich, ohnehin gewusst, worauf ich hinauswollte. Er hat zwar nichts gesagt, mich aber so verächtlich angesehen, dass ich mir wie ein Wurm vorgekommen bin. Daraufhin habe ich das Thema lieber ganz gemieden.«

Tremaine nickte. »Können Sie mir etwas über Denys Ardens Eltern erzählen?«

Blaise wirkte ob des plötzlichen Themenwechsels ein wenig erschrocken.

»Nur aus zweiter Hand. Ihre Mutter ist gestorben, als sie noch ein Baby war, und ihren Vater hat sie im Kindesalter verloren. Rainer war sein Geschäftspartner und hat sich mehr oder weniger selbst zu ihrem Vormund ernannt.«

»Welche Rolle hat das Finanzielle dabei gespielt?«

»Soweit ich weiß«, erklärte Blaise, »hat Denys' Vater keinerlei Vermögen hinterlassen. Arden hat es im großen Börsenkrach erwischt; als er starb, hatte er keinen roten Heller mehr. Indirekt war das die Ursache seines Todes. Er zog sich eine Lungenentzündung zu und ging an ihr zugrunde, hatte wohl keine Kraft mehr, Widerstand zu leisten.« Er warf Tremaine einen neugierigen Blick zu. »Worauf wollen Sie hinaus? Denken Sie, dass es eine Verbindung gibt zwischen Rainers Tod und dem, was Arden widerfuhr?«

»Am Denken«, gab Tremaine schmunzelnd zurück, »geht die Welt zugrunde!«

Er ließ Nicholas Blaise stehen, der ihm verblüfft nachschaute. Offenkundig wusste er zuweilen nicht, wie er Mordecai Tremaine zu nehmen hatte.

Gerald Beechley hatte sich an diesem Tag kaum blicken lassen. Tremaine hatte nach ihm Ausschau gehalten, denn er war zu dem Schluss gekommen, dass Beechley nähere Betrachtung lohnte, doch der große Mann scheute offenbar jegliches Publikum. Daher hatte Tremaine nicht erwartet, ihn in der Halle anzutreffen. Und noch überraschter war er, als Beechley nicht hastig an ihm vorübereilte, sondern zögernd verharrte und offensichtlich das Gespräch suchte.

In seinem Gesicht waren bläuliche, geplatzte Äderchen zu sehen. Seine Wangen waren aufgedunsen, jede Ähnlichkeit mit dem jovialen Bauernmann war dahin. Blutunterlaufene Augen starrten aus einem roten Gesicht, dessen Teint fast fiebrig wirkte und sich heftig mit seinem gelben Pullover biss. Für Hogarths Pinsel, so befand Mordecai Tremaine, wäre er ein ideales Sujet gewesen. Beechley schwankte leicht, und als er näher kam, roch Tremaine die Ausdünstungen von Alkohol.

»Ihre Polizisten sind wohl immer noch fleißig dabei, alles auszumessen, wie?«

Etwas lag in Beechleys Benehmen, das Tremaine abstieß, in seinem überdeutlichen Bemühen, heiter und ungezwungen zu erscheinen, wobei das doch augenscheinlich nicht seiner wahren Gefühlslage entsprach.

»Sie sind immer noch bei der Arbeit«, bestätigte Mordecai Tremaine.

Hüne, der er war, schaute Gerald Beechley auf ihn herab. Ganz ohne Worte drückte er aus, dass ihm drängende Fragen auf der Zunge lagen, und doch musste er sich überwinden, um sie tatsächlich zu stellen.

Tremaine wartete geduldig. Beechley verlagerte sein Gewicht von einem Fuß auf den anderen. Endlich konnte er sich nicht mehr länger beherrschen.

»Haben sie – wissen sie es schon?«

»Wissen?«, wiederholte Mordecai Tremaine.

»Weiß die Polizei, wer's getan hat?«, präzisierte Beechley. »Steht eine Verhaftung bevor?«

»Das weiß ich nicht«, erwiderte Tremaine. »Woher auch?«

Er spürte die Verzweiflung des Mannes. Beechley war zwar nicht betrunken, aber der Alkohol hatte seinen Verstand in jenen gefährlichen Zustand versetzt, in dem er sich einbildete, dass er allen anderen an Gerissenheit weit überlegen war. Er kniff die Augen zusammen. Mit einer Beiläufigkeit, die ebenso künstlich wie offensichtlich war, fragte er: »Wird etwas vermisst?«

Mordecai Tremaine warf ihm einen aufmerksamen Blick zu. Hinter dieser Frage steckte etwas. Gerald Beechley hatte sie nicht ohne Grund gestellt.

»Ich fürchte, ich verstehe Sie nicht recht«, sagte er.

Er war sich nicht sicher, ob Beechleys Verwirrung bereits einen Grad erreicht hatte, der ihn dazu verleiten würde, einen Fehler zu machen. Leider hatte er keine Gelegenheit mehr, die Probe aufs Exempel zu machen. Stimmen drangen aus einem Zimmer hinter der Halle. Der große Mann sah sich hastig um, während sich Erschrecken auf seinen Zügen breit machte. Nervös zerrte er am Kragen seines Pullovers.

»Spielt auch keine Rolle«, sagte er schwerzüngig. »War nicht so wichtig.«

Er wartete gar nicht erst ab, wer sich da näherte, und ließ Mordecai Tremaine in tiefem Nachdenken zurück. Benedict Grames kaum verhohlener Hinweis und Gerald Beechleys Verhalten waren zusammengenommen hoch interessant.

Er drehte sich langsam um und sah die Napiers herannahen.

»Hallo«, grüßte er. »Sind Sie unterwegs zu einem Spaziergang?«

Harold Napier schüttelte den Kopf.

»Wir haben uns nur ein wenig im Haus umgesehen.«

»Ein faszinierendes altes Gemäuer«, meinte Tremaine. Er trat einen Schritt auf die beiden zu. »Ich kann mir kaum vorstellen, dass wir nach dem Willen des Inspectors noch lange hier eingesperrt bleiben werden. Aber unter den gegebenen Umständen müssen wir wohl das Beste daraus machen.«

»Es ist schrecklich, dass so etwas passieren musste«, sagte Evelyn Napier. »Der arme Mr Rainer …«

Es dunkelte allmählich, und das Licht in der Halle wurde schwächer. Mordecai Tremaine konnte die Napiers nicht mehr so deutlich erkennen, glaubte jedoch an beiden Anzeichen von Angst festzustellen. Harold Napiers Verhalten war noch verschämter als zuvor. Und die Furchtsamkeit seiner Frau schien noch verstärkt von einer heftigen Nervosität, die sich in einer leicht brüchigen Stimme ausdrückte.

»Für Miss Arden ist es gewiss schrecklich«, bemerkte Tremaine. »Und Mr Grame ist in einer schwierigen Lage. Jetzt kann er seine Pläne, seinen Gästen ein möglichst schönes Weihnachtsfest zu bescheren, wohl kaum noch verwirklichen.«

»Aber nicht doch«, sagte Harold Napier hastig. Er schien bestrebt, Grame zu verteidigen, als wollte er ja nicht den Eindruck erwecken, seinem Gastgeber einen Vorwurf zu machen. »Er tut gewiss, was er nur kann, um uns die Lage angenehmer zu machen. Natürlich sind ihm durch die Anwesenheit der Polizei die Hände gebunden.«

Mordecai Tremaine kam plötzlich ein Gedanke.

»Kannten Sie Mr Grame bereits, bevor Sie in diesen Teil des Landes gezogen sind, Mrs Napier?«

Er hörte die Frau vor Schreck leise keuchen. Fragend, flehend schaute sie ihren Mann an, der mit einem leisen, besorgten Nicken reagierte.

»Ja«, erwiderte sie. »Wir kannten ihn schon.«

Beim Hereinkommen hatten beide den Eindruck erweckt, als hätten sie es nicht sonderlich eilig, jetzt aber wollten sie so schnell wie möglich verschwinden. Und Mordecai Tremaine war sicher, dass seine Frage der Grund dafür war.

Stirnrunzelnd sah er ihnen nach. An dem Umstand, dass sie Benedict Grame bereits vor ihrem Umzug nach Sherbroome gekannt hatten, war zunächst einmal nichts Belastendes. Warum also diese Angst? War ihnen klar geworden, dass sie mit der Bestätigung dieser Tatsache gleichzeitig etwas anderes zugegeben hatten? Zum Beispiel, dass sie auch Jeremy Rainer vorher gekannt hatten?

Im Grunde hatte er die Napiers schon als uninteressant abgetan. Für ihn waren sie trotz einiger Irritationsmomente nicht viel mehr als ein Paar in den mittleren Jahren, das sich am Leben auf dem Land erfreute, zwei harmlose Menschen, die wohl kaum in Skandale verstrickt waren. Konnte er sich geirrt haben? War er durch einen Anschein von Harmlosigkeit genarrt worden, der genau zu diesem Zweck vorgetäuscht wurde? Und hatte ihn seine Intuition nicht schon vorher auf diesen Umstand hingewiesen?

Tremaine rief sich seine erste Unterhaltung mit Evelyn Napier ins Gedächtnis, und nun ging ihm auf, dass sie damals dasselbe Zögern an den Tag gelegt hatte, denselben Widerwillen gegenüber vollkommen unschuldigen Fragen. Jetzt fiel ihm auch wieder ein, dass es sich um die *gleiche* Art von Fragen gehandelt hatte. Er hatte sich erkundigt, wie lange sie schon in Sherbroome lebten, und ob sie Benedict Grame schon vor ihrem Umzug ins Dorf gekannt hatten.

Was hatten Harold und Evelyn Napier zu verbergen? Waren sie wirklich das harmlose, unscheinbare Paar, das sie zu sein vorgaben, oder war das alles nur eine listige Tarnung, hinter der sich abgefeimte Schurken verbargen?

In Gedanken versunken stieß Tremaine die Tür zu einem angrenzenden Salon auf und fand sich zwei argwöhnischen Gesichtern gegenüber. Eines war das rundliche, blässliche von Austin Delamere; das andere das finster-abweisende von Ernest Lorring.

Zusammen bildeten sie ein seltsames Gespann. Tremaine glaubte nicht, dass er die beiden beim Austausch von Vertraulichkeiten gestört hatte. Sie wirkten vielmehr wie zwei Menschen, die bereit waren, die Anwesenheit des anderen notgedrungen zu erdulden, ohne einen größeren Grad an Vertrautheit anzustreben.

Die Blicke der beiden wanderten von dem Neuankömmling zu dem jeweils anderen. Tremaine ertappte sich bei der Überlegung, was ein jeder wohl gesagt hätte, wenn er ihn allein angetroffen hätte. Denn es war nur zu deutlich, dass diese beiden in dieser Konstellation ihre Worte mit Bedacht wählen und ihre Wirkung im Vorhinein abwägen würden.

»Gibt es – etwas Neues?«, brach Delamere schließlich das Schweigen.

Er versuchte, jede Andeutung von Erregung aus seiner Stimme fernzuhalten, und hatte damit beinahe Erfolg.

»Nichts, soweit ich weiß«, erwiderte Mordecai Tremaine.

»Falls irgendwer etwas erfährt«, knarrte Lorring, »dann doch auf jeden Fall *Sie*.«

Er legte eine unverhohlene Feindseligkeit an den Tag. Tremaine war ein wenig erstaunt, obwohl er solch ein Benehmen in gewisser Weise erwartet hatte. Lorring hatte eben immer noch nicht vergessen, dass er ihn – wenn auch nicht direkt – bezichtigt hatte, das letzte Geschenk vom Weihnachtsbaum an sich gebracht zu haben.

Delamere schien die feindselige Haltung des Wissenschaftlers nicht weiter aufzufallen. Er war zu sehr mit seinen eigenen Überlegungen beschäftigt.

»Warum unternimmt die Polizei nichts?«, fragte er gereizt. »Sie hat das ganze Haus auf den Kopf gestellt. Warum ist noch niemand verhaftet worden?«

»Zuerst muss der Täter gefunden werden«, warf Lorring

höhnisch ein. »Von diesen Dorfpolizisten kann man nicht erwarten, dass sie ein Verbrechen innerhalb von fünf Minuten aufklären.«

Tremaine sagte milde: »Inspector Cannock scheint mir ein sehr fähiger Mann zu sein. Ich glaube nicht, dass ihm so leicht etwas entgeht. Oder *jemand*.«

Bei der Betonung des letzten Wortes schaute er Lorring an und stellte mit Befriedigung fest, wie der Zorn in dessen Augen glomm.

»Ich für meinen Teil frage mich vor allem, warum die Geschenke vom Baum gestohlen worden sind«, fuhr er fort. »Besonders das letzte. Wenn wir *das* wüssten, dann wären wir dem Grund, aus dem Jeremy Rainer sterben musste, ein gutes Stück näher gekommen. Zumindest glaube ich das.«

In Lorrings zerfurchten Zügen hielten sich Zorn und Furcht die Waage. Er sah aus wie ein Mensch, der am liebsten zuschlagen möchte, aber gleichzeitig Angst davor hat.

»Wenn ich Sie wäre, würde ich solche Fragen der Polizei überlassen«, knurrte er.

Sein Blick wanderte zu Delamere, als wollte er diesen zu einer Bemerkung herausfordern. Dann erhob er sich unter großer Anstrengung aus seinem Sessel und verließ den Salon, wobei er Mordecai Tremaine unsanft zur Seite drängte.

Die Anspannung in Austin Delameres feisten Wangen löste sich.

»Bin ich froh, dass der Kerl fort ist! Ich habe ihn noch nie ausstehen können. Ich weiß wirklich nicht, warum Benedict ihn eingeladen hat.«

»Sie kannten Professor Lorring bereits?«, hakte Mordecai Tremaine wie nebenbei nach.

»Ja. Ich kenne ihn. Habe auch einiges über ihn gehört.«

»Über ihn gehört?«

»Ich habe Gerüchte gehört. Hässliche Gerüchte. Lorring hat Glück gehabt, dass er nicht vor Gericht gelandet ist. Man munkelte, er habe Regierungsgeheimnisse verkauft.«

»Das heißt es oft über Leute, die mit Spezialaufgaben befasst sind«, meinte Tremaine. »Meistens steckt nichts dahinter.«

»Es waren keine bloßen Gerüchte«, beharrte Delamere. Es schien ihm überaus wichtig zu sein, seine Ansicht darzulegen. »Lorring ist nur deswegen davongekommen, weil es nicht genug Beweise gab. Ich habe mich …« Er hielt inne und warf Tremaine einen verstohlenen Blick zu, als wollte er herausbekommen, mit welcher Reaktion er zu rechnen hatte, wenn er mit der Sprache herausrückte. »Ich frage mich, ob er Rainer vielleicht schon vorher gekannt hat. Ob es zwischen den beiden Differenzen gab.«

Mordecai Tremaines Augen hinter dem Zwicker hatten wieder zu leuchten begonnen. Der Hexenkessel begann zu brodeln. Delamere war eifrig bestrebt, einen Verdacht auf Lorring zu lenken. Und wenn ein Mensch versucht, einen anderen zu belasten, dann meistens deshalb, weil er selbst Angst hat und die Aufmerksamkeit von sich ablenken will.

Wer im Glashaus sitzt, soll nicht mit Steinen werfen, dachte er. Es sagte viel über den Zustand von Delameres Nervenkostüm aus, wenn er Lorring derart angriff.

Er verlor kein Wort über dies alles, empfand aber eine grimmige Belustigung, weil Delameres Verhalten einer gewissen Ironie nicht entbehrte. Die Vergangenheit des Politikers war wohl kaum makellos zu nennen, um seine Person hatten sich genug Gerüchte gerankt. Ernest Lorring mochte Glück gehabt haben und war vielleicht diversen Unannehmlichkeiten entgangen, doch dies traf zweifellos auch auf Austin Delamere zu – und in mehr als einem Fall.

Indes hätte niemand Mordecai Tremaine diese Gedanken ansehen können.

»Die Polizei wird gewiss noch ermitteln, ob Mr Rainer zu irgendjemandem im Haus geheime Verbindungen pflegte. Überdies«, fügte er hinzu, »werden sie mit Sicherheit alles zutage fördern, was es über *jeden* von uns zu wissen gibt.«

Austin Delameres feistes Gesicht bekam einen Stich ins Grünliche. Niedergeschlagen murmelte er: »Das werden sie wohl.«

Er schien nicht länger geneigt, Lorrings Charakter in den Schmutz zu ziehen. Mordecai Tremaine verließ Delamere mit der Überzeugung, dass dieser ein zutiefst verängstigter Mensch war.

Ein paar Minuten später, als er gedankenversunken aus den Bibliotheksfenstern schaute, erblickte er Charlotte Grame, die im Schutz der Lorbeerhecke die Einfahrt hinunterhuschte. Er sah ihr nach, bis sie durch eine Wegbiegung seinen Blicken entzogen wurde. Es war deutlich zu erkennen, dass sie das Grundstück verlassen wollte, und Tremaine fragte sich, welches dringende Bedürfnis sie dazu treiben mochte.

Einen Augenblick lang erwog er, ihr nachzugehen. Dann jedoch erkannte er, dass ihr Vorsprung zu groß war, und machte sich stattdessen auf die Suche nach Inspector Cannock.

»Hat sich verdrückt, wie?«, brummte der Inspector, als Tremaine ihm Bericht erstattete. »Das habe ich schon gehört. Miss Grame, die so selten das Haus verlässt, nicht einmal bei strahlendstem Sonnenschein. Da frage ich mich doch, was sie bei diesem wenig verlockenden Wetter aus dem Haus getrieben hat?«

»Entgegen Ihren Anweisungen«, bemerkte Mordecai Tremaine.

Der Inspector wiegte den Kopf.

»Die Anweisungen haben sich geändert. Mr Blaise ist gerade dabei, es allen mitzuteilen. Gerade eben habe ich ihm gesagt, dass wir den Leuten wieder erlauben, das Haus zu verlassen. Natürlich war es ein wenig rücksichtslos, sie alle so lange festzuhalten. Aber ich hatte mir gedacht, dass vielleicht der eine oder die andere unbedingt hinauswill – was sich für uns als interessant erweisen könnte.«

Sein Ton war bedeutsam. Tremaine sagte:

»Sie meinen …«

Der Inspector nickte.

»Zwei Vögelchen sind ausgeflogen: Miss Grame und Mr Beechley. Aber ich wage zu behaupten, dass wir bald schon herausfinden werden, wohin sie verschwunden sind. Und danach kümmern wir uns um das, was sie aus dem Haus getrieben hat.«

Tremaine war jetzt sehr froh, dass er nicht seinem ersten Impuls erlegen und Charlotte Grame gefolgt war. Wenn Cannocks Männer sie bereits beschatteten, war ihm eine unbequeme und vermutlich fruchtlose Verfolgung erspart geblieben.

Cannock schaute ihn neugierig an.

»Sie haben – im Moment nichts zu tun?«

»Oh nein«, versicherte Tremaine rasch. Der Inspector grinste breit.

»Dann möchten Sie vielleicht gern mitkommen?«

Er führte Mordecai Tremaine in den oberen Stock. Offenbar kannte er sich inzwischen bestens im Haus aus, denn er schlug, ohne zu zögern, den Weg zu Charlotte Grames Zimmer ein. Die Tür war nicht verschlossen. Cannock stieß sie auf und betrat den Raum.

»Wir waren ganz am Anfang schon mal hier drin«, sagte er, »aber man kann ja nie wissen.«

Binnen weniger Minuten hatte Cannock das Zimmer einer systematischen und gründlichen Durchsuchung unterzogen. Tremaine bewunderte die rasche Präzision seiner Bewegungen. Sorgfältig begutachtete der Inspector sämtliche Gegenstände, ohne dass danach zu sehen war, dass eine Durchsuchung überhaupt stattgefunden hatte.

»Was erwarten Sie zu finden?«, erkundigte Tremaine sich.

»Ich habe es mir zur Regel gemacht«, sagte der Inspector, »keine *Erwartungen* in Bezug auf Funde zu hegen. Ich ergreife nur routinemäßige Maßnahmen.«

Es war ein ordentliches Zimmer. Es war, fand Tremaine, ein schlichtes, farbloses Zimmer, das Charlotte Grames Persönlichkeit entsprach. Er schaute zu, wie Cannock den Schrank öffnete und hineinspähte. Es war nicht gerade kostspielige Kleidung, die dort hing, die Jacken und Kleider waren längst aus der Mode gekommen. Neben dem Schrank stand ein mittelgroßer Koffer. Der Inspector ließ den Riegel aufschnappen und durchsuchte fachmännisch Kleidung und Toilettenartikel, die sich darin befanden.

Er klappte den Koffer wieder zu und erhob sich. Sah sich ein letztes Mal im Zimmer um.

»Sieht ganz harmlos aus«, bemerkte er. »Was meinen Sie?«

»Dass der Anschein oft trügt«, sagte Mordecai Tremaine.

Cannock zog fragend eine Augenbraue hoch. Tremaine holte weiter aus.

»Ich wüsste gerne, warum Charlotte Grame mitten in der Nacht nach unten gegangen ist. Und was sie heute Nachmittag dazu bewogen hat, das Haus zu verlassen.«

»Sie sieht nicht unbedingt aus, als könnte sie jemanden umbringen«, sagte Cannock.

Mordecai Tremaine tat, als sei er entsetzt. »Ich wollte damit nicht andeuten, dass sie Mr Rainer getötet hat. Immerhin liegen ja keine stichhaltigen Beweise gegen sie vor.«

»Die liegen gegen niemanden vor«, entgegnete der Inspector trocken.

Sie verließen das Zimmer. Im Korridor blieb der Inspector vor der Tür stehen, die zu Beechleys Zimmer führte. Sie war verriegelt. Cannock holte einen Schlüsselbund aus der Tasche, wählte einen Schlüssel, öffnete die Tür und schob sie mit einem zufriedenen Brummen auf.

Das Zimmer war das absolute Gegenteil von Charlotte Grames Gemach. Überall flogen Kleidungsstücke herum. Eine Pfeife lag auf dem Toilettentisch, aus deren Kopf Asche gerieselt war. Ein Schuhpaar stand wie ein stummer Vorwurf mitten auf dem Teppich, und die Schranktür stand halb offen.

»Wenn er dieses Durcheinander veranstaltet hat, seit heute Morgen saubergemacht wurde«, bemerkte der Inspector, »dann möchte ich nicht wissen, wie es nach einem einwöchigen Dienstbotenstreik aussehen würde!«

In der Luft lag ein leichter Brandgeruch. Cannock wandte sich dem Feuerrost zu. Es war ein offener Kamin, und auf dem Rost lag eine verkohlte Masse: ein missglückter Versuch, etwas Großes zu verbrennen, das sich jedoch nicht so leicht entsorgen ließ.

Cannock stocherte nachdenklich in der schwarzen Asche herum.

»Sieht nach einer Art Stoff aus. Wir werden die Reste untersuchen und schauen, wohin uns das führt.«

Er blickte zu Mordecai Tremaine, die braunen Augen von Gedanken überschattet.

»Gerald Beechley ist wohl knapp bei Kasse?«

Tremaine fiel das Telefongespräch wieder ein, dass der stämmige Mann geführt hatte, und auch, was Denys Arden ihm über Beechleys Abhängigkeit von Benedict Grame erzählt hatte.

»Durchaus, soviel ich gehört habe.« Er fügte hinzu: »Warum fragen Sie?«

»Ich habe vor einer halben Stunde mit Mr Grame gesprochen«, sagte der Inspector. »Als ich bei unserem ersten Gespräch die Möglichkeit eines Einbruchs andeutete und zu bedenken gab, dass Mr Rainer vielleicht mehr oder weniger zufällig erschossen worden sei, weil er einen Einbrecher überrascht hatte, war Mr Grame eher skeptisch und gab an, dass nichts gestohlen worden sei. Aber nun sieht es doch ganz danach aus! Ein wertvolles Diamantenkollier ist aus dem Safe in Mr Grames Zimmer verschwunden.«

»Miss Ardens!«, rief Mordecai Tremaine unwillkürlich aus, und der Inspector nickte.

»Ja, es war wohl für sie bestimmt«, erwiderte Cannock. »Sie sollte es zur Hochzeit bekommen, nicht wahr? Anscheinend haben die meisten im Haus von dem Kollier gewusst.«

Tremaine nickte.

»Wann, glaubt Mr Grame, dass es gestohlen worden sei?«

»Gestern Abend war es jedenfalls noch da. Offenbar ist er, während die Sänger ihre Vorstellung gaben, an seinen Safe gegangen, um eine Spende für den Fonds zur Instandsetzung der Kirche herauszunehmen, die er dem Pfarrer übergeben wollte. Er ist sicher, dass das Kollier zu dem Zeitpunkt noch im Safe gelegen hat. Wie er angibt, war er in Gedanken so mit dem Mord beschäftigt, dass er erst heute, am frühen Nachmittag, wieder daran gedacht hat, den Safe zu überprüfen. Und da musste er die Entdeckung machen, dass das Kollier fehlte.«

»Und dennoch«, sagte Mordecai Tremaine, »hat er Ihnen gestern – ohne überhaupt nach dem Kollier zu sehen – gesagt, dass er nicht glaube, dass etwas fehlte.«

»Er gibt an«, präzisierte der Inspector, »dass er die Möglichkeit eines Diebstahls deshalb nicht in Betracht gezogen hat, weil er einen leichten Schlaf hat und daher annahm, dass er einen Einbrecher auf jeden Fall gehört hätte, vom Öffnen des Safes ganz zu schweigen. Und *dann* erst – so sagt er jedenfalls – habe er sich daran erinnert, dass er, nachdem alle anderen zu Bett gegangen waren, ja noch die Geschenke an den Baum gehängt hat. Es hätte also währenddessen jemand in sein Zimmer gehen können. Außerdem machte er mich darauf aufmerksam, dass er sein Zimmer und damit den Safe ebenfalls unbewacht ließ, als man ihn weckte und er mit den anderen nach unten ging.«

»Äußerlich betrachtet«, sagte Mordecai Tremaine, »sieht es also so aus, dass es jemand aus dem Haus gewesen sein muss. Jemand von außerhalb hätte das Risiko eingehen müssen, in den frühen Morgenstunden einzubrechen, als schon alle Lichter brannten, und dann ausgerechnet das Glück haben müssen, Grames Zimmer leer vorzufinden. Oder der Dieb hätte schon in der Nacht kommen müssen. In diesem Fall hätte er nach der Entdeckung der Leiche und nachdem Grame seine Gemächer verlassen hatte, in sein Zimmer schlüpfen müssen. Und dann auch noch nach seinem Raubzug vollkommen unbemerkt verschwinden, dabei waren zu dieser Zeit alle Hausbewohner auf den Beinen.«

»Genau so sehe ich es auch«, stimmte der Inspector zu. »Die Chancen stehen gut, dass es einer aus dem Haus war. Deshalb habe ich Sie ja nach Mr Gerald Beechley gefragt.«

Mordecai Tremaine sah das aufgedunsene Gesicht vor sich, die ängstlichen, blutunterlaufenen Augen. Und plötzlich gewann die Frage, die Beechley ihm gestellt hatte, eine dramatische Bedeutung: »*Wird etwas vermisst?*«

Es war die Frage eines Menschen gewesen, der etwas Bestimmtes wusste und der unbedingt herausbekommen wollte, ob die Polizei es auch wusste.

14

Mordecai Tremaine versuchte, aus Benedict Grames Verhalten schlau zu werden, was ihm äußerst schwer fiel. Trotz der Tatsache, dass im Haus ein Mord geschehen war und alle Anwesenden sich gegenseitig verdächtigten, schien der Mann bester Laune zu sein. Da der schwere Schatten des Toten über der Weihnachtsfeier schwebte, mutete es ein wenig makaber an, dass Grame scheinbar unbeschwert war und zuweilen wirkte wie ein überdrehter Clown, der auf einem Grab tanzt.

Oberflächlich betrachtet mochte es dafür eine sehr einfache Erklärung geben: Grame war schlicht bemüht, seinen Gastgeberpflichten nachzukommen. Er versuchte nach Kräften, der allgemeinen Niedergeschlagenheit entgegenzuwirken, und vielleicht übertrieb er lediglich seine Anstrengungen, was zur Folge hatte, dass sie angesichts der Gegebenheiten unpassend anmuteten.

Und doch ...

Tremaine spürte, dass er dabei war, etwas zu erfassen, das sich ihm noch entzog. Hinter Benedict Grames Verhalten steckte mehr als der Wunsch, seine Gäste zu beruhigen. Er war von einer tiefen Zuversicht erfüllt, die nicht nur daher rührte, dass er bemüht war, die Form zu wahren. Zuweilen schien er gar innerlich zu frohlocken.

Aber warum sollte Benedict Grame frohlocken, wo doch sein bester Freund unter seinem Dach ermordet worden war? Es sei denn ... und der Schluss ergab sich wie von selbst ...

es sei denn, er war so guter Stimmung, *weil* Jeremy Rainer tot war.

Seit einer Weile schon war die allgemeine Unterhaltung verstummt, denn Charlotte Grame spielte Chopin. Sie war eine begnadete Pianistin, und man lauschte ihrem Spiel mit gespannter Aufmerksamkeit. Benedict Grame saß auf einem hochlehnigen Stuhl am Kopfende des Raums und erweckte dadurch den Eindruck, über seinen Gästen zu stehen. Er schien geradezu auf sie herabzuschauen, als ob er sich als Gebieter über ihre Schicksale verstünde.

Als Charlotte Grame ihr Spiel beendet hatte, nutzte Tremaine die Gelegenheit, sich an die Seite seines Gastgebers zu schlängeln, während die anderen Gäste eifrig gratulierten. Grame sah ihn kommen, und seine blauen Augen blitzten erwartungsvoll auf.

»Wie gehen die Ermittlungen voran? Ich fürchte, ich hatte bislang kaum Gelegenheit, mit Ihnen zu sprechen.«

»Ich glaube, Inspector Cannock ist der Meinung, dass er recht gute Fortschritte macht«, sagte Mordecai Tremaine vorsichtig.

»Ich habe nicht von seinen Fortschritten gesprochen«, sagte Grame, »sondern von *Ihren*.« Mit einer ausladenden Handbewegung umfasste er seine Gäste. »Die scheinen sich im Lichte dessen, was geschehen ist, ganz gut zu amüsieren.«

»Es muss für Sie wohl recht schwer sein, alles zusammenzuhalten«, bemerkte Mordecai Tremaine.«

Benedict Grame warf ihm einen belustigten Blick zu.

»Es hätte schlimmer kommen können.« Bevor Tremaine genauer darauf eingehen konnte, fuhr er fort: »Wissen Sie eigentlich, dass ich Sie beneide?«

»Warum das?«, fragte Mordecai Tremaine erstaunt.

Benedict Grame sah sich hastig um, als wollte er sich versichern, dass sie nicht belauscht wurden. Er senkte die Stimme.

»Jemand hier im Raum hat Jeremy getötet«, sagte er, und obwohl er leise sprach, vibrierte seine Stimme vor Anspannung. »Und dieser Jemand weiß, dass Sie ihm auf der Spur sind. Was er hingegen *nicht* weiß, ist, wie viel Sie bereits herausgefunden haben. Vielleicht ist es noch gar nicht so viel, aber schon jetzt müssen Sie doch Ihre Macht spüren! Das Leben eines Menschen wurde in Ihre Hände gelegt. Ununterbrochen, Strang um Strang, weben Sie das Seil, das ihn eines Tages hängen wird. Vielleicht kennen Sie bereits den Namen des Mörders und müssen nur noch die letzten Beweisfetzen zusammentragen.«

Einen Augenblick lang hatte Mordecai Tremaine den Eindruck, dass Grame völlig ausgeblendet hatte, mit wem er sprach. Er starrte ins Leere. Sein Gesicht hatte den besessenen Ausdruck eines Menschen angenommen, der sich vollkommen in seinen Gedanken verloren hat.

»Die größte Macht, die es gibt«, wisperte er, wobei seine Anspannung spürbar war. »Die Macht über Leben und Tod. Das muss faszinierend sein – einfach faszinierend. Sie können einen Mann anschauen und sich sagen: ›Du gehst nur so lange ungestraft aus, wie ich es dir erlaube. Ich brauche nur den kleinen Finger zu rühren, und das Gesetz wird dich ergreifen und festhalten, bis sie dich an deinem letzten Morgen aus dem Kerker holen und der Henker deine Füße auf die Kreidemarkierung der Falltür stellt.‹ Als ließe man eine Marionette tanzen. Wann immer man will, kann man ihre Fäden – und damit ihren Lebensfaden – abschneiden.«

»Und Sie finden«, fragte Mordecai Tremaine leise, »dass wer diese Macht besitzt, beneidenswert ist?«

»Natürlich«, erwiderte Benedict Grame. »Aber natürlich! Worin liegt denn der Sinn des Lebens – wenn nicht in Macht? In Ruhm? Geld? Welchen Wert haben sie, abgesehen von der Macht, die sie einem verleihen? Allein die Herrschaft über andere erhebt den Menschen und lässt ihn vergessen, dass er aus dem Staub kommt!«

Erregung glitzerte in den blauen Augen, die sich auf Tremaine hefteten. Hart und kalt sahen sie aus – und wirkten absonderlich in ihrem steinernen Glanz.

Für einen Moment hatte Mordecai Tremaine die vage Empfindung, dass er kurz davor stand, eine Entdeckung von ungeheurer Tragweite zu machen. Doch zu seinem Bedauern konnte er dieses Gefühl nicht weiter verfolgen. Jemand stand plötzlich neben ihm. Es war Lucia Tristam. Ein wenig atemlos sagte sie: »Ihr beide benehmt euch ja wie Verschwörer!«

Sie lächelte, aber das Lächeln reichte nicht bis zu den grünen Tiefen ihrer weit aufgerissenen Augen. Ihr Blick war dunkel vor Angst. Forschend musterte sie Mordecai Tremaine, als wollte sie seine Gedanken erraten.

Mit einem Mal wurde sich auch Benedict Grame ihrer Anwesenheit bewusst. Das erregte Glitzern verschwand aus seinen Augen, und er wirkte geradezu verstört, als hätte sie ihn mit ihrem Erscheinen überrumpelt.

Nachdenklich beobachtete Mordecai Tremaine die beiden. Es war schon merkwürdig, dass Lucia Tristam stets genau dann aufzutauchen schien, wenn er mit Grame sprach. Es war beinahe so, als fürchtete sie, was dieser ausplaudern könnte, wenn er seinen Gedanken freien Lauf ließ.

»Wir haben über Verbrechen und Strafe gesprochen«, sagte Tremaine. »Zumindest über einen Aspekt davon.«

Ein Frösteln überlief sie. Er wusste nicht, ob sie es nur vortäuschte oder ob er tatsächlich einen wunden Punkt berührt hatte.

»Wissen Sie – haben Sie schon herausbekommen, wer … es getan hat?«

Vor dem »es« stockte ihr kurz der Atem. Tremaine vermutete, dass Mrs Tristam nicht anders konnte, als die Frage zu stellen. Ihr brennender Wunsch zu erfahren, was er wusste, war stärker als ihre Angst, sich dadurch verdächtig zu machen, dass sie sich allzu interessiert an den Ermittlungen zeigte.

»Sie meinen, ob die Polizei schon herausbekommen hat, wer für Mr Rainers Tod verantwortlich ist? Vermutlich gibt es schon die ein oder andere Theorie, aber wir werden erst etwas erfahren, wenn genügend Beweise zusammengetragen worden sind, um eine Verhaftung zu rechtfertigen.«

Warf sie Benedict Grame einen raschen Blick zu? Stand Furcht in ihren Zügen? Lucia Tristam hatte sich abgewandt, sodass er ihr nicht mehr in die Augen schauen konnte. Die Bewegung hatte ganz natürlich gewirkt, doch es mochte auch Absicht dahinterstecken.

»Das Thema ist ohnehin viel zu morbid«, tat sie es leichthin ab. »Können wir nicht tanzen, Benedict?«

»Natürlich, meine Liebe«, erwiderte er und erhob sich bereitwillig. »Eine glänzende Idee!«

Somit war Mordecai Tremaine frei und konnte das tun, was er wirklich wollte: mit Charlotte Grame sprechen. Sie sah ihn schon von Weitem und schaute sich Hilfe suchend um, doch dieses Mal gab es kein Entkommen. Lucia Tristam stellte sich mit Benedict Grame zum Tanz auf, und Gerald Beechley war in ein Gespräch mit den Napiers vertieft.

Tremaine forderte sie zum Tanz auf. Als er den Arm um sie legte, spürte er, wie sie zitterte. Es war, als hielte man einen verängstigten, flatternden Vogel. Er sagte:

»Ich bewundere Ihr Spiel. Miss Grame. Sie haben einen wunderbaren Anschlag.«

»Danke«, erwiderte sie etwas kurzatmig.

Ein paar Augenblicke drehten sie sich schweigend. Dann versuchte Mordecai Tremaine seine Partnerin zu beruhigen.

»Sie brauchen wirklich keine Angst vor mir zu haben. Vielleicht könnte ich Ihnen sogar helfen.«

Charlotte Grame erstarrte. Ihre Lippen schienen Mühe zu haben, Worte zu formen.

»Ich weiß nicht, was Sie meinen.«

»Das glaube ich doch«, entgegnete er. »Wir haben uns vor ein paar Tagen in Calnford gesehen – das wissen Sie *ganz* genau.«

Sie geriet aus dem Takt und taumelte gegen ihn. Tremaine wartete, bis sie sich wieder gefangen hatte. Dann sagte er:

»Sollen wir hinausgehen? Dort können wir freier sprechen.«

Widerstandslos ließ Charlotte Grame sich von ihm zur Tür führen. Nur Ernest Lorring sah, wie sie den Raum verließen. Er warf ihnen einen argwöhnischen Blick nach.

Niemand sah sie in die Bibliothek gehen. Tremaine schloss die Tür und wandte sich ihr zu.

»Nun, Miss Grame, wie wäre es, wenn Sie mir all das erzählten, was Sie der Polizei nicht gesagt haben?«

»Was meinen Sie? Ich habe der Polizei alles gesagt!«

»Auch den Grund, warum Sie so laut geschrien haben?«

Sämtliche Farbe war aus ihrem Gesicht gewichen. Ihre verängstigten Augen mieden seinen Blick.

»Es war so schrecklich. Ich-ich konnte mich nicht beherrschen.«

Sie wartete auf eine Entgegnung, doch Tremaine schwieg. Sein Schweigen zerrte an ihren Nerven. Ihre Stimme stieg an, wurde schrill.

»Sie glauben doch nicht – Sie glauben doch nicht etwa, dass *ich* Jeremy getötet hätte?!«

»Können Sie«, stellte er eine Gegenfrage, »sich einen Grund vorstellen, warum jemand anderes es getan haben könnte? Mr Wynton zum Beispiel? Immerhin war er in der Nähe des Hauses, als der Mord geschah – ein merkwürdiger Zufall, gelinde gesagt –, und es war allgemein bekannt, dass er und Mr Rainer zerstritten waren.«

Die Erleichterung, dass er sie nicht direkt im Visier zu haben schien, lag im Widerstreit mit dem Unwillen, Roger Wynton zu belasten. Ihre Stimme klang, als wäre sie sehr aufgewühlt.

»Nein. Roger war es nicht. Ich bin sicher, dass er es nicht getan hat.«

»Die Polizei«, gab Mordecai Tremaine zu bedenken, »ist sich dessen nicht so sicher. Immerhin war Mr Rainer strikt gegen die Verbindung zwischen Mrs Arden und ihm.«

Charlotte Grame schien einen Entschluss gefasst zu haben. Sie sprach hastig, wie ein Mensch, der lange gezögert hat, bevor er sich zum Reden entschließt; und nun musste sie rasch alles loswerden, bevor sie der Mut verließ.

»Ich glaube nicht, dass Jeremy etwas gegen die Heirat der beiden hatte. Ich glaube, er *wollte* sie sogar.«

Mordecai Tremaine starrte sie an. Wachsam blickten seine grauen Augen über den Rand des Zwickers.

»Wollen Sie damit sagen, dass das, was jeder für seine Abneigung gegen Mr Wynton hielt, lediglich Theater war?«

»Ja, genau das«, bestätigte sie. »Theater. Vorgeblich hat er so getan, als würde er Denys niemals erlauben, Roger zu heiraten, aber im Grunde bin ich mir sicher, dass er ihn gern hatte.«

»Aber warum?«, drängte er. »*Warum* sollte er sich so verhalten?«

Charlotte Grame schüttelte hilflos den Kopf. Sie sah ängstlich und verunsichert aus.

»Das weiß ich nicht«, erwiderte sie. »Das kann ich nicht sagen. Aber es ist die Wahrheit. Ich-ich konnte es *spüren*. Und vor einer Weile sagte Jeremy zu mir, dass er Pläne hegte, die uns überraschen würden. Er meinte, die Dinge würden sich – ändern. Manchmal hat er so zu mir gesprochen. Jeremy hat mir Dinge gesagt, die er niemand anderem anvertraut hätte.«

»Nicht einmal Miss Arden?«

»Oh nein«, erwiderte Charlotte Grame hastig. »Nicht Denys. Mit Denys konnte er über so etwas nicht sprechen.«

»Wissen Sie, was er gemeint hat, als er sagte, die Dinge würden sich ändern?«

»Nein«, hauchte sie beinahe unhörbar, und dieses Mal log sie, davon war Tremaine überzeugt.

Doch wenn er sie bedrängte, würde er gar nichts mehr erfahren. Das verrieten ihm ihre geballten Fäuste, die Starre ihres Körpers. Charlotte Grame hatte sich hinter ihre letzten Verteidigungslinien zurückgezogen und würde nicht weiter nachgeben.

Mordecai Tremaine hatte die Lage erfasst und versuchte es mit einer anderen Taktik.

»Sie würden der Polizei doch gerne helfen, nicht wahr? Sie möchten helfen, Mr Rainers Mörder dingfest zu machen?«

Sie nickte – widerwillig, wie ihm schien.

»Natürlich. Aber wie könnte ich? Was gibt es, das *ich* tun könnte?«

»Sie besitzen vielleicht Bruchstücke von Informationen, die Ihnen unwesentlich erscheinen mögen, für die Polizei jedoch von größter Bedeutung sein könnten.« Er suchte ihren Blick und zwang sie, ihn anzusehen. »Ist Ihnen Mr Beechley begegnet, als Sie herunterkamen und Mr Rainers Leiche fanden?«

»Gerald?« Es klang ehrlich erstaunt. »Worauf wollen Sie hinaus? Unten war niemand.«

»Er hat gestern in Calnford ein Weihnachtsmannkostüm gekauft«, verriet Mordecai Tremaine. »Er trug es gestern Nacht. Ich habe ihn zufällig von meinem Fenster aus gesehen.«

»Das habe ich nicht gewusst«, sagte sie. »Ich habe ihn nicht gesehen –«

»Ich habe mich gefragt«, fuhr Tremaine fort, »ob es vielleicht mit einem von Mr Beechleys Streichen zusammenhängen könnte. Soweit ich weiß, steht er doch in dem Ruf, recht – ungewöhnliche Dinge zu tun. Ich dachte, dass sein Hang hierzu ihn vielleicht dazu verleitet hätte, uns einen Streich spielen zu wollen. Obwohl«, fügte er hinzu, »es für einen Spaziergang auf der Terrasse ja reichlich kalt war.«

Einen Moment lang waren Charlotte Grames Augen vollkommen leer. Tremaine gewann den Eindruck, dass sie versuchte, seine Worte in Beziehung zu etwas zu setzen, das sie bereits wusste. Schließlich sagte sie: »Sind Sie ganz sicher, dass es Gerald war?«

»Ich konnte sein Gesicht nicht deutlich erkennen«, gab er zu, »habe mir aber gedacht, dass es sich um Mr Beechley handeln müsse. Nach allem, was ich von ihm gehört hatte, wusste ich ja, dass er derlei Auftritte zu schätzen weiß.«

Sie gab nicht, wie er halb erwartet hatte, die naheliegende Antwort, dass es sich bei der Sichtung einer Gestalt in einem roten Kostüm doch nur um Benedict Grame gehandelt haben könne – wie er zunächst auch angenommen hatte. Also, schloss Tremaine, hatte sie Grund anzunehmen, es könne sich in der Tat um Beechley gehandelt haben.

»Viele Leute haben von Gerald eine völlig falsche Vorstellung«, sagte sie unerwartet. »Er ist nicht so – so verantwortungslos, wie es manchmal den Anschein hat.«

Mordecai Tremaine änderte seinen Ton.

»Ach herrje!«, stieß er hervor. »Ich fürchte, da bin ich ein wenig voreilig gewesen. Nach allem, was ich gehört habe, war ich der festen Überzeugung, er besäße nicht nur einen außerordentlich gut entwickelten Sinn für Humor, sondern gäbe sich auch oft – Schülerstreichen hin. Wollen Sie etwa behaupten, dass er diese Scherze eigentlich gar nicht mag?«

»Ich bin mir dessen sogar ziemlich sicher. Er spielt bloß Streiche, weil –«

Jäh hielt sie inne, und ihre Hand wanderte verstohlen zum Mund, als wollte sie sich selbst am Sprechen hindern. Sie wirkte verängstigt, wie jemand, der mehr gesagt hat, als in seiner Absicht lag.

Mordecai Tremaine wollte nachhaken, aber Charlotte Grame kam ihm zuvor.

»Benedict wird sich schon fragen, wo wir abgeblieben sind. Wir sollten wieder zu den anderen gehen.«

Und ohne eine Erwiderung abzuwarten, stürzte sie zur Tür, riss sie auf und eilte hinaus, ohne noch einmal zurückzuschauen.

Mordecai Tremaine wartete einige Sekunden ab, bevor er ihr folgte. Er wollte nicht, dass es aussah, als ob sie vor ihm flüchten müsse.

Als er die Bibliothek verlassen wollte, wäre er beinahe mit Fleming zusammengestoßen, der eben an der Tür vorbeiging. Der Butler murmelte eine Entschuldigung und wich ihm aus. Tremaine blieb stehen und sah ihn forschend an. Wollte er ihm etwas mitteilen? Fleming wirkte äußerst verunsichert, doch er sagte nichts. Geruhsam wanderte seine breite Gestalt weiter den Korridor entlang.

Tremaine wollte sich wieder zu den anderen gesellen und hörte bereits die Musik aus dem Salon dringen. Beim Eintreten sah er, dass Charlotte Grame eine Zuflucht vor ihm gefunden hatte, denn sie tanzte mit Gerald Beechley. Was sie ihm wohl gerade sagte? Tremaine hatte das Gefühl, dass ihre Kunde Beechley nicht allzu fröhlich stimmte.

Benedict Grame hatte offenkundig erfolgreich Beute gemacht und wirbelte nun Denys Arden über das Tanzparkett. Als Mordecai Tremaine behutsam auf einen Stuhl zusteuerte, vernahm er Roger Wyntons leise Stimme an seiner Schulter.

»Haben Sie Charlotte ordentlich ausgequetscht?«

»Ausgequetscht?«

Er gab sich empört, doch Wynton zeigte sich von seiner arglosen Miene unbeeindruckt.

»Sie haben gemeinsam das Zimmer verlassen. Wenig später

kehrt sie zurück, mit einer Miene, als wäre sie einem Gespenst begegnet. Dann flüchtet sie zu Gerald. Was braut sich da zusammen?«

»Soweit ich es sehe«, sagte Mordecai Tremaine, »feiern wir eine reizende Party. Wenn man die Umstände bedenkt.«

»Glauben Sie, dass entweder Charlotte oder Gerald Rainer ermordet haben?«, fragte Wynton. »Oder beide *zusammen*? Ich möchte das wissen«, fuhr er fort, »weil ich sehr genau weiß, dass unser gemeinsamer Freund, der Inspector, mich verdächtigt, und deshalb möchte ich diese leidige Angelegenheit lieber früher als später aufgeklärt sehen. Nicht dass ich etwas gegen Charlotte oder Gerald hätte; sie hat mir stets sehr leid getan, und Gerald ist ein äußerst schlichter Charakter. Nehmen Sie ihm seinen Whisky und seine Pferde weg, dann bleibt nicht viel von ihm übrig.«

Mordecai Tremaine zog fragend die Brauen hoch.

»Oh ja, dorthin fließt Geralds Taschengeld«, erklärte Wynton bereitwillig. »In die Flasche und zu den Buchmachern. Natürlich spricht man nicht darüber, aber es ist ein ziemlich offenes Geheimnis.«

Der große Mann und seine Partnerin tanzten unter dem strahlenden Glanz der elektrischen Lampen, und das Licht schmeichelte ihm durchaus nicht. Beechleys aufgedunsenes, blau geädertes Gesicht war von Sorge verzerrt. Seine Züge schienen sich aufzulösen, er wirkte formlos, und seine Haut war von ungesunder gräulicher Farbe.

Tremaine dachte bei sich, dass dies auch auf einer Sinnestäuschung durch das grelle Licht beruhen konnte; das Gleiche galt für die Hand, die auf Miss Grames Schulter ruhte und allem Anschein nach zitterte. Er sagte sich, dass Gerald

Beechley als Trinker und Spieler – der wahrscheinlich regelmäßig verlor – nicht zwangsläufig auch ein Mörder sein musste. Bislang war nichts ans Tageslicht gekommen, das darauf hindeutete, er könnte ein Motiv für den Mord an Jeremy Rainer gehabt haben.

Doch auch wenn das Motiv unklar war, wie stand es mit der Gelegenheit? Beechley war zur gleichen Zeit wie die anderen zu Bett gegangen, und er war nur einen Moment, bevor Tremaine seine Tür erreicht hatte, aus seinem Zimmer gekommen. Auf den ersten Blick konnte der stämmige Mann also nicht der Mörder sein. Was aber, wenn er sein Zimmer irgendwann vorher verlassen, den Mord begangen und sich dann wieder in seine Gemächer zurückgezogen hatte, bevor Charlotte Grames Schreie das ganze Haus aufweckten? Denn es gab mehr als einen Hinweis darauf, dass er sein Zimmer tatsächlich verlassen *hatte*.

Die Gestalt im roten Kostüm auf der Terrasse … Mordecai Tremaine war sicher, dass es sich bei dieser weder um Jeremy Rainer noch um Benedict Grame gehandelt hatte. Denn wie bereits dem Inspector gegenüber erwähnt, unterschied sich die Mütze des Weihnachtsmannes, den er von seinem Fenster aus gesehen hatte, von der des Toten und auch von Grames.

Der Beweis, dass er tatsächlich Beechley gesehen hatte, stand noch aus, zwei Fakten aber lagen auf der Hand. Gerald Beechley hatte ein Weihnachtsmannkostüm ins Haus gebracht, und er hatte eine nicht unbeträchtliche Menge Stoff auf dem Kaminrost in seinem Zimmer verbrannt. Mit diesen Handlungen reihte er sich hundertprozentig in die Liste der Verdächtigen ein.

Mordecai Tremaine betrachtete die tanzenden Paare. Rosalind Marsh wirbelte in Nicholas Blaises Armen an ihm vorüber. Er erhaschte einen Hauch ihres Parfüms und sog es genüsslich ein. Die beiden bildeten ein hübsches Paar. Er fragte sich, ob Nick sich dessen bewusst war, und ob er überhaupt einen Blick für die Schönheit seiner Partnerin hatte.

Doch jetzt war nicht der Zeitpunkt, um sich seinen klaren Verstand von romantischen Vorstellungen vernebeln zu lassen. Es ging um Mord, und Rosalind Marsh war ebenso verdächtig wie alle anderen. Hatte *sie* ihr Zimmer verlassen? Bislang hatte niemand behauptet, sie gesehen zu haben, aber das musste nicht heißen, dass es der Wahrheit entsprach.

Tremaine setzte seine Beobachtungen fort, wobei seine Augen kurz auf jedem Paar ruhten, das an ihm vorbeiwirbelte. Lucia Tristam warf ihm in den Armen von Austin Delamere einen langen Blick zu. Er hielt ihn einen Augenblick lang fest, dann schlug sie die Augen nieder.

Er sah ihrer prächtigen Gestalt nach, wie sie sich mit Delamere durch den Salon drehte, und dachte daran, wie erschüttert Lucia Tristam bei der Entdeckung von Jeremy Rainers Leiche gewesen war, nachdem sie vollkommen außer Atem zu den anderen gestoßen war. Sie war als eine der Letzten in das Zimmer mit dem Weihnachtsbaum gekommen. Zugegeben, ihr Schlafzimmer lag in einem weit entfernten Teil des Hauses, aber war sie wirklich so schnell gekommen, wie sie konnte? Und hatte sie vielleicht ein klein wenig zu dick aufgetragen, als sie mit der Leiche konfrontiert wurde?

Mordecai Tremaine versuchte seine Fantasie zu zügeln. Wenn er weiterhin so über den Fall nachdachte, ließ sich ein Verdacht gegen jeden im Haus konstruieren. Von Austin Delamere, der nach Charlotte Grame anscheinend der Erste am Tatort gewesen war, bis hin zu Benedict Grame, der so verdächtig lange gebraucht hatte, bis er auf die Weckrufe reagierte.

Er wog seine bisherigen Beobachtungen ab und kam zu dem Schluss, dass es sich trotz der Fußspuren auf dem Rasen eher lohnte, sich auf die Menschen im Haus zu konzentrieren, als der Möglichkeit nachzugehen, dass die Tat von einem Außenstehenden begangen worden sein könnte. Der Mörder befand sich innerhalb dieser Mauern. Diese Überzeugung festigte sich langsam und wurde von dem ersten schwachen Aufblitzen einer unglaublichen Wahrheit genährt.

Doch sie war noch viel zu vage, um sie zu greifen. Tremaine wünschte, er hätte wie Inspector Cannock Zugriff auf Quellen zu den Lebensgeschichten der Akteure dieses Dramas. Wenn dem so wäre, so könnte er vielleicht den entscheidenden Hinweis finden. So konnte er nur blind in der Dunkelheit herumtasten und hoffen, dass das Glück ihn unversehens auf die richtige Fährte schickte.

Er richtete seinen Blick auf Nicholas Blaise. Nick wusste eine ganze Menge über Benedict Grames Gäste und auch über Grame selbst. Er würde mit Nick reden. Er würde alles über die Verbindung zwischen Grame und Jeremy Rainer herausfinden. Er würde ergründen, welcher Art ihr Bündnis in jenen Tagen gewesen war, als sie noch gemeinsam im Geschäftsleben tätig waren.

Nick würde reden. Deshalb hatte er ihn ja eingeladen. Er *wollte*, dass Tremaine über alles unterrichtet wurde.

Allmählich wurde es recht warm im Salon. Bedächtig erhob sich Mordecai Tremaine und schritt zur Tür. Wieder einmal stieß er im Korridor auf Fleming. Dieses Mal jedoch schien der Butler offensichtlich mit ihm sprechen zu wollen. In seinen Augen stand eine stumme Bitte. Er hatte etwas zu sagen und brauchte nur etwas Ermutigung.

Mordecai Tremaine gab ihm den notwendigen Ansporn.

»Welch ein schwerer Tag«, sagte er. »Sie haben eine schwierige Lage bemerkenswert gut gemeistert.«

Flemings undurchdringliche Miene löste sich in einem dankbaren Lächeln. Für einen Moment verriet sein rundes Gesicht, dass auch er der Lust am Klatsch nur allzu gern frönte.

»Vielen Dank, Sir«, sagte er. »Ich habe mich bemüht, meine Pflicht zu tun, so gut ich konnte. Mit Verlaub, ich darf wohl sagen, dass das auch für die übrigen Bediensteten gilt, Sir.«

»Das dürfen Sie gewiss«, versicherte ihm Mordecai Tremaine. Er packte die Gelegenheit beim Schopf und fuhr fort: »Sie haben Mr Rainer doch gut gekannt, wie ich annehme? Das muss ja heute Morgen ein schrecklicher Schock für Sie gewesen sein.«

»Ja, in der Tat, Sir«, erwiderte Fleming. »Obwohl ich eine Art Vorahnung hatte.«

»Eine Vorahnung?«

»Gestern Abend, Sir. Als die Sternsinger hier waren. Ich weiß nicht, warum, aber ich habe sie beim Hinausgehen gezählt.«

Er stutzte mit der Miene eines Mannes, der kurz davor steht, eine Tatsache von erschreckender Tragweite zu enthüllen. Dann sagte er: *Es waren dreizehn!*«

Mordecai Tremaine versuchte ein Schmunzeln zu unterdrücken. Der gute Fleming, der noble, unerschütterliche Butler – war abergläubisch! Was für eine Achillesferse!

Doch dann regte sich die Erinnerung, und ihm verging

die Lust zu lachen. Er schob seinen Zwicker höher und fragte scharf: »*Dreizehn? Sind Sie sicher?*«

»Ganz sicher, Sir«, sagte Fleming. Sein Ton war mit einem Mal kühl. Würdevoll und gleichzeitig gekränkt wahrte er dennoch seine Selbstbeherrschung. So ganz konnte er den Vorwurf jedoch nicht aus seiner Stimme verbannen. »Ich war so verwirrt, dass ich sie zweimal gezählt habe.«

Mordecai Tremaine sagte nichts darauf. Er war aufgewühlt. Dreizehn Weihnachtssänger hatten das Haus verlassen. Doch er selbst hatte sie ebenfalls beim Auftritt gezählt. Und war auf *Vierzehn* gekommen.

Und das bedeutete, wenn weder er noch Fleming sich irrten, dass einer der Sänger im Haus geblieben war.

15

Zunächst hatte Nicholas Blaise sich widerwillig gezeigt, aber Mordecai Tremaine ließ das nicht gelten.

»Ich brauche Ihre Hilfe, Nick. Sie kennen die Leute im Dorf. Sie wissen, wer fremd ist. Und es sind die Fremden, auf die es mir ankommt.«

Blaises dunkle Züge waren von Zweifel erfüllt gewesen. Tremaine hatte ihn gedrängt:

»Sicherlich kann Benedict Sie mal eine oder zwei Stunden lang entbehren. Außerdem«, hatte er schlau hinzugefügt, »könnten Sie ihm damit einen Gefallen tun. Vielleicht finden wir etwas heraus, das die Aufmerksamkeit der Polizei in eine ganz andere Richtung lenkt.«

Das letzte Argument hatte den Ausschlag gegeben. Blaise schien erleichtert angesichts der Vorstellung, Grame zu entlasten, und hatte eingewilligt.

»Na schön, Mordecai. Ich will aber Benedict vorher kurz Bescheid geben.«

Jetzt, zwanzig Minuten später, als sie mit forschen Schritten durch den verharschten Schnee auf das Dorf zupflügten, schien Nicholas Blaise mehr und mehr Interesse für ihre Unternehmung aufzubringen.

»Sie machen den Eindruck, als verfolgten Sie eine heiße Spur, Mordecai.«

Mordecai Tremaine schmunzelte.

»Wussten Sie, dass Sie einen abergläubischen Butler haben?«

Nicholas Blaise starrte ihn verdattert an.

»Sie meinen doch nicht etwa Fleming?«

»Ich meine Fleming«, bestätigte Tremaine.

Es amüsierte ihn zu sehen, wie sein Gefährte trotz seiner Verwunderung versuchte, ein nicht allzu offenkundiges Interesse an den Tag zu legen. Er fuhr fort: »Als die Sternsinger gestern Abend das Haus verließen, hat er sie gezählt. Es waren dreizehn Personen. Dies, so sagte er mir, sei ein schlechtes Omen gewesen.«

»Ach.« Blaises Stimme klang vor Enttäuschung dumpf. »Ist das alles?«

»Nein«, sagte Mordecai Tremaine. »Denn *ich* habe die Sänger ebenfalls gezählt. Während sie im Haus waren. Und *ich* habe vierzehn gezählt.«

Nun war Nicholas Blaises Interesse geweckt. Er blieb mitten auf der Straße stehen.

»Sie meinen – *dass einer von ihnen im Haus geblieben ist?*«

Mordecai Tremaine nickte.

»Ja, Nick. Einer von ihnen ist zurückgeblieben. Und ich möchte nun herausfinden, wer er war und warum er das getan hat.«

»Also war die ganze Zeit über ein Fremder im Haus«, murmelte Blaise nachdenklich. Seine Stimme klang gepresst. Er packte Tremaine am Arm. »Mordecai, Sie wissen, was das bedeutet! Es war *niemand* aus dem Haus. Also kann es auch nicht –«

Er brach jäh ab, aber Mordecai Tremaine führte seinen Satz zu Ende.

»… Benedict gewesen sein.« Er schüttelte mahnend den Kopf. »Vielleicht ist es nicht ganz so einfach.«

»Aber so *muss* es sein«, beharrte Blaise. »Es ist die einzige mögliche Erklärung. Verstehen Sie nicht, wie es sich abgespielt haben muss? Rainer kannte jemanden aus dem Dorf. Dieser Jemand kommt mit den Sternsingern ins Haus. Als die anderen gehen, bleibt er zurück und wartet in einem Versteck das Treffen mit Rainer ab. Vermutlich haben sie schon vorher eine Verabredung getroffen. Dann kommt es zu einem Streit, in dessen Verlauf Rainer getötet wird. Der Mörder bekommt es mit der Angst zu tun, verlässt fluchtartig das Haus und läuft über den Rasen davon.« Blaise war nun Feuer und Flamme. »Ja – das ist es! Das ist die Erklärung für die Fußspuren! Es gab doch *drei* Spuren: Wyntons, Rainers und die des Mörders. Zwei führten zum Haus *hin* und die dritte – die des Mörders – von ihm *weg!*«

»Das klingt so, als glaubten Sie doch, unser alter Freund, der Schatten der Vergangenheit, hätte hier die Finger im Spiel«, sagte Mordecai Tremaine. »Und ich habe gedacht«, fügte er mit einem verschlagenen Blick auf seinen Gefährten hinzu, »dass gerade Ihnen *diese* Theorie zu unwahrscheinlich vorkam.«

»So war es auch«, gab Blaise zu. »Aber das war *vor* dem Mord. Außerdem lässt das, was Sie mir gerade erzählt haben, die Sache in einem völlig neuen Licht erscheinen. Man muss nur herausfinden, wer das Haus nicht zusammen mit dem Pfarrer und den anderen Sängern verlassen hat, und hat den Mörder. Das denken *Sie* doch auch, Mordecai. Darum wollen Sie ins Dorf gehen. Nicht wahr?«

»Es wäre durchaus interessant zu wissen«, antwortete Mordecai Tremaine ausweichend, »ob der Mensch, der zurückblieb, Rainer *gekannt hat*. Wenn wir das herausfinden, haben wir einen guten Ausgangspunkt für weitere Nachforschungen. Wir dürfen keine voreiligen Schlüsse ziehen, Nick.«

Sein Begleiter grinste ironisch.

»Nein, vermutlich nicht«, gab er zu. »Wahrscheinlich bin ich ein wenig zu erpicht darauf, eine Lösung zu finden, die alle Hausbewohner entlastet.«

Sie schritten die Landstraße entlang, wobei Mordecai Tremaine energisch seine Arme schwang und die frostige Luft einatmete.

»Was wissen Sie über Professor Lorring, Nick?«

Blaise zuckte die Achseln.

»Nicht viel. Ich sehe ihn dieses Jahr zum ersten Mal. Ich nehme an, dass Benedict ihm irgendwo zufällig begegnet ist. Dann hat er ihn eingeladen. So macht er das eben.«

»Ich finde es merkwürdig, dass Mr Grame ausgerechnet diesen Menschen eingeladen hat. Irgendwie passt Lorring nicht ins Bild. Schon bevor der Mord geschah, war er nicht sonderlich bestrebt, sich vom Geist der Weihnacht beseelen zu lassen.«

»Wenn Sie damit ausdrücken wollen, dass er sich wie ein mieser alter Griesgram ohne einen Deut menschliche Güte benimmt, stimme ich Ihnen zu. Vielleicht hegte Benedict die Hoffnung, den Burschen während der Feiertage weichklopfen zu können. Sie wissen ja, dass er zuweilen ein großes Kind sein kann!«

»Glauben Sie, dass Lorring und Jeremy Rainer sich schon vorher gekannt haben?«

»Wenn, dann haben sie sich jedenfalls nicht verraten.« Blaise warf seinem Begleiter einen neugierigen Blick zu. »Haben Sie etwas gegen Lorring in der Hand? Ich gebe gern zu, dass ich den Kerl nicht ausstehen kann, muss aber gestehen, dass mir nichts Verdächtiges an ihm aufgefallen ist.«

»Ich stelle lediglich Vermutungen an«, sagte Tremaine. »Aber ich bin überzeugt, dass es Lorring war, der das letzte Geschenk vom Baum genommen hat. Ich wüsste gerne, warum.«

»*Wenn* er es genommen hat«, gab Blaise zu bedenken, »dann war es vielleicht aus einem spontanen Entschluss heraus. Diese Wissenschaftler haben ständig die wunderlichsten Ideen, und es wäre doch möglich, dass er seine eigenen kleinen Ermittlungen anstellen wollte. Vielleicht wollte er das Präsent später wieder zurückhängen, aber wegen der vielen Leute war das zu gefährlich, und er konnte sein Vorhaben nicht mehr in die Tat umsetzen.«

»Sie glauben also nicht, dass es mit diesem Geschenk eine besondere Bewandtnis hat?«

»Das wiederum kann ich weder leugnen noch bejahen«, erwiderte Blaise.

»Aber was ist mit den anderen Geschenken? Warum sind *sie* verschwunden?«

Blaise schürzte die Lippen.

»Vielleicht gibt es eine ganz schlichte Erklärung dafür: Raub.«

»Halten Sie das für glaubhaft?«

»Warum nicht? Wenn der Dieb, der Eindringling, es wirklich darauf ankommen lassen wollte, dann muss er doch zusammengerafft haben, was er nur tragen konnte. Er mag sich gedacht haben, dass in einem so vornehmen Haus selbst die Präsente am Baum wertvoll genug seien, dass sich ein Diebstahl lohnen würde.«

»Das ist nicht ausgeschlossen, Nick. Aber es lässt zwei Punkte unberücksichtigt: Warum war Rainer als Weihnachtsmann verkleidet, und warum wurde seine Waffe in seinem Zimmer gefunden?«

»Das liegt daran, dass wir die Identität von X, dem unbekannten Eindringling, nicht kennen«, erwiderte Blaise. »Wenn wir die erst einmal festgestellt haben, wird sich das Übrige daraus ergeben.«

»Auch die Frage, was mit dem Kollier geschehen ist?«, setzte Mordecai Tremaine dagegen. Nicholas Blaise wirkte sogleich ernüchtert.

»Das ist der Teil der Geschichte, der mir am wenigsten gefällt«, gestand er. »Es sieht leider ganz danach aus, als ob der Dieb jemand aus dem Haus wäre. Seit Benedict mir sagte, dass es verschwunden ist, habe ich versucht, jeden Gedanken daran zu vermeiden, aber es liegt ja auf der Hand, dass der Dieb ganz genau wusste, wo das Kollier zu finden war, und dass er die Möglichkeit hatte, Benedicts Zimmer zu einem Zeitpunkt zu betreten, als dieser sich nicht dort aufhielt.«

»Sie verdächtigen jemanden, Nick«, drängte Mordecai Tremaine sanft. »Wen?«

Doch Nicholas Blaise schüttelte den Kopf.

»Es tut mir leid, Mordecai. Ich kann keine Namen nennen.«

Er war sichtlich beunruhigt, und Tremaine drang nicht weiter in ihn. Er glaubte, dass er ohnehin eine recht genaue Vorstellung hatte, an wen Blaise dachte.

Sie hatten eine weitere Biegung der kurvenreichen Straße hinter sich gebracht, und nun breitete sich das Dorf vor ihnen aus. Friedlich lag es in seinem Tal, und nur ein paar Rauchkringel über den Kaminen zeugten davon, dass es bewohnt war. Schneewehen auf den umliegenden Hügeln und eine dichte Schneedecke auf den umgebenden Feldern, Schnee auf kahlen Baumästen und Hecken ließen es wirken wie eine Studie in Schwarz-Weiß, die Mordecai Tremaine seinen ersten Eindruck des Dorfes ins Gedächtnis zurückrief; was ihm in den Sinn gekommen war, als er vor nicht allzu langer Zeit im schwindenden Licht die gewundene Hauptstraße entlanggefahren war – nämlich, dass dies kein Ort sei, an dem Sterbliche hausten. Ja, dachte er wieder, dieser Ort entstammte der Welt der Elfen und Gnome, der Welt der Fantasie.

Der Fantasie …

Er runzelte die Stirn. Dieser Ort erschien ihm wie nicht von dieser Welt, aber was hinter ihm lag, war noch unwirklicher! War denn etwas noch Absurderes denkbar als ein rot berockter Weihnachtsmann, der wie zum Hohn vor dem geschmückten, seiner Geschenke beraubten Christbaum lag?

Nicholas Blaise musterte ihn nachdenklich. Nach einem Moment des Schweigens sagte er:

»Ein malerisches kleines Dorf – besonders, wenn es tief verschneit ist. Schon eigenartig, sich vorzustellen, dass es gerade jetzt einem Mörder Obdach gewähren könnte.«

»Wirklich eigenartig, Nick«, sagte Mordecai Tremaine bedächtig.

Seine empfindsame Seele litt und lehnte sich in hilfloser Empörung gegen diese kalte Welt auf. Es war widersinnig, dass Gier und Hass, Angst und Gewalt ihren Weg zu den bezauberndsten Orten der Erde fanden. Es war widersinnig, dass die schneekalte Schönheit, die sich vor seinen Augen ausbreitete, vom Unvermögen der Menschen, in Frieden mit ihren Nachbarn zu leben, zerstört wurde und dass ein Mord wie ein unheilvoller Schmutzfleck auf der Vollkommenheit lastete.

Mordecai Tremaine wollte glauben, dass das Universum dem, der liebt, wohlgesonnen ist. Er wollte daran glauben, dass es einen Gott gab, dass alles zum Besten stand mit dieser Welt und dass allseits Harmonie herrschte. Vielleicht war dies ein Zeichen von Schwäche. Vielleicht schrak er vor der Realität zurück, vielleicht weigerte er sich, die bitteren Wahrheiten der menschlichen Existenz anzuerkennen. Aber dies gehörte nun einmal zu seinem Wesen, und er konnte es nicht ändern.

Sie gingen durch den Schnee auf die Dorfkirche zu. Als sie näher kamen, trat der Pfarrer aus dem Tor in der grauen Mauer, die sich entlang der Straße zog. Er erkannte Nicholas Blaise und nickte zum Gruß.

»Guten Morgen«, sagte er. Nach einem kurzen Zögern fuhr er leicht verlegen fort: »Ich habe schon von dem schrecklichen Ereignis gehört. Ich wäre ja zu Ihnen gekommen, um zu fragen, ob ich Ihnen vielleicht helfen kann, aber das hätte womöglich ausgesehen, als ob ich mich einmische, und ich wollte mich nicht aufdrängen.«

»Es war sehr freundlich, dass Sie an uns gedacht haben«, sagte Blaise. »Aber inzwischen hat natürlich die Polizei das Kommando übernommen. Wir können nicht viel dagegen tun.«

»Ach, ja«, sagte der Pfarrer. »Die Polizei. Fleißig mit Ermittlungen beschäftigt.« Traurig schüttelte er den Kopf. »Der arme Mr Rainer! Wie schrecklich, dass so etwas passieren musste. Und gerade zu dieser Zeit, wo Frieden auf Erden und unter den Menschen ein Wohlgefallen herrschen sollte. Das macht es doppelt tragisch.«

»Ich nehme an, Sie haben Mr Rainer häufiger getroffen?«, erkundigte sich Mordecai Tremaine.

Der Pfarrer schüttelte den Kopf.

»Ich kannte ihn natürlich vom Sehen, aber den Gottesdienst hat er nur selten besucht.« Dann wurde einen Augenblick lang der Mensch hinter der Soutane sichtbar, denn er fragte: »Hat die Polizei schon eine Vermutung, wer der Täter sein könnte?«

»Wenn, dann wurde sie uns noch nicht mitgeteilt«, erwiderte Nicholas Blaise.

Mordecai Tremaine wechselte das Thema.

»Die Sternsinger haben uns sehr gefallen. Ihre Stimmen passten so wunderbar zueinander.«

Den Pfarrer schien von dem jähen Themenwechsel nicht aus der Fassung gebracht, sondern vielmehr erleichtert zu sein. Vielleicht bedauerte er, Blaise nach der Polizei gefragt zu haben, und griff nun beherzt nach einer Möglichkeit, die Aufmerksamkeit hiervon abzuwenden.

»Das freut mich sehr. Den Sängern hat es gewiss auch viel Freude bereitet. Das war für sie der Höhepunkt des Abends, müssen Sie wissen.«

»Waren es alles Leute aus dem Dorf?«

Dass der Pfarrer einen Moment mit der Antwort zögerte, konnte natürlich Einbildung sein.

»Ich kenne sie alle«, wich er aus. Mordecai Tremaine blieb beharrlich: »Aber waren sie *von hier?*«

»Alle wohnen im Dorf oder der Umgebung«, erklärte der Pfarrer. »Abgesehen von Desmond Latimer. Und sogar ihn könnte man als einen der Unsrigen bezeichnen, wobei ich glaube, dass er eigentlich aus den Midlands kommt.«

Ein täuschend harmloser Ausdruck, der eine heimliche Genugtuung verbarg, breitete sich über Mordecai Tremaines Gesicht.

»Latimer?«, hakte er nach. »Ein hoch gewachsener, kräftiger Mann mit einem verhältnismäßig dunklen Teint?«

»Die Beschreibung ist durchaus zutreffend«, erwiderte der Pfarrer. Bislang hatte er hauptsächlich an Nicholas Blaise gewandt gesprochen, doch jetzt betrachtete er dessen Begleiter, den sanft aussehenden Mann mit dem Zwicker, mit größerem Interesse. »Kennen Sie ihn?«

»Wir sind uns noch nicht vorgestellt worden«, sagte Tremaine. »Ich habe ihn unter den Sternsingern gesehen, und er fiel mir deswegen auf, weil ich ihm auch zufällig bei meiner Ankunft vor Sherbroome House begegnet bin. Genauer gesagt, ich befürchtete, bei zunehmender Dunkelheit den Weg zu verfehlen, und fragte ihn, ob er mir weiterhelfen könne.«

Er wartete. Das milde Gesicht des Pfarrers sah nachdenklich aus, er wirkte ein wenig verwirrt. Tremaine erriet, dass er nicht wusste, was er sagen sollte.

»Ich muss gestehen, dass mich etwas an ihm fasziniert. Er hat einen Charakterkopf, sieht aus wie ein Mann, der eine Menge zu erzählen hat.«

Der Pfarrer sagte beklommen: »Er wohnt zurzeit im Dorf. Vielleicht begegnen Sie ihm noch.«

»Das wäre mir eine Freude«, sagte Mordecai Tremaine mit seiner unschuldigsten Miene. »Ich nehme an, dass alle Ihre – äh, Schäfchen – an Heiligabend mit Ihnen zusammen das Haus verlassen haben, Herr Pfarrer?«

Das Erstaunen des Geistlichen auf diese Frage hin wirkte

durchaus echt. Zunächst verstand er allerdings nicht, was Tremaine damit andeuten wollte.

»Ach – nach dem Singen der Weihnachtslieder? Meinen Sie das? Aber ja. Natürlich. Wir sind alle zusammen gegangen.«

»Es kann kein Zweifel bestehen? Sie irren sich auch nicht? Es war doch immerhin eine recht große Gruppe. Vierzehn Menschen. Ich stelle mir vor, dass einer von ihnen durchaus hätte abhandenkommen können, ohne dass es sonderlich auffiel. Besonders in der Dunkelheit.«

»Waren es tatsächlich vierzehn? Ich bin mir nicht ganz sicher. Ja, natürlich wäre es möglich, dass jemand sich unbemerkt fortgestohlen hat. Wir sind in mehreren kleinen Gruppen gegangen –« Jäh verstummte der Pfarrer, und sein Gesicht verdüsterte sich. Es war offensichtlich, dass ihm die Bedeutung seiner Worte eben erst aufgegangen war. »Sie wollen doch nicht sagen, dass tatsächlich jemand abhandengekommen ist?«

»Ich habe mich bloß gefragt«, wich Tremaine aus, »ob Sie sicher sind, dass sämtliche Sänger die ganze Zeit bei Ihnen waren. Falls zum Beispiel die Polizei das fragen würde, könnten Sie doch nicht eindeutig angeben, ob alle gleichzeitig mit Ihnen das Haus verließen?«

Der Pfarrer schüttelte den Kopf.

»Nein«, gestand er. »Nein, das kann ich wohl leider nicht.« Er wirkte nun ernstlich besorgt. Und schien eindeutig nicht gewillt, sich weiter auf das Gespräch einzulassen. »Es tut mir leid, dass ich Ihnen nicht mehr Zeit widmen kann, Gentlemen«, sagte er. »Meine Pflichten, Sie wissen schon. Wenn Sie mich bitte entschuldigen wollen?«

»Selbstverständlich«, sagte Mordecai Tremaine. »Und verzeihen Sie, dass ich Sie mit so vielen belanglosen Fragen aufgehalten habe. Ich bin nun mal sehr neugierig, fürchte ich!«

Sie sahen der bescheidenen Gestalt des Pfarrers nach, wie er den Weg entlangeilte und im Kirchenportal verschwand. Dann setzten sie ihren Weg zum Dorf fort.

»Sie haben den alten Knaben ganz schön durcheinander gebracht, Mordecai«, sagte Nicholas Blaise. »Ihm liegt etwas auf der Seele. Etwas, das mit diesem Burschen Latimer zu tun hat.«

»Das glaube ich auch, Nick. Als ich ihn fragte, ob ihm aufgefallen wäre, wenn einer fehlte, konnte man deutlich erkennen, dass er sich bis zu diesem Augenblick noch gar keine Gedanken darüber gemacht hatte. Es war aber genauso deutlich, dass er sofort an Latimer dachte. Und das bedeutet, er weiß einen Grund, warum dieser im Haus hätte bleiben wollen.«

»Ich würde am liebsten umkehren und ihm diese Frage stellen«, sagte Blaise. »Aber das hätte wohl keinen Zweck.«

»Zerbrechen Sie sich darüber nicht den Kopf, Nick«, sagte Mordecai Tremaine. »Der Pfarrer würde eine wichtige Aussage niemals zurückhalten. Er will zwar nicht das Vertrauen eines Menschen missbrauchen, indem er mit *uns* redet, aber wenn die Zeit gekommen ist, wird er vor der Polizei nichts verheimlichen.«

Die Dorfstraße war nun belebter. Eine quirlige Schar kleiner Knaben und Mädchen zog fröhlich mit ihren Rodelschlitten durch den Schnee, und Mordecai Tremaine schaute ihnen neidisch hinterher. Zwei Männer, die ganz offenkundig nicht aus dem Dorf stammten, traten aus dem Hof des Gasthauses, das mitten im Dorf lag. Ihre Kleidung wies sie als Städter aus, und sie taxierten Tremaine und seinen Begleiter mit abschätzigen Blicken, als fragten sie sich, wer diese beiden seien und was sie in Sherbroome zu suchen hatten.

Ein erwartungsvolles Kribbeln lief Mordecai Tremaine über das Rückgrat. Er vermutete, dass es sich um Reporter handelte. Die Presse war eingetroffen.

Bislang waren sie von der öffentlichen Aufmerksamkeit verschont geblieben. Da der Mord in den frühen Morgenstunden des Weihnachtstages begangen worden war, hatten die Zeitungen – obwohl sie es wohl gerne getan hätten – noch nicht darüber berichten können. Sogar in der Pressewelt waren der 25. und der 26. Dezember Feiertage. Lediglich nördlich der Grenze, wo die Schotten auf Hogmanay warteten, ihr Silvesterfest, wurden die Nachrichten der Welt während dieser Zeit als Druckerzeugnis verkauft.

Aber morgen – ja, morgen würden einem die sensationslüsternen Schlagzeilen in die Augen springen! Dann würden Sonderkorrespondenten die Leser mit blutrünstigen Berichten über den Mord im verschlafenen Sherbroome fesseln, der den weihnachtlichen Frieden ad absurdum geführt hatte.

Mordecai Tremaines Augen funkelten.

»Lassen Sie uns reingehen und etwas trinken, Nick.« Wenige Meter vor der Gasthoftür stoppte er abrupt und packte Nicholas Blaise am Arm. »Wenn man vom Teufel spricht!«, raunte er seinem Begleiter zu.

Ein Mann verließ das Gasthaus – eine große, dunkle Gestalt, deren Schultern für einen Moment den Eingang ausfüllten. Wiedererkennen flackerte in seinem Blick auf, und einen Atemzug lang schien er zu zögern. Aber bevor Mordecai Tremaine ihn ansprechen konnte, drängte er sich unsanft an ihnen vorbei und eilte mit langen Schritten davon.

»Der ist nicht gerade in Gesprächslaune«, bemerkte Nicholas Blaise. »Was mich kaum überrascht.«

Mordecai Tremaine tastete nach seinem Zwicker und verschaffte ihm wieder besseren Halt.

»Wenn ich an seiner Stelle wäre«, äußerte er, »würde ich auch nicht unbedingt das Gespräch suchen.«

Sie traten ein. Unter der niedrigen Balkendecke erhob sich vielstimmiges Geplauder. Tabakrauch waberte in blauen Schwaden. Es roch angenehm nach Weihnachtszigarren.

Mordecai Tremaine schlängelte sich zur Theke durch und bestellte. Mit dem Humpen in der Hand studierte er die Leute. Er vernahm den sanften, verschliffenen Dialekt der Gegend und sah Hände, die von harter Feldarbeit schwielig geworden waren. An einem Ende des Gastraums war ein Dart-Spiel im Gange. Er hörte die Zuschauer spöttisch stöhnen und lachen und sah, dass ein Spieler daneben geworfen hatte: Der Pfeil war gut fünf Zentimeter neben dem Brett gelandet.

Durch die Rauchschwaden konnte er den Werfer ausmachen, der gerade erneut zielte. Dieses Mal traf der Pfeil mit voller Wucht in den äußeren schmalen Ring, der den Wert des Feldes verdoppelte.

Der Spieler hatte ihm sein Profil zugekehrt, und seine Silhouette wurde von dem Licht betont, das durch ein zur Straße weisendes bleigefasstes Erkerfenster fiel. Es war ein Gesicht, das Tremaine schon einmal gesehen hatte – im Spiegel der Teestube in Calnford.

Ein Schatten senkte sich über Mordecai Tremaines Augen, während er scharf nachdachte. Hatte der Mann ihn etwa gesehen, als er mit Nicholas Blaise die Gaststube betrat? War das der Grund für seinen Fehlwurf gewesen?

Er stupste seinen Gefährten in den Oberarm.

»Kennen Sie den Mann, Nick?«

Blaise nickte. Seine Stimme hatte einen wachsamen Tonfall angenommen.

»Er heißt Brett. Er logiert hier im Haus.«

»Ein Fremder?«

»Gewissermaßen. Er wohnt nicht in dieser Gegend.«

»Ich habe ihn schon einmal gesehen«, sagte Mordecai Tremaine. »Mit Charlotte Grame. Sind Sie überrascht?«

Blaise wich einer direkten Antwort aus.

»Weiß Charlotte, dass Sie sie gesehen haben?«

»Ja. Denn sie hat bestritten, dort gewesen zu sein.«

Tremaine sah seinen Begleiter nicht an, sondern musterte den Mann, der mit den anderen Spielern in der Nähe der Dart-Scheibe stand. Bis jetzt hatte Brett nicht erkennen lassen, dass er sich beobachtet fühlte.

Er war nicht ganz so groß, wie Tremaine zuerst gedacht hatte, und seine Hagerkeit trat in dem schummrigen Licht des Gastraums nicht so deutlich hervor wie in der Teestube. Aber er strahlte immer noch eine enorme Kraft aus. In den Augen unter der hohen Stirn glühte das beunruhigende Feuer. Und das magere Gesicht war von jenem hungrigen Ausdruck erfüllt, der Tremaine an Shakespeares *Julius Cäsar* hatte denken lassen.

Ganz sicher kein Mann, der sich leicht einschüchtern ließ. War sein Fehlwurf also lediglich Zufall gewesen?

Mordecai Tremaine wog Für und Wider sorgfältig ab und kam zu dem Schluss, dass die Theorie mit dem Zufall nicht haltbar war. Wenn Brett ihn nicht schon beim Eintreten bemerkt hatte, dann zweifellos zu einem späteren Zeitpunkt. Und das hatte ihn nervös gemacht.

Aber warum sollte Brett vom Anblick eines Mannes verunsichert sein, den er nur ein Mal zuvor gesehen hatte, und das unter Umständen, die nicht zwangsläufig dazu hätten führen müssen, dass ihm die Begegnung im Gedächtnis blieb?

Darauf konnte es nur eine Antwort geben. Irgendwann in der Zeit dazwischen hatte er etwas erfahren. Und zwar etwas, das ihn dazu veranlasste, Mordecai Tremaine als einen Mann zu betrachten, den er fürchten musste.

Seine Vermutungen verdichteten sich allmählich. Gestern Nachmittag hatte Charlotte Grame überstürzt das Haus verlassen und sich heimlich davongeschlichen. Abgesehen von Lucia Tristam war sie die einzige Person, die von der Begegnung in der Teestube wissen konnte. Wahrscheinlich also hatte sie Brett aufgesucht und ihm berichtet, dass Mordecai Tremaine sie zusammen in Calnford gesehen hatte. Und sie hatte ihm erzählt, dass Tremaine mit dem Polizeibeamten zusammenarbeitete, der den Mord an Jeremy Rainer untersuchte.

Ihr einziges Motiv dafür, an diesem düsteren, bitterkalten Tag auszugehen, hatte darin bestanden, Brett aufzusuchen und ihn zu warnen. Und das bedeutete, dass sie meinte, dafür einen guten Grund zu haben.

Seine Augen hatten sich mittlerweile an den Dunst gewöhnt, und er vermochte Bretts hagere Züge besser zu erkennen. Er sah ein hartes, vorspringendes Kinn. Er sah einen Bluterguss und auf der Wange des Mannes einen langen, unregelmäßigen Kratzer.

Tremaine schnappte nach Luft, als ihm aufging, was das zu bedeuten hatte. Es war, als würde ein Bild, das im Dunkeln gelegen hatte, plötzlich in grelles Scheinwerferlicht getaucht, sodass jedes Detail deutlich hervortrat.

Sorgsam versuchte er sich die Umrisse des Bildes zu vergegenwärtigen. Wenn er sie sich einprägen könnte, solange das Bild noch frisch war, würde er es nie mehr blind ertasten müssen, um die Wahrheit aus trüben Untiefen zu fischen.

In diesem Augenblick erblickte er auf der anderen Seite der Theke ein Gesicht – ein hellwaches, scharfsinniges und zugleich nachdenkliches Gesicht, das ihm vage bekannt vorkam. Er grub in den Tiefen seines Gedächtnisses.

Dann fiel es ihm ein. Es handelte sich um einen Reporter. Das Gesicht, das ihn forschend betrachtete, gehörte einem Zeitungsjournalisten, der ihn möglicherweise erkannt hatte.

Tremaine stellte seinen leeren Humpen auf die Theke. Er wandte sich an Nicholas Blaise.

»Gehen wir, Nick?«

Als die Gasthoftür hinter ihnen zufiel, war er erleichtert, dass niemand ihn angesprochen hatte. Es war ihm vorher nicht in den Sinn gekommen, dass die Anwesenheit zahlreicher Reporter im Dorf eine Gefahr für ihn bedeuten könnte, doch jetzt war er auf der Hut. Wenn einer der Journalisten ihn mit dem Mordecai Tremaine in Verbindung brachte, der vor nicht allzu langer Zeit in einem anderen Mordfall Aufmerksamkeit erregt hatte, dann stünde seine enge Beziehung zu Inspector Cannock auf dem Spiel. Denn auch wenn der Inspector willens gewesen war, ihn zu seinem inoffiziellen Mitarbeiter zu machen, so würde er es nicht gern sehen, wenn sein Name in den Zeitungen mit Tremaine in Verbindung gebracht würde. Denn dann müsste er sich vor seinen Vorgesetzten verantworten, und diese Vorgesetzten würden es zweifellos nicht gut aufnehmen, dass einem Amateur gestattet wurde, eine Rolle in Ermittlungen zu spielen, die allein Sache der Polizei waren.

Nicholas Blaise war auf dem Rückweg recht still, und Tremaine, der mit seinen eigenen Gedanken beschäftigt war, unternahm seinerseits keinen Versuch, ein Gespräch zu beginnen. Kurz vor dem Tor brach Blaise sein Schweigen.

»Sie sollen nicht glauben, dass ich Sie hinhalten will, Mordecai. Zumal ich es war, der Sie hergeholt hat. Aber es gibt da ein paar Dinge, die – nun ja, über die zu sprechen ich nicht das Recht habe.«

Mordecai Tremaine sah ihn über den Rand seines Zwickers fragend an.

»Sie meinen unseren Freund Mr Brett?«

»Ja«, gab Blaise zu. »Brett.«

Tremaine schenkte ihm ein Lächeln, in dem Wärme und Verständnis mitschwangen, aber Blaise war zu zerstreut, um es zu bemerken.

»Vielleicht kenne ich den Grund bereits, Nick.«

Sie kamen gerade am alten Pförtnerhaus vorbei. Blaise schaute hinüber.

»Ich frage mich, was Jeremy Rainer hier mitten in der Nacht zu suchen hatte«, bemerkte Tremaine beiläufig.

Blaise wirbelte zu ihm herum.

»*Ist* er dort gewesen?«, fragte er scharf.

»Ja. Es muss kurz vor seinem Tod gewesen sein. Fällt Ihnen dazu etwas ein, Nick? Warum, glauben Sie, ist er durch den Schnee zum Pförtnerhaus gestapft, nachdem alle anderen zu Bett gegangen waren?«

»Warum auch immer er es getan hat«, sagte Blaise zögernd, »er muss einen Grund gehabt haben. Was glaubt die Polizei? Ich nehme an, sie weiß darüber Bescheid?«

»Sie weiß, dass er zum Pförtnerhaus gegangen ist«, erwiderte Tremaine. »Aber nicht, *warum*. Zumindest war das der Stand der Dinge, als ich das letzte Mal mit dem Inspector gesprochen habe. Meinen Sie nicht«, fuhr er fort, »dass Benedict uns etwas darüber sagen könnte?«

Nicholas Blaise schwieg ein paar Sekunden. Schließlich sagte er: »Benedict spukt Ihnen ja mächtig im Kopf herum, Mordecai. Sie wissen, wie ich dazu stehe.«

»Das ehrt Sie, Nick, ist aber keine Antwort auf meine Frage. Es gibt bei nüchterner Betrachtung im Grunde nur zwei mögliche Erklärungen dafür, dass Jeremy Rainer das Pförtnerhaus aufgesucht hat: Entweder er ging aus eigenem Antrieb, oder jemand hat es ihm befohlen. Wenn er aus freien Stücken dorthin ging, könnte das aus diversen Motiven heraus geschehen sein. Wenn er aber ging, weil ein anderer es wollte, dann muss das ein Mensch gewesen sein, der großen Einfluss auf ihn hatte. Und der erste, der mir da in den Sinn kommt, ist Benedict Grame.«

»Aber warum, um alles in der Welt, sollte *Benedict* gewollt haben, dass Jeremy sich zum Pförtnerhaus begibt? Das Haus steht doch leer. Und dann ausgerechnet zu dieser nachtschlafenden Zeit?«

»Ich hätte gedacht«, sagte Mordecai Tremaine, »dass *Ihnen* vielleicht ein Grund einfällt.«

Nicholas Blaise verzog das Gesicht.

»Hören Sie, Mordecai«, sagte er ernsthaft. »Sie machen einen schrecklichen Fehler, wenn Sie Benedict verdächtigen. Ich *weiß*, dass er unschuldig ist. Ich zweifle nicht daran, dass die beiden bisweilen ihre Differenzen hatten, aber sie standen sich wirklich sehr nahe. Ihre Leben waren quasi ineinander verschränkt.«

»Können Sie seine Unschuld *belegen*, Nick?«, fragte Mordecai Tremaine. »Können Sie zum Beispiel beweisen, dass er, nachdem er den Baum geschmückt hatte, sein Zimmer nicht noch einmal verlassen hat?«

Blaise zögerte.

»Nein«, gab er zu. »Ich kann es nicht *beweisen*. Aber ich kenne Benedict, und ich weiß, dass er Jeremy nicht ermordet haben kann!«

Die Verzweiflung in seiner Stimme offenbarte seine Aufrichtigkeit. Mordecai Tremaine schlug einen sanfteren Ton an.

»Na schön, Nick. Noch ist nicht Klage gegen ihn erhoben worden. Und ich verspreche, Ihnen sofort Bescheid zu geben, sobald neue Fakten ans Licht kommen.«

Der Lunch war eine schaurige Angelegenheit, so wie alle Mahlzeiten in den vergangenen Tagen. Mal versuchte einer der Gäste, frohe Stimmung zu verbreiten, dann wieder senkte sich Schweigen über die Tischgesellschaft. Der Geist von Jeremy Rainer saß hinter jedem Stuhl.

Nein – nicht hinter jedem. Während er sich an der Tafel umschaute, dachte Mordecai Tremaine, dass er und Benedict Grame die einzigen zu sein schienen, die nicht unter dem Einfluss eines Toten standen. Grame redete lebhaft, versuchte durch weit ausholende Gesten alle mit einzubeziehen, und schuftete wie ein Mannschaftskapitän, der seine letzten Energien verschleudert, um seine erschlaffenden Männer zusammenzuhalten.

In den Stunden, die seit Entdeckung des Mordes vergangen waren, schien Grame an Statur gewonnen zu haben. Während die anderen immer kleinlauter und ängstlicher wurden, war seine Zuversicht gesteigert. Mittlerweile hatte Tremaine den Eindruck gewonnen, dass er die Situation sogar genoss. Ja, nicht nur genoss, sondern beherrschte.

Er schaute zum Kopfende der Tafel und begegnete dem belustigten Blick der blauen Augen. Die buschigen Brauen hoben sich um eine Winzigkeit. Es war, als fordere Grame ihn auf, einen Witz zum Besten zu geben, den nur sie beide verstehen konnten.

Gerald Beechley glänzte durch Abwesenheit. Sein leerer Stuhl war wie ein Fragezeichen, das eine Antwort einforderte, die ausblieb. Unter den Gästen schien so etwas wie ein stillschweigendes Übereinkommen zu herrschen, nicht einmal zu erwähnen, dass er fehlte.

Nur Mordecai Tremaine, der in dieser Hinsicht wenig von Skrupeln geplagt war, erdreistete sich, das Thema anzusprechen.

»Ich frage mich, was Mr Beechley widerfahren ist?«, fragte er Rosalind Marsh, die wieder einmal neben ihm saß.

Sie sah ihn mit mildem Erstaunen an.

»Ich hätte gedacht«, erwiderte sie kühl, »dass Sie Bescheid wüssten. Gerald hat wieder einmal tüchtig der Flasche zugesprochen.«

»Wieder?«

»Das ist nicht gerade etwas Neues«, erklärte sie ihm.

Offenbar glaubte sie, dass er Unwissen vortäuschte, um sie aus der Reserve zu locken. Mordecai Tremaine überlegte kurz, ob er das Thema weiter verfolgen sollte, entschied sich dann aber dagegen.

Sein kurzer Wortwechsel mit Rosalind Marsh hatte bereits Aufmerksamkeit erregt. Er glaubte zwar nicht, dass jemand den genauen Wortlaut ihrer Unterhaltung mitbekommen hatte, aber sowohl Delamere als auch Lorring schauten mit argwöhnischen Mienen in seine Richtung.

Die Situation hatte jenen kritischen Punkt erreicht, an dem alle einander verstohlen beobachteten, um nur ja nichts zu verpassen, was sich auf die alles überschattende Tragödie auswirken konnte, in der sie mitspielten. Und vor allem, so glaubte Mordecai Tremaine zu erkennen, behielten sie *ihn* im Auge. Jeder Schritt, den er tat, jedes Wort, das er sprach, wurde daraufhin geprüft, ob er seine Gedanken verriet oder ob sich daraus entnehmen ließ, in welche Richtung der Verdacht der Polizei ging.

Es war nicht, als säße er auf dem sprichwörtlichen Pulverfass, sondern vielmehr, als sei er die Zündschnur zu ebendiesem. Es brauchte nur jemand einen Funken zu schlagen, und alles würde in die Luft fliegen.

Auch nach dem Lunch nahm Benedict Grame seine Gäste in Anspruch. Er war sichtlich entschlossen zu verhindern, dass in einsamen Zimmern verdrießlich gebrütet wurde, damit nicht weitere Verdächtigungen und Gereiztheit die unvermeidlich scheinende Krise auslösen würden. Den Nachmittag verbrachten sie mit altmodischen Gesellschaftsspielen, denen sich niemand enthalten durfte. Selbst Lorring ließ sich die Augen verbinden, nachdem er sich ein kurzes, halbherziges Protestschnauben erlaubt hatte.

Die Hauptlast der Verantwortung für diese Vergnügungen entfiel auf Nicholas Blaise. Immer wieder rief Grame ihn zu Hilfe, und immer wieder gab Blaise bereitwillig die Zielscheibe des Spotts. Er ertrug alles mit einem Lächeln, obschon klar ersichtlich war, welche Anstrengung dies für ihn bedeutete.

Blaise war seinem Herrn geradezu rührend ergeben, wie Mordecai Tremaine fand.

Grame behielt seine Gäste im Auge, sodass es beinahe unmöglich schien, sich unbemerkt davonzustehlen. Als sein Elan nach Stunden aber doch ein wenig erlahmte, gelang es Tremaine endlich, unbemerkt das Zimmer zu verlassen. Sobald er vor der Tür stand, spürte er eine ungeheure Erleichterung. Die Stimmung unter den Gästen wurde allmählich hysterisch. Der Anblick von Menschen, die allem Anschein nach von dunklen Ängsten gequält wurden und dennoch versuchten, einander an Fröhlichkeit zu übertreffen, war so grotesk, dass es beinahe anstößig wirkte.

Die Tür zu Gerald Beechleys Zimmer war verschlossen. Tremaine klopfte gebieterisch wie ein Mann, der sich nicht abweisen lässt. Tatsächlich waren nach einem kurzen Moment schlurfende Schritte im Zimmer zu vernehmen, und die Tür wurde geöffnet.

Beechley stand mit hochrotem Kopf schwankend auf der Schwelle und glotzte ihn an. Mordecai Tremaine sagte:

»Ich muss mit Ihnen sprechen.«

In seiner Stimme schwang eine ungewohnte Härte mit, was selbst in Beechleys alkoholisiertes Hirn drang. Er erhob keinen Einspruch, als Mordecai Tremaine an ihm vorbei ins Zimmer ging. Er machte die Tür wieder zu und kauerte sich in den Armlehnstuhl, den er vor das lodernde Kaminfeuer gezogen hatte.

Tremaine starrte auf das Feuer.

»Haben Sie schon wieder Beweismaterial verbrannt?«

Ein Ausdruck der Furcht ließ Gerald Beechleys Züge scharf hervortreten.

»Was wollen Sie damit sagen?«

Obwohl er zweifellos stark getrunken hatte, war er noch Herr seiner Sinne. Seine Augen glichen rot gerändeten Knöpfen und hatten einen abwehrenden, verschlagenen Ausdruck.

»Ich will damit sagen, dass Inspector Cannock ganz genau weiß, dass Sie gestern in diesem Zimmer Ihr Weihnachtsmannkostüm verbrannt haben. Sie haben nicht sorgfältig genug gearbeitet. Es war noch Stoff übrig, und die Polizei hat feststellen können, was es war.«

Beechley erhob sich halb aus seinem Sessel.

»Sie neugieriger kleiner Wichtigtuer«, nuschelte er. »Warten Sie nur, bis ich Sie in die Finger kriege …«

Mordecai Tremaine versuchte, seine Angst nicht zu zeigen. Er sah dem grobschlächtigen Mann fest ins Gesicht, als sei er durch dessen bedrohliches Verhalten nicht im Geringsten beeindruckt.

»Gewalt hilft Ihnen auch nicht mehr weiter«, sagte er ruhig. »Aber Aufrichtigkeit vielleicht.«

Etwas an seinem Ton schien Beechley zu ernüchtern. Seine Züge erschlafften. Er ließ sich wieder in seinen Sessel plumpsen und saß in sich zusammengesunken da.

»Worauf wollen Sie hinaus?«, fragte er mit bebender Stimme.

»Sie haben in Calnford ein Weihnachtsmannkostüm erstanden«, sagte Mordecai Tremaine. »Ein Kostüm, das Sie später verbrannt haben, weil Sie befürchteten, dass man es bei Ihnen finden würde. Dieses Kostüm haben Sie in der Nacht getragen, als Jeremy Rainer starb.«

»Sie haben mir die ganze Zeit nachspioniert«, behauptete Beechley. Seine Stimme klang ebenso boshaft wie gereizt.

»Seit Sie hergekommen sind, haben Sie nichts anderes getan als ständig Beobachtungen anzustellen und herumzuschnüffeln. Aber Sie müssen Beweise haben, um einen von uns anzuklagen, und gegen mich haben Sie überhaupt nichts in der Hand!«

»Vielleicht doch«, entgegnete Mordecai Tremaine. »Nehmen Sie mal an, irgendwer verrät der Polizei, dass Sie dieses Kostüm gekauft haben. Das würde ein äußerst unvorteilhaftes Licht auf Sie werfen.«

»Vielleicht, vielleicht aber auch nicht«, erwiderte Beechley in einem Ton, der zunehmend höhnischer wurde. »Kein Mensch hat der Polizei so was gesagt.«

»Doch«, widersprach Mordecai Tremaine, »einer schon. Und zwar Benedict Grame.«

Im Geiste rechtfertigte er sich: Selbst wenn Grame noch nicht mit der Polizei gesprochen hatte, hatte er es doch, als er auf der Terrasse davon sprach, immerhin vorgehabt. Und inzwischen würden seine Worte die Ohren von Inspector Cannock erreicht haben.

Die Wirkung des Gesagten auf Gerald Beechley war heftiger, als er erwartet hatte. Der große Mann keuchte. Er zuckte im Sessel zurück, als habe er einen Schlag erhalten.

»Benedict?«, fragte er ungläubig. »*Er* soll das der Polizei erzählt haben?«

Mordecai Tremaine nickte.

»Es war Mr Grame«, bekräftigte er.

Beechley schien Mühe zu haben, diese neue und unerfreuliche Entwicklung, auf die er nicht vorbereitet gewesen war, zu verarbeiten. Er fuhr sich mit der Zunge über die Lippen. Mordecai Tremaine beobachtete ihn scharf und sah, wie

Angst und Bestürzung aus seinem Gesicht wichen und es sich gleichzeitig vor Rachsucht verhärtete.

Dann beugte Beechley sich vor. In seinen Augen war ein merkwürdiges Glitzern. Er streckte die Hand aus und packte Mordecai Tremaine am Ärmel. Mit heiserer Stimme sagte er: »Ich hab eine Frage an die Polizei, die ja so erpicht drauf ist, was rauszukriegen. *Wo hat denn Benedict eigentlich gesteckt, als Jeremy ermordet wurde?*«

Tremaine war bemüht, jegliche Erregung aus seiner Stimme zu verbannen.

»Auf seinem Zimmer – wie es heißt.«

»Genau darum geht's ja«, sagte Beechley mit rachsüchtiger Bitterkeit. »Das war er eben *nicht*. In seinem Zimmer war niemand.«

»Woher«, fragte Mordecai Tremaine ein wenig atemlos, »wissen Sie das?«

Es gelang ihm nun endgültig nicht mehr, die Erregung aus seiner Stimme zu verbannen. Beechley schien sich mit einem Mal bewusst geworden zu sein, wozu seine Rachsucht ihn verleitet hatte. Erschöpft ließ er sich wieder in den Sessel sinken, und es war, als zöge er sich in ein Schneckenhaus zurück. Ein Schneckenhaus, aus dem seine Augen argwöhnisch hervorspähten.

»Ich hab bloß Spaß gemacht«, sagte er brüsk. »Ich bin nicht ganz ich selbst. Weiß gar nicht, was ich sage.«

Der Ausdruck auf seinem gedunsenen Gesicht warnte Mordecai Tremaine, dass der Siedepunkt erreicht war. Beechley war ein Mann, der voller Angst war. So voller Angst, dass er gewalttätig werden konnte, wenn er sich einredete, dass man ihn in die Enge trieb. Während er die große Gestalt mit den kräftigen Händen betrachtete, beschloss Tremaine, dass er lieber gehen sollte.

»Na schön«, sagte er. »Falls Sie es sich anders überlegen, lassen Sie es mich wissen.«

Beechley machte keine Anstalten, ihn aufzuhalten, und als Tremaine im Korridor stand, wischte er sich wieder einmal gedanklich den Schweiß von der Stirn. Die Befragung Beechleys hatte ein wenig zu sehr dem sprichwörtlichen Besuch in der Höhle des Löwen geähnelt.

Doch sie war zweifellos von Erfolg gekrönt gewesen. Wenn Gerald Beechley wusste, dass Benedict Grame sich zum Zeitpunkt des Mordes nicht in seinem Zimmer aufgehalten hatte, dann musste er selbst dort gewesen sein. Was ihn natürlich prompt mit dem verschwundenen Kollier in Verbindung brachte.

Zweifellos war es die Erkenntnis gewesen, dass Beechley im Begriff stand, sich selbst zu verraten, die ihn zu einem erneuten Umschwenken veranlasst hatte. In seinem rachsüchtigen Bestreben, Benedict Grame etwas anzuhängen, hatte er für einen Augenblick übersehen, dass er sich selbst belastete. Denn wenn er zu so später Stunde in Grames Zimmer gegangen war, dann sicherlich nicht, um diesem einen Freundschaftsbesuch abzustatten. Wenn man dann noch seine finanziellen Schwierigkeiten bedachte und seine seltsame Frage, ob etwas vermisst würde, war er fast schon überführt.

Doch es war nicht das Schicksal des Kolliers, das Mordecai Tremaine beschäftigte. Benedict Grame, der seltsamerweise so lange gebraucht hatte, um wach zu werden, der nicht einmal den Lärm direkt unter seinem Zimmer gehört hatte, war zum Zeitpunkt des Mordes gar nicht im Zimmer gewesen!

Diesen bedeutenden Hinweis hatte Gerald Beechley ihm gegeben. Auch wenn Grames Alibi unbestätigt gewesen war, so schien es doch zumindest so stichhaltig wie das aller anderen zu sein. Jetzt aber war es nichts als ein trauriger Fetzen.

16

Die Presse griff den Mordfall mit einer Begeisterung auf, die durch die zwei Tage, an denen keine Zeitungen erschienen waren, noch gesteigert schien. Schauplatz und Umstände des Verbrechens waren grotesk genug, um ihm einen prominenten Platz in den Blättern einzuräumen, und es erntete umso mehr Aufmerksamkeit, als die Nachrichten um die Festtage eher dünn gesät waren. Das tragische Bild eines Weihnachtsmannes im roten Mantel, der tot unter einem geschmückten Christbaum liegt, die verschwundenen Geschenke und die schneebedeckte Landschaft, die den passenden jahreszeitlichen Rahmen bildete, hatten die Fantasie der Leitartikler angeheizt. Und sie ergingen sich in breiten Spalten in den grässlichsten Spekulationen.

Mordecai Tremaine verbrachte den Morgen mit der Lektüre aller Zeitungen, derer er habhaft werden konnte, und stellte erleichtert fest, dass sein Name nirgends genannt wurde. Offenbar war es bislang keinem Reporter gelungen, seine Identität aufzudecken, und so waren glücklicherweise keine Scheinwerfer auf ihn gerichtet.

Abzüglich der Ausschmückung der bizarren Umstände enthielten sämtliche Berichte nichts als die dürren Fakten, dass nämlich der Tote in den frühen Morgenstunden vor einem Weihnachtsbaum aufgefunden worden war, von dem die Präsente, mit denen der Gastgeber diesen geschmückt hatte, auf mysteriöse Weise verschwunden waren. Tremaine glaubte, dass dies auf Inspector Cannocks Einflussnahme zurückzuführen sei. Der Beamte hatte der Presse wohl nur die harten Fakten mitgeteilt und alle weiteren Nachfragen abgeschmettert. Er hatte dafür gesorgt, dass nicht zu viele Informationen verbreitet wurden, um den Ermittlungen, die noch am Anfang standen, nicht zu schaden.

Es war natürlich nicht anzunehmen, dass es dabei bleiben würde. Dies waren nur die ersten Berichte, und die Reporter hatten zunächst einmal genug erfahren, um eine gute Story schreiben zu können. Inspector Cannock musste sich deshalb noch nicht besonders anstrengen, um sie von Sherbroome House fernzuhalten. Die meisten Gäste waren ohnehin im Haus geblieben, und somit hatten die Journalisten kaum Gelegenheit gehabt, weitere Erkundigungen einzuholen.

Doch mittlerweile würden die Chefredaktionen in London ausführlichere Berichte fordern. Was bedeutete, dass die Reporter vor Ort sehr viel hartnäckiger nachbohren würden. Jeder Hausbewohner musste sich auf höfliche, aber beharrliche Befragungen gefasst machen.

Im Augenblick war die meiste Aufmerksamkeit auf Austin Delamere gerichtet, was zu erwarten gewesen war. Schließlich stellte er eine Person des öffentlichen Lebens dar. Die Journalisten verfügten über Zugang zu der einen oder anderen Akte über ihn, und verschiedene Zeitungen hatten für ihre Leser einen kurzen Abriss seiner Karriere zusammengestellt.

Delamere gefiel das zweifellos überhaupt nicht. Das feiste Gesicht vor Ärger und Verdruss verdüstert, las er gierig sämtliche Berichte, derer er habhaft werden konnte, und jede Zeitung, die er zur Hand nahm, schien seinen Zorn noch zu steigern. Grollend blätterte er durch die Seiten, als täte er nichts lieber, als sich die Verantwortlichen zur Brust zu nehmen.

Anschuldigungen gegen ihn wurden nicht erhoben. Nirgends ein Hinweis, dass er etwas mit dem Tode von Jeremy Rainer zu tun haben könnte oder dass er möglicherweise wusste, warum der Mann gestorben war. Aber sein Name stand nun mit einem Mord in Verbindung, und es war eindeutig, dass er Folgen für seine Karriere befürchtete.

Mordecai Tremaine fand dieses Verhalten durchaus aufschlussreich. Delamere war sich demnach bewusst, dass sein Ruf nicht über jeden Zweifel erhaben war. Er wollte nicht einmal im Entferntesten einen Skandal riskieren, könnten dadurch doch alte Verdachtsmomente wieder in Erinnerung gerufen werden und ihn im ungünstigsten Fall in eine Lage bringen, wo ihm nur noch der Rücktritt blieb.

»Wie ich sehe«, bemerkte er zu Delamere, wobei er den Politiker absichtlich in seiner Lektüre unterbrach, »haben die Zeitungen nicht lange gebraucht, um Ihre Anwesenheit zum Thema zu machen. Das ist wohl einer der Nachteile, wenn man im Licht der Öffentlichkeit steht.«

Der Politiker raschelte wütend mit seiner Zeitung.

»Diese verdammten Leichenfledderer!«, knurrte er. »Warum können sie einem nicht ein wenig Privatsphäre lassen?«

Er versuchte, sich wütend zu geben und in die Sache hineinzusteigern, aber das Beben seiner Stimme verriet ihn. Mordecai Tremaine wusste, dass Austin Delamere nicht empört war, sondern von Angst erfüllt.

Er überließ den fülligen Mann seinen Sorgen, hüllte sich in Mantel und Schal und begab sich auf die Terrasse zu Lucia Tristam. Tremaine hatte sie gerade durchs Fenster gesehen und daraufhin beschlossen, ebenfalls frische Luft schnappen zu gehen. In ihren Pelzmantel gehüllt schritt die schöne Frau vor den Verandatüren des Zimmers auf und ab, in dem Jeremy Rainer zu Tode gekommen war.

Mordecai Tremaine sprach sie an:

»Würden Sie gerne vor dem Mittagessen einen Spaziergang zum Dorf machen?«

Sie zögerte kurz, bevor sie ihm Antwort gab. Vielleicht hatte sie seine Anwesenheit erst in dem Moment bemerkt, als er sie angesprochen hatte.

»Nein – danke«, erwiderte sie. »Es ist zu kalt, um so weit zu gehen.«

»Wahrscheinlich ist es sogar besser so«, sagte Mordecai Tremaine bedeutungsvoll. »Im Dorf treiben sich gewiss Dutzende neugieriger Reporter herum.«

Die grünen Einsprengsel in ihren Augen loderten auf. War es Zorn oder Furcht, der sie derart zum Glühen brachte? Ein wenig steif brachte sie hervor: »Spielt das eine Rolle?«

»Tut es das *nicht*?«, konterte Mordecai Tremaine, während er sie über den Rand seines Zwickers beobachtete. »Reporter sind ein sehr hartnäckiger Menschenschlag, wissen Sie. Sie stellen alle möglichen Fragen. Sie *könnten* Fragen stellen, die Ihnen vielleicht unangenehm wären.«

Jäh tat sie einen Schritt auf ihn zu, eine instinktive Reaktion. Ihr Gesicht hatte Farbe bekommen. Sie sah sehr reizend aus – und sehr gefährlich.

»Ich weiß einfach nicht, was ich von Ihnen halten soll«, sagte sie leise, ihre Stimme klang angespannt. »Sie sehen aus, als könnten Sie keiner Fliege was zuleide tun. Am Anfang hätte ich nicht gedacht, dass ich Ihretwegen beunruhigt sein könnte. Ich dachte mir, Sie seien nichts als ein harmloser, geschwätziger Wichtigtuer. Doch jetzt –« Sie legte ihm die Hand auf den Arm. Selbst durch Mantelstoff und Handschuh spürte er das warme, pulsierende Leben in ihr. »Jetzt bin ich mir nicht mehr so sicher.« Nach einer Weile fuhr sie fort: »Wie viel wissen Sie bereits?«

»Ich weiß«, sagte Mordecai Tremaine, »dass Jeremy Rainer in Sie verliebt war. Und dass Benedict Grame in Sie verliebt *ist*.«

Sie wandte sich abrupt von ihm ab und starrte über die weiten Rasenflächen. Trotz des Pelzmantels konnte er sehen, wie sich ihre Brust hastig hob und senkte.

»Das ist eine reine Vermutung. Sie können Sie nicht beweisen.«

»Ich glaube nicht«, sagte Mordecai Tremaine, »dass man jetzt noch beweisen könnte, dass Rainer Sie liebte. Aber wie steht es mit Benedict Grame?«

»*Was* soll mit Benedict sein?!«, fuhr sie ihn an.

»Es ist Ihnen doch bewusst, dass es im Moment nicht gut für ihn aussieht.«

»Nein«, entgegnete sie, »davon weiß ich nichts.« Sie blickte ihn an. In ihrer Stimme lag nun eine gewisse Dringlichkeit. »Was meinen Sie damit? Was haben Sie herausgefunden?«

Mordecai Tremaine schob seinen Zwicker hoch.

»Benedict Grame«, äußerte er sachlich, »befand sich zur Tatzeit nicht in seinem Zimmer. Jeremy Rainer war in Sie verliebt. Und nun ist Jeremy Rainer tot. Ihnen ist doch klar, welchen Schluss die Polizei aus diesen simplen Fakten ziehen wird?«

Jetzt hatte er sie zweifellos erschüttert. Sie wechselte mehrmals die Farbe.

»Das ist nicht wahr«, beteuerte sie. »Es ist nicht wahr! Benedict hat Jeremy nicht ermordet! Ich weiß es genau. Er hätte ihn gar nicht ermorden *können!* Denn er –«

Sie verstummte. Nackte Angst stand in ihren Augen.

»Denn?«, soufflierte Mordecai Tremaine.

Aber sie gab keine Antwort. Vermutlich hatte sie ihn nicht einmal gehört. Sie gab einen leisen, erstickten Laut von sich und eilte an ihm vorbei ins Haus.

Im nächsten Moment vernahm Mordecai Tremaine ein trockenes Hüsteln. Er drehte sich um. Ernest Lorring war auf die Terrasse getreten und musterte ihn mit ironischem Blick.

»Sie scheinen ein Talent dafür zu besitzen, die Leute nervös zu machen«, sagte er.

»Nur die Leute, die einen Grund haben, nervös zu sein«, erwiderte Mordecai Tremaine.

Lorring zog seine drahtigen Brauen hoch. Mit einem verächtlichen Schnauben stolzierte er an ihm vorüber.

»Ihr Interesse an dem Christbaum hat wohl neuerdings nachgelassen?«, rief Tremaine ihm hinterher.

Der Professor fuhr ungestüm zu ihm herum, sein Absatz knirschte im Schnee. Sein hageres Gesicht war vor Wut verzerrt.

»Seien Sie bloß vorsichtig, Tremaine!«, fauchte er. »Ich warne Sie! Treiben Sie's nicht zu weit!«

Einen Augenblick starrte er sein Gegenüber an, während seine Augen Funken sprühten. Tremaine war froh, dass die Begegnung auf der Terrasse stattfand. Einen Angriff vor Publikum würde Lorring nicht wagen. Wären sie allein gewesen, hätte seine Wut ihn vielleicht dazu verleiten können, auf Tremaine loszugehen.

Mühsam gewann Lorring seine Beherrschung wieder und ging schließlich ins Haus zurück. Mordecai ließ noch einen Augenblick verstreichen, dann schob er die Terrassentür auf und trat selbst hinein.

Er fand sich Benedict Grame gegenüber. Hinter ihm standen Denys Arden und Roger Wynton. Ihren Mienen war zu entnehmen, dass sie Zeugen der kurzen Szene gewesen waren. Grame räusperte sich verlegen.

»Ich bedauere diesen Vorfall eben sehr, Tremaine«, sagte er hilflos. »Ich fürchte, Lorring ist bisweilen ein schwieriger Charakter. Es kommt leicht zu Missverständnissen mit ihm. Aber er meint es nicht so, wissen Sie.«

Tremaine betrachtete ihn nachdenklich. Benedict Grame schien bestrebt zu sein, seinen Gast in ein gutes Licht zu rücken. Er fragte sich, ob Grame seine Unterhaltung mit Lucia Tristam beobachtet hatte, und ob die beiden tatsächlich eine Liebesbeziehung unterhielten. Dass Grame in sie verliebt war, bezweifelte er keine Sekunde.

Langsam sah er sich in dem Raum um. Er befand sich fast in demselben Zustand wie in der Nacht, als Jeremy Rainer tot zu Füßen des Baums gelegen hatte und die Tragödie noch ganz frisch gewesen war. Obwohl die Polizei ihre Spurensuche abgeschlossen hatte, hielt sich nach wie vor keiner der Bewohner des Hauses gern in diesem Raum auf. Selbst die Dienstboten hatten bislang keinen Versuch unternommen, aufzuräumen oder sauberzumachen.

Sein Blick blieb an dem Baum hängen. Ein Gedanke kam ihm, und er sagte zu Benedict Grame: »Sieht die Klammer dort oben nicht ein wenig sonderbar aus? Ich meine die, auf der Mr Rainers Name steht. Hätten Sie etwas dagegen, sie mir zu reichen?«

Grame sah ihn etwas verwundert an, erhob jedoch keine Einwände. Er warf einen Blick auf den Baum, zögerte kurz und holte dann die hölzerne Trittleiter, die immer noch an der Wand stand. Während Roger Wynton und Denys Arden neugierig zuschauten, stieg er hinauf und löste die Klammer vom Baum.

Es dauerte nicht allzu lange. Er stieg die Leiter wieder herunter und reichte sie Mordecai Tremaine. Dieser drehte die Klammer zwischen den Fingern hin und her und betrachtete sie, während seine Augen vor Erregung aufleuchteten.

»Nun«, meinte Grame, »was verrät sie Ihnen?«

Mordecai Tremaine verstaute die Klammer behutsam in seiner Tasche.

»Viel«, sagte er sanft. »Sehr viel.«

Es schien, als läge Benedict Grame noch eine weitere Frage auf der Zunge, doch nach einem Blick auf Denys Arden und Roger Wynton überlegte er es sich anders. Schließlich sagte er: »Wenn ihr drei mich jetzt entschuldigen wollt – ich habe ein oder zwei Dinge mit Nick zu bereden. Er kann die Arbeit einfach nicht ruhen lassen!«

Als die Tür hinter ihm ins Schloss gefallen war, wandte sich Tremaine an Roger Wynton.

»Also haben sie Ihnen noch nicht die Handschellen angelegt, junger Mann?«

»Dank Ihnen«, erwiderte Wynton. »Wenn Sie nicht gewesen wären, hätte mich der Inspector wohl schon längst hinter Gitter gesteckt.«

»Ich weiß nicht, wie wir das je wiedergutmachen können«, ergänzte Denys Arden. »Er hätte Rogers Aussage niemals Glauben geschenkt, wenn Sie nicht mit ihm gesprochen hätten.«

Sie sagte es so voller Ernst, dass Mordecai Tremaine ganz verlegen wurde. Er hatte das Gefühl, fälschlicherweise für einen Helden gehalten zu werden, einen Orden für eine Tat zu erhalten, die er nicht vollbracht hatte. Hastig wechselte er das Thema.

»Haben Sie gewusst, dass Ihr Vormund im Grunde gar nichts gegen Ihre Heirat mit Mr Wynton hatte?«

Denys Arden starrte ihn ungläubig an.

»Aber er *war* dagegen«, versicherte sie. »Und wir konnten das einfach nicht verstehen.«

»Warum«, meldete sich Roger Wynton zu Wort, »sagen Sie so etwas?«

»Machen Sie sich im Augenblick keine Gedanken um das Warum«, erwiderte Mordecai Tremaine. »Sind Sie ganz sicher, dass er Sie maßlos verabscheute?«

Wynton runzelte die Stirn.

»Nein, bin ich nicht«, gab er zu. »Damals, als ich Denys kennenlernte, sind wir gut miteinander ausgekommen. Ich war ziemlich erstaunt, als sich das plötzlich änderte. Und mitunter hatte ich das merkwürdige Gefühl, dass etwas anderes dahinter steckte, dass er Dinge sagte, die er gar nicht wirklich meinte – es war beinahe so, als spielte er eine Rolle. Ich habe mir dennoch gesagt, dass ich mir das bloß einbilde, weil ich so verzweifelt darauf aus war, einen Funken Hoffnung zu entdecken. Aber jetzt, da *Sie* es erwähnen, überlege ich, ob es vielleicht doch nicht nur Einbildung war.«

»Vielleicht war es das auch nicht«, sagte Mordecai Tremaine.

An diesem Tag dachte er noch öfter an Denys Arden und Roger Wynton. Ihre offenkundige Verliebtheit war für sein sentimentales Herz eine Quelle des Trosts.

Es war ein ziemlich beschwerlicher Tag. Die unausgesprochene Furcht sämtlicher Bewohner vor neugierigen Reportern führte dazu, dass sich alle ins Haus zurückzogen und wie eingesperrt fühlten. Jeder von ihnen wäre dieser Zwangsgemeinschaft nur allzu gern entkommen, aber niemand wagte es, abzureisen.

Noch galt es die gerichtliche Untersuchung und die Beerdigung zu überstehen. Bei einem dieser wichtigen Anlässe zu fehlen, könnte verdächtig wirken. Beides würde nicht vor dem nächsten Tag stattfinden.

Mordecai Tremaine war erleichtert, als der Abend nahte und er Zuflucht in seinem Zimmer suchen konnte. Sein reges Interesse an dem, was vor sich ging, schwand in der bedrückenden Atmosphäre und unter dem Misstrauen der anderen. Er war müde und todtraurig. Sein Glaube an die Menschheit schimmerte nur noch schwach.

Er schob sein Fenster hoch und schaute hinaus auf die schneebedeckten Felder unter dem Schein des Mondes. Tief sog er die kalte Luft ein und spürte, wie sie über seine Stirn strich.

Er kannte die Symptome: Er näherte sich dem Ende des Weges. Bis jetzt hatte ihn das Jagdfieber angetrieben. Mit Freude hatte er seinen Verstand von einem Rätsel herausfordern lassen, dem es mit Logik beizukommen galt.

Aber es gab immer mehr zwischenmenschliche Belange, die in dieser Gleichung auftauchten. Er kannte nun die Akteure des Dramas, und diese waren keine unbestimmten Wesen, die er leidenschaftslos studieren, deren Empfindungen er nüchtern analysieren konnte, sondern Menschen aus Fleisch und Blut, denen er verbunden war. Und vor allem wusste er nun, durch wessen Hand Jeremy Rainer zu Tode gekommen war.

Der Mord war zu einer so persönlichen Angelegenheit geworden, dass es ihn schmerzte. Er war eine Tragödie und brachte Entsetzen mit sich sowie die Vernichtung eines Menschen per Gesetz – eines Menschen, mit dem er nur wenige Tage verbracht hatte, die ihm indessen wie eine Ewigkeit vorkamen.

Ein kalter Schauder überlief ihn. Noch einmal ging sein Verstand all die Fakten durch, die ihn zu diesem unwiderruflichen Schluss geführt hatten. Er prüfte sie auf Fehler und suchte nach einer Ungereimtheit, mochte sie noch so winzig sein, die seine Theorie noch ins Wanken bringen mochte.

Aber er fand keine. Natürlich kannte er nicht die ganze Geschichte. Manches konnte er nur erraten und müsste es sich von Inspector Cannock näher erläutern lassen. Doch die Wahrheit stand ihm vor Augen, und sie war schrecklich und unwiderlegbar.

Mordecai Tremaine schob das Fenster wieder zu und legte sich ins Bett. Er nahm die *Romantischen Geschichten* zur Hand, vermochte sich jedoch nicht zu konzentrieren. Kurz darauf legte er das Magazin beiseite und starrte mit offenen Augen in der Dunkelheit.

Als er nach einer Nacht voll unruhiger Träume erwachte, herrschte bereits eine erwartungsvolle Unruhe im Haus: Alles wartete begierig auf die Ergebnisse der gerichtlichen Untersuchung und fürchtete sie gleichzeitig. Tauwetter hatte eingesetzt. Der Schnee hatte zu schmelzen begonnen, und schon jetzt durchbrach trister brauner Schlamm die Schönheit der weißen Landschaft. Es war ein freudloser Morgen voller Schwermut, dem jede Spur von Weihnachtsstimmung fehlte.

Bevor er sich auf den Weg ins Dorf begab, schlüpfte Tremaine noch einmal in das Mordzimmer, um einen letzten Blick auf den Weihnachtsbaum zu werfen, den er im grauen Morgenlicht gar nicht mehr schön fand. Die Zweige senkten sich traurig nach unten, und der Schmuck hing schlaff herab und glänzte nicht mehr.

Die Beerdigung war nicht so schlimm wie erwartet. Der Gottesdienst fand in der Dorfkirche statt, danach wurde Jeremy Rainer auf dem angrenzenden kleinen Friedhof zur letzten Ruhe gebettet. Nichts unterschied die feierliche Bestattung von den anderen, die zuvor in dem grauen alten Gebäude abgehalten worden waren.

Die gerichtliche Untersuchung fand am frühen Nachmittag in der Dorfschule statt. Mordecai Tremaine musterte die hölzernen Pulte, die Tafel und die bunten Landkarten an der Wand und versuchte, nur an die fröhlichen Szenen zu denken, die sich in dieser Umgebung abgespielt haben mussten. Doch selbst die Harmlosigkeit eines dörflichen Klassenzimmers konnte den düsteren Anlass, aus dem sie hier versammelt waren, nicht vergessen lassen.

Der Untersuchungsrichter war ein forscher, tüchtiger Mann von soldatischer Knappheit, der die Angelegenheit offenkundig in den Händen der Polizei am besten aufgehoben glaubte und keinen Wert auf eine sich endlos dahinschleppende Verhandlung legte. Rasch und fachmännisch befragte er die Zeugen, ohne auch nur die geringste Abschweifung zu dulden, und wies innerhalb kurzer Zeit nach, dass Jeremy Rainer von einer zur Zeit noch unbekannten Person oder mehreren zur Zeit noch unbekannten Personen ermordet worden sei.

Mordecai Tremaine wurde nicht in den Zeugenstand gerufen. Benedict Grame, Denys Arden und Nicholas Blaise waren die einzigen Hausbewohner, die aussagen mussten. Die übrigen Zeugen waren Fachleute, darunter der Polizeiarzt und der Inspector. Cannock fasste sich kurz, obwohl er mit Sicherheit über mehr Informationen verfügte, als er während der Untersuchung preiszugeben bereit war. Der Arzt redete präzise zur Sache und ratterte eine ganze Batterie medizinischer Fachausdrücke herunter.

Während der Kreuzverhöre beobachtete Tremaine die Menschen im Klassenzimmer. Außer den Hausgästen und den Reportern hatten sich einige Dörfler in der Schule eingefunden. Ganz hinten entdeckte er Desmond Latimer, der sehr interessiert wirkte, und den Mann, der Brett hieß, wie Nicholas Blaise gesagt hatte.

Latimer war zweifelsfrei der Unruhigere der beiden, er machte einen nervösen, geradezu lauernden Eindruck. Es war, als fürchtete er, die Hand des wachhabenden Constable könne sich auf seine Schulter legen, um ihn zum Verhör zu holen. Als er merkte, dass Tremaine ihn beobachtete, schlug er rasch die Augen nieder.

Brett hingegen begegnete seinem Blick herausfordernd. Seine Lippen kräuselten sich zu einem kalten Lächeln. Tremaine glaubte, in dem hageren Gesicht eine Andeutung von Spott wahrzunehmen.

Es war nicht einfach, nach der gerichtlichen Untersuchung an Inspector Cannock heranzukommen, der draußen stand und von einer Menschentraube umringt war. Endlich aber gelang es Mordecai Tremaine, seinen Blick aufzufangen, und der Inspector erriet die Dringlichkeit seines Anliegens. Er wies mit dem Kopf in Richtung der Landstraße, und Tremaine nickte zum Zeichen, dass er verstanden hatte. Vorsichtig bahnte er sich einen Weg durch den zertrampelten Schneematsch und ging Richtung Calnford.

Nur die Napiers, die ein kleines Stück von den anderen entfernt vor dem Schulhaus standen, schienen seinen Aufbruch zu bemerken. Vor dem trostlosen Hintergrund aus grauem Mauerwerk, bleiernem Himmel und Schneematsch wirkten sie farbloser und langweiliger denn je.

Tremaine sah, wie Evelyn Napier den Arm ihres Mannes ergriff. Was sie sagte, konnte er nicht hören, aber ihre Augen waren in Erwartung des Schrecklichsten auf ihn geheftet. Er ließ sie nicht merken, dass er sie gesehen hatte, aber der kleine Vorfall gab ihm erneut Stoff zum Nachdenken.

Er schritt ein Stück auf der Landstraße, bis er außer Sicht des Dorfes war, dann ließ er sich auf einem Zauntritt nieder und wartete. Zehn Minuten später hielt Inspector Cannocks Wagen mit spritzenden Reifen neben ihm. Der Inspector öffnete die Fahrertür.

»Sie sehen aus, als hätten Sie den Mörder in Ihrer Tasche!«, sagte er.

»Vielleicht«, erwiderte Mordecai Tremaine voller Ernst, »habe ich das ja auch.«

Augenblicklich war das spöttische Funkeln in Cannocks Augen verflogen. Er stieg aus dem Wagen. Neugier stand in seinem wettergegerbten Gesicht.

»Und«, fragte er. »Wer ist es?«

»Das kann ich Ihnen noch nicht sagen. Mir fehlen noch

Beweise. Es gibt noch ein paar Dinge, die ich vorher herausfinden muss. Wozu ich Ihre Hilfe bräuchte.«

»Und die wären?«, fragte Cannock.

»Zum Beispiel: Warum hat Charlotte Grame trotz Ausgangssperre das Haus verlassen? Wollte sie zu einem Mann namens Brett, der im Gasthof logiert?«

Der Inspector nickte.

»Ja. Sie ging geradewegs zum Gasthof und fragte nach ihm.«

»Liegt gegen ihn etwas vor?«

»Bis jetzt nicht. Wir sind der Sache natürlich nachgegangen.«

»Was ist mit Beechley?«

Cannock schob nachdenklich das Kinn vor.

»Was Beechley angeht, bin ich mir überhaupt nicht sicher«, gab er zu. »Er hat spitzgekriegt, dass ich ihn verfolgen ließ, und versucht, meinen Beamten abzuschütteln. Es muss da etwas geben, das er zu verbergen hat.«

»Hat er sich mit jemandem aus dem Dorf getroffen?«

»Nein. Aber er hat einen Anruf getätigt, den er offensichtlich nicht vom Haus aus machen wollte. Ich habe diesen Anruf überprüfen lassen. Privatanschluss eines Gentlemans namens Rubens. Dieser ist Seniorpartner bei MacAnstey und Brenlow, einem Wettbüro in Calnford.«

»Ein Buchmacher also«, sagte Mordecai Tremaine.

»Ein Buchmacher«, bestätigte der Inspector.

Tremaine dachte über das Gesagte nach. In seinen Augen blitzte eine Vermutung auf.

»Was konnten Sie über die Hausgäste herausbekommen? Über Lorring und die anderen?«

Der Inspector zeigte sich angesichts dieses Kreuzverhörs durchaus geduldig. Er antwortete: »An Lorring bin ich noch dran. Es dauert seine Zeit, bis alles überprüft ist. Aber über die anderen kann ich Ihnen schon einiges mitteilen. Es überrascht Sie vielleicht nicht zu hören, dass Delamere in eine oder zwei zwielichtige Angelegenheiten verwickelt gewesen ist. Wenn die Beweislage nur etwas erdrückender gewesen wäre, dann hätte die letzte ihn den Kopf kosten können, trotz all seiner Tricks und Mogeleien. Das ist jetzt fünf oder sechs Jahre her. Eine widerwärtige Geschichte, hat mit der Erteilung von Regierungsaufträgen zu tun. Wenn ein bestimmter Brief, den Delamere geschrieben hatte, nicht verschwunden wäre, hätte er sich von seiner Karriere verabschieden können. Ich bezweifle nicht«, betonte Cannock trocken, »dass ihm dies auch bewusst war und dass er sich selbst um die Vernichtung des besagten Briefes gekümmert hat.«

»Wie steht er finanziell da?«

»Ziemlich stabil. Zumindest, soweit ich das feststellen konnte.«

»Irgendeine geheime Verbindung zwischen Delamere und Rainer – oder Grame?«

»Nichts Verdächtiges. Er scheint Grame schon seit Jahren zu kennen. Kommt regelmäßig zu diesen Weihnachts-Hausgesellschaften.«

»Gibt es irgendwelche Auffälligkeiten in Rainers Vergangenheit?«

Cannock schürzte die Lippen.

»Nun – ja«, sagte er bedächtig, »sie ist reichlich undurchsichtig, würde ich mal sagen. Hab noch nicht alles ausgraben können. Wird noch ein ganzes Stück Arbeit, sich das alles anzugucken. Wir wissen, dass Rainer Miss Ardens Vormund war – hat ihr Schulgeld bezahlt und so weiter. Das Merkwürdige ist, dass es höchstwahrscheinlich Rainer selbst war, der ihren Vater ruiniert hat. Arden hat jeden Penny bei einem clever aufgezogenen Goldaktien-Schwindel verloren und sich kurz darauf eine Lungenentzündung zugezogen. Denys Arden war damals noch ein Kind. Rainer muss Gewissensbisse gehabt haben und hat wohl deshalb die Verantwortung für ihre Erziehung übernommen. Nach dem, was ich bis jetzt herausfinden konnte«, fuhr er grimmig fort, »möchte ich behaupten, dass ein paar Gewissensbisse mehr ihm durchaus nicht geschadet hätten. Damals in Südafrika hat er illegal mit Diamanten gehandelt. Er musste das Land überstürzt verlassen und entging nur knapp der Verhaftung. Vielleicht wäre er letztlich sogar wegen Mordes angeklagt worden, wenn sie ihn erwischt hätten.«

Mordecai Tremaine nickte anerkennend.

»Sie arbeiten schnell, Inspector.«

»Das Verbrechen macht auch keine Ferien!«, gab Cannock zurück. Mit einem Funkeln tief in seinen braunen Augen sah er seinen Gefährten an. »Ich habe übrigens noch eine Neuigkeit für Sie. Sie betrifft unsere Freunde, die Napiers.«

»Ah«, sagte Mordecai Tremaine leise, »die Napiers.«

»Harold Napier hat nicht immer so geheißen«, fuhr der Inspector fort. »Einst hörte er auf den Namen Newton. *Dr.* Newton. Ihm wurde die Approbation entzogen, weil er seinen Patienten Drogen beschafft hat. Er hatte noch Glück, dass sonst keine Schritte gegen ihn eingeleitet worden sind. Die Sache ließ sich wohl nicht endgültig beweisen, deshalb ist er um eine Strafanzeige herumgekommen. Wenn Sie ihn jetzt sehen, würden Sie es nicht für möglich halten, aber er war mal ein richtiger Salonlöwe. Ständig in den Nachtclubs im West End unterwegs. Hat nur so mit Geld um sich geworfen. Also so gar nicht der Typ, der sich auf dem Lande verkriecht. Mittlerweile jedoch scheint sein Mut völlig gebrochen zu sein.«

Mordecai Tremaine strahlte die Zufriedenheit eines Mannes aus, dessen Theorien sich bewahrheitet haben. Seine Augen leuchteten förmlich.

»Sie haben mir wirklich viele wichtige Informationen gegeben, Inspector. Vielleicht habe ich auch die eine oder andere für Sie. Wissen Sie zufällig den Namen des Mannes, von dem Benedict Grame Sherbroome House erworben hat?«

»Nicht aus dem Stand. Melvin, glaube ich. Waren nicht die Melvins einst die Besitzer des Hauses?«

»Ursprünglich ja«, bestätigte Tremaine. »Aber als die Melvins ausstarben, ging der Besitz auf einen entfernten Verwandten der Familie über. Benedict Grame kaufte das Haus von einem Mann namens Latimer. Haben Sie eine Ahnung, was das bedeutet, Inspector? Ein Mann namens Latimer. Es gibt einen Mann namens Latimer, der zurzeit im Dorf wohnt. *Und er ist in der Nacht, in der der Mord geschah, im Haus gewesen!*«

Der Inspector starrte ihn an, von der Dramatik gefesselt, die in seinem Ton lag.

»Was wissen Sie?«, fragte er scharf.

»Ich werde es Ihnen sagen«, erwiderte Mordecai Tremaine feierlich.

Er sprach mit großer Ernsthaftigkeit fast eine halbe Stunde zu dem Beamten, und als er geendet hatte, äußerte er eine Bitte, der Inspector Cannock bezeichnenderweise ohne weitere Nachfrage zustimmte.

17

In einiger Entfernung auf der Straße erblickte Mordecai Tremaine eine weibliche Gestalt. Er eilte durch den Schneematsch, und als er sie einholte, sah er, dass es sich um Rosalind Marsh handelte.

»Wenigstens dieses Übel haben wir hinter uns«, eröffnete er das Gespräch.

Sie drehte den Kopf und sah ihn an.

»Ach, *tatsächlich?*«

Ihr Gesicht wirkte müde und verhärmt, wie ihm jetzt auffiel. Sie hatte ihre kalte, gleichgültige Schönheit verloren und sah ein gutes Stück älter aus. Gespenstische Schatten verdunkelten ihre Augen.

»Was haben *Sie* getan?«, fragte er unvermittelt.

Ihre Antwort klang bitter.

»Jetzt ist es schließlich doch herausgekommen, nicht wahr?«

»Es musste so kommen«, sagte Mordecai Tremaine. »Sobald die Polizei hinzugezogen wurde, war es unvermeidlich.«

Rosalind Marsh lachte kurz auf. Es war ein raues Lachen, durch das Verzweiflung hindurchschimmerte.

»Wie dumm ich doch war!«, stieß sie hervor. »Ich habe überhaupt nicht nachgedacht. Zuerst habe ich geglaubt, dass auch Sie davon betroffen wären. Ich habe sogar gedacht, Sie könnten uns helfen.«

»Haben Sie mit Lorring gesprochen?«

»Nein. Er ist kein Mensch, mit dem man sprechen *kann*.«

»Was ist mit den anderen?«

»Die anderen?« Sie verzog abschätzig den Mund. »Das ist hoffnungslos. Das Ganze geht schon zu lange. Alle haben Angst.«

»Selbst Delamere?«

»Delamere ganz besonders. Es gab nur Jeremy. Nur auf Jeremy konnte ich mich verlassen. Und Sie wissen ja, was ihm widerfahren ist.«

»Ja«, sagte Mordecai Tremaine leise, »ich weiß, was Jeremy widerfahren ist.«

Den Rest des Weges schwiegen sie. Als sie das Haus betraten, schlug Rosalind Marsh sofort den Weg zu ihrem Zimmer ein, und er machte keinen Versuch, sie zurückzuhalten.

Die gerichtliche Untersuchung schien die Spannung gelöst zu haben, unter der die Hausgesellschaft gelitten hatte; statt ihrer machte sich fiebrige Erleichterung breit. Da niemand direkt beschuldigt worden war, legten alle eine geradezu hysterisch wirkende Fröhlichkeit an den Tag. Die Gespräche, die man auf den Gängen vernahm, schienen unnatürlich heiter.

Hinter der Fassade, so überlegte Mordecai Tremaine, wurden sämtliche Gäste gewiss von einem einzigen Wunsch beherrscht: Nur fort von hier! Nichts hielt sie mehr in Sherbroome House. Sie würden sich bald bei ihrem Gastgeber entschuldigen und abreisen, zwar von ihren geheimen Ängsten begleitet, aber doch in der Hoffnung, dass sie fern von diesem Haus in Sicherheit wären.

Sobald er konnte, nahm er Nicholas Blaise beiseite.

»Haben Sie ein paar Minuten für mich, Nick?«

»Aber natürlich.« Blaise folgte ihm in den Raum, in dem Jeremy Rainer gestorben war, und machte die Tür hinter ihnen zu. Neugierig blickte er ihn an. »Haben Sie etwas heraus-bekommen?«, fragte er.

»Ja, Nick, das habe ich. In diesem Raum befindet sich ein Eingang zu dem Priesterloch. Wissen Sie, wie man ihn öffnet?«

Nicholas Blaise nickte.

»Aber ja. Ist völlig simpel, wenn man nur weiß, wo man suchen muss.«

»Neulich«, sagte Tremaine, »hat Denys Arden mir von dem Priesterloch erzählt. Wir wollten es eigentlich genauer erkunden, aber als wir nach unserem Hausrundgang hier-her zurückkamen, waren Benedict Grame und Sie mit dem Schmücken des Baums beschäftigt, und wir haben daher von unserem Vorhaben abgesehen. Ich nehme an, dass es ohnehin nicht mehr betreten wird, oder?«

»Wohl kaum. Heutzutage ist es nur noch ein Kuriosum. Der Gang führt ja nirgends hin.«

»Öffnen Sie den Eingang, Nick«, drängte Mordecai Tre-maine.

Gehorsam stellte sich Blaise vor die Wand. Seine kundigen Hände glitten über die Paneele. Ein Klicken ertönte. Morde-cai Tremaine zog eine Taschenlampe hervor und richtete den Strahl in die Dunkelheit.

»Dort«, sagte er. »*Dort!*«

Im Versteck lag der Staub fingerdick. Spinnweben hingen herab. Doch beinahe noch im Eingangsbereich, auf der obers-ten Stufe einer Treppe, die unter das Haus führte, befanden sich ein paar Abdrücke.

Sie waren nicht klar als Fußspuren zu erkennen, aber es war offensichtlich, dass dort jemand gestanden haben musste, und das vor nicht allzu langer Zeit.

Nicholas Blaise tat einen erstaunten Ausruf.

»Sie haben recht, Mordecai! Jemand *war* hier!« In seinen Augen loderte Eifer auf. »Aber wer? Wissen Sie *das?*«

Mordecai Tremaine nickte.

»Ich glaube schon«, sagte er. »Aber das ist noch nicht alles, Nick.«

Blaise schloss das Paneel, das den Eingang zu dem Versteck verbarg. Wieder folgte er seinem Gefährten, und Tremaine führte ihn hinauf in das oberste Stockwerk, in den langen, düsteren Korridor, an dem die Speicherräume lagen. Porträts vergessener Generationen von Melvins schauten von den Wänden auf sie herab. Mordecai Tremaine schaltete das elektrische Licht an. Er blieb vor einem Gemälde eines Mannes in Ritterrüstung stehen.

»Sir Rupert Melvin – ungefähr um die Mitte des sechzehnten Jahrhunderts. Fällt Ihnen etwas auf, Nick?«

Nicholas Blaise reagierte verblüfft:

»Nein – was *soll* mir denn auffallen?«

Statt einer Antwort hob Mordecai Tremaine seine Hand. Er deckte die untere Gesichtshälfte des Porträtierten ab, sodass sein Bart nicht mehr zu sehen war.

»Sehen Sie es *jetzt?*«, fragte er.

Nicholas Blaises Brauen zogen sich zusammen.

»Warten Sie«, murmelte er. »Ich habe das eigenartige Gefühl, dem Mann schon einmal begegnet zu sein.«

»Das sind Sie auch«, sagte Mordecai Tremaine. »Es war hier, im Haus. An dem Abend, an dem Jeremy Rainer ermordet wurde.«

Blaise starrte ihn verständnislos an. Tremaine beäugte ihn über den Rand seines Zwickers.

»So verrückt, wie es klingt, ist es gar nicht. Als Benedict Grame dieses Haus kaufte, hat er da eigentlich den Vorbesitzer kennengelernt?«

Blaise überlegte einen Moment.

»Nein«, erwiderte er. »Nein, das wohl eher nicht. Die Anwälte haben sich ja um alles gekümmert.«

»Das«, sagte Tremaine, »hatte ich vermutet. Alles, was Grame und Sie über ihn wussten, war sein Name – Latimer.«

Er stieß die Tür zum gegenüberliegenden Raum auf. Dies war das Zimmer, aus dem sich der Überlieferung nach die unglückselige Lady Isabel in den Tod gestürzt hatte – lange vor der Zeit des Ritters auf dem Porträt. Langsam ging er zum Fenster. Genau davor befand sich eine niedrige steinerne Balustrade, dahinter sah man die Felder liegen wie einen Flickenteppich. Sie wirkten erstaunlich weit entfernt. Hier, vom höchsten Punkt des Hauses, konnte man ungehindert meilenweit in die Ferne sehen.

»Es muss furchtbar sein«, sinnierte er, »sich wie Latimer mit der Notwendigkeit konfrontiert zu sehen, das Erbe zu verkaufen, das jahrhundertelang im Besitz der Familie gewesen war. Er hat so lange daran festgehalten, wie es ihm möglich war. Obwohl er es sich nicht leisten konnte, im Haus selbst zu wohnen, weigerte er sich zu verkaufen. Er pflegte immer im Sommer herzukommen und auf dem Grundstück zu zelten.«

Blaise nickte.

»So heißt es«, sagte er. »Ja, das stimmt. Natürlich haben wir ihn nie zu Gesicht bekommen. Er kam nicht mehr, nachdem Benedict das Anwesen gekauft hatte.«

»Das muss Latimer ganz schön zugesetzt haben«, sagte Tremaine. »Einst hat vermutlich all das Land, das wir hier sehen können, seinen Vorfahren gehört, und dann wird er von den Umständen gezwungen, sogar das Haus in fremde Hände zu geben. Es muss ihm das Leben vergällt haben. Ja, er war verbittert. Ich nehme an, er fand, er habe das Recht, sich an den Menschen zu rächen, die sich – wie er es sah – seinen Besitz widerrechtlich angeeignet hatten.«

»Sie meinen also«, sagte Nicholas Blaise, »dass es Latimer war, der sich in dem Priesterloch versteckt hielt?«

»Ja. Er kam mit den Sternsingern ins Haus. Der Pfarrer und er kennen sich natürlich, und als Latimer hörte, dass die Sänger einen Auftritt planten, fragte er, ob er nicht dabei sein könne. Zweifellos glaubte der Pfarrer, dass es aus sentimentalen Gründen geschah, dass er das Haus wiedersehen wollte, ohne Aufmerksamkeit zu erregen, und erlaubte es ihm. Er konnte sich einfach nicht vorstellen, dass Latimer vielleicht andere Motive hatte oder dass er zurückbleiben würde, nachdem die anderen das Haus verlassen hatten. Deswegen war er so erschrocken, als wir ihn kürzlich darauf ansprachen.

Latimers wahre Absichten aber waren beileibe nicht so unschuldig. Er war vermutlich bestens über Benedict Grames Weihnachtspartys informiert und kam vor ein paar Tagen mit dem Vorsatz her, irgendwie ins Haus zu gelangen und an sich zu raffen, was er nur konnte. Der Besuch der Sternsinger bot ihm eine ideale Gelegenheit, und als er sich erst einmal im Haus befand, war der Rest ein Kinderspiel. Er musste sich nur heimlich von den anderen entfernen und auf einen günstigen Moment warten, um in das Versteck zu schlüpfen. Er wusste, dass er dort stundenlang unbemerkt bleiben würde und ausharren konnte, solange es nötig war. Nun, es steht außer Frage, dass derjenige, der dieses Versteck benutzt hat, genauestens über alles Bescheid wissen musste, auch über den Geheim-mechanismus.«

»Was hat Sie auf seine Spur gebracht?«, fragte Blaise.

»Unsere erste Begegnung war purer Zufall. Als ich hier an-kam, habe ich Latimer vor dem Tor angetroffen. Es stand ihm ins Gesicht geschrieben, dass er sich aus einem bestimmten Grund dort aufhielt. Er schaute auf das Haus, als befände sich darin sein schlimmster Feind. Deswegen ist er mir wohl im Gedächtnis geblieben, und als Denys Arden mich dann hier-herführte, um mir die Familienporträts zu zeigen, fiel mir irgendetwas auf. Ich stellte nicht sogleich die richtige Verbin-dung her, aber die Bilder gingen mir nicht aus dem Kopf, und als ich Latimer dann bei den Sternsingern wiedersah, begann ich mich ernsthaft mit ihm zu beschäftigen. Ich hatte bereits den Namen des einstigen Besitzers von Sherbroome House gehört, und als der Pfarrer dann angab, dass dieser Mann den-selben Namen trug, war mir klar, dass es sich um mehr als nur Zufall handeln müsse.«

Nicholas Blaise schaute aus dem Fenster. Seine dunklen, nervösen Züge wirkten konzentriert. Plötzlich drehte er sich um und sagte: »Das Kollier! Da liegt das Motiv, Mordecai! Er kam, um das Kollier zu stehlen!«

»Das mag seine ursprüngliche Absicht gewesen sein, aber Latimer hat es *nicht* gestohlen«, entgegnete Mordecai Tre-maine. Die mächtige Eichentruhe, die ihm schon bei seinem früheren Besuch des Zimmers aufgefallen war, stand immer noch an der Wand. Er nahm darauf Platz. »Latimers Geschich-te ist nicht die einzige, die in diesen Fall hineinspielt, Nick. Wenn man anfängt, in einer Morduntersuchung nach dem ro-ten Faden zu suchen, stößt man auf eine Menge Ungereimtheiten. Ich brauche Ihre Hilfe. Sie können vermutlich die Antworten zu einigen offenen Fragen geben, über die ich bislang nur Mutmaßungen anstellen kann. Sie könnten mir zum Beispiel etwas über Charlotte Grame erzählen. Sie will heiraten. Aber Benedict Grame ist gegen diese Heirat. Habe ich recht?«

Nicholas Blaise schien nicht ganz wohl bei der Sache zu sein. Endlich fasste er sich ein Herz.

»Es hat wohl nicht viel Sinn, es noch länger zu verschweigen. Sie ist in diesen Brett verliebt. Der Bursche, den wir im Gasthof gesehen haben. Sie wollten zusammen durchbrennen.«

»Ah!« Mordecai Tremaine seufzte zufrieden. »Ich habe die beiden in Calnford gesehen. Ich wusste, dass zwischen ihnen eine Verbindung bestehen muss, weil Charlotte es so vehement abstritt. Mrs Tristam ist ebenfalls eingeweiht, nicht wahr?«

»Sie versucht schon lange, Benedict umzustimmen. Sie hält zu Charlotte. Sie haben mich ja schon zu Anfang darauf angesprochen. Ich wollte jedoch lieber nicht zu viel sagen, denn es hätte Benedict zu Ohren kommen und für Charlotte alles noch schwieriger machen können.«

»Durch ihre Schreie in der Mordnacht«, sagte Tremaine, »hat sie sich verraten. Sie hat nicht aus vollem Halse geschrien, weil sie die Leiche fand, *sondern weil sie jemanden warnen wollte.* Sie gab an, sie habe nicht schlafen können und sei nach unten gegangen, weil sie seltsame Geräusche hörte. Aber sie war nicht im Morgenmantel, wie man doch hätte annehmen sollen, sondern *vollständig angezogen.*

Sie war komplett bekleidet, weil sie in dieser Nacht mit Brett durchbrennen wollte. Er wartete vor dem Haus. Sie hat so großen Lärm gemacht, damit er die Flucht ergreifen konnte. Brett war der Mann, der Roger Wynton niedergeschlagen hat. Als wir ihn im Gasthof sahen, trug er noch die Spuren des Kampfes. Charlotte musste ihn unbedingt sehen, sie musste ihn von den Geschehnissen unterrichten und hören, ob die Polizei ihn verdächtigte. Deshalb hat sie sich später trotz Ausgangssperre aus dem Haus geschlichen und ist ins Dorf gegangen.«

Respekt glomm in Nicholas Blaises Augen auf.

»Ja«, bestätigte er, »*genauso* ist es gewesen. Charlotte hat mir alles erzählt. Ich nehme an, dass sie es irgendwem erzählen musste, und sie hat sich mir stets anvertraut. Sie hat mir das Versprechen abgenommen, es keiner Menschenseele zu verraten. Und in der Mordnacht ist sie in mein Zimmer gekommen und hat mir gebeichtet, dass sie vorhabe zu fliehen. Ich habe also gewusst, warum sie vollständig bekleidet war, aber Sie müssen verstehen, dass ich es nicht – ich hatte kein Recht, mein Wissen an Sie weiterzugeben.«

»Ich glaube nicht, dass das jetzt noch eine Rolle spielt«, sagte Tremaine bedächtig. »Weder Brett noch Charlotte Grame hatten etwas mit dem Mord zu tun. Dass sie ausgerechnet in jener Nacht ausreißen wollten, in der Rainer ermordet wurde, hat die Ermittlungen verkompliziert, war aber ein Zufall. Ihre Rollen in diesem Drama sind völlig klar.«

Er legte eine Pause ein und justierte seinen Zwicker.

»Damit hätten wir geklärt, was zwei der Verdächtigen in jener Nacht taten. Nun wollen wir zu den übrigen Hausgästen kommen. Wenn wir jeden ausschließen, der schuldlos *ist*, dann müssen wir früher oder später zwangsläufig auf den Mörder stoßen.«

»Wir können wohl davon ausgehen«, meinte Blaise, »dass Roger Wynton und Denys nicht in Betracht kommen? *Sie* gehören nicht zu den Verdächtigen. Wer steht als Nächstes auf Ihrer Liste?«

»Der Mann, der das Kollier stahl«, sagte Tremaine. »Gerald Beechley.«

»*Gerald?*«, fragte Blaise entsetzt und erstaunt zugleich. »Sind Sie *sicher?*«

»So sicher, wie ich ohne konkrete Beweise sein kann. Er hat viel Geld verloren, und sein Buchmacher setzt ihm wegen seiner Schulden zu.«

»Aber er ist doch schon etliche Male in Geldnöten gewesen. Er brauchte doch nur zu Benedict zu gehen!«

»Das hat er ja auch getan. Aber Grame hat ihm die Hilfe verweigert. Ich habe Beechley direkt nach diesem Gespräch gesehen, und ihm war die Abfuhr vom Gesicht abzulesen. Beechley war verzweifelt. Irgendwoher musste er Geld bekommen, und da ist ihm das Kollier eingefallen. Vielleicht hat er sich eingeredet, dass Grame, selbst wenn der Verdacht auf ihn fallen sollte, die Dinge unter der Hand regeln würde, um keinen Skandal zu riskieren. Er ging also in Grames Zimmer, und das Glück war mit ihm, denn Grame war nicht dort und der Diebstahl im Handumdrehen vollbracht.

Doch dann verließ ihn sein Glück. Der Mord wurde entdeckt. Wenn nun bekannt geworden wäre, dass er nicht in seinem Zimmer gewesen war und dass er das Kollier gestohlen hatte, hätte man ihn wahrscheinlich des Mordes an Jeremy Rainer bezichtigt. Denn er hatte kein Alibi.

Außerdem hatte Beechley in Calnford ein Weihnachtsmannkostüm gekauft und es in der Mordnacht getragen.

Wenn *das* herausgekommen wäre, hätte es wirklich schlecht für ihn ausgesehen. Deshalb hat er sich in seinem Zimmer eingeschlossen und seine Sorgen in Whisky ertränkt. Er hatte eine Heidenangst, dass er wegen Mordes verhaftet werden könnte.«

»Gerald war auch als Weihnachtsmann verkleidet?«, fragte Blaise verwirrt. »Aber warum? Was in aller Welt hat ihn dazu bewogen?«

»Ich glaube nicht«, sagte Mordecai Tremaine, »dass er sich das ausgesucht hatte. Er trug dieses Kostüm, weil Benedict Grame es ihm befohlen hatte und weil er sich nicht getraut hat abzulehnen.«

Nicholas Blaise rang die Hände.

»Das übersteigt meinen Horizont, Mordecai. *Warum* sollte Benedict wollen, dass Gerald als Weihnachtsmann durchs Haus streift?«

»Versuchen Sie sich zu erinnern, Nick«, sagte Tremaine. »Warum hat Benedict Grame so lange gebraucht, bis er wach wurde, obwohl doch Charlotte in dem Zimmer, das unter seinem liegt, aus vollem Halse schrie? *Weil er zu diesem Zeitpunkt nicht dort war.* Er wartete ab, bis alle zum Schauplatz des Mordes geeilt waren, um ungesehen in sein Zimmer gelangen zu können. Dort angekommen, verhielt er sich absichtlich still, bis Sie anklopften, damit es so aussah, als sei er die ganze Zeit dort gewesen.

Er hat Gerald Beechley zum Tragen des Kostüms verdonnert, um sich selbst abzusichern, falls jemand zufällig herausfinden sollte, dass er nicht in seinem Zimmer gewesen war. Falls Fragen gestellt würden. Man sollte Beechley für Grame halten – was mir übrigens auch passiert ist, als ich aus dem

Fenster schaute und einen Weihnachtsmann über die Terrasse gehen sah. Beechley sollte für Grame gehalten werden, damit dieser, falls entdeckt *wurde*, dass sein Zimmer leer war, nicht offenbaren musste, wo er sich *wirklich* aufgehalten hatte. Ich nehme an, dass Beechley so etwas geschwant haben muss, und deshalb wählte er diesen Zeitpunkt, um sich des Kolliers zu bemächtigen.«

Blaise gab sich offenkundig Mühe, die Bedeutung der Worte seines Mitstreiters zu verdauen, obwohl sie ihn zweifellos sehr verwirrten.

»Aber wo hat Benedict letztendlich *gesteckt?*«

»Bei Lucia Tristam«, antwortete Mordecai Tremaine. Blaise klappte der Mund auf.

»Bei – bei Lucia?«

»Ja. Bei Lucia. Das hätte er wohl kaum zugeben können. Und sie«, fuhr er trocken fort, »ebenso wenig. Kein Wunder, dass sie die ganze Zeit so gereizt war. Sie befand sich in einer wirklich peinlichen Lage, nicht wahr? Jeremy Rainer ermordet, und Benedict Grame zur fraglichen Zeit nicht in seinem Zimmer, und beide in sie verliebt und bekanntermaßen eifersüchtig aufeinander. Sobald die Polizei Grames Alibi in Frage zu stellen begann, wusste sie, dass sie die Sache beichten musste, um seinen Hals zu retten.«

»Also *das* war der Grund«, sagte Blaise. »*Deshalb* ist Benedict nicht sofort heruntergekommen.«

Seine langen Finger waren ineinander verschränkt. Offenkundig war er von starker Erregung ergriffen, wie ein Mann, der endlich einen klaren Weg in der Dunkelheit erkennt, durch die er sich tastet.

»Ich hab's, Mordecai!«, rief er aus. »Jetzt sehe ich es ganz klar vor mir. Latimer kam ins Haus, so wie Sie es beschrieben haben, rachelüstern und auf Raub aus. Er versteckte sich im Priesterloch, bis Benedict die Präsente am Baum aufgehängt hatte, dann kam er heraus und schnitt sie ab. Er war fast fertig, als Jeremy, der aus dem Pförtnerhaus kam, durch die Terrassentüren eintrat. Er trug ein Weihnachtsmannkostüm – warum, das müssen wir noch herausfinden – und Latimer glaubte, es sei Benedict, der noch einmal zurückgekommen war. Verstehen Sie, Mordecai? *Er hat Jeremy für Benedict gehalten!*

Er glaubte, von dem Mann, den er am meisten hasste, dem Mann, der das Haus gekauft hatte, das einst ihm gehörte, in flagranti bei einem Raub ertappt worden zu sein. Das muss ihm den Rest gegeben haben. Er hat für einen Moment rot gesehen, er hat mit dem Mann im Weihnachtsmannkostüm gekämpft und ihn erschlagen. Und dann hat er begriffen, was er getan hatte und ist über den Rasen davon, in vollkommen kopfloser Flucht!«

Ein wenig atemlos kam Nicholas Blaise zum Ende. Tremaine schob seinen Zwicker hoch, der wieder einmal fast auf seiner Nasenspitze saß. Nie war seine Miene harmloser, sein Gesicht milder gewesen.

»Sie kommen der Wahrheit recht nahe. Es stimmt durchaus, dass Jeremy Rainer versehentlich getötet wurde und Benedict Grame eigentlich das Opfer hätte sein sollen. Aber Latimer ist nicht der Mörder.«

Der Ausdruck der Euphorie wich langsam aus Blaises Gesicht.

»Nicht – Latimer?«, fragte er. »Aber wer dann?«

»*Sie*, Nick«, erwiderte Mordecai Tremaine sanft.

18

Einen Moment lang herrschte Schweigen – ein ungläubiges, quälendes Schweigen. Dann sagte Blaise mit unsicherer Stimme: »Ich finde nicht, dass diese Bemerkung von gutem Geschmack zeugt, Mordecai.«

Tremaine erhob sich langsam von der großen Truhe, auf der er gesessen hatte.

»Mord«, erwiderte er, »zeugt selten von gutem Geschmack.«

Er klappte den Deckel der Truhe auf und wühlte in dem Trödel herum, der dort hineingestopft und im Laufe der Jahre offenkundig vergessen worden war. Ganz unten, gut verborgen vor neugierigen Blicken, befand sich ein kleiner Beutel. Tremaine gab ein zufriedenes Geräusch von sich, fischte ihn aus der Truhe und schüttete ihn aus: gefärbter Zwirn, Geschenkpapier sowie eine Armbanduhr, ein Füller, eine edelsteinbesetzte Brosche und ein Leder-Necessaire kamen zum Vorschein.

Nicholas Blaises Atem hatte sich beschleunigt. In seinen dunklen Augen lauerten tiefe Verunsicherung und furchtbare Angst.

»Was ist das denn?«

Mordecai Tremaine klappte den Deckel der Truhe wieder zu.

»Das sollten Sie doch wissen. Sie haben die Geschenke in der Truhe verschwinden lassen, nachdem Sie sie vom Christbaum abgenommen hatten. Es wäre zu gefährlich gewesen, sie bei sich zu verstecken. Sie zu vernichten oder außer Haus zu schaffen, wagten Sie jedoch auch nicht, denn man hätte Sie dabei beobachten können. Und da kam mir der Einfall, dass Sie vielleicht an einen neutralen Ort wie diese alte Truhe gedacht haben. Hier wollten Sie die Geschenke verborgen halten, bis Sie sich in Ruhe ihrer entledigen konnten. Selbst wenn man sie dort gefunden hätte, so Ihre Annahme, hätte man das nicht mit Ihnen in Verbindung bringen können.«

Blaise leckte sich nervös die Lippen.

»Sie sind ja verrückt«, sagte er. »Warum sollte ich Benedict umbringen wollen?«

»Aus dem ältesten aller Motive«, sagte Tremaine. »Habgier.«

Blaise versuchte, seiner Stimme einen höhnischen Ton zu verleihen.

»Reichlich unwahrscheinlich, finden Sie nicht? Wenn ich Benedict getötet hätte, wäre ich bald ohne Anstellung und damit ohne Einkommen gewesen. Ich nehme nicht an, dass ich in seinem Testament übermäßig großzügig bedacht worden bin. Jedenfalls nicht mit einer Summe, die einen Mord rechtfertigen würde.«

»Sie haben Ihre Pläne äußerst klug geschmiedet. Zweifellos haben Sie sogar selbst dafür gesorgt, dass genau das der Fall ist. Die Polizei sollte glauben, dass Sie durch sein Ableben nichts gewinnen. Ihr Plan war, den Eindruck zu erwecken, dass Benedicts Tod für Sie einen Verlust bedeutete. Schließlich ist Ihre Beziehung so viel enger als üblich zwischen Hausherr und Angestelltem. Aber an einer Erbschaft waren Sie gar nicht interessiert. Sie wussten genau, dass Sie sich, wenn Sie Benedict Grame töteten, Zugang zu einem Einkommen verschaffen würden, von dem Sie jahrelang zehren konnten.«

»Und worin genau soll diese wundersame Goldmine bestehen?«

»Es geht um Erpressung«, sagte Mordecai Tremaine in eisigem Ton, und dieses Mal verging Nicholas Blaise der Spott.

»Fast vom Augenblick meiner Ankunft an«, fuhr Tremaine fort, »fiel mir auf, dass jedermann sich nur für eines zu interessieren schien: den Weihnachtsbaum. Es war kein normales Interesse, sondern es wirkte, als übe der Baum eine geradezu magnetische Anziehungskraft auf sie aus. Jeremy Rainer ist zum Beispiel hereingekommen, als Benedict Grame und Sie mit dem Schmücken des Baums beschäftigt waren, und hat ihn so gebannt angestarrt, dass er kaum etwas anderes wahrnahm. Professor Lorring habe ich in der Abenddämmerung vor dem Baum sitzend angetroffen, und er betrachtete diesen mit einem Blick, als wünschte er, die Tanne möge auf der Stelle verdorren. Und als ich Austin Delamere zufällig bei seiner Ankunft sah, bemerkte ich, dass auch sein erster Gedanke dem Baum galt.

Ich begann mich zu fragen, was denn an einem harmlosen Christbaum so Besonderes sei, dass er auf Benedict Grames Gäste eine derartige Wirkung ausübte – und Empfindungen auslöste, die, allem Anschein nach, nicht besonders positiv waren. Es schien doch ein ganz gewöhnlicher Baum zu sein. Eigentlich hielt ich es sogar für einen netten Einfall Grames, für eine den Festtagen angemessene Geste, einen schön geschmückten Weihnachtsbaum zu präsentieren, mit einem Geschenk für jeden Hausgast.

Doch dieser simple Gedanke passte nicht recht zu meinen Beobachtungen. Denn der Baum schien bei den Hausgästen Hass und Furcht hervorzurufen, Gefühle, die alles andere als simpel sind. Und als ich dem Grund dahinter auf die Spur zu kommen versuchte, stieß ich auf eine Reihe merkwürdiger Umstände.

Ich erfuhr, dass jedes Jahr die gleichen Leute zur Hausgesellschaft geladen wurden. Und dass es ihnen allen sehr wichtig war, Weihnachten bei Benedict Grame zu verbringen. Austin Delamere beispielsweise muss ein vielbeschäftigter Mann sein, doch er folgte dieser Einladung Grames wie auch der vorigen. Jeremy Rainer hatte ursprünglich vor, nach Amerika zu reisen, doch er sagte seine Reise ab. Eine mögliche Erklärung wäre natürlich gewesen, dass all diese Menschen Grame sehr gern haben und ihn nicht enttäuschen wollten, weil sie wussten, wie gerne er Weihnachten Gäste um sich schart. Aber irgendwie überzeugte mich das nicht.

Nehmen Sie zum Beispiel Lorring. Er war zum ersten Mal hier, sein Besuch konnte also weder mit Traditionsbewusstsein noch mit alter Freundschaft zu tun haben. Er passt nicht recht in diese Hausgesellschaft, nimmt nicht an Gesprächen teil und lässt sich nicht mal ein bisschen von der Weihnachtsstimmung im Haus anstecken. Bei ihm habe ich den deutlichen Eindruck, dass er nicht nur keine Freude an dem Aufenthalt hier hat, sondern sich sogar gegen seinen Willen hier aufhält. Und dann war da Jeremy Rainers geplante Reise nach Amerika. Nicht einmal Denys Arden wusste, warum er plötzlich den Entschluss fasste, doch nicht zu fahren. Wenn der Grund nur darin bestanden hätte, dass er Benedict Grame nicht enttäuschen wollte, dann hätte er ihr das doch sicherlich sagen können.«

Nicholas Blaise schwieg. Seine Augen waren mit einem Blick, der Unheil versprühte, auf Mordecai Tremaine geheftet.

»Es gab noch andere Dinge, über die ich mich wunderte, zum Beispiel Rainers Einstellung zu Roger Wynton. Zuerst, so sagte man mir, haben sich die beiden gut verstanden, und dann, urplötzlich, ging eine Veränderung mit Rainer vor. Ohne ersichtlichen Grund – ebenso unerwartet, wie er später seine Amerikareise stornieren ließ – entwickelte er eine heftige Abneigung gegen den jungen Mann und wollte von einer Heirat mit Denys nichts mehr hören. Zumindest war das der Eindruck, den er vermittelte, aber wie Charlotte Grame mir sagte, entsprach das gar nicht der Wahrheit. Sie erzählte mir, dass Rainer Wynton eigentlich *mochte*.

Und dann war da Charlottes eigenartiges Verhalten. Sie fürchtete sich zuzugeben, dass sie in diesem Teehaus in Calnford gewesen war. Sie schien schreckliche Angst davor zu haben, dass ihre Beziehung zu Brett publik werden könnte, obwohl sie doch eigentlich längst alt genug ist, um selbst über ihr Leben zu bestimmen. Übrigens war es Charlotte, die mir einen weiteren wichtigen Hinweis gab. Sie bemerkte mir gegenüber, dass Gerald Beechley Streiche eigentlich gar nicht mag, trotz seiner vermeintlichen Neigung zu solchen Albernheiten.

Und dann haben wir die Napiers. Sie sehen mir nicht gerade wie Menschen aus, die sich freiwillig auf dem Lande vergraben. Von Anfang an kamen sie mir fehl am Platze vor, und bei den zwei Gelegenheiten, als ich ganz beiläufig danach fragte, wie lange sie schon hier lebten und ob sie Benedict Grame schon vorher gekannt hätten, antworteten sie ausweichend und fühlten sich offensichtlich unwohl.«

Mordecai Tremaine hielt inne. Durch das offene Fenster sah er dünne Wolken über den Himmel ziehen. Im Zimmer war es sehr still. Als ob sie in ihrer eigenen abgeschiedenen Welt wären, fernab von allen anderen.

»Mir schien«, fuhr er einen Augenblick später fort, »dass es nur eine Lösung geben konnte. Wenn so viele, äußerst unterschiedliche Menschen Dinge taten, die sie nicht wirklich tun wollten, dann deshalb, weil sie keine andere Wahl hatten. Weil sie dazu gezwungen wurden. Und das führte mich zu Benedict Grame. Denn die einzige Gemeinsamkeit, die sie teilten, war, dass sie an Grames Weihnachtspartys teilnehmen – *und dass sie ein Geschenk von seinem Weihnachtsbaum bekamen.*

Es war der Baum, der die Situation bestimmte. Die Angst vor dem Baum lastete allen Gästen auf der Seele und rief die angespannte Atmosphäre hervor, die man trotz der scheinbaren Fröhlichkeit ständig spüren konnte. Es war natürlich nicht der Baum an sich, sondern das, wofür er stand. Nämlich das Wissen, dass sie Benedict Grame ausgeliefert waren: Was immer er verlangte – sie würden seinen Wunsch erfüllen müssen.

Es handelte sich hierbei nicht um die alte, vulgäre Form von Erpressung, wo nach Geld und noch mehr Geld verlangt wird. Das Ganze war viel teuflischer. Geld interessiert Benedict Grame nicht. Sicher, er hat ohnehin, was er braucht, aber man darf wohl unabhängig davon sagen, dass Geld keinen besonderen Reiz auf ihn ausübt. Nein, Benedict Grame lechzt nach etwas, das vielleicht keinen materiellen Wert besitzt, dafür aber umso zerstörerischer ist: Macht!

Das ist das wahre Motiv hinter seinen vorgeblich so heiteren Weihnachtspartys. Nicht Benedict Grame, der jungenhafte Schelm, der scheinbar Fröhlichkeit und Wohlgefallen versprüht, ist der Gastgeber, sondern Benedict Grame, der Tyrann, der die Menschen, welche ihm ausgeliefert sind, martert und sich an seiner Macht ergötzt!«

Mordecai Tremaines Augen hatten ihren milden und wohlwollenden Ausdruck verloren. Kalte Wut funkelte in ihnen, was eine enorme Wirkung hatte, da er so selten von ihr ergriffen wurde.

»Unter dem Vorwand, den Geist der Weihnacht zu verbreiten«, fuhr er mit versteinerter Miene fort, »hat er ihn zu einer bösen Farce gemacht. Er hat den Glauben an seine Großzügigkeit und sein Wohlwollen und seine ehrliche Freude an der Weihnachtszeit geschürt, um seinen Opfern umso größere Qualen zufügen zu können.

Er weiß, dass sie es niemals wagen würden, die Wahrheit zu offenbaren. Er weiß, dass sie ihm dabei helfen müssen, den Anschein einer heiteren Hausgesellschaft aufrechtzuerhalten, die auf traditionelle Weise Weihnachten feiert. Es macht ihm Spaß, seine Opfer leiden zu lassen. Es macht ihm Spaß, den gütigen Gastgeber zu spielen und zuzusehen, wie sie nach seiner Pfeife tanzen, während sie sich die ganze Zeit furchtbar fühlen, weil sie in diesem grausigen, hohlen Schmierentheater mitspielen müssen.«

Nicholas Blaise steckte einen Finger unter seinen Kragen und lockerte ihn, als fiele ihm das Atmen schwer. Er sagte: »Selbst wenn Ihre unglaubliche Geschichte der Wahrheit entspräche – welche Beweise haben Sie dafür, dass *ich* bei dem Mord die Hand im Spiel hatte?«

»Genug«, erwiderte Mordecai Tremaine, »um Sie ans Messer zu liefern. Ich nehme an, dass Sie nach und nach, als Sie immer mehr zu seinem Vertrauten wurden, die Wahrheit über

Benedict Grame herausfanden. Dass er Ihnen von sich aus davon erzählt hat, glaube ich nicht, aber Sie müssen genug gesehen und gehört haben, um Verdacht zu schöpfen. Sobald Sie davon überzeugt waren, dass etwas Merkwürdiges vorging, machten Sie sich daran herauszufinden, was es war. Ich würde darauf wetten, dass Sie, als Sie die Wahrheit kannten, sich dachten, dass Benedict Grame seine Möglichkeiten verschwendete. Wenn *Sie* über sein Wissen verfügten, könnten Sie ganz andere Dinge erreichen. Sie sind nicht reich. Geld mag einem Benedict Grame nichts bedeuten, Ihnen aber schon.

Sie haben sich nicht getraut, eigene Erpressung anzustellen, solange Grame noch lebte. Nicht einmal, als Sie alle Geheimnisse seiner Gäste aufgedeckt hatten. Das wäre ja viel zu gefährlich gewesen. Einer von ihnen hätte es Grame erzählen können, oder möglicherweise hätte er es selbst herausgefunden, und dann wären Sie enttarnt gewesen – und so etwas wünscht sich kein Erpresser. Also beschlossen Sie, dass Benedict Grame sterben musste.

Natürlich wollten Sie nicht unter Mordanklage gestellt werden. Sie mussten also eine Möglichkeit finden, wie Sie Grame ermorden konnten, ohne dass die Tat auf Sie zurückfiel. Ich weiß nicht, wie lange Sie für Ihren Plan gebraucht haben, aber Sie wollten gewiss nichts dem Zufall überlassen. Das war der Grund, warum Sie Grame dazu überredeten, *mich* zu Weihnachten einzuladen.

Ein guter Freund hat einmal gesagt«, Tremaine hielt kurz inne, »dass ich Mord geradezu magnetisch anziehe. Wohin ich auch gehe, würde sich ein Mord ereignen. Daran musste ich denken, als Jeremy Rainer starb. Es schien zu stimmen, dass das Verbrechen mir auf eine sonderbare Weise tatsächlich *folgte*.

Doch im vorliegenden Fall ist die Erklärung viel einfacher: Dieser Mord war vorsätzlich geplant, und es gehörte zum Plan des Mörders – *Ihrem* Plan –, dass ich vor Ort sein sollte, wenn er geschah. Sie wollten mich hier haben, weil Sie annahmen, dass die Polizei mir Vertrauen schenken würde, und Sie wollten mir *vor* dem Mord gewisse Informationen in den Kopf pflanzen, damit ich sie *nach* dem Mord an die Polizei weitergeben konnte. Deswegen haben Sie der Einladung das Postskriptum beigefügt. Sie wollten mir noch vor meinem Eintreffen die Überzeugung einträufeln, dass in diesem Haus etwas Ungewöhnliches vorginge.

Als ich dann hier war, ließen Sie vorsichtig durchblicken, dass Jeremy Rainer für das verantwortlich sei, was Sie als eine Veränderung an Benedict Grame beschrieben. Rainer war der Mann, der für das Verbrechen angeklagt werden sollte, das Sie begehen würden, und Sie wollten von Anfang an, dass der Verdacht auf ihn fiele.

Als Zeitpunkt für Ihre Tat hatten Sie den Heiligabend gewählt. Sie wussten, dass Benedict Grame sich an sein übliches Programm halten und die Geschenke an den Baum hängen würde, nachdem alle anderen zu Bett gegangen waren. Es war diese Gewohnheit, auf die Sie bauten.

Sie entwendeten Jeremy Rainers Revolver aus seinem Zimmer, wobei Sie darauf achteten, seine Fingerabdrücke nicht zu verwischen, und nachdem die anderen sich zurückgezogen hatten, und bevor Grame als Weihnachtsmann verkleidet erschien, brachten Sie die Waffe unter dem Weihnachtsbaum in Position. Der Abzug musste nur minimal betätigt werden, um den Schuss auszulösen. Sie haben einen dünnen Zwirnsfaden durch die Zweige in der Mitte des Baums gefädelt, sie haben ihn über den obersten Zweig und wieder hinunter zu der Klammer geführt, die Rainers Namen trug, sodass er zwischen Abzug und Klammer gespannt wurde. Wenn jemand den Ast, an dem die Klammer hing, herunterzöge, würde die Schnur sich so stark spannen, dass er damit den Abzug betätigte.

Sie halfen beim Schmücken des Baums und sorgten dafür, dass er so aufgestellt wurde, wie es für Ihren Plan am besten war. Sie haben sicherlich minutiöse Berechnungen angestellt, um herauszufinden, wo genau Sie die Waffe platzieren mussten. Den Mord an Benedict Grame zu planen, war wirklich sehr aufwendig, aber Sie hatten ja auch genügend Zeit, um Benedict Grame zu beobachten, und letztlich war es nur eine Frage der Ausdauer und Sorgfalt.

Sie haben Jeremy Rainer Anweisungen gegeben, die angeblich von Grame stammten, und zwar, dass er Heiligabend zum Pförtnerhaus gehen und seinen Siegelring dort hinterlegen solle. Es war die Art Befehl, wie Grame sie gab, wenn er seine Macht demonstrieren wollte – so wie er Gerald Beechley dazu zwang, Streiche zu spielen –, und Sie konnten sich darauf verlassen, dass Rainer gehorchen würde. Ihr Ziel war, ihm jegliches Alibi zu rauben, weil er so zur Tatzeit offenkundig nicht in seinem Zimmer sein konnte.

Dass Sie sein Präsent am Baum hängen ließen, sollte ihn zusätzlich belasten. Benedict Grame pflegte seine erpresserischen Befehle auf kleine Zettel zu schreiben, die er den Geschenken seiner Opfer beilegte. Rainers Geschenk musste am Baum bleiben, damit die Polizei es fand. Es würde untersucht werden und den schlagenden Beweis erbringen, dass Rainer von Grame erpresst worden war.

Sein Motiv für das Verbrechen läge somit klar auf der Hand. Außerdem hatten Sie die Pistole in seinem Zimmer so schlampig versteckt, dass sie gefunden werden musste. Diese beiden Punkte und sein mangelndes Alibi sollten dafür sorgen, dass es ihm schwerfallen würde, seine Unschuld zu beweisen. Die anderen Geschenke mussten Sie natürlich loswerden, sonst würde die Polizei schnell feststellen, dass Rainer nicht der Einzige war, der erpresst wurde, und das hätte den Verdacht gegen ihn geschwächt.«

Nicholas Blaise schien sich zum Sprechen zwingen zu müssen. Endlich stieß er hervor: »Aus Ihrem Mund klingt dieser Plan so genial, dass ich mir nicht vorstellen kann, wieso er scheiterte!«

»Er scheiterte daran«, sagte Mordecai Tremaine, »woran die Pläne eines Mörders stets scheitern – weil es unmöglich ist, vorauszusehen, was passieren wird. Sie haben vielleicht damit gerechnet, dass Jeremy Rainer nach einer Möglichkeit suchte, Benedict Grames Herrschaft über sich zu brechen – und das war im Grunde genommen sogar in Ihrem Sinne, denn es hätte die Beweislast gegen ihn erhärten können. *Aber es ist Ihnen schlicht nicht in den Sinn gekommen, dass Benedict Grame eine Trittleiter benutzen könnte!*

Das war der simple kleine Umstand, der Ihren sorgfältig ersonnenen Plan zu Fall brachte. Grame hatte es eilig. Er wollte zu Lucia Tristam und deshalb nicht zu viel Zeit verlieren. Die Trittleiter, die er am Morgen zum Schmücken des Baums benutzt hatte, stand noch im Zimmer, also zog er sie heran und stieg darauf, um die Geschenke am Baum aufzuhängen. Das war der Grund, warum er sich nicht nach dem obersten Zweig recken musste und folglich auch nicht an dem Zwirnsfaden ruckte, der den Abzug des Revolvers ausgelöst und ihn getötet hätte.

Aber selbst das hätte für Sie nicht das Ende bedeuten müssen. Sie hätten nur den Revolver zu entfernen brauchen, und alles wäre wieder wie vorher gewesen. Niemand hätte auch nur im Entferntesten etwas von Ihren Absichten geahnt.

Aber zwei weitere unvorhergesehene Ereignisse kamen Ihnen in die Quere. Charlotte Grame wollte mit einem Mann davonlaufen und kam in Ihr Zimmer, um mit Ihnen darüber zu sprechen. Dadurch gerieten Sie in Verzug und konnten nicht so früh nach unten gehen, wie Sie geplant hatten. Außerdem war mittlerweile das zweite unerwartete Ereignis eingetreten: Jeremy Rainer war aus dem Pförtnerhaus zurückgekehrt.

Sie hatten Rainer eine Rolle in Ihrem kleinen Drama zugedacht, dabei aber nicht ausreichend berücksichtigt, dass er eigene Pläne hegte. Er hatte ebenfalls ein Weihnachtsmannkostüm aufgetrieben – zweifellos, um für Grame gehalten zu werden, falls er gesehen werden sollte – und kehrte ins Haus zurück, um die Geschenke vom Baum abzuschneiden.

Was genau er mit ihnen vorhatte, werden wir wahrscheinlich nie erfahren, aber vermutlich wollte er die Gründe überprüfen, aus denen die anderen erpresst wurden, und ein Bündnis gegen Grame schließen. Charlotte sagte, er habe ihr versichert, die Dinge würden sich ändern, und ich glaube nicht, dass Zweifel darüber bestehen kann, welche ›Dinge‹ er gemeint hat. Rainer schnitt also die Päckchen ab und ließ die Kordelenden an den Baum geknotet hängen. Ich vermute, dass er die Geschenke in Ruhe in seinem Zimmer untersuchen wollte. Später, wenn alle schliefen, war die Gefahr, ertappt zu werden, geringer, dann hätte er sie wieder an den Baum hängen können. Das letzte Geschenk, das er herunterholen wollte, war sein eigenes. Er musste sich recken, um daran zu kommen – und zog den Ast herab.

Als Sie schließlich nach unten gehen konnten, sahen Sie den Weihnachtsmann mit dem Gesicht nach unten vor dem Baum liegen, *und Sie nahmen an, dass alles planmäßig verlaufen sei und dass es sich bei dem Toten um Benedict Grame handelte.* In der Dunkelheit konnten Sie die Kordelenden im Baum nicht erkennen, und aus naheliegenden Gründen wollten Sie sich nicht länger als unbedingt nötig in dem Raum aufhalten.

Sie sahen den Sack neben der Leiche und ein Geschenk, das bereits am Baum hing, und nahmen daher an, dass Grame an der Spitze des Baums mit dem entscheidenden Ast begonnen hatte und zu Tode gekommen war, bevor er die übrigen Präsente anbringen konnte. Sie schnitten also den Zwirnsfaden durch und nahmen den Sack mit den Geschenken sowie die Waffe mit. Später würde Ihnen noch reichlich Gelegenheit bleiben, sie in Rainers Zimmer zu schmuggeln.

Es war die Masse an Beweisen gegen Rainer, die mich überhaupt erst darauf brachte, dass er womöglich aus Versehen den Tod gefunden hatte. Da alles darauf hinzudeuten schien, dass er der Mörder und nicht das Opfer hätte sein sollen, fing ich an zu überlegen, ob Rainers Tod *planmäßig* war. Er hatte ein Weihnachtsmannkostüm getragen, wie es eigentlich Benedict Grame zu tun pflegte. Ausgesprochen eigenartig war auch der Winkel, aus dem die Kugel abgefeuert worden war: Der Mörder hätte dabei auf dem Boden liegen und nach oben zielen müssen.

Ich untersuchte den Baum sorgfältig und fand die Reste einer Schnur, die um den obersten Zweig geschlungen war. Sie hatte nicht die gleiche Farbe wie die anderen Kordelenden. Sie war grün, und das doch wohl aus dem Grund, dass sie nicht auffallen sollte. Außerdem entdeckte ich in der mit Erde gefüllten Holzwanne unter dem Baum einen Abdruck, der von dem Kolben einer Waffe stammen konnte, und ein Silberglöckchen war zertrümmert worden. Dieses Glöckchen hing genau in der Flugbahn, welche die Kugel beschrieben haben würde, wenn sie vom Fuß des Baums auf einen Mann abgefeuert worden war, der sich nach oben reckte. Das brachte mich darauf, dass der Mörder gar nicht vor Ort gewesen war, als der Schuss abgegeben wurde, und *das* wiederum verlieh der Vermutung, dass der Falsche getötet worden war, zusätzliches Gewicht.«

Mordecai Tremaines leuchtende Augen beobachteten den anderen Mann über den Rand seines Zwickers hinweg. Er fuhr fort:

»Erinnern Sie sich noch, was geschah, als Charlotte Grame schrie? Sie waren als einer der Letzten heruntergekommen. Zu diesem Zeitpunkt fiel es niemandem auf, und kurz darauf war es ja auch Benedict Grames verspätetes Erscheinen, das im Mittelpunkt des Interesses stand. Im Rückblick kam es mir sonderbar vor, dass Sie so lange gebraucht hatten – beinahe so, als hätten Sie bereits gewusst, was Sie erwartete, und wären deshalb mit Absicht ein wenig verspätet dazugestoßen. Und Sie sahen auch nicht aus wie ein Mann, den man aus dem Schlaf gerissen hatte. Ihr Haar war frisch gebürstet, als hätten Sie sich gerade zurechtgemacht – *oder wären gar nicht erst im Bett gewesen.*

Und wissen Sie, was mich noch stutzig gemacht hat? Sie haben nicht mehr als einen flüchtigen Blick auf die Leiche geworfen. Sie wandten sich sogleich an mich, um darum zu bitten, dass ich Benedict Grames Mörder finden sollte. Sie hegten auch nicht den geringsten Zweifel, dass es *Grame* war, der dort vor dem Baum lag.

Für sich genommen mag dieser Umstand nicht bedeutsam sein. Sie waren ja nicht der Einzige, der den voreiligen Schluss zog, dass es sich bei dem Toten um Grame handelte. Ernest Lorring hat das zweifellos ebenfalls angenommen, und alle anderen vermutlich auch. Abgesehen von Lucia Tristam – die, wie wir inzwischen wissen, ihre Gründe hatte – gab es tatsächlich nur eine weitere Person, die nicht diesem Trugschluss unterlag, sondern sofort erkannte, dass der Tote Jeremy Rainer war. Und diese Person war Denys Arden.

Der Grund war natürlich der, dass Denys Arden nicht über das Vorwissen der anderen verfügte. Sie hatte keine Ahnung von Benedict Grames Erpressungen, und deshalb war ihr im Gegensatz zu den anderen nicht klar, dass es für einen Mord an Grame gute Gründe gab.

Übrigens denke ich mir, dass es eher eine vage Ahnung war, die Lorring zu dem Wagnis bewog, das letzte Geschenk vom Baum zu stehlen. In seinem Fall stand die Erpressung ja erst am Anfang. Es war sein erster Besuch in Sherbroome House, und obwohl er dunkel ahnte, dass die Erpressung in irgendeinem Zusammenhang mit dem Baum stehen musste, wusste er es doch nicht genau, und deshalb nahm er das Geschenk, weil er vor dem Eintreffen der Polizei mehr darüber erfahren wollte.

Und noch ein weiterer Punkt, durch den Sie sich verraten

haben: Sie haben alles getan, um die Aufmerksamkeit auf das letzte verbliebene Geschenk am Baum zu lenken. Alle anderen waren zu sehr mit dem Mord beschäftigt, um darauf zu achten. *Sie* jedoch nicht. Natürlich nicht – denn Sie wussten ja, dass es dort hing, und es war Teil Ihres Plans, dass es auffiel.

Jedes Detail für sich genommen war kaum von Belang, doch zusammengenommen wurden sie bedeutsam. Und als ich zu der Überzeugung gekommen war, dass Benedict Grame das Opfer hätte sein sollen, begannen auch andere Hinweise einen Sinn zu ergeben. Im hölzernen Parkett vor dem Baum waren vier Abdrücke zu erkennen, die von einer Trittleiter stammen konnten. Ich habe Grame doch gebeten, mir die Klammer mit Rainers Namen herunterzuholen, und er hat, ohne zu zögern, die Leiter herbeigeholt, damit er es erreichen konnte. Da war ich sicher, dass meine Theorie stimmte, dass er es an Heiligabend genauso gemacht und sich damit das Leben gerettet hatte.«

Mordecai Tremaines Stimme hatte jegliche Milde verloren und einen unerbittlichen Tonfall angenommen.

»Es muss entsetzlich für Sie gewesen sein, als Sie sahen, dass der Tote Jeremy Rainer war. Ihr Plan war auf furchtbare Weise schiefgegangen, aber Sie wussten nicht, wie oder warum. Sie wussten, dass Sie in Gefahr waren und einen Ausweg brauchten. Sie mussten sich an die neue Situation anpassen, ohne sich zu verraten.

Dennoch *haben* Sie sich bereits zu diesem Zeitpunkt verraten. Weil Ihre Gedanken so darauf fixiert waren, dass Benedict Grame der Tote war, vergaßen Sie das Naheliegendste und suchten nicht sogleich nach ihm. Es dauerte verdächtig lange, bis Ihnen auffiel, dass er gar nicht nach unten gekommen war. Sie haben ihn nicht vermisst, weil Ihre Rolle, die Sie so sorgfältig entwickelt hatten, darauf basierte, dass er bereits in Gestalt des Opfers anwesend war.

Welche Panik Sie empfunden haben müssen! Sie hatten alles sorgfältig vorbereitet, und nun war Ihr Plan, dieses ganze mühsam errichtete Gebäude, in Gefahr, weil Ereignisse, die Sie nicht vorausgesehen hatten und somit nicht unterbinden konnten, seine Fundamente untergraben hatten. Deswegen haben Sie so inständig auf Charlotte eingeredet und versucht, sie auszuhorchen. Deswegen schienen Sie bald kein Interesse mehr daran zu hegen, ob ich den Mörder finden würde oder nicht, trotz Ihres reichlich übertriebenen Auftritts, als Sie in den Raum kamen, in dem der Mord geschehen war.

Dann schöpften Sie wieder frischen Mut. Sie erkannten, dass Sie, wenn es Ihnen schon nicht möglich war, Benedict Grame auf die eine Art loszuwerden, es Ihnen möglicherweise auf eine andere gelingen konnte – *indem Sie ihm den Mord anlasteten.* Sie gaben vor, angesichts der Möglichkeit, Grame könne der Schuldige sein, entsetzt zu sein, während alles, was Sie sagten, auf etwas ganz anderes abzielte: Nämlich die Aufmerksamkeit auf verschiedene Verdachtsmomente zu lenken, die seine Schuld zu bestätigen schienen.

Sie verrieten damit Ihre wahren Absichten. Tatsache ist, dass Sie Ihr Verhalten verriet, dass Sie über Benedict Grames Erpressungen genauestens Bescheid wussten. Als wir die im Haus befindlichen Menschen der Reihe nach verdächtigten, haben Sie über meine Andeutung, dass der eine oder andere hier ein Geheimnis hüte, das um jeden Preis verborgen bleiben müsse, gelacht – wiesen mich dann aber genau auf die

Personen hin, die meiner Überzeugung nach solche Geheimnisse *hatten*.

Vor Kurzem haben Sie noch einmal Ihren Kurs geändert. Sie haben nach Kräften versucht, mich von Grames Unschuld zu überzeugen. Ich nehme an, er hat unterdessen herausbekommen, dass *Sie* Rainer an seiner Statt umgebracht haben, und lässt sie seither nach seiner Pfeife tanzen. Die reinste Ironie, nicht wahr? Sie haben versucht, Benedict Grame zu ermorden, um an seiner Stelle die Opfer zu erpressen – und finden sich plötzlich unter seinen Opfern wieder. Und Sie haben ihn mit der größten Macht ausgestattet, die es gibt: der Macht über Leben und Tod, der Macht, Sie der Gerechtigkeit auszuliefern!«

Nicholas Blaise war immer näher getreten und stand nun ganz dicht vor Mordecai Tremaine. In seinen dunklen Augen schwelte ein Funken Irrsinn.

»Sie haben vollkommen recht«, sagte er. »Benedict hat es herausbekommen. Und jetzt hat er mich in der Hand. Genau wie er Jeremy in der Hand hatte, als der noch lebte, oder Beechley oder Delamere oder Lorring. Benedict liebt es, Macht über andere zu haben. Er fand es komisch, Gerald zu all diesen dummen Streichen zu verdonnern und Charlotte an einer Heirat zu hindern und Jeremy zu zwingen, eine feindselige Haltung gegenüber Roger Wynton einzunehmen.

Ja, hinter all diesen Dingen steckt Benedict. Jeremy mochte Wynton und wusste, wie sehr es Denys schmerzte, dass er ihn ablehnte. Aber er wagte es nicht, sich Benedicts Befehlen zu widersetzen, sonst hätte der ihn womöglich der Polizei ausgeliefert wegen einer Sache, die damals in Südafrika passiert ist. Außerdem konnte er nicht riskieren, dass Benedict Denys erzählte, dass er für den Ruin ihres Vaters und damit auch für seinen Tod verantwortlich war. Er hat sie nämlich wirklich so geliebt, als wäre sie sein eigenes Kind.

Das habe ich alles nach und nach herausgefunden – genau, wie Sie gesagt haben. Irgendwann wusste ich alles über diese Weihnachtspartys und was es mit dem Christbaum auf sich hat. Ich kam dahinter, dass Benedict überhaupt kein liebenswerter Mensch ist, sondern ein sadistischer Teufel, der es liebt, mit Menschen zu spielen, sich auf ihre Kosten zu amüsieren. Also beschloss ich, ihn umzubringen und sein Unternehmen auf *meine* Weise zu leiten. Natürlich auch aus Eigennutz – letzten Endes kann ich das Geld gut gebrauchen. Für die Opfer wäre es aber auf lange Sicht besser gewesen. Denn sie hätten gewusst, wo sie stehen. Sie hätten erfahren, wie viel sie zahlen müssen, und ausgeklügelte Torturen, wie Benedict sie ihnen so gerne auferlegt, hätte es nicht mehr gegeben.«

Ein hasserfüllter Ton mischte sich in seine Stimme. Sie vibrierte heftig.

»Er weiß, wie er einem Menschen die Daumenschrauben anlegt«, sagte er wütend. »Diese ganzen verdammten Gesellschaftsspiele neulich nachmittags. *Meinetwegen* hat er diesen Zirkus inszeniert. Er wusste, dass ich mich nicht wehren konnte, und wollte sehen, wie ich mich krümmte.

Ich hatte diesen Mord so sorgfältig geplant: Welcher Zeitpunkt der beste wäre, wie ich es tun soll. Ich bin meinen Plan wohl an die tausend Male durchgegangen. Ich habe Jeremy sogar vorher noch getestet, um sicherzugehen, dass er jede Anweisung befolgen würde, die ich ihm in Benedicts Namen erteilte. Ich habe ihm Zettel ins Zimmer gelegt, so wie Benedict es getan hätte. Ich habe ihn dazu gebracht, eine Menge

Artikel aus der *Financial Times* abzutippen und an eine Adresse in London zu schicken. Er hat es ohne Murren getan.

Ich habe geglaubt, nichts könne schiefgehen. Besonders, nachdem mir die Idee kam, *Sie* herzuholen und mit Ihrer Hilfe die Polizei zu beeinflussen. *Sie* sollten meine Augen und Ohren sein, damit ich stets auf dem neuesten Stand der Ermittlungen war.«

Blaise streckte die Hände aus und fasste Mordecai Tremaine bei den Schultern. Langsam bewegten sich seine Hände auf dessen Kehle zu.

»Sie sind clever«, sagte er bedächtig. »So verdammt clever. Sie haben alles genauso erzählt, wie es sich zugetragen hat. Aber Sie hätten bedenken sollen, dass ich es nie zugegeben hätte, wenn ich mir damit hätte schaden können. Dies ist das Zimmer, in dem Lady Isabel gefangen gehalten wurde. Sie hat sich aus dem Fenster auf die Terrasse gestürzt. Ich werde sagen, dass Sie auf die Balustrade geklettert sind, um etwas auf dem Dach zu untersuchen, und dann leider auf dem schmelzenden Schnee ausgerutscht sind. Ich habe versucht, Sie zu retten, kam aber zu spät. Ich werde natürlich vor Kummer wie von Sinnen sein. Alle werden sagen, dass es ein tragischer Unfall war – *und niemand wird je erfahren, was Sie mir gerade erzählt haben.*«

Mordecai Tremaine schluckte schwer. Sein Herz klopfte zum Zerspringen, und er spürte, wie er dem hypnotischen Blick der dunklen Augen unterlag. Dennoch sagte er unsicher: »Sie irren sich. Jemand *weiß* es. Denn es gab einen Zeugen.«

Der Druck der Hände ließ nach. Mit scharfer Stimme zischte Nicholas Blaise voller Argwohn: »Das ist eine Lüge! Sie wollen mich reinlegen! Es ist überhaupt nicht möglich, dass es einen Zeugen gibt!«

»Doch, es gibt einen. Latimer. Er hatte sich im Priesterloch verborgen und sah, wie Sie die Waffe unter dem Baum platzierten. Weil er die Leute im Haus hörte, wagte er sich jedoch nicht aus seinem Versteck hervor. Und dann sah er, wie Sie nach dem Mord wiederkamen und den Revolver an sich nahmen.«

Mordecai Tremaines Stimme war wieder fester geworden. Er sah Nicholas Blaise an, dass er dessen Zuversicht erschüttert hatte. Er fuhr fort: »Ich war nicht so töricht, allein mit Ihnen hier heraufzukommen.«

Plötzlich war ein Geräusch auf der anderen Seite der Tür zu vernehmen. Nicholas Blaise zuckte zurück, seine Hände sanken herab. Ein fauchender Laut löste sich von seinen Lippen, dann sprang er wie ein Raubtier zum Fenster. Er zwängte sich durch die enge Öffnung und duckte sich vor der steinernen Balustrade, während er Mordecai Tremaine und den Mann, der soeben das Zimmer betreten hatte, wütend anstarrte. Plötzlich hielt er eine Waffe in der Hand.

Inspector Cannock sagte: »Das Spiel ist aus. Kommen Sie lieber herein, statt so einen Aufstand zu machen. Das führt doch zu nichts.«

Blaise keuchte immer noch vor Anstrengung. Doch jetzt, da er nichts mehr zu verlieren hatte, gewann er seine Fassung wieder.

»Eine netter kleiner Plan, Inspector. Sie haben also die ganze Zeit vor der Tür gelauscht. Dumm, dass ich daran nicht gedacht habe.«

Cannock machte einen Schritt auf ihn zu.

»Sie sind nicht verpflichtet, etwas zu sagen.« Dann setzte er hinzu: »Wenn Sie nicht wollen.«

Nicholas Blaise grinste höhnisch.

»Kommt jetzt der Hinweis auf mein Schweigerecht? Sparen Sie sich die Mühe, Inspector. Ich fürchte, ich habe ein ziemliches Durcheinander angerichtet, doch vermutlich wird es Ihnen gelingen, das meiste davon aus den Klatschspalten herauszuhalten. Gerald wird das Kollier zurückgeben, und Benedict wird sich den Skandal einer Anzeige ersparen. Was Benedict selbst angeht, so wird er seine Erpressungen wohl sofort einstellen, aber ich möchte bezweifeln, dass Sie ihm irgendetwas nachweisen können. Die Opfer werden zu viel Angst haben und daher schweigen.

Vielleicht wird er sogar Lucia heiraten. Sie hat er natürlich auch in der Hand, aber jetzt ist er doch wirklich und wahrhaftig in sie verliebt. Deshalb hat er ja auch die Napiers gezwungen, sie bei sich aufzunehmen. Und sie erwidert seine Gefühle. Ist schon komisch, was? Lucia die Prächtige, verliebt wie ein Schulmädchen!«

»Kommen Sie«, sagte Mordecai Tremaine. »Legen Sie die Waffe nieder und kommen Sie wieder herein.«

»Damit ich am Ende zum Tode verurteilt werde?« Ein Grinsen verzerrte Blaises Mund. »Ich glaube nicht, dass mir der Sinn danach steht. Grüßen Sie Denys von mir«, fuhr er fort. »Sagen Sie ihr, ich hoffe, dass sie mit ihrem jungen Mann glücklich wird.«

Bevor sie begriffen, was er vorhatte, war Blaise auf die Balustrade geklettert. Dort stand er nun und schaute auf sie herab: eine hoch gewachsene Gestalt vor dem eisblauen Himmel, auf dem Wolken dahinzogen.

»Wie schade, dass ich mir keine dieser neumodischen Zyankali-Kapseln besorgt habe. Das wäre ein sauberer Tod gewesen. Leben Sie wohl, Mordecai. Was war ich für ein Narr, dass ich Sie hergebeten habe!«

Mit einer jähen Bewegung schleuderte er die Pistole von sich und lachte leise, als er sah, wie sie erschraken.

»Keine Angst«, sagte er. »Sie ist nicht geladen. Ich bin nicht mehr zum Äußersten entschlossen. Wahrscheinlich bin ich einfach kein besonders guter Mörder.«

Inspector Cannock erriet, was er vorhatte. Er warf sich nach vorn. Aber seine ausgestreckte Hand griff ins Leere. Nicholas Blaise hatte einen Schritt rückwärts gemacht.